Harold Cobert
Ein Sommer mit Hugo

PIPER

Zu diesem Buch

Als Harold Cobert und seine spätere Frau sich in Biarritz kennenlernen, trifft sie die Liebe wie der Blitz. Aus einer sommerlichen Romanze reift eine Beziehung und mit ihr der Wunsch nach einem gemeinsamen Kind. Doch ist es genau dieser Wunsch, der schon kurze Zeit später das inzwischen verheiratete Paar auf eine harte Probe stellt. Als seine Frau ihr ungeborenes Kind auf tragische Weise verliert, liegen Coberts Nerven blank. Er ist außer sich vor Angst und Zorn über die Ungerechtigkeit des Lebens, er hadert mit dem Schicksal und allen zuständigen Göttern. Immer wieder versucht seine Frau mit viel Zartgefühl und ihrem tapferen Lebensmut, ihn auf den Boden zurückzuholen. Denn schließlich bleibt immer die Hoffnung, dass sich ihr Wunsch eines Tages doch noch erfüllt.

Harold Cobert, 1974 in Bordeaux geboren, hat Literatur studiert. Nach einem Surfunfall im Alter von zwanzig Jahren begann er zu schreiben. Er ist Theater-, Film- und Fernsehautor und hat in Frankreich unter anderem eine Reihe Essays über Mirabeau veröffentlicht. »Ein Sommer mit Hugo« ist nach »Ein Winter mit Baudelaire« sein zweites Buch, das auf Deutsch erscheint.

Harold Cobert

Ein Sommer mit Hugo

Roman

Aus dem Französischen von
Sabine Schwenk

Piper München Zürich

Mehr über unsere Autoren und Bücher:
www.piper.de

Von Harold Cobert liegen bei Piper vor:
Ein Winter mit Baudelaire
Ein Sommer mit Hugo

FSC
www.fsc.org
MIX
Papier aus verantwortungsvollen Quellen
FSC® C083411

Ungekürzte Taschenbuchausgabe
Juli 2014

erschienen im Verlagsprogramm Pendo
Umschlaggestaltung: Mediabureau DiStefano, Berlin
Umschlagillustration: Anja Filler
Satz: Satz für Satz. Barbara Reischmann, Leutkirch
Gesetzt aus der Bembo
Papier: Munken Print von Arctic Paper Munkedals AB, Schweden
Druck und Bindung: CPI – Clausen & Bosse, Leck
Printed in Germany ISBN: 978-3-492-30488-7

Für meinen Großvater Roger Lafosse,
Meteor der Avantgarde,
der auf seiner Insel auf einer Hügelkuppe sitzt und
ein Auge auf seinen Urenkel hat.

Wenn es keinen Gott gibt, dann ist alles erlaubt.
Dostojewski

Juni 2008

Samstagmorgen. Ich bin aus dem Schlaf geschreckt. Ein schlechter Traum. Meine Frau hat gesagt: *Das Baby ist tot.*

Vor knapp drei Monaten war sie früher als sonst nach Hause gekommen. Hatte ihre Tasche aufs Sofa gelegt, mich geküsst und im Badezimmer ein Glas Wasser getrunken. Dann war sie vor der Tür des Zimmers, in dem ich am Schreibtisch saß, stehen geblieben. Sie trug ihre goldbraunen Stiefeletten und die Jeans, die ich so mag, ein weißes Oberteil und eine beige, gerippte Strickweste. Dazu ihre Kette mit den Anhängern, die bei jeder Bewegung leise klimpern und ihr ein apartes Hippieflair verleihen.

»Wie war dein Tag?«, fragte sie.

»Gut … Und deiner?«

Sie zuckte unmerklich zusammen, als hätte sich eine Erinnerung in ihr geregt. Inzwischen hatte ich die kleine, rechteckige Schachtel bemerkt, die sie in der linken Hand hielt.

»Ich habe in der Apotheke einen Test gekauft …«

In einem Atemzug hatte sie das gesagt.

»Ich bin schon eine Weile überfällig …«

Es war, als würde die ganze Welt stillstehen. Stumm lehnte ich mich auf meinem Stuhl zurück und lächelte sie an.

»Urteilsverkündung in fünf Minuten …«

Der Holzboden knarrte unter den Sohlen ihrer Stiefeletten. Als ich wieder allein war, schweifte mein Blick ziellos durch den Raum, bis er durchs Fenster auf das von den Regengüssen verwaschene Blau des Himmels fiel. Langsam sank die Dämmerung über die Stadt.

Die zweite Märzhälfte neigte sich dem Ende zu. Ich hatte gewusst, dass es früher oder später passieren würde. Aber nicht so schnell. Wir waren seit dem 22. September verheiratet und hatten seit anderthalb Monaten allen Vorsichtsmaßnahmen wie auch dem Rauchen Adieu gesagt. Wobei ich mir jetzt zur Ablenkung gern eine angezündet hätte. Meine Gedanken überschlugen sich. Der erste, den ich seltsamerweise zu fassen bekam, war dieser: Ich bin nicht steril. Bis ich meine Frau kennenlernte, hatten meine Beziehungen nie länger als drei Monate gedauert. Drei Tage, drei Wochen oder drei Monate. Höchstens. Und immer drei. Angst, sich zu binden. Angst um jedes Zentimeterchen Freiheit, das man verlieren könnte. Zudem hatte ich den Sex in Zeiten des Aidsbooms entdeckt – Gummis hatten verhindert, dass ich in derartige Situationen überhaupt erst geriet.

Ich würde also Vater werden, mit vierunddreißig Jahren. Vielleicht. In weniger als fünf Minuten würde ein blauer Streifen meinem Leben eine neue Richtung geben. Oder auch nicht.

Ich war aufgestanden und hatte rasch nachgerechnet. Die zeitliche Übereinstimmung war verblüffend. Das Gedicht *Le Revenant* von Victor Hugo kam mir in den Sinn. Meine Freundin Christel hätte den Termin als Zeichen gedeutet, als Bestätigung ihrer Prophezeiungen, als eindeutigen Gottesbeweis. Absurde Dinge, an die ich nicht glaube. Abergläubische Wahnvorstellungen, denen ich mit der Haltung eines Oscar Wilde begegne: »Man sollte nicht überall Zeichen sehen, es macht einem das Leben zur Qual.« Das Thema Gott hat mich lange verfolgt, vermutlich weil alle anderen darauf hinauslaufen. Wenn es ihn gibt, hat die Welt, hat das Leben, haben sogar Gut und Böse wirklich einen Sinn. Wenn nicht, ist alles totaler Nonsens und wird nur vom Zufall und vom Gesetz des Stärkeren regiert. Endlose Fragen, auf die es keine Antworten gibt. Ich reagiere schon seit Langem mit einem wohldurchdachten Agnostizismus, einer Art pascalscher Wette, nur umgekehrt. Anstatt auf die Existenz von Gott zu setzen und mich sklavisch nach Seinen Geboten zu richten, erfreue ich mich lieber meines Lebens im Hier und Jetzt. So habe ich, wenn es Ihn wirklich nicht gibt, wenigstens nichts verpasst. Sollte Er aber doch existieren, werde ich meine Sünden mit ehrlicher Reue schon wiedergutmachen können. Theologie im Schnellverfahren, aber trotzdem eine raffinierte Argumentation, schließlich bin ich nicht umsonst zwölf Jahre bei Ignatius von Loyola in die Schule gegangen. Jedenfalls weigere ich mich, das Leben und seine irdischen Freuden einem hypothetischen Paradies im Jenseits zu opfern.

Ich zuckte also mit den Schultern, fuhr mir durchs Haar und versuchte, über Omen und andere Albernheiten nicht länger nachzudenken. Ich hatte gerade angefangen, trotz allem doch noch einmal nachzurechnen, da stand sie wieder vor mir. Endlich.

»Und?«

»Babyblau«, war die Antwort.

Ich stand auf und schloss sie in die Arme.

Ich wusste, wie sehr sie sich in diesem Moment freute, aber auch, wie schmerzhaft die Erinnerungen sein mussten, die jetzt wieder über sie hereinbrachen.

»Ich hole uns einen guten Tropfen.«

Wenn es ein besonderes Ereignis zu feiern gibt, ziehe ich einen guten Bordeauxwein jedem Champagner vor. Liegt wahrscheinlich an meiner Herkunft. Nicht auszuschließen, dass meine Mutter mir, dem Schreibaby, hin und wieder ein bisschen Bordeaux ins Fläschchen gepanscht hat, wenn sie endlich mal wieder durchschlafen wollte …

»Du weißt doch, Alkohol ist für mich jetzt tabu«, sagte sie.

»Aber nicht für mich!«

Sie schien sich über meine Reaktion zu freuen und folgte mir Richtung Küche. Im langen, schmalen Flur ließ ich sie vorgehen. Verschwommene Bilder aus Kindertagen schossen mir durch den Kopf, das Landhaus meiner Großeltern, meine spielenden Cousins und Cousinen auf der Wiese mit dem riesigen Baum, den wir den »Monarch« nennen. Ich sah uns beide im Gras sitzen, die rot-weiß karierte Tischdecke vor uns ausgebreitet, daneben die Baby-Tragetasche und der Picknickkorb. Kitschige Klischees von Familienglück, wie man sie auf Kaminsimsen und neben Graburnen antrifft. Vor ein paar Jahren hätte ich es noch gehasst, mich solchen Phantasien hinzugeben. Sie standen für alles, was mir damals ein Gräuel war: Verlust von Freiheit und Jugend, Ketten mit Eisenkugeln, Gefängnistore, die vor dem Ausbrecher zuschlagen. Jetzt, in diesem Augenblick, wirkten die Bilder beruhigend auf mich.

Ich hatte die Weinflasche geöffnet. Sie tauchte ihre Lippen in mein Glas, um wenigstens zu erahnen, was ihr entging. Ein paar Schlucke Pomerol reichten: Das vorzügliche

Bouquet des Rotweins ließ das wilde Gedankenkarussell in meinem Kopf langsamer kreisen. Ich hörte zu. Hörte ihr zu, wie sie mir erklärte, was nun Schritt für Schritt zu tun sei.

Bis zum ersten Ultraschall bloß niemandem etwas sagen, man wollte ja sicher sein, dass alles in Ordnung war. Blutuntersuchungen machen, um zu erfahren, ob unsere Rhesusfaktoren kompatibel waren. Krankenhauszimmer reservieren, sobald der Gynäkologe den Geburtstermin errechnet hätte, und natürlich Kontakt mit dem Arzt aufnehmen, der die Geburt begleiten sollte.

Ich nahm alles zur Kenntnis, stellte Fragen, bat sie hin und wieder, auf ein Detail näher einzugehen. Sie beruhigte mich, sie war so gelassen, so gefasst. Diese Welt, deren Regeln und Gesetze sich mir jetzt erst erschlossen, war ihr ja längst nicht mehr fremd. Ich spielte nicht auf ihre Vergangenheit an. Versuchte mir nichts anmerken zu lassen. Doch ich konnte nicht umhin, mir Sorgen zu machen.

An diesem Samstagmorgen im Juni, an dem ich aus dem Schlaf geschreckt war, drehte sich meine Frau zu mir um und fragte, was passiert sei. Ich erzählte es ihr. Sie sah mich mit einer Mischung aus Überraschung und Resignation an. Aus ihrem Blick sprach unendliche Traurigkeit.

»Ist ja nichts passiert«, sagte sie schließlich und nahm mich in den Arm. »Nichts passiert. Nur ein schlechter Traum.«

Ich erwiderte ihre Umarmung und stand auf, um Frühstück zu machen. Es schien ein Tag wie jeder andere zu sein. Mitte Juni. Sommerhimmel. Ich warf einen ängstlichen Blick auf das Bild an unserer Wohnzimmerwand, hinter dem vielleicht verstohlen ein Omen lauerte. Die erste große Ultraschalluntersuchung, herbeigesehnt und gefürchtet, war für Mittwoch vorgesehen, in vier Tagen. Dritter Schwangerschaftsmonat. Eigentlich konnte nichts schiefgehen.

Trotzdem wurde ich das bange Gefühl nicht los, das der Traum in mir ausgelöst hatte. Ja, irgendwas stimmte nicht. Es kam mir so vor, als hätte mich meine Frau gerade genauso angesehen wie im Traum, als sie mir sagte: *Das Baby ist tot.*

Zum zweiten Mal fühlte sie, dass sie Mutter wurde.

Victor Hugo
Le Revenant – Der Wiedergänger

Meine Frau ist eine Tanagra-Figur. Der Inbegriff harmonischer Proportionen. Sie ist keins dieser langbeinigen Wesen, nach denen sich Männer auf der Straße den Hals verrenken, mit Glotzaugen und heraushängender Zunge wie der Wolf von Tex Avery. Meine Frau zieht verstohlene Blicke auf sich. Sie ist eine diskrete, ätherische Schönheit à la Verlaine, unaufdringlich und bar jeder Pose.

Sie ist voller Anmut.

Das brünette Haar fällt wellig über ihren Rücken herab. In der Mitte gescheitelt, umrahmt es ein fein geschnittenes Gesicht mit einer hübschen Nase und haselnussbraunen Augen, deren grüne Sprenkel ihren Blick je nach Wetterlage zum Leuchten bringen. So wie manche Steine ihre Farbe ändern, wenn der Himmel aufklart. Ihre Stimme ist melodisch, in den höheren Tonlagen leicht modulierend. Sie wird klangvoller, wenn sie ein bisschen zu viel getrunken hat. Diese Klangfarbe ist für mich zu einem Gradmesser geworden, an dem ich erkenne, wie beschwipst sie ist. Hässlich an ihr ist nur der unförmige rechte Daumen. Allerdings verdankt sie ihm auch ihr handwerkliches Geschick, mit dem sie vielen Männern überlegen ist. Ich zum Beispiel habe zwei linke Hände und kann keinen Nagel in eine

Wand schlagen, ohne dass diese einstürzt oder ich mir sämtliche Finger zertrümmere. Vor allem aber unterstreicht dieser Daumen, wie vollkommen der ganze Rest ist.

Meine Frau ist ein ausgeglichener Mensch. Wenn sie vor Wut kocht, sagt sie nur: »Ich bin sehr wütend.« Wenn sie außer sich vor Freude ist, heißt es bei ihr: »Ich freue mich sehr.« Ohne dass sie dabei jemals die Stimme heben oder gar hysterisch herumschreien würde.

Dennoch fehlt es ihr nicht an Temperament. Auf den ersten Blick wirkt sie vielleicht wie ein aus dem Nest gefallenes Vögelchen, dahinter verbirgt sich ein fester, energischer Charakter. Aufgewachsen auf dem Land als Spross einer Industriellenfamilie der Provinz, hat sie sich geweigert, in den Familienbetrieb einzutreten, und ist lieber nach Paris gegangen, um dort ihren Traum zu leben. Um frei zu sein, ging sie dieses Risiko ein, anstatt sich den Zwängen eines bequemen, aber vorgezeichneten Lebens zu unterwerfen. Dank ihrer Erziehung und Herkunft steht sie mit beiden Beinen fest auf der Erde und hat zugleich die kreative Melancholie einer Träumerin. In ihrem Bereich ist sie so begabt, dass sie inzwischen als Art Director in einer auf Luxusartikel spezialisierten Werbeagentur arbeitet. Auch wenn das Klischee ein anderes ist: In der Werbung dreht man nicht kiffend oder Cola trinkend Däumchen und wartet lässig auf Inspiration. Nein, da wird vor Projektschluss auch mal nächtelang durchgearbeitet, da gibt es Konkurrenz zu anderen Agenturen und Wahnsinnsbudgets, die um jeden Preis ergattert werden müssen. Jenseits von allem Glamour ist die Werbung ein anstrengendes Metier, in dem man Nerven wie Drahtseile braucht.

Sie ist also eine robuste und sensible Frau, fröhlich und tiefsinnig zugleich. Boshaftigkeiten sind ihr fremd, für sie ist das Glas immer halb voll, niemals halb leer. Es gilt der berühmte Jesuitenspruch: »Wenn meine Freunde einäugig sind, betrachte ich sie im Profil.« Und zwar von der guten Seite, versteht sich.

Was mich am meisten an ihr berührt, ist der fast ins Traurige reichende Ernst, der manchmal, ohne dass sie es merkt, ihr Gesicht überschattet. In ihren Zügen liegt etwas Tragisches, das mich zutiefst erschüttert, ein Schatten, so fragil wie die Spur eines in den Sand gezeichneten Wortes und doch unauslöschlich – der Verlust eines Kindes.

Juni 2008

Wie in Trance machte ich an diesem Samstag das Frühstück. Solange ich morgens keinen Kaffee getrunken habe, bin ich nicht zurechnungsfähig. Und schon gar nicht an diesem Morgen. Mein Kopf fühlte sich an, als würde das Hirn wie feuchtes Pappmaschee an der Schädeldecke kleben. Meine Augen brannten. Nach diesem Traum war ich noch müder als vor dem Schlafengehen.

Ich stellte alles auf ein Tablett und wollte meiner Frau das Frühstück ans Bett bringen. Doch sie saß schon im Wohnzimmer auf dem Sofa. Sie hatte auf dem niedrigen Tischchen Platz gemacht, weil meine Sachen noch auf dem Esstisch lagen, der mir auch als Schreibtisch dient. Ein ambulantes Büro, dessen Chaos ich normalerweise beseitige, wenn wir zu Abend essen oder Besuch bekommen.

Wir setzten uns und frühstückten schweigend. Manche Leute haben panische Angst vor dem Schweigen, so wie andere vor der Einsamkeit. Bei uns ist das anders. Bei uns gibt es kein peinliches oder beklemmendes Schweigen, keine dumpfe Stille, in der unausgesprochene Dinge widerhallen. Wir können stundenlang kein Wort sagen und einfach nur nebeneinandersitzen oder jeder in seinem Zimmer arbeiten oder lesen. Wir sind auch beide gern allein, jeder mit seinen Gedanken, ohne dass dies beim anderen Ängste auslösen würde. Ebenso kann es vorkommen, dass wir getrennt mit Verwandten oder Freunden das Wochenende verbringen, und auch das funktioniert ohne jedes Misstrauen. Wenn es mich packt und ich abends ausgehe, mich ohne sie in den Taumel der Nacht stürze, bittet sie mich lediglich um einen Anruf, sollte ich morgens um halb neun, wenn sie zur Arbeit geht, noch nicht zurück sein. Nicht um den Ort des Lasters herauszufinden, an dem ich gestrandet bin, und mir eine Szene zu machen – Wo treibst du dich wieder herum? In wessen Armen? In wessen Bett? Auf welcher Orgie? –, sondern um sicherzugehen, dass ich weder auf der Polizeiwache noch im Krankenhaus gelandet bin. Im Zusammensein mit ihr genieße ich mehr Freiheit, als wenn ich allein wäre. Die Käfigtür steht immer auf. Also kann man das Ausfliegen auch getrost auf später verschieben. Wo doch die Gitter gar nicht verschlossen sind. Zwischen ihr und mir gibt es nicht das, was man Konzessionen nennt – ein Unwort, denn eine Konzession ist eigentlich die Verleihung eines Nutzungsrechts –, zwischen uns gibt es nur bedingungsloses Vertrauen. Das Gegenteil von symbiotischer, besitzergreifender Liebe. Sollte mich also irgendein Nachtgeschöpf mit gezückter Harpune umflattern, stelle ich mich der Unbekannten, steige aus purer Lebenslust ein in das zweideutige Spiel der Verführung und gehe dann seelenruhig meines Weges. Wenn meine Frau mit ihren Freundinnen loszieht, bitte ich sie um dasselbe: ein kurzer Anruf, dass alles in Ordnung ist, sollte sie morgens noch nicht zurück sein. Ansonsten verbringe ich einen ganz normalen Abend und schlummere so friedlich ein wie ein Baby, das sein Fläschchen bekommen hat.

Jetzt aber stand das Schweigen, das uns normalerweise

verbindet, zum ersten Mal zwischen uns. Ich konnte es körperlich spüren. Wie eine kalte, abweisende Mauer. Ich erklärte mir mein Unbehagen mit dem Traum, der mich so unsanft aus dem Schlaf gerissen hatte.

Nachdem ich den Tisch abgeräumt hatte, legte ich mich wieder ins Bett, um zu lesen oder vielleicht doch noch ein bisschen vor mich hin zu dösen. Und dann friedlicher aufzuwachen als vor einer Stunde. Meine Frau hatte sich ebenfalls hingelegt. Sie hatte sich auf die rechte Seite gedreht, die Seite mit dem Zauberdaumen, und wandte mir den Rücken zu, das Gesicht Richtung Fenster, wo das Morgenlicht auf die gegenüberliegende Häuserwand fiel. Ich kuschelte mich an sie und legte ihr die linke Hand auf den Bauch. Da drehte sie sich zu mir um, blickte mir in die Augen und sagte:

»Ich habe leichte Blutungen …«

Ich sah sie ratlos an.

»So etwas kann passieren. Es muss nichts Schlimmes sein, allerdings ist es kein sehr gutes Zeichen.«

Das Adverb »sehr« klang mir aus ihrem Mund zu extrem.

Ich nahm sie in den Arm.

»Ich bin sicher, dass es nichts zu bedeuten hat.«

Sie drückte sich an mich.

»Wenn du willst, fahren wir ins Krankenhaus.«

Wir lösten unsere Umarmung.

»Nein, nein, das ist nicht nötig.«

Jetzt erkannte ich sie wieder. Stark sein, bloß nicht übertreiben, bloß nicht jammern. Aber ich spürte, dass sie mit sich kämpfte und kurz davor war einzuknicken.

»Hör zu, wir machen es so …«

Sie verschränkte die Arme vor der Brust.

»Wir warten einen Tag ab. Wenn es bis morgen nicht aufhört oder du dir einfach noch Sorgen machst, fahren wir ins Krankenhaus und lassen einen Ultraschall machen. Okay?«

Das Fragezeichen hatte ich nur der Form halber hinzugefügt. Ich hatte mit ruhiger, fester Stimme gesprochen, damit sie spürte, dass ich die Dinge in die Hand nahm, und vor allem, dass sie diesmal nicht allein war.

»In jedem Fall brauchst du ja auch noch die Anti-D-Spritze«, fügte ich hinzu.

Sie nickte mehrmals und umarmte mich. Dann stand ich auf, um zu duschen, und versuchte, auf Normalität umzuschalten.

»Jetzt aber los, die Zeit rennt … Wir haben noch tausend Sachen zu tun!«

Womit ich im Badezimmer verschwand, um nicht loszuheulen.

Die Mutter, von der ich erzählen will, lebte in Blois;
Ich kannte sie in einer glücklicheren Zeit,
ihr Haus grenzte an das meines Vaters.
Sie hatte alles bekommen, was Gott zu geben vermag.
Man hatte sie mit dem Mann vermählt, den sie liebte.
Sie gebar einen Sohn; die Freude war unsäglich groß.

Victor Hugo,
Le Revenant – Der Wiedergänger

29. Dezember 2000

Vor unserer Beziehung hatte meine Frau fünf Jahre mit einem anderen Mann zusammengelebt. Offenbar war er das komplette Gegenteil von mir. Während ich mitteilsam und überschwänglich bin, war er schweigsam und passiv. Nicht unsensibel und auch nicht abweisend wie eine Wand aus Panzerglas, aber doch sehr verschlossen und alles andere als kommunikativ.

Sie wurde schwanger. Eine Risikoschwangerschaft, wie sich herausstellte, *Placenta praevia*: Das heißt, dass die Plazenta nicht seitlich nach oben wächst, sondern horizontal im unteren Bereich der Gebärmutter liegt und den natürlichen Ausgang versperrt. Manchmal richtet sie sich bis zum Entbindungstermin noch nach oben hin aus und nimmt eine halbwegs normale Position ein.

Aber nichts dergleichen geschah. Die Plazenta blieb, wo sie war, und bedeckte den Muttermund. Zur Angst, das Kind zu verlieren, kam die Reserviertheit des Mannes, mit dem sie zusammenlebte. Seit Beginn der Schwangerschaft wartete sie vergeblich auf eine zärtliche Geste, und sei es auch nur eine Berührung ihres sich rundenden Bauchs. So etwas lag ihm nicht, es entsprach nicht seinem Naturell.

Und vielleicht war es auch einfach seine Art, die eigenen Ängste in Schach zu halten.

Im sechsten Monat setzten heftige Wehen ein, die von starken Blutungen begleitet waren. Mein Vorgänger war nicht da. Er arbeitete. Sie fuhr allein ins Krankenhaus und blieb bis zum Ende der Schwangerschaft ans Bett gefesselt.

Dann kam der schicksalhafte Tag. Unter den gegebenen Umständen war klar, dass eine natürliche Geburt nicht infrage kam, sondern nur ein Kaiserschnitt. Bei einer *Plazenta praevia totalis* können die Ärzte kaum sehen, wohin sie das Skalpell führen. Man schneidet sozusagen blind. Zu tief, zu weit rechts, zu weit links, zu weit oben, zu weit unten – wie auch immer: Das Baby war noch nicht draußen, da begann es schon zu verbluten. Auf einen Schlag, irgendetwas war durchtrennt worden. Aufregung im OP. Besorgniserregende Blutungen seitens der Mutter. Beim Säugling sind alle neurologischen Funktionen betroffen. Mutter und Kind bekommen Bluttransfusionen. Die Mutter kann gerettet werden, das Kind zunächst auch, doch sein Gehirn ist schwer geschädigt. Vielleicht kann es überleben. Aber nur, um fortan vor sich hin zu vegetieren.

Juni 2008

Ich zog mich an, um einkaufen zu gehen. Sie wollte mitkommen. Ich war dagegen. Fünf Etagen ohne Aufzug, nicht in ihrem Zustand. Wobei ich den Betrag, der eine kostenlose Lieferung ermöglichte, problemlos erreichen würde und sie natürlich ohnehin nichts hätte tragen müssen.

Sie widersprach mir nicht, wie sie es sonst immer tat, wenn ich sie schonen wollte: »Ich bin nicht krank, ich bin schwanger.« So ist sie nun einmal, bloß nicht jammern, bloß nicht in sich hineinhorchen, niemals.

Ich überquerte den sonnigen Vorplatz von Saint-Lazare, auf dem es wie jeden Samstag von Menschen wimmelte. Dieser Teil des Arrondissements – das Bahnhofsviertel – ist wirklich alles andere als attraktiv. Laut und übervölkert am Tag, trist und wie ausgestorben in der Nacht. Kein Ort, an dem man länger verweilt. Eine Transitzone und absolute Wüste, was Lebensmittelgeschäfte betrifft. Die nächstgelegene Bäckerei gehört zu einer Kette und ist eigentlich nur eine Art Verkaufsstand unten in der Metro. Das Brot ist dort immer weich. Außer sonntags, wenn alles ruhiger ist, taucht man, sobald man das Haus verlässt, ins Gewoge der Passanten ein und muss sich von einer der vielen Strömungen mitreißen lassen. Hier zu leben hat nur einen Vorteil: unsere

Wohnung. Sie ist großzügig und eigenwillig geschnitten, hat einen anarchischen Dielenboden, den wir mit Sisal ausgelegt haben, eine kleine Terrasse und nach oben hin keine Nachbarn. Sobald man unsere Wohnung betritt, erliegt man ihrem Charme, zumal man zu diesem Zeitpunkt schon fünf Stockwerke erklommen hat. Wenn wir im Winter zum Tee einladen, kommen manchmal an die zwanzig Leute und bleiben häufig so lange, dass am Ende noch ein ausgiebiges Nudelessen daraus wird. Manche Freunde erscheinen zur vereinbarten Zeit, gehen von uns aus ins Kino oder Museum und kommen später noch einmal zurück.

Beim Navigieren durch die Fußgängerströme fielen mir, wie so oft in den letzten drei Monaten, die vielen Kinder und werdenden Mütter auf.

Schwangeren Frauen und älteren Menschen habe ich im Bus oder in der Metro schon immer meinen Platz angeboten, aus Höflichkeit und auch aus Prinzip. Früher tat ich es im Grunde widerwillig und fluchte innerlich über dieses Privileg. Seit der Schwangerschaft meiner Frau kennt mein Wohlwollen keine Grenzen. Wenn ich merke, dass niemand bereit ist, seinen Platz herzugeben, wenn ich sehe, wie feige weggeschaut wird, nach dem Motto »Nein, ich stehe nicht auf, ich habe nichts und niemanden gesehen«, oder wie sich Leute schlagartig in ein Buch oder eine Zeitung vertiefen, dann werde ich so wütend, dass ich all diese Rüpel am liebsten packen und kräftig durchschütteln würde. Wenn es phlegmatische Jugendliche sind, stelle ich mir vor, wie es wäre, ihnen eine Ohrfeigensalve im Stil eines Obelix zu verpassen.

Dabei sind mir Kinder bisher eigentlich chronisch auf die Nerven gegangen. Wobei ich lange nicht verstanden habe, warum. Denn sobald ich mit ihnen allein bin, verstehen wir uns prächtig. Vor Kurzem ist mir klargeworden, dass ich mich gar nicht über die Kinder ärgere, sondern über die unglaubliche Dummheit und Nachsicht mancher Eltern. Ich bekenne, dass ich einen unsäglichen Hass auf all diese schwachsinnigen »Erziehungsberechtigten« hege, die ihre Blagen anhimmeln wie Wunderkinder oder Anwärter auf die nächsten Nobelpreise. Gerührt schauen sie zu, wie ihre süßen Kleinen durch die Gegend rennen, anderen Leuten Cola über die Hose schütten, sie an den Haaren ziehen oder auf wichtigen Unterlagen herumkritzeln, an denen gerade gearbeitet wird. Lustig (sic!) finden sie das! Sie würden sogar in Entzücken ausbrechen, wenn ihr Kind auf fremden Wohnzimmerteppichen aus Zeitungspapier und Kleister Pappmaschee-Kunstwerke herstellen würde. Als ob es Davidfiguren von Michelangelo wären.

Vor einigen Jahren gerieten meine Mutter und ich im Zug in die Fänge eines dieser Prachtexemplare. Ständig rannte der Junge den Gang rauf und runter, blieb abrupt vor einem Fahrgast stehen, starrte ihn an, grapschte nach einem Stift oder Buch, um es auf den Boden zu werfen, und rannte drei Sitzreihen weiter, um dort weiter sein Unwesen zu treiben. All dies unter den entzückten Augen seiner Eltern, die ihn »süß« fanden und ihm immer wieder ermunternd zuzwinkerten. Das ging so lange gut, bis der Bursche meine Mutter aufs Korn nahm. Ich saß am Fenster, sie am Gang und somit an vorderster Front. Erst ignorierte sie den Jungen, aber dann nahm sie ihre Brille ab, starrte ihn durchdringend an, runzelte die Stirn und sagte mit Grabesstimme: »Ich bin eine Hexe und verwandele dich gleich in eine große, schleimige Kröte!« Einen Moment lang stand der Kleine wie versteinert da, völlig verstört. Dann begann er lauthals zu kreischen.

Sofort kamen die Erzeuger angerannt, um meine Mutter zur Rechenschaft zu ziehen. Keine gute Entscheidung.

»Hören Sie zu«, sagte meine Mutter. »Der Zwerg hier geht allen im Zug auf die Nerven.«

»Was fällt Ihnen ein!«, antwortete die Mama empört.

Derweil war der tapfere Papa samt heulendem Nachwuchs an seinen Platz zurückgekehrt. Frauengezänk. Da mischt man sich besser nicht ein; tut man ja auch nicht, wenn zwei Tiere mit gefletschten Zähnen aufeinander losgehen: Will man sie voneinander trennen, wird man doch nur gebissen.

»*Mir* sollten Sie nichts verbieten«, fuhr meine Mutter fort, »sondern Ihrem unerträglichen Nachwuchs.«

»Aber … Sie …« Die Frau stammelte vor Wut.

»Wobei das Problem ja jetzt gelöst ist«, befand meine Mutter. »Aber wenn ich an den Strand gehe, lege ich meinen Hund an die Leine. Seien Sie doch so gut und tun mit Ihrer Brut dasselbe.«

Die Frau lief puterrot an und schnappte nach Luft.

»Sie … Oh! Sie sind doch nur verbittert, weil Sie selbst keine Kinder haben!«

Worauf meine Mutter mit olympischer Ruhe zum verbalen Gegenschlag ausholte, eine Sache, auf die sie sich ganz ausgezeichnet versteht.

»Ach ja? Und die zweiundsiebzig Kilo neben mir, die sich auf einen Meter dreiundachtzig verteilen und gerade dabei sind, Dostojewski zu lesen?« Meine Mutter zeigte auf mich. »Was glauben Sie, was das ist? Ein Teddybär?«

Die Bemerkung saß. Wie von einer Keule getroffen stand die Frau da und schien bis zur Taille im Linoleumboden zu versinken. Sie schluckte und kehrte – um einen letzten Rest Würde bemüht – an ihren Platz zurück.

Ich löste mich aus dem Menschenstrom, von dem ich mich hatte mitziehen lassen, und blieb am Rand des Bürgersteigs stehen. Die Fußgängerampel war rot. Trotz dichten Verkehrs fuhren die Autos sehr schnell. Ein Stück weiter, direkt an der gegenüberliegenden Fahrbahn, die graue Einfahrt zum Supermarkt.

Plötzlich hatte ich Lust, Vladimir anzurufen, einen meiner Trauzeugen. Ich werde nie vergessen, was er mir einmal gesagt hat, als wir im kühlen Licht der Morgendämmerung aus einem Nachtlokal traten. Ich nahm mein Handy, um seine Nummer zu wählen, aber das Ampelmännchen schaltete auf Grün, und ich wurde von der ungeduldigen Menge mitgerissen.

Auf der anderen Straßenseite tauchte ich in den nächsten Fußgängerstrom ein, um die letzten Meter bis zu meinem Ziel zurückzulegen. Eine entgegenkommende Frau, offenbar Aktivistin einer Kinderwagen-Gang, preschte so energisch auf mich zu, dass ich durch mein Ausweichmanöver im Rinnstein landete. »He!«, rief ich wütend, aber sie marschierte weiter, ohne den heranrauschenden Bus, vor dem ich mich in letzter Sekunde in Sicherheit bringen konnte, eines Blickes zu würdigen. Dabei war ich doch sogar bereit gewesen, ihrem plärrenden Säuglingskonvoi aus dem Weg zu gehen. Offenbar nicht bereit genug. Wenn sich die Damen der Schöpfung erst einmal vermehrt haben, sollen wir Männer uns tiefer vor ihnen verneigen und weiter zurückweichen als das Rote Meer vor Moses und dem Volk der Hebräer auf ihrer Flucht vor den Soldaten des Pharaos – auch wenn wir uns dafür wie Hundekot platt walzen lassen müssen. Dieses unsägliche Verhalten hat mich schon immer auf die Palme gebracht. Es sind nämlich dieselben, die mit dümmlichem Grinsen ihre Sprösslinge bewundern, wenn diese in Zügen ihr Unwesen treiben. Meine Frau kann das auch nicht leiden. Sie findet es unbegreiflich, wie man ein so diktatorisches Privileg für sich beanspruchen kann. Auch deshalb liebe ich sie. Weil ihr diese Dummheit so fremd ist.

Innerlich fluchend schickte ich dem Rambo in Pumps einen grimmigen Blick hinterher und erreichte schließlich den Supermarkt. Mechanisch füllte ich den Einkaufswagen. Nur einmal tauchte ich kurz aus meinen Gedanken auf: Ich half einer jungen Mutter, den Kinderwagen ins Untergeschoss des Geschäfts zu tragen, weil der Aufzug nicht funktionierte. Vielleicht war sie ja auch eine von diesen Trottoir-Terroristinnen, trotzdem zögerte ich nicht eine Sekunde, ihr zu helfen. Wahrscheinlich fände ich es gut, wenn auch meiner Frau geholfen würde. Falls es überhaupt so weit kommt.

Das Kind starb. Einem Diebe gleich schlich der Tod herein und nahm es.

Victor Hugo
Le Revenant – Der Wiedergänger

29. Dezember 2000 – 2. Januar 2001

Nach fast sieben Stunden haben die postnatalen Blutungen der Mutter immer noch nicht aufgehört. Schließlich gelingt es doch noch, die Situation in den Griff zu bekommen, ohne die Mutter mit ihren dreißig Jahren zur Unfruchtbarkeit zu verurteilen. Das Neugeborene ist sehr schwach und wird direkt nach der Entbindung in die Kinderklinik gebracht. Sie kann es nicht einmal mehr in den Arm nehmen.

Trotz Schmerzen und Erschöpfung und obwohl die Infusions- und Drainageschläuche den Körper der Mutter umfangen wie ein Spinnennetz, werden die jungen Eltern am nächsten Tag im Krankenwagen zu ihrem kleinen Sohn gebracht. Er liegt im Brutkasten. Er schläft. Sein Gesicht ist friedlich und glatt wie eine Totenmaske. Sie kann ihn immer noch nicht in die Arme schließen. Er ist zu schwach. Sein Zustand instabil und ungewiss. Die Prognose alles andere als ermutigend.

Am übernächsten Tag bringt man sie wieder ans Krankenbett des Kindes. Man empfiehlt ihnen, es sofort taufen zu lassen, sofern sie das wollen. Man rät ihnen auch, sich innerlich darauf vorzubereiten, dass der Säugling möglicherweise nicht überlebt. Ein Pfarrer wird gerufen. Das Baby wird auf den Namen Ferdinand getauft.

Zwei Tage später, die Eltern essen gerade zu Mittag, klingelt das Telefon, sie sollen sofort kommen. Das Leben des kleinen Ferdinand hängt nur noch am seidenen Faden der Maschinen, an die er angeschlossen ist.

Zum letzten Mal bringt sie ein Krankenwagen zu ihrem dahinsiechenden Kind. Man zwingt sie, zunächst mit einer Psychologin zu sprechen, die zwar Diplome, aber keinerlei Menschenkenntnis besitzt.

»Ist es schlimm für Sie?«, fragt sie mit aufgesetztem Ernst wie die Moderatorin einer sensationslüsternen Talkshow: »Sie leiden, oder? Los, erzählen Sie! Nun sagen Sie schon, dass Sie leiden!«

»Blöde Ziege!«, entfuhr es meiner Frau Jahre später, als sie mir alles erzählte.

Schließlich lässt man sie zum Kind. Endlich kann die Mutter ihren Sohn an sich drücken. Sie nimmt ihn auf den Arm. Eine Krankenschwester hält ihm behutsam das Händchen. Eine andere stellt Kabel und Schläuche ab. Sie spürt, wie sein kleiner Körper kalt wird. Steif.

Es ist aus.

2. Januar 2001

Das Baby ist tot.

Juni 2008

Als der lästige Einkauf erledigt war, ließ ich mich von den Fußgängerströmen bis vor unsere Haustür treiben. Wieder schienen Kinder und werdende Mütter meinen Blick geradezu magisch anzuziehen.

Seit der Schwangerschaft meiner Frau sehe ich Kinder mit anderen Augen. Von werdenden Müttern kann ich das eigentlich nicht behaupten. Sie verkörpern eine Idee, doch als schön habe ich Schwangere noch nie empfunden. Weder früher noch heute. Ich finde einen unförmigen, von Schwangerschaftsstreifen überzogenen und ballonartig aufgeblähten Körper kein bisschen erregend. Meine Frau, die ja schon einmal alles durchlebt hat, sieht das genauso. Ich weiß, dass manche Männer ihren besseren Hälften in dieser Lebensphase mit besonderer Verehrung begegnen. Man könnte fast glauben, sie machen Kinder, um ihre Libido auf Trab zu bringen. Mir ist das ein Rätsel. Zu Beginn der Schwangerschaft kann ich es noch verstehen. Die ersten Rundungen, die voller werdenden Brüste … Es verleiht der Silhouette etwas angenehm Weibliches, Erotisches. Aber im weiteren Verlauf ist mir das Mütterliche einer werdenden Mutter einfach zu viel. Vielleicht ruft es Assoziationen zu meiner eigenen Mutter wach, was die Lust auf leidenschaftliche Begegnungen deutlich schmälert. Nach der Geburt, wenn aus der Schwangeren wieder eine Frau geworden ist, findet eine klare Trennung statt: in die Sphäre der Eltern und die der Liebenden. Das Leben geht auf zwei Ebenen weiter, die sich nur manchmal überlagern. Diese eheliche Schizophrenie ist der einzige Weg, die Geburt eines Kindes zu überstehen. Eben nicht unter das Leichentuch einer funktionierenden Elternschaft zu kriechen, sondern sich weiter zu lieben. Sich lieben wie Liebende.

Kurz bevor der Strom der Passanten an unserer Haustür vorbeiwogte, tauchte ich aus meinen Gedanken und dem Menschenmeer auf. Während ich die fünf Etagen hochstieg, hin zu den Ängsten und Sorgen, die mich oben erwarteten, wurde mir klar, was mich in diesem Moment zum glücklichsten Menschen der Welt machen würde: mitzuerleben, wie sich meine schwangere Frau in einen kugelrunden Hefekloß verwandelt.

– Eine Mutter, ein Vater, der Schmerz,
der schwarze Sarg, die Stirn, die gegen Wände schlägt,
und aus tiefster Seele ein bitteres Schluchzen.
Oh! Alles Sprechen mündet in einen Schrei;
alle Worte müssen verstummen!

Victor Hugo
Le Revenant – Der Wiedergänger

Januar 2001 – Oktober 2001

Zwei Tage später wird die Mutter, ihres Kindes beraubt, zur Leichenhalle gebracht. Man hat den kleinen Toten auf die Seite gebettet, das getrocknete Blut hat sich auf einer Gesichtshälfte gesammelt. Die Mutter schminkt ihn, er soll schön sein am Tag der Totenmesse und Einäscherung.

Diese findet entsprechend der gesetzlichen Frist eine gute Woche später, am 10. Januar, auf dem Friedhof Père-Lachaise statt.

Die Kirche, in der die Zeremonie abgehalten wird, ist noch weihnachtlich geschmückt. Maria, Josef, ein Esel und ein Ochse – allesamt aus Pappmaschee – umringen in Lebensgröße das neugeborene Christuskind, das in einer bunten Krippe liegt. Die Stimmung in diesen geweihten Wänden ist heiter, Weihnachten liegt noch in der Luft.

In den letzten Tagen hat die Mutter lange Telefonate mit dem Priester geführt. Sie haben viel über den Gott der Liebe gesprochen. Alles schien sich gut anzulassen. Doch in der Predigt holt der Priester zu einer langen, zornigen Tirade über den Gott der Rache aus. Und als wäre das nicht schon genug, streikt auch noch der CD-Player, der die von den Eltern ausgewählte Musik spielen sollte.

Es folgt die Einäscherung, die Beisetzung der Urne, die

Rückkehr ins Krankenhaus. Sie hat nur noch einen Wunsch: wegfahren. Weit weg. Schnell. Sie kann nicht mehr. Seit Monaten liegt sie nun schon im Krankenhaus, sie erträgt die Infusionen und Wundschläuche nicht mehr. Die Schwestern haben ihr so viele Spritzen gesetzt, dass sie auf die Venen an ihren Händen ausweichen müssen. Die einzigen Stellen, die noch nicht blau unterlaufen sind. Aber man weigert sich, sie zu entlassen. Die Kaiserschnittwunde hat sich entzündet. Es wäre unvernünftig. Im Übrigen würden die Versicherungen, sollten Probleme auftreten, nicht zahlen.

Sie ruft eine Freundin an, deren Mutter Krankenpflegerin ist. Die Frau erkennt ihre Not und erklärt sich bereit, die häusliche Pflege zu übernehmen. Anderthalb Monate wird sie darauf angewiesen sein. Noch ein Jahr später hat sie eine schmerzende Verdickung an der Hand, die von den Spritzen und Kathetern herrührt.

Epilog.
Zehn Monate später, Ende Oktober. Die beiden essen mit meinen zukünftigen Schwiegereltern zu Abend. Mein Vorgänger ist so wortkarg wie immer. Keine besonderen Vorkommnisse. Trotzdem spürt sie, dass irgendetwas nicht stimmt.

Nach diesem Drama hat sie eine Vielzahl von Spezialisten aufgesucht und sich zahlreichen Untersuchungen unterzogen, um herauszufinden, ob das, was geschehen ist, an ihr liegt; ob sie trotzdem irgendwann in der Lage sein wird, ein Kind zu bekommen. Die Tests und Analysen haben nichts Anormales ergeben. Was ihr widerfahren ist, passiert mit einer Häufigkeit von eins zu tausend. »Künstlerpech«, hat ein Oberguru der Frauenheilkunde und Geburtshilfe lakonisch zu ihr gesagt und es folgendermaßen auf den Punkt gebracht: »Sie sind jung, und Sie haben eine Gebärmutter, was wollen Sie mehr?«

Der Abend verläuft glatt. Man verabschiedet sich. Beide Paare gehen heim. Die Schwiegereltern in ihr Hotel, die beiden in ihre Wohnung.

Als sie schweigend die Treppe hochsteigen, bleibt er stehen. Sie dreht sich zu ihm um und fragt, was los ist.

»Ich liebe dich nicht mehr«, sagt er.

Regungslos steht sie da, während er weitergeht, sie zurücklässt. Sie, die mir später ihre tragische Geschichte erzählen und erklären wird: »Ferdinand ist ein kleiner Komet. Er hat fünf Tage, ein Jahrhundert, ein Jahrtausend gelebt.«

Juni 2008

Die Nacht brach über diesen merkwürdigen Samstag herein. Ich setzte mich an den Esszimmertisch. Versuchte zu arbeiten oder zumindest die Illusion zu erwecken. Aber ich konnte mich nicht konzentrieren. Immer wieder wanderten meine Gedanken zu dem, was uns am nächsten Morgen erwartete. Wie schon den ganzen Tag lang versuchte ich es zu überspielen. Um nichts in der Welt wollte ich meine Frau noch mehr beunruhigen, denn ihre Anspannung war trotz aller Bemühungen ihrerseits, es zu kaschieren, mit Händen zu greifen.

Seit sie mir erzählt hatte, dass sie schwanger war, plagten mich widersprüchliche Gefühle. Einerseits war ich außer mir vor Freude. Die Aussicht, ein Kind zu bekommen, hatte meiner ständigen Nabelschau ein jähes Ende bereitet. Ich erlebte einen radikalen Perspektivenwechsel, der mich aus meiner Ichbezogenheit riss. Dabei fühlte ich mich so stark wie noch nie in meinem Leben. Alles, was ich tat, tat ich schon nicht mehr für mich, sondern für dieses werdende Leben, für das ich Verantwortung übernehmen würde. Im Beruf verlor ich keine Zeit mehr mit diplomatischem Um-den-heißen-Brei-herum-Reden. Ich bezog mit erfrischender Deutlichkeit Stellung, was mich selbst überraschte. Aber gleichzeitig schwitzte ich Blut und Wasser. Ich war der Prototyp des Kerls in den Dreißigern, wie man ihn aus Büchern und Filmen kennt. Furcht vor dem großen Unbekannten. Bammel, die ach so wichtige Freiheit zu verlieren. Schiss, weil jetzt die Jahre der Sorglosigkeit zu Ende gehen. Angst, endgültig erwachsen zu werden.

Obwohl ich mir nichts davon anmerken ließ, schwankte ich zwischen grenzenloser Euphorie und extremer Niedergeschlagenheit. Ich versuchte, meiner Frau möglichst viel Zuwendung zu schenken, während ich gleichzeitig meiner schwindenden, fast schon zerronnenen Jugend hinterherlief, indem ich nächtelang ausging, viel zu viel trank und alles, was mir an Drogen in die Finger kam, konsumierte. Nach einer dieser ausschweifenden Nächte fand ich mich in den frühen Morgenstunden mit Vladimir vor dem Ausgang eines angesagten Nachtlokals wieder. Ich hatte alle möglichen verbotenen Substanzen intus, war aber weder zugedröhnt noch kurz vor dem Umkippen. Ich brannte darauf, ihm – der seinen leiblichen Vater nie gekannt hat – das Geheimnis zu verraten, das meine Frau und ich in den kommenden Wochen den engsten Freunden anvertrauen wollten. Ich konnte nicht anders. Die Freude stand ihm, der immer so abgebrüht wirkt, sofort ins Gesicht geschrieben. Er sah mich lange an, umarmte mich und sagte dann folgenden, mir unvergesslichen Satz: »Jetzt wirst du zum Mann.« Ich habe ihn selten so glücklich gesehen.

Neben all diesen unreifen Männerängsten gab es jedoch eine noch viel größere Angst, die nicht mir galt, sondern meiner Frau. Nach allem, was sie mit Ferdinand durchgemacht hatte, wünschte ich ihr nun eine glückliche und entspannte Schwangerschaft. Im Gegensatz zu meinem Vorgänger versuchte ich, aufmerksam und sensibel auf die tief greifenden Veränderungen ihres Körpers zu reagieren. Jeden Abend schmiegte ich mich an ihren Rücken und schlief mit der Hand auf ihrem Bauch ein. Im Alltag achtete ich darauf, dass sie Anstrengungen vermied, in ihrem Fall eine nicht immer leichte Aufgabe. An drei Abenden pro Woche hatte ich beruflich in der Nähe ihres Büros zu tun. Sobald ich fertig war, ging ich zu ihr und setzte ihr freundlich die Pistole auf die Brust, bis sie den Computer ausschaltete und mit nach Hause kam. Selbst wenn ich nachts wie ein Besessener loszog, um meine verloren geglaubte Jugend festzuhalten, schlief ich anschließend an ihren Rücken geschmiegt ein, die Hand auf ihrem Bauch. Im Übrigen hatte ich Angst um sie. Angst, dass irgendetwas schiefging und ihre Mutterschaft in Gefahr brachte. Meine Furcht davor, Vater zu werden, wich immer wieder der noch viel größeren Furcht, es nicht zu werden. Um meiner selbst willen, aber vor allem ihretwegen, denn ich wollte nicht, dass sich das Drama wiederholte, das sie schon einmal erlebt hatte. Wenn sie morgens im Badezimmer verschwand, hatte ich jedes Mal Angst, sie würde mit bleichem, verstörtem Gesicht wieder herauskommen.

Zur Beruhigung rief ich mir alle glücklichen Momente in Erinnerung, die wir gemeinsam erlebt hatten. Selektiver Aberglaube. Wir waren von Gott gesegnet. Nichts konnte uns etwas anhaben. Und überhaupt hatten wir beide in unserem Leben schon genug Tribut gezahlt. Ich wollte einfach nur fest an meinen eigenen Stern glauben. Es konnte nicht sein, dass er mir so oft aus der Klemme geholfen und mir nun dieses Geschenk gemacht hatte, nur, um es mir gleich wieder wegzunehmen.

Außerdem hatte ich nicht als kleiner Junge Superman

und Zorro gespielt, um mich jetzt von irgendwelchen Hasenfuß-Szenarien einholen zu lassen. Ich bin ein echter Kerl aus dem Südwesten. In meinen Adern fließt baskisches Blut: das schlimmste, also auch das beste. Ich bin im Land von d'Artagnan und Cyrano de Bergerac groß geworden. Sie sind meine Brüder im Geiste. Ich bin aus dem gleichen Holz geschnitzt wie sie. Das bisschen Blut wird schon nicht so schlimm sein. Und wenn diese dummen Blutungen einfach nicht aufhören, dann halt ab ins Krankenhaus. Die werden uns schon bestätigen, dass alles in Ordnung ist, eine Lappalie, ein kleiner, nicht sehr geschmackvoller Schabernack, der bald vorbei ist. Das wäre doch gelacht!

Aber sosehr ich auch versuchte, mir das Zeug eines Weißen Ritters, eines maskierten Beschützers von Witwen und Waisen anzudichten, das Gedankenkarussell in meinem Kopf wollte nicht stillstehen. Wie gern hätte ich Vladimir oder einen der wenigen Freunde angerufen, die über die Schwangerschaft meiner Frau Bescheid wussten. Aber dafür hätte ich mich in die Küche zurückziehen und flüstern müssen. Zu suspekt. Ich durfte mir nicht anmerken lassen, wie aufgewühlt ich war. Ich musste stark sein, entspannt, zuversichtlich.

Ich stand von meinem Schreibtisch auf, an dem ich doch nur angstvolle Gedanken gewälzt hatte, und ging zu meiner Frau, die auf dem Bett lag und las. Ich gab ihr einen Kuss, legte mich neben sie.

»Ich habe Schmerzen, weißt du?«

Ich verschanzte mich hinter einem aufmunternd-einfühlsamen Lächeln, um meine Gefühle in Schach zu halten.

»Wo denn?«

»Hier.« Sie zeigte auf ihren linken Handrücken. »Da hatte

ich doch ein Jahr lang so einen Knubbel, nach dem Tod von Ferdinand.«

Stille. Jetzt bloß nicht denken, es sei eins dieser schwachsinnigen Zeichen, an die du nicht glaubst. Stark sein, nicht in der Traurigkeit ertrinken, die wie eine Welle über dich hinwegrollt. Stark sein.

Die Nacht hatte den Himmel verschluckt. Es war schon spät. Eingelullt vom leisen Brummen der Straße, nahm ich eine Schlaftablette. Ich schmiegte mich an meine Frau und legte ihr die Hand auf den Bauch. Sie nahm sie und schob sie behutsam unter ihre Brust.

Noch ein schlechtes Zeichen? Nein. Die Erinnerung an den Knubbel auf ihrer Hand und jetzt diese Geste hoben sich gegenseitig auf. Wie in der Mathematik. Das Produkt von zwei negativen Zahlen ist positiv.

Sommer 2005

An dem Abend, an dem wir uns kennenlernten, legte sie mir zum Abschied die Hand auf den Bauch. Das war um fünf Uhr morgens.

In jenem Sommer war für mich eine Affäre zu Ende gegangen, die mich emotional ausgeblutet hatte. Eine narzisstische Perverse, wie sie im Buche steht. Eine Perverse, die dich verrückt macht und peu à peu deine Freundschaften zerstört, damit du immer mehr in ihre bösen, abartigen Fänge gerätst. Die dich am Wickel deiner sexuellen Begierden hat. Es schafft, dass du den Wald vor lauter Bäumen nicht siehst. Dich fertigmacht, bis du nur noch ein armseliges Häufchen Elend bist und dein Selbstwertgefühl in Schutt und Asche liegt.

Aus diesem Grund war ich in jenem Sommer für eine Woche ins Baskenland geflohen, zu meiner Patentante. Seit dem Goldenen Zeitalter meiner Jugend war ich nicht mehr dort gewesen. Aber die Perverse hatte mich dermaßen verheizt, dass ich beschloss, mir eine Auszeit zu nehmen und mich auszutoben, als sei ich noch ein fünfzehnjähriger Teenager. *Sea, sex and rock 'n' roll* lautete die Devise: Ausgehen, lachen, surfen, Frauen aufreißen. Hauptsache, locker sein und den Verstand ausschalten.

Mein Aufenthalt neigte sich dem Ende zu. Nur noch eine Nacht. Am nächsten Tag würde ich wieder nach Bordeaux fahren, um für ein paar Tage einen Kumpel aus Paris und seine damalige Freundin zu beherbergen.

In puncto Surfen und Ausgehen hatte ich meine Pläne umgesetzt, für den Programmpunkt »Sex, als gäbe es kein morgen« hatten sich allerdings nicht viele Interessentinnen gefunden. Die Bilanz war eher niederschmetternd: null, nichts, zero. Ich hatte mir zwar Ziele gesetzt, war aber weder mit dem Herzen noch mit irgendeinem anderen Körperteil wirklich bei der Sache. Mein amouröses Fiasko mit einer Bekloppten hatte unerwartet tiefe Spuren hinterlassen. Ich fühlte mich wie ein ramponierter Waschlappen. In emotionaler und sexueller Hinsicht wie gelähmt. Ich wartete auf nichts und niemanden. Nichts und niemand erwartete mich.

Am Tag vor meiner Abreise erhielt ich nachmittags, ich kam nach einem ausgefüllten Surf- und Strandtag gerade aus der Dusche, einen Anruf von Gina, einer lesbischen Freundin, die sehr witzig und exzentrisch ist. Ein echter Feger, ausgestattet mit einem unglaublichen Dekolleté, das ihrer Schlagfertigkeit in nichts nachsteht und für jeden normal tickenden Hetero ein Hort der Verheißungen ist.

»Seien Sie gegrüßt, Vicomte, hier spricht die Marquise von Merteuil!«

Wir hatten uns vor anderthalb Monaten auf einer privaten Verkaufsveranstaltung von Markenklamotten kennengelernt. Ich jobbte dort, um mich von meiner emotionalen Bruchlandung mit der Perversen zu berappeln, die mich auch finanziell zur Strecke gebracht hatte. Der Organisator, Richard, der inzwischen zu den wenigen Vertrauten gehörte, die von der Schwangerschaft meiner Frau wussten, war eng mit dem Feger befreundet.

»Gina! Liebe Marquise, wie geht es Ihnen?«

Wir waren uns gleich sympathisch gewesen und hatten zusammen mit Richard ein paar denkwürdige Feste gefeiert, bei denen unsere prätentiösen Spitznamen aus den *Gefährlichen Liebschaften* entstanden waren. Gina war bei einem sonnigen Mittagessen mit einem pikanten Vorschlag herausgerückt: »Ich arbeite in einer Werbeagentur, wo es nur Frauen gibt«, hatte sie gesagt. »Und zwar nur Frauen, die Männer lieben, für mich also uninteressant. Die sind ziemlich süß, hättest du was dagegen, dich an meiner Stelle ein bisschen um sie zu kümmern?« Klar, dass ich diesen Pakt gern mit ihr schloss.

»Weißt du noch, worüber wir neulich gesprochen haben, Kindchen? Die Mädchen aus meiner Agentur?«

»Wie hätte ich das vergessen können?«

»Tja, du wirst es nicht glauben, aber meine Favoritin kommt heute Abend nach Biarritz. Sie verbringt die Feiertage um den 14. Juli bei ihren Eltern, die dort ein Haus haben. Ich habe ihr deine Nummer gegeben, sie ruft dich an.«

»Wunderbar.«

Mit meiner Begeisterung war es gar nicht mehr so weit her, doch ich wollte ihren Enthusiasmus nicht bremsen.

»Ich gebe dir auch mal ihre Nummer, zur Sicherheit. Hast du etwas zum Schreiben?«

Ich tippte die Nummer der Unbekannten direkt in mein Handy.

»Gut! So kann ich nur hoffen, dass Ihr Euch des Vertrauens, das ich in Euch setze, würdig erweist, Vicomte …«

»Sie dürfen sich darauf verlassen, liebe Marquise, dass ich in aller Ausführlichkeit berichten werde.«

Ich zog mich an und fuhr zu meinem Cousin Luca, um ihm bei der Vorbereitung des opulenten Grillfestes zu helfen, das er geplant hatte.

In der Zwischenzeit hatte ich mit der jungen Frau, deren Nummer mir Gina gegeben hatte, ein paar SMS gewechselt. Ich hatte immer noch keine besonderen Erwartungen, was dieses Rendezvous betraf, Treffpunkt um zweiundzwanzig Uhr vor dem Hermès-Laden. Ich wollte einfach noch etwas trinken und hoffte, dass sie sich als witzig und sympathisch erweisen würde.

Als ich Luca und seine Gäste auf dem klapprigen Motorroller, den er mir für meinen Aufenthalt geliehen hatte, verließ, lag mir nichts ferner als der Gedanke, dass ich zum Rendezvous mit einer Unbekannten fuhr, die zwei Jahre später meine Frau werden würde.

Der Tag kam, und sie brachte wieder ein Kind zur Welt.
Der glückliche Vater rief: »Es ist ein Junge.«
Doch nur der Vater war glücklich in diesem Haus;
die Mutter blieb niedergeschlagen; verloren in ihren Erinnerungen,
gab sich die bleiche Wöchnerin ihren Gedanken hin.
Auf einem Kissen brachte man ihr das Kind;
sie ließ es geschehen und gab ihm die Brust;
vergrämt dachte sie mehr
an die verflossene Seele als an ihren neuen Sohn,
an Leichentücher als an Kinderwindeln.
Sie sagte: »Mein Engel liegt allein in seinem Grab!«
Da hörte sie plötzlich – oh gütiges Wunder! oh glückstrahlende Mutter! –,
wie der Neugeborene mit vertrauter Stimme
in ihren Armen leise zu ihr sprach und flüsterte:
»Ich bin es. Sag es nicht.«

Victor Hugo
Le Revenant – Der Wiedergänger

Juni 2008

Sonntagmorgen. Die Tablette hatte mir geholfen, in einen traumlosen Schlaf zu fallen. Draußen war der Himmel wolkenverhangen und fahl.

Ich stand auf, um Frühstück zu machen. In der Küche hörte ich meine Frau ins Bad gehen. Die Wolken, die sich wie eine Haube über die Stadt gelegt hatten, würden sich im Lauf des Tages verziehen, redete ich mir ein. Bestimmt. Und unsere Sorgen auch.

Sie kam zu mir. Ich kümmerte mich, als ob nichts gewesen wäre, weiter ums Frühstück und verbiss mir die schicksalhafte Frage: »Und?«

»Aprikose oder Erdbeere, was willst du aufs Brot?«, fragte ich stattdessen. »Es geht auch beides, heute ist alles erlaubt.«

»Ich habe immer noch Blutungen.«

»Stark?« Um nicht die Fassung zu verlieren, beschäftigte ich mich mit dem Toaster.

»So wie gestern.«

»Kannst du mir die Nummer vom Krankenhaus geben und mir das Telefon bringen?«

Während ich Kaffee, Toast, Butter und Marmelade auf das Tablett stellte, rief ich in der Notaufnahme der Geburtsklinik an. Kein Problem, wir konnten jederzeit kommen.

Meine Frau ging duschen. Ich wartete im Sessel darauf, an die Reihe zu kommen, den Blick starr auf das Bild geheftet, das an unserer Wohnzimmerwand hing.

In unserer Wohnung wohnte früher meine Freundin Christel mit ihrem Sohn. Sie war eine Malerin mit esoterischem Hang zu Tarotkarten, Engelsglauben und solchen Dingen und hatte uns mehrmals die Karten gelegt, als wir bei ihr zu Abend aßen. Während einer dieser Séancen hatte sie meiner Frau gesagt, Ferdinands Seele warte auf die Reinkarnation und werde wahrscheinlich in anderer Hülle zurückkommen, wenn sie mit mir ein Kind hätte. Irrationale Spinnereien, die uns nicht sonderlich beeindruckten. Wir gaben vage Zeichen der Zustimmung wie zwei Psychiater, deren Interesse an den Neurosen ihrer Patienten nach Jahrzehnten des Zuhörens erloschen ist.

Später lachten wir darüber und hakten die Sache damit ab. Bis wir selbst in die Wohnung zogen und beim Ablösen der alten Tapeten im Wohnzimmer auf einen mit Leim geschriebenen Schriftzug stießen. Buchstaben, die ganz offensichtlich *Mama* bedeuteten. Wir versuchten verzweifelt, das Wort abzuschrubben, aber es half nichts, die Buchstaben ließen sich nicht auslöschen.

Wieder musste ich an Victor Hugos Gedicht *Le Revenant* denken. Die zeitliche Übereinstimmung war wirklich erstaunlich. Als die Gynäkologin meiner Frau bestätigt hatte, dass sie schwanger war, hatte sie in einem mir unbegreiflichen Verfahren nicht nur den Zeugungstermin errechnet, sondern auch den wahrscheinlichen Geburtstermin. Offenbar war mit der Geburt Ende Dezember zu rechnen. Ferdinand war am 29. Dezember 2000 auf die Welt gekommen.

Das Wasser hörte auf zu rauschen, meine Frau kam aus der Dusche. Ich ging ins Bad, um ebenfalls zu duschen und alle abergläubischen Gedanken zu verscheuchen.

Sommer 2005

Ich stellte den Roller ab und fluchte, weil ich satte fünfzehn Minuten zu spät war. Die Pünktlichkeit war bei mir schon immer ein bisschen zwanghaft. Ich hasse es, mir die Beine in den Bauch zu stehen, deshalb versuche ich, andere auch nicht warten zu lassen. Ein stalinistischer Wesenszug, aber ich glaube, der einzige.

Fünfzig Meter vom vereinbarten Treffpunkt entfernt war ich an einer Ampel von zwei Polizisten angehalten worden. Dabei trug ich einen Helm und war auch nicht zu schnell gefahren, alles im grünen Bereich, was man allerdings von dem motorisierten Blechhaufen, den mir mein Cousin geliehen hatte, nicht behaupten konnte: kein Rückspiegel, Hinterradbremse außer Betrieb, Reifen ohne Profil und dazu eine Versicherung, die vor läppischen zwei Jahren abgelaufen war. Hinzu kam, dass der E-Starter nur funktionierte, wenn er Lust hatte. Meistens musste man es etliche Male mit dem Kickstarter versuchen, der genauso launisch war wie der Startknopf. Und als wäre das alles nicht schon genug, hatte ich für den Roller keine Papiere vorzuweisen. Wobei die ihr Dasein genauso vollendet hatten, wie es mein zweirädriges Gefährt wahrscheinlich in naher Zukunft tun würde. Es war abzusehen, dass mich eine Geldstrafe erwartete, die mindestens so gesalzen war wie der Atlantik, doch die beiden Ordnungshüter entließen mich – welch unerwartete Fügung! – mit einem »Na, los, nun fahren Sie schon weiter« in die Freiheit. Anstatt mich in ausschweifende Erklärungen zu ergehen, von wegen der Roller gehöre ja gar nicht mir, sondern meinem Cousin, und der habe ihn schon seit Ewigkeiten überhaupt nicht mehr benutzt und blablabla, hatte ich den beiden schlicht und ergreifend gesagt, ich hätte ein Rendezvous mit einer jungen Frau, da vorn, vor dem Hermès-Laden. So läuft das im Baskenland. Da gibt es klare Prioritäten, an denen nicht zu rütteln ist: das Rugby, das Surfen, die Kumpel, der Aperitif und die Weiber.

Ich war noch dabei, den Roller abzuschließen, da hörte ich hinter mir eine leise Stimme.

»Guten Abend …«

Ich drehte mich um und sah, dass so etwas wie ein Model vor mir stand. Auf den ersten Blick richtig hübsch, aber nicht bezaubernd.

»Guten Abend!«

Wir hatten uns aufeinander zubewegt, um die beiden obligatorischen Wangenküsschen auszutauschen.

»Tut mir leid, dass ich zu spät komme, aber ich bin da vorn von der Polizei angehalten worden, und das wäre um ein Haar eine ziemlich teure Angelegenheit geworden …«

»Wegen …« Sie zeigte auf den Roller.

»Eigentlich kein Wunder, bei der alten Karre …«, räumte ich ein und konnte es mir nicht verkneifen, eine der berüchtigten Charmeur-Bemerkungen hinzuzufügen, die meine Spezialität sind: »Eher unpassend für den auserwählten Ritter einer Dame!«

Wir gingen los, um am Port des Pêcheurs etwas zu trinken. Später gab sie zu, dass sie mich, wäre mein fahrbarer Untersatz nicht so abgewrackt gewesen, sehr viel unsympathischer gefunden hätte. Schlimmer noch: Wenn ich ihr bei einer Einladung in Paris begegnet wäre, wo ich wie immer »den Entertainer rausgekehrt hätte« (ihr Lieblingsausdruck, wenn sie sich über mich lustig macht), hätte sie gar nicht erst mit mir geredet.

So spazierten wir also an der Grande Plage entlang über die Promenade Richtung Port des Pêcheurs. Wir kamen sofort ins Gespräch. Je länger ich ihr zuhörte und je länger ich sie ansah, desto hübscher fand ich sie. Ich mochte den melodischen Klang ihrer Stimme, ihren leichtfüßigen Gang, ihr klares, spontanes Lachen. Außerdem hatte ihr Gesicht ein gewisses Etwas, einen Ausdruck, der mich berührte.

Bei einer Karaffe Sangria nahm unser Gespräch rasch eine vertrauliche Wendung. Ich erzählte ihr in aller Ausführlichkeit von meinen jüngsten Enttäuschungen. Da hatte sie mir schon von ihren berichtet, mit Männern, denen sie den Beinamen »die Zauberer« gab.

»Du kennst sie seit einer Woche, vielleicht auch zwei. Die Sache läuft gut. Alles ganz entspannt, ohne Druck oder irgendwelche Verpflichtungen. Man sieht sich, man sieht sich nicht, egal. Es geht vor allem darum, eine schöne Zeit miteinander zu haben. Und auf einmal, von einem Tag auf den anderen – dabei hast du sie nie darum gebeten, dich zu heiraten oder dir gar ein Kind zu machen –, simsalabim, sind sie weg!«

Zwischen den Zeilen war deutlich zu lesen, dass auch sie keine Erwartungen mehr hegte.

Später vertraute sie mir die Geschichte von Ferdinand an. Es beeindruckte mich, wie gefasst sie war. Der Stress und die Probleme, die ich mit meiner perversen Hysterikerin gehabt hatte, waren plötzlich an Belanglosigkeit kaum zu überbieten. Ich bestellte die nächste Karaffe Sangria, und das Gespräch ging weiter.

Als das Café zumachte, wollte sie einen Joint rauchen und mir ihren Lieblingsplatz in Biarritz zeigen. Ich rauchte schon seit über zehn Jahren kein Gras mehr, aber hätten wir uns jetzt voneinander verabschieden sollen? Schließlich hatte mir ihr seltsamer, um nicht zu sagen hässlicher Daumen, dessen Fähigkeiten sie in höchsten Tönen gelobt hatte, zu diesem Zeitpunkt schon komplett den Kopf verdreht.

Sie führte mich zu einer der Bänke am Platz vor dem alten Kasino. Der Blick auf das Hôtel du Palais und die Bucht vor der Grande Plage war wunderschön. Während sie eine Zigarette rauchte, machte ich Anstalten, mich gemütlich auf den Rücken zu legen. Dabei tat ich, als wollte ich meinen Kopf auf ihren Schoß betten, um ihn dann im letzten Moment doch noch auf der Bank abzulegen. Ein alter baskischer Casanova-Trick, der für erotisches Knistern sorgt.

Wir plauderten weiter, bis wir von Nachtschwärmern unterbrochen wurden, die ich kannte. Sie waren schon ziemlich abgefüllt und gesellten sich für einen Moment zu uns, zogen weiter, kamen dann doch wieder zurück. Als sich einer dieser Leute, ein Grillgast meines Cousins, betrunken auf unsere Bank plumpsen ließ, suchten wir das Weite.

Es wurde eine jener beschwingten Nächte, in denen man sich glückselig treiben lässt. Eine Nacht, wie ich sie seit Langem nicht mehr erlebt hatte. Vielleicht nicht mehr seit jenem Sommer hier in Biarritz, als ich fünfzehn war. Eine

Nacht, in der man redet, um die Zeit anzuhalten und den Moment der Trennung hinauszuzögern.

Auf vielen Umwegen gelangten wir wieder an unseren Ausgangspunkt vor dem Hermès-Laden. Es war fast fünf Uhr morgens, wir waren beide überrascht. Still wie ein See lag der Ozean da. In den nächsten Tagen war nicht mit Wellen zu rechnen, mit dem Surfen war also erst mal Schluss. Insofern konnte ich getrost nach Bordeaux fahren und meine Freunde empfangen.

Wir rauchten eine letzte Zigarette. Sie hatte sich auf den Sitz des Rollers gesetzt. Ich hätte schreien können, so schön war sie.

»Hast du im Moment jemanden?«, fragte sie, den Blick möglichst weit von mir abgewandt.

»Nichts von Bedeutung.«

Unsere Zigaretten waren zu Ende geraucht. Sie stand auf, und als wir unsere Abschiedsküsschen austauschen wollten, drehten wir mehrmals den Kopf in dieselbe Richtung und hätten uns um ein Haar auf den Mund geküsst. Dann kam es: Bevor sie sich zum Gehen wandte, legte sie mir eine Hand auf den Bauch.

Ich sah ihr nach wie ein zaghafter Verehrer, der darauf hofft, dass sich seine Auserwählte noch einmal umdreht. Sie tat es und winkte mir ein letztes Mal zu.

Diesmal sprang meine Müllhalde auf Rädern sofort an, und ich machte mich auf den Rückweg zu meiner Tante nach Bidart, zwanzig Minuten, wenn man mich nicht wieder anhalten würde.

Während der ganzen Fahrt wurde ich das dümmliche, glückselige Grinsen nicht los, das mir im Gesicht klebte. Ich fühlte mich gut. Und kam mir vor wie ein Trottel. Ich war glücklich, ein Trottel zu sein. Ich war wieder fünfzehn. Ich war verliebt.

Aber in gut zwölf Stunden würde ich abreisen und sie wahrscheinlich nie wiedersehen.

Juni 2008

Zehn Uhr morgens. Die Straßen still, praktisch kein Verkehr. Das reglose Weiß des Himmels lag wie angeheftet über den Dächern der Stadt. Wir stiegen in ein Taxi. Das Krankenhaus, in dem die Geburt stattfinden sollte, lag am anderen Ende von Paris. Mit der Metro zu fahren kam nicht infrage. Schon gar nicht an einem Sonntag, wo alles in Frankreich wie in Zeitlupe läuft.

Im Radio wurde gerade das *Ave verum corpus* von Mozart gespielt, gesungen von Kiri Te Kanawa. Ausgerechnet dieses Stück. Wir hatten es auf unserer Hochzeit beim Tausch der Ringe gehört. Ich versuchte mich an den Gedanken zu klammern, dass Christel dies als gutes Omen interpretiert hätte, das auf einen glücklichen Ausgang hindeutete. Aber es fiel mir schwer, daran zu glauben. Bei diesem sehr kurzen Stück – gerade mal drei Minuten lang – ist zwar schon in den ersten Takten Mozarts Handschrift zu erkennen, doch die Erwartungen erfüllen sich nicht. Der sanfte, verhaltene Klang stellt uns ein glanzvolles, prächtig ausgeschmücktes Finale in Aussicht. Aber nichts dergleichen geschieht. Nichts. Die Musik bleibt verhalten, bis die letzten Töne verklingen, sanft wie welke Blätter, die zu Boden sinken.

Ich wusste nicht mehr aus noch ein. Welchem Omen sollte ich Glauben schenken? Der Hinweis auf unsere Hochzeit schien gerade in dieser Situation ein gutes Zeichen zu sein, doch andererseits konnte man die Struktur des Stückes, das Erwartungen auf ein furioses, glanzvolles Ende weckt und diese dann doch nicht erfüllt, auch als schlechtes Vorzeichen deuten.

Ich öffnete das Fenster einen Spalt weit, und die fahle Morgenluft wehte meine sinnlosen Gedanken fort. Oscar Wilde hatte recht: Wenn man überall Zeichen sah, wurde das ganze Leben zur Qual.

Nichtsdestotrotz dachte ich im Taxi wieder darüber nach, was es heißt, ein Kind zu bekommen: ein Hindernislauf, man könnte fast sagen: ein Leidensweg.

Zunächst einmal das Schwangerwerden, allein das konnte schon zu einem Problem werden. Bei uns hatte es allerdings bei einem der ersten Versuche geklappt.

Dann die Suche nach einem Krankenhaus, in dem zum Geburtstermin noch Betten frei sind. Man könnte meinen, alle Pariserinnen hätten sich abgesprochen, am selben Tag zu entbinden.

Gleich zu Beginn der Schwangerschaft stellt sich zudem die Frage, ob die Blutgruppen der Eltern kompatibel sind, weil es andernfalls zu einer Blutgruppenunverträglichkeit zwischen Mutter und Kind kommt. Unsere waren, wie sich herausstellte, unverträglich: A negativ (meine Frau) und 0 positiv (ich). Bei der harmlosesten Blutung würde der Körper meiner Frau Antikörper entwickeln, um die roten Blutkörperchen des Fötus zu zerstören, die er als Bedrohung betrachten würde. Dies konnte beim ungeborenen Kind zu einer schweren Anämie führen, eventuell auch zu

Ödemen, Gelbsucht oder Gehirnverletzungen, die dann eine Transfusion oder den kompletten Blutaustausch erforderlich machten. Als meine Frau mir diese Neuigkeit am Telefon überbrachte – sie hatte gerade die Ergebnisse der Blutuntersuchung im Labor abgeholt –, war ich entsetzt. Sie hatte mich beruhigt. So etwas sei ganz normal. Oder zumindest komme es extrem häufig vor.

Sie kannte das schon vom ersten Mal. Sie musste nur regelmäßig ihr Blut untersuchen lassen und innerhalb von zweiundsiebzig Stunden nach der Geburt eine Anti-D-Spritze bekommen, um zu verhindern, dass der Körper die gegen das Baby entwickelten Antikörper gegen sich selbst richtete. Sollte sie irgendwann einmal Blutungen haben – aber warum sollte so etwas passieren? –, würde sie dieselbe Spritze bekommen. Von diesem Moment an war ich, von Natur aus ein etwas ängstlicher Typ, jedes Mal besorgt, wenn sie von der Toilette kam.

Und das war nur der Anfang. Reden wir nicht von den etlichen Ultraschalluntersuchungen, bei denen die Anzahl der Finger und Zehen kontrolliert und die Nackendicke gemessen wird, wichtigster Hinweis auf eine mögliche Missbildung oder Trisomie, oder von der dann unter Umständen notwendigen Amniozentese, die wiederum im Fall einer Blutgruppenunverträglichkeit zu Komplikationen führen und eine Fehlgeburt auslösen kann – von den tausend unvorhersehbaren Dingen, die sowieso jederzeit auftreten können, ganz zu schweigen. Es lag also noch ein langer Leidensweg vor mir. Nichtsdestotrotz hoffte ich nun, ihn weiter beschreiten zu dürfen, auch wenn ich mich vor lauter Stress täglich übergeben oder auf andere Weise vor die Hunde gehen würde. Wie sagte noch mein Freund Cyrano, als er an der Schwelle des Todes gegen die Geister seiner alten Feinde den Degen schwang: »Weit schöner ist ein aussichtsloser Krieg.«

Das Taxi setzte uns am Haupteingang des Krankenhauses ab. An der Pforte fragten wir nach der Geburtsabteilung. Man schickte uns zu einem Pavillon am Ende der Allee.

Nach einigem Umherirren fanden wir den Eingang zur desinfizierten Krankenhauswelt. Die junge Frau hinter der Empfangstheke war so freundlich wie eine Kerkertür.

»Worum geht's?«

Kein Guten Tag, kein Hallo, kein gar nichts.

Ich nannte unseren Namen und den Grund für unser Kommen. Das leichte, linksseitige Schielen verlieh unserer Kerkermeisterin eine geradezu grausige Ausstrahlung.

»Warten Sie hier.« Sie deutete auf eine Aneinanderreihung von grünen und roten, in die Wand eingelassenen Sitzen. »Ich sage der diensthabenden Ärztin Bescheid.«

Wir dankten ihr und setzten uns.

Und damit begann das, was der beste Nährboden für Ängste und Grübeleien ist: das Warten.

Sommer 2005

Als ich die Augen aufschlug, war das glückselige Lächeln, mit dem ich mich ins Bett gelegt hatte, immer noch nicht von meinen Lippen gewichen. Ich hatte mit etlichen Unterbrechungen gerade mal drei Stunden geschlafen, aber müde war ich nicht.

Sofort griff ich zum Handy. Ich hoffte auf eine SMS der Frau, von der ich mich kurz vor Sonnenaufgang getrennt hatte, aber mein Postfach war hoffnungslos leer. Es enthielt nur die Nachrichten, die wir direkt nach unserem Abschied ausgetauscht hatten.

Ich: *Danke fürs Verzaubern …*

Ziemlich billig, aber wirkungsvoll.

Sie: *Dank fürs Verzaubern zurück …*

Von daher mein unruhiger Schlaf.

Ich stand auf und lief meiner Patentante Nathalie in die Arme, die gerade aufbrach, um ihre Surfschule zu öffnen.

»Schon wach?« Sie war überrascht, dass ich an diesem erschreckend wellenlosen Tag schon auf den Beinen war.

Bei ihr surft jeder: Ihre drei Kinder, in der Familie *United Colors of Benetton* genannt (in der Reihenfolge ihres Erscheinens Luca mit italienischem Vater, Pepito in Brasilien adoptiert und Alix mit einem Franzosen gezeugt), aber auch ihr Lebensgefährte François und dessen beide Söhne aus erster Ehe, Jérémy und Justin. Ihr Haus ist ein wahres Mekka der Surfkunst: Dutzende von Anzügen unterschiedlicher Machart, mit denen man für alle Temperaturen und Jahreszeiten gerüstet ist, und Bretter in jeder erdenklichen Größe und Ausführung, passend zu allem, was das Meer an Wellen zu bieten hat. Hier wird das Surfen gelebt, beim Reden, Essen, Trinken, Schlafen, Träumen, Denken – alles dreht sich ums Surfen. Ich hege im Übrigen den Verdacht, dass diese Leute in einem dunklen, stillen Eckchen ihres Hauses einen geheimen Altar zu Ehren Poseidons oder Neptuns errichtet haben.

Anstelle einer Antwort fuhr ich mir erst einmal durchs Haar. Dann erzählte ich meiner Tante, was mir am Abend zuvor passiert war.

»Warum rufst du sie nicht an?«

»Es ist gerade mal neun, ich will sie doch nicht wecken …«

»Dann schick ihr eine SMS.«

»Und wenn sie ihr Handy noch an hat? Das Piepen könnte sie auch wecken …«

»Willst du heute Abend wie ein Idiot zurück nach Bordeaux fahren? Wenn sie auf keinen Fall geweckt werden will, hat sie ihr Handy doch wohl ausgemacht, oder?«

»Stimmt …«

»Meiner Meinung nach hat sie auch nicht viel geschlafen. Ich gehe jede Wette ein, dass sie schon auf ist und sich gerade genauso den Kopf zerbricht wie du.«

»Glaubst du?«

Ich hatte dieses »Glaubst du?« kaum ausgesprochen, da wurde mir bewusst, wie unsagbar dämlich es klang. Nathalie zuckte die Schultern, verdrehte die Augen und gab ein »Aber natürlich!« von sich, mit dem sie mir zweifelsfrei klarmachte, dass ich auf geradezu kindische Weise verliebt war.

»Komm schon, verlass dich auf meine langjährige Erfahrung. Auf der Küchentheke steht Kaffee, und da sind auch Schokobrötchen. Bis später am Strand. Oder auch nicht …«

Sie zwinkerte mir zu und stieg in ihren bunt bemalten Van mit der Aufschrift *Die Wellen-Schule*. Ich schenkte mir Kaffee ein und zündete mir eine Zigarette an. Ich überlegte, ob ich ein Pain au Chocolat essen sollte, aber ich hatte keinen Hunger.

Eine gute Viertelstunde lang kämpfte ich mit mir, rauchte eine Zigarette nach der anderen und ging schließlich in den Garten. Der Himmel war so klar, dass man den Berg La Rhune deutlich erkennen konnte. Es war jetzt schon heiß. Am Nachmittag würde die Sonne vom Himmel brennen.

Endlich fasste ich mir ein Herz und schrieb ihr.

Obwohl die Nacht so kurz war, habe ich von dir geträumt, und ehrlich gesagt war es kein Albtraum, ganz im Gegenteil … Und du? Gut geschlafen?

Als ich diese SMS abgeschickt hatte, wurde mir bewusst, wie unglaublich lächerlich sie war. Ich war erschüttert. Erschüttert über mich selbst. Wenigstens waren meine Absichten jetzt klar. So klar, dass ich eigentlich mit einer ebenso klaren Antwort rechnen durfte.

Aber es kam nichts. Funkstille. Ich rauchte, als gäbe es kein Morgen, und tigerte durch den Garten, bis ich die ganze Wiese umgepflügt hatte.

Eine halbe Stunde später schickte sie mir endlich ihre Antwort:

Guten Morgen, schön, dass du gut geschlafen hast, was ich von mir nicht behaupten kann. Vielleicht war die letzte Nacht zu aufregend …

Sie hatte die Tür nicht zugeschlagen. Im Gegenteil. Jetzt galt es, Nägel mit Köpfen zu machen.

Konnte auch nicht einschlafen … Der berauschende Gedanke an dich ist mir wohl zu Kopf gestiegen … Es tut mir leid, dass ich heute fahren muss.

Oh weh, abgedroschener ging's ja wohl kaum. Wie konnte man nur so linkisch sein!

Und mir erst. Ich hätte gern mehr von dir gehabt, ein kleines bisschen.

Da war es schon, ihr typisches »ein kleines bisschen«.

Von mir aus kannst du haben, so viel du willst, was hoffentlich raue Mengen sind. Lust, dich zu sehen …

Wie ich mich kenne, hätte unser digitales Versteckspiel kein Ende gefunden, wir wären wahrscheinlich heute noch dabei, aber dann klingelte mein Handy. Das war sie. Treffen in einer halben Stunde am Strand von Miramar. Zum Schwimmen.

Ich sauste wie der Blitz unter die Dusche, seifte mich in Rekordzeit ein, putzte mir viermal die Zähne, verschlang hastig drei Kaugummis, um nicht nach Zahnpasta zu riechen, setzte fluchend, weil er mir die Haare platt drückte, den Helm auf, schwang mich nach zehnminütigem Kampf mit dem Anlasser auf meinen zweirädrigen Schrotthaufen und gab, von einer ebenso plötzlichen wie grenzenlosen Liebe zu meiner Patentante erfüllt, kräftig Gas.

Juni 2008

Zugegeben, in einem Krankenhaus hätte es trostloser aussehen können: Die Wände waren bunt gestrichen, in einer Ecke lag Spielzeug auf dem Boden verstreut, und auf den niedrigen Tischen zwischen den Sitzen im Wartebereich stapelten sich Zeitschriften zum Thema Schwangerschaft und Geburt. Es war ja auch die Geburtsabteilung. Ein tristes Ambiente wäre unpassend für einen Ort gewesen, an dem Leben entsteht.

Allerdings wurde ich in dieser munteren Gebäratmosphäre noch stärker mit meinen Ängsten vor dem konfrontiert, was uns vielleicht erwartete. Ich dachte daran, wie mir meine Frau die katastrophalen Folgen von Ferdinands Tod für ihre Beziehung zu meinem Vorgänger geschildert hatte: »Ich glaube, weil der Mann das Kind nicht in sich trägt, begreift er erst nach der Geburt, dass er Vater geworden ist. Er macht sich zwar vorher mit dem Gedanken vertraut – die Ultraschallbilder helfen ihm dabei, auch die Veränderungen am Körper seiner Frau und die ersten Tritte des Kindes, die er ja ertasten kann –, aber richtig bewusst wird es ihm erst, wenn das Baby da ist und er es in den Armen hält.« Sie sah darin eine Erklärung für die extreme Reaktion ihres damaligen Mannes: Vermutlich war der Schock umso gewaltiger für ihn, als die Trauer um den Sohn mit dem neuen Vaterschaftsgefühl praktisch in eins fiel.

Wie würde ich reagieren, wenn mir bewusst würde, dass ich Vater *bin* und nicht Vater *sein werde*?

Ein paar Stühle weiter hatte ein Pärchen Platz genommen. Die Frau war offenbar am Ende ihrer Schwangerschaft angelangt. Beide lächelten uns zu, als wollten sie sagen: »Willkommen im Club der werdenden Eltern. Bei uns ist es bald so weit. Und bei Ihnen?« Das selbstverständliche Gemeinschaftsgefühl, das aus ihrer freundlichen Reaktion sprach, war mir unangenehm. Aus reiner Höflichkeit lächelte ich verkrampft zurück.

Mit einer Assistentin im Schlepptau kam schließlich die Ärztin. Eine hübsche Brünette mit grünen Augen, jung, zierlich, kurzes Haar. Ohne nachzufragen, erkannte sie, dass wir das betroffene Paar waren, und bat uns, ihr zu folgen. Mein Magen zog sich vor Angst zusammen.

Wir traten durch eine zweiflügelige Tür in einen Gang und erreichten einen für gynäkologische Untersuchungen eingerichteten Raum. Alles war da, Vaginal-Ultraschall, Beinstützen, Spekulum und all die anderen Instrumente, deren Namen ich nicht kenne. Die Ärztin bombardierte meine Frau mit Fragen: Was haben Sie für Symptome? Ist es Ihre erste Schwangerschaft? Was ist beim letzten Mal passiert?

Ihre Art gefiel mir, sie war nüchtern und direkt, aber trotzdem liebenswürdig. Sie wirkte beruhigend auf mich. Jedenfalls »ein kleines bisschen«.

»Möchten Sie bleiben?«, fragte sie mich.

Ich drehte mich zu meiner Frau um.

»Wie du willst«, sagte sie.

»Stört es dich?«

Sie schüttelte den Kopf. Ich sah die Ärztin an.

»Ist es für Sie ein Problem?«

»Überhaupt nicht. Agnès, geben Sie dem Herrn doch bitte einen Stuhl.«

Meine Frau entkleidete sich und legte ihre Beine auf die Stützen. Ich setzte mich neben sie, nahm ihre Hand. Die Ärztin zog sterile Handschuhe an, führte ein Spekulum in die Scheide ein, spreizte es und begann mit der Untersuchung. Mir dämmerte langsam, warum das schöne Geschlecht im Allgemeinen nicht so gern zum Gynäkologen geht.

Dicke Blutstropfen rannen zwischen den Beinen meiner Frau auf das hellgraue Linoleum.

»Kompressen.«

Die Assistentin gab sie ihr und breitete rasch ein blaues steriles Tuch über den Boden, welches das Blut auffing, das unter der Hand der Ärztin herabtropfte. Das Tageslicht fiel bleich in den neonbeleuchteten Raum.

»Alles in Ordnung bei Ihnen?«, fragte sie mich.

Ich nickte.

»Tja … Für meinen Geschmack verlieren Sie ein bisschen zu viel Blut«, sagte sie, während sie das Spekulum herauszog und ihre Handschuhe abstreifte, um sie in den Mülleimer zu werfen. Sie nahm sich sofort ein neues Paar.

Ich drückte meiner Frau die Hand. Sie wandte mir das Gesicht zu und lächelte.

»Wir schauen uns mal genauer an, was da los ist.«

Die Ärztin schaltete das Ultraschallgerät an. Der Bildschirm färbte sich dunkelgrau. Sie gab etwas Gel in den Finger des frischen Handschuhs und streifte ihn über ein stabähnliches Ding, das mit dem Gerät verbunden war. Dann nahm sie wieder zwischen den Beinen meiner Frau Platz.

»Können wir?«

Meine Frau nickte und schloss die Augen, als der seltsam behandschuhte Finger in sie eingeführt wurde.

Sommer 2005

Im Prinzip ließen die Nachrichten, die wir ausgetauscht hatten, keinen Zweifel mehr an unseren Absichten. Außerdem war Nationalfeiertag, der 14. Juli, ein revolutionärer Tag! Als Mirabeau-Spezialist kannte ich mich gerade in dieser Epoche bestens aus. Meine Freundin, die esoterische Malerin, hätte das Datum als Zeichen gedeutet, als sternengelenkten Wink des Schicksals. Ausnahmsweise war ich bereit, ihr recht zu geben. Zumal wir am Abend zuvor festgestellt hatten, dass unsere Wohnungen in Paris gerade mal zehn Minuten voneinander entfernt lagen! Im Herbst, wenn nach der Sommerpause der Alltag wieder losging, könnten wir uns jederzeit sehen, könnten bei ihr oder bei mir übernachten und bei Bedarf auch mal schnell nach Hause gehen, um ein bisschen allein zu sein oder sich auszuruhen … der absolute Wahnsinn, idealer ging's gar nicht!

»Immer mit der Ruhe, alter Knabe, schön die Ruhe bewahren«, ermahnte ich mich, während ich vom Roller stieg und ihn unangekettet vor dem Hôtel du Palais stehen ließ. Die Sache war noch nicht in trockenen Tüchern.

Ich verstaute Handtuch und Schlüssel in meinem Helm, warf das Kaugummi weg, überprüfte meinen Atem, indem ich mir in die hohle Hand hauchte, und betrat die seltsame, in den Fels gehauene Promenade, die von der Grande Plage zum Strand von Miramar führte.

Unterwegs versuchte ich Mut zu fassen, um sie zu küssen, am besten sofort, ohne Umschweife. Gar nichts sagen, nicht reden, sie einfach nur küssen, direkt, ohne jede Ankündigung. Alles andere wäre die Hölle, das wusste ich jetzt schon. Wir würden uns begrüßen, würden unsere Handtücher nebeneinander ausbreiten, dicht an dicht daliegen, Gemeinplätze austauschen und dabei eine Zigarette nach der anderen rauchen – mit übelstem Mundgeruch als Folge. Ich prüfte nochmals meinen Atem: Er war frisch, alles im grünen Bereich.

Irgendwann würden wir schwimmen gehen, Seite an Seite, und auch die Szene konnte ich mir schon lebhaft vorstellen: Auf mich wäre einfach kein Verlass. Man merkt es vielleicht nicht so, aber meine Schüchternheit ist geradezu krankhaft. Ich kenne mich, ich würde den Moment verstreichen lassen, sodass wir bald wieder verklemmt auf unseren schmalen Handtüchern liegen würden, nichts wäre passiert, die Stille würde tonnenschwer auf uns lasten, die Zeit verstreichen, und hast du nicht gesehen müsste ich los, um mich in den Scheißzug nach Bordeaux zu setzen. Tja, das war's dann. Aus und vorbei. Tschüss. Lass uns mal telefonieren, wir können ja mal was zusammen machen, blablabla. Toll.

Ich näherte mich dem Strand von Miramar.

Warum musste eigentlich immer der Mann den ersten Schritt tun? Welcher Idiot hatte diese schwachsinnige Regel eingeführt? Bisher hatte ich es meistens hinbekommen, dass es umgekehrt lief. Aber wenn ich doch mal gezwungen war, selbst die Initiative zu ergreifen, hatte ich mich tollpatschiger angestellt als Pierre Richard. Man heuchelt Interesse an der Halskette der jungen Frau und hofft, wenn sie den Kopf neigt, den richtigen Moment zu erwischen. Auf dem Sofa oder im Kino müht man sich mit vermeintlichem Rekeln, ihr den Arm um die Schulter zu legen, begleitet von einem unästhetischen Räuspern, als wollte man sagen: »Was, ich?! Aber, aber, meine Liebe, ich muss doch sehr bitten, wie können Sie so etwas auch nur denken!« Es bringt einen nicht um, wenn man sich lächerlich macht, aber es nagt am Selbstbewusstsein. Wenn ein Mann ein Auge auf eine Frau geworfen hat, klebt ihm ein blinkendes Schild an der Stirn, auf dem in roten Lettern geschrieben steht: »Ich will dich!« oder »Ich habe Lust auf dich!« Plump, plumper, am plumpesten.

Ich war angekommen. Der Strand von Miramar breitete sich wie ein Halbrund vor mir aus. Ein kurzer Blick über die Sandfläche, und ich sah zu meiner Bestürzung, dass sie schon da war: Mit einer Haarsträhne spielend, saß sie auf einem Handtuch und blickte sich um. Ich wich unwillkürlich ein paar Schritte zurück. Aber ich hatte keine Wahl mehr, wenn ich die totale Katastrophe vermeiden wollte. Noch eine letzte Atemkontrolle, zur Sicherheit. Nur Mut, Kamerad, sei tapfer, sackerlot! Oder, um es noch einmal mit Cyranos Worten zu sagen: »Wird man durch einen Kuss zum Diebe? (...) Warum will Ihre Lippe ihn nicht wagen? (...) Warum vor ihm erschrecken und verzagen?«

Um zu ihr zu gelangen, musste ich erst noch einen Teil des Strandes überqueren. Es war wie verhext: Kaum hatte ich einen Fuß in den Sand gesetzt, da drehte sie auch schon den Kopf in meine Richtung. Sie lächelte. Ich lächelte zurück.

Während ich auf sie zuging, ermahnte ich mich: kein Rumlabern. Kein: Hallo, na, wie geht's? Kein: Ich geb dir ein Begrüßungsküsschen und setz mich zu dir. Kein gar nichts. Du küsst sie. Und damit basta. Vergiss nicht, dass Frauen Schüchternheit nur dann mögen, wenn sie überwunden wird. Also, kein Rumlabern, kein Hallo, na, wie geht's … und so weiter, wie das Tonband einer Warteschleife.

Ich war bei ihr angekommen. Ich beugte mich zu ihr herab. Sie hielt mir das Gesicht entgegen und begann es zur Seite zu drehen. Aber ich folgte ihrer Bewegung und küsste sie. Erst zögerte sie überrascht. Dann fanden sich unsere Zungen. Wow. Teenies knutschen nicht besser.

Als unsere Lippen sich wieder voneinander gelöst hatten, sagte sie:

»Guten Tag …«

»Einen guten Tag nenne ich das nicht, ich würde sagen, dass es ein grandioser Tag ist …«

Sie lächelte. Da war er wieder, der kleine Pseudocharmeur … Aber in diesem Augenblick war ich einfach nur gnadenlos stolz auf mich.

Juni 2008

Zuerst verstand ich nicht ganz, was überhaupt los war. Auf dem Bildschirm sah ich eine Art schmalen Raum oder Gang, in dessen Mitte etwas Schwarzes, Eiförmiges zu erkennen war. Als die Ärztin das Bild näher heranholte, entstand ein Effekt, der mich an die Episode im ersten Star-Wars-Film erinnerte, in der die Schiffe der Rebellenallianz in ein lang gezogenes Gewölbe des Todessterns eindringen, um ihn zu zerstören, indem sie ihre Raketen durch eine briefkastengroße Öffnung jagen. Ich konnte allerdings nicht begreifen, warum das Bild nur schwarz-weiß war. Angesichts des allgemeinen technischen Fortschritts fand ich ein bisschen Farbe eigentlich nicht zu viel verlangt. Vor allem aber verstand ich nicht, warum überhaupt keine Geräusche zu hören waren. Nach allem, was man mir erzählt hatte, war doch gerade das so beeindruckend: der dröhnende Herzschlag des werdenden Babys. Gleich beim ersten Ultraschall. Aber hier war nichts. Stille. Fast hätte ich die Ärztin gefragt, ob sie sicher war, dass sie den Ton angestellt hatte. Doch dann sagte sie:

»Ich fürchte, ich habe keine guten Nachrichten für Sie …«

Bei diesen Worten drückte mir meine Frau mit aller Kraft die Hand, wandte mir das Gesicht zu und sah mich durchdringend an. Ihre Augen waren rot. Ich merkte, wie schwer es ihr fiel, nicht aufzuschluchzen.

»Wobei die Fruchthöhle ganz schön groß ist …«

Was? Was für eine Höhle? Ich verstand überhaupt nichts mehr. Wie aus weiter Ferne hörte ich die Stimme der Ärztin:

»Sieh mal, Agnès …«

Ich traute meinen Ohren nicht. Wollte sie ihrer Assistentin etwa am Beispiel der Eingeweide meiner Frau Anschauungsunterricht erteilen?

Offenbar hatte sie meine wutentbrannte Miene bemerkt, denn sie unterbrach ihre Lehrstunde abrupt und zog den Stab heraus.

»Sie dürfen sich wieder anziehen …«

Die beiden verließen den Raum. Meine Frau hob die Beine aus den Stützen, stand auf und nahm mich weinend in den Arm.

»Es tut mir leid! … Es tut mir so leid! …«

Ich gab mir alle Mühe, nicht die Fassung zu verlieren, konnte aber meine Tränen nicht zurückhalten.

»Hör auf«, flüsterte ich ihr mit erstickter Stimme ins Ohr. »Hör auf, du kannst doch nichts dafür … Keiner kann etwas dafür …«

Eng umschlungen standen wir da, bis an die Tür geklopft wurde und die Ärztin samt Assistentin wieder hereinkam. Sie erklärte meiner Frau, wie es jetzt weitergehen würde.

»Sie haben zwei Möglichkeiten. Sie können Tabletten nehmen, die Kontraktionen auslösen, damit der Fötus auf natürlichem Weg ausgeschieden wird. Allerdings sollten Sie wissen, dass dies eine ziemlich unangenehme, schmerzhafte Sache ist. Außerdem ist die Fruchthöhle bei Ihnen recht groß, es kann also passieren, dass die Methode nicht funktioniert.«

Stille.

»Sie können aber auch morgen wiederkommen«, fuhr sie fort, »und wir machen eine Ausschabung.«

Ich sah meine Frau an. Sie starrte auf den Boden.

»Überlegen Sie es sich. Lassen Sie sich eine halbe Stunde Zeit, machen Sie einen kleinen Spaziergang, dabei können Sie alles besprechen. Wenn Sie zurückkommen, sagen Sie mir Bescheid.«

Meine Frau begann sich die Hose anzuziehen.

»Und Sie?«, fragte ich die Ärztin. »Was denken Sie?«

»Ich neige eher zu der radikaleren Variante. Vor allem in diesem Fall, wo am Ende vielleicht doch alles auf eine Ausschabung hinausläuft. Ich bin mir nicht sicher, ob es gut wäre, Sie dieser Belastung auszusetzen. Aber es ist Ihre Entscheidung. Beides ist möglich und wird in jedem Fall respektiert.«

Sie sah uns an. Meine Frau war mit dem Ankleiden fertig.

»Kommen Sie zu mir, wenn Sie sich entschieden haben.«

Sommer 2005

Verrückt.

Am späten Vormittag sagten doch tatsächlich die Freunde ab, die mich in Bordeaux hatten besuchen wollen. Ich tauschte mein Zugticket um. Jetzt gab es kein Halten mehr.

Nachdem wir uns tagsüber unsere jeweiligen Lieblingsplätze in Biarritz gezeigt hatten, gingen wir abends am Strand von Miramar noch einmal schwimmen.

Zum Abendessen kehrten wir beide nach Hause zurück, aber vor dem Essen schrieb ich ihr ohne Sinn und Verstand noch folgende SMS:

Ich weiß, ich sollte es nicht schreiben, aber ich bin machtlos gegen die Heftigkeit des Gefühls: In diesem Moment, hier und jetzt, liebe ich dich.

Als ich später aufbrach, um mich wieder mit ihr zu treffen, war noch keine Antwort gekommen. Aber dann, ich hatte mich gerade auf meinen Schrottroller gesetzt:

Ich liebe dich … sagen wir: ein kleines bisschen.

Wieder das typische »ein kleines bisschen«, welches aus ihrem Mund nichts anderes bedeutet als »ja«.

Wie ich schon sagte, wir waren wieder fünfzehn.

Wir machten alles, was man sich nur vorstellen kann.

Restaurants, Ausflüge, nächtliche Touren, zu Fuß oder mit dem Roller, natürlich ohne Helm – es war ein endloses Turteln, das wir erst im Morgengrauen mit einem mehrfach hingehauchten »Bis gleich« unterbrachen, um für ein paar Stunden schlafen zu gehen.

Sie wohnte bei ihren Eltern, ich bei meiner Patentante. Zu Intimitäten konnte es nicht kommen. Bei ihr wie bei mir war immer jemand da, konnte immer jemand hereinschneien. Wir waren also gezwungen, unsere Lust zu zügeln, aber ganz ohne Berührungen ging es nicht. Hände, Arme, Haare, schmusen, streicheln, küssen. Wir klebten buchstäblich aneinander. Wenn wir kurz vor Sonnenaufgang endlich jeder bei sich im Bett lagen, griffen wir noch zum Handy, um uns eine gute Nacht zu wünschen.

»Leg auf.«

»Nein, du zuerst!«

Wir waren fünfzehn, wenn überhaupt.

Alles, was man sich nur irgendwie vorstellen kann …

Wir waren glücklich, wir waren bescheuert, wir waren glücklich darüber, bescheuert zu sein.

Draußen hupten uns die Leute zu, ließen in voller Lautstärke ein italienisches Liebeslied aus dem Autoradio schallen oder klatschten uns Beifall.

Wir machten uns kleine, lächerliche Geschenke, die uns entzückten. Für mich ein Armband mit rotem Gummibändchen und eingraviertem Sternzeichen. Für sie ein Bilderbuch von Claude Ponti, in dem erzählt wird, wie sich zwei Mäuse, ein Monsieur und eine Mademoiselle, auf dem Land unter einem Ast kennenlernen. Als sie in ihre Hütten zurückkehren, merken beide, dass ihnen ein Arm fehlt. Sie kehren um und sehen, dass ihre Gliedmaßen nicht aufgehört haben, sich die Hand zu geben. Wieder zu Hause, wird ihnen bewusst, dass nicht nur der Arm fehlt, sondern auch ein Bein. So geht es immer weiter, bis sich am Ende zeigt: »Ich glaube, ich weiß, was mit uns los ist: Wir sind verliebt.«

Wenn wir eine Stunde getrennt waren, hatten auch wir das Gefühl, amputiert zu sein.

Wir waren nicht mal mehr fünfzehn.

Juni 2008

Wir fuhren im Taxi nach Hause. Der Nebelschleier, der den ganzen Tag über der sonntäglichen Stadt gehangen hatte, war verschwunden. Das Wetter war jetzt schrecklich schön. Mit schier unerträglicher Begeisterung und Sorglosigkeit wurden die Terrassen der Cafés gestürmt.

Zurück in der Wohnung, führten wir beide lange Telefonate. Mit Freunden, die von der Schwangerschaft gewusst hatten, und mit anderen, die noch nicht auf dem Laufenden waren. Dann auch mit unseren Eltern, die wir in völliger Unkenntnis gelassen hatten, um ihnen, so die Hoffnung, am nächsten Mittwoch eine gute, ärztlich bescheinigte Nachricht zu überbringen. Ich hatte das seltsame Gefühl, nicht über uns, sondern über andere zu sprechen.

Ich ging die Treppe hinunter und erwischte einen Fußgängerstrom. Er spülte mich vor die Tür eines sonntags geöffneten Lädchens. Ich kaufte eine Flasche Bier. Manchmal trinken wir das ganz gern. Dann ließ ich mich zurücktreiben und kaufte im Bar-Tabac neben unserem Haus Zigaretten. Ich ging wieder hoch.

Erst im Treppenhaus wurde mir bewusst, dass ein diffuser Zorn in mir gärte, ein schwer zu bestimmender Hass. Das Wort »Höhle« lag mir quer. Es schien den Bauch meiner

Frau in ein Massengrab zu verwandeln. Seine Dunkelheit, so kam es mir vor, stand für die Sorgen, die mich gequält hatten. Sorgen, die so tödlich waren wie die Stille, als das Bild im Ultraschall sichtbar wurde.

Wir richteten unsere Terrasse her und machten es uns draußen gemütlich. Im Licht der untergehenden Sonne rauchten und tranken wir. Es war ein milder, angenehmer Abend.

Als der Himmel dunkel wurde, gingen wir in die Brasserie eines der großen Hotels unseres Quartiers. Wir aßen Meeresfrüchte, zu denen wir eine Flasche maßlos teuren Weißwein tranken. Alles Dinge, die meine Frau während der Schwangerschaft nicht gedurft hatte.

Später ließ sie sich ein Bad ein. Ich setzte mich im Wohnzimmer in einen Sessel. Ich rauchte eine Zigarette. Von meinem Platz aus konnte ich unter dem Sofa – eigentlich ein mit Kissen bedecktes Eisenbett – den »Reliquienschrein« sehen. Diesen Ausdruck, der sich auf ein blaues Köfferchen bezog, hatte ich von Vivant Denon übernommen, dem Schriftsteller und legendären Louvre-Direktor. Auf dem Deckel kleben Raffaels Engel, darunter der Name *Ferdinand*. In diesem Köfferchen befinden sich drei Fotos von Ferdinand, sein Geburtsarmbändchen, das Programm des Beerdigungsgottesdienstes, der Brief einer Krankenschwester, ein Heftchen des Krankenhauses mit Hand- und Fußabdrücken und den Trostworten einer Pflegerin, eine Hasenrassel und ein Body meiner Frau, den sie bei ihm gelassen hatte, damit er für die Dauer seines kurzen Lebens vom Geruch seiner Mama umgeben war.

Das Geheimnis dieses Köfferchens hatte sie mir gegenüber nach einer Beerdigung gelüftet: Der Vater des zweiten Mannes meiner Mutter war gestorben. Die Zeremonie hatte auf dem Père-Lachaise stattgefunden, wo auch Ferdinands Asche ruht. Nach der Einäscherung fragte ich meine Frau, ob sie mir nicht ihren Sohn vorstellen wolle. Wir gingen zu den Urnengräbern hinunter und verharrten in Andacht vor der Platte, hinter der sich der Staub ihres kleinen Kometen befindet. Am selben Abend förderte sie den Reliquienschrein zutage und offenbarte mir den Inhalt.

Ich drückte die Zigarette aus und ging zu meiner Frau, die noch in der Badewanne lag. Ich küsste sie und setzte mich neben die Wanne. Ich fragte sie, wie es ihr ging.

»Es geht … so gut ich kann …«

Irgendwie klang meine Frage idiotisch, obwohl sie doch wirklich angebracht war.

»Aber es geht schon. Ich habe Ferdinand das Baby anvertraut«, fuhr sie fort und streichelte ihren Bauch. »Ich habe ihn gebeten, es in seine Obhut zu nehmen.«

Sie deutete ein Lächeln an und küsste mich. Ihre Kraft machte mich sprachlos. Ich versuchte es ebenfalls mit einem unbeholfenen Lächeln und beeilte mich, ihr die Hand zu drücken, sie nochmals zu küssen, aufzustehen und aus dem Badezimmer zu gehen, um nicht in ihrer Gegenwart loszuheulen.

Morgen früh um sieben würde man sie unter Narkose setzen und die Ausschabung durchführen.

Ich war am Boden zerstört.

Sommer 2005

Unser vorletzter Tag war gekommen. Der Augenblick der Trennung rückte näher. Sie würde wieder arbeiten und nach Paris zurückfahren, die Stadt, in der wir beide lebten, während ich in Bordeaux meine Ferien fortsetzen würde.

Aber wir waren nicht traurig. Wir hatten nicht darüber gesprochen, was aus diesem sommerlichen Intermezzo werden würde, doch dass wir uns wiedersehen würden, war klar, daran führte kein Weg vorbei.

Unsere Euphorie steigerte sich, als wir erfuhren, dass ihre Eltern vor unserem letzten Abend in Biarritz abreisen würden. Wir würden also zum ersten Mal eine Nacht miteinander verbringen. Und zwar richtig.

Um die restliche Zeit so gut wie möglich zu nutzen, hatten wir beschlossen, dass ich für die zweiundzwanzig letzten gemeinsamen Stunden im Baskenland zu ihr ziehen würde.

Um siebzehn Uhr trennten wir uns. Sie wollte das Haus für mein Kommen vorbereiten. Ich musste meine Sachen packen, damit ich am nächsten Nachmittag sofort den Zug nehmen konnte.

Vorher kaufte ich noch zwei riesige weiße Rosensträuße, den einen für meine Patentante, den anderen für sie. Dann duschte ich, küsste die ganze United-Colors-of-Benetton-Familie und sauste, die Tasche zwischen den Füßen, das Surfbrett über die Schulter gehängt, die Rosen in der Hand, zu meinem Cousin Luca, um ihm den Roller zurückzugeben.

Als ich seine Wohnung verließ, in der ständig ein Haufen durchgeknallter Freaks herumhing, verabschiedeten mich seine Freunde und er mit dem einheimischen Männer-Schlachtruf: »Ran ans Weib, Junge!!! Ran ans Weib!!«

Ich ging zu Fuß. Unterwegs bekam ich es plötzlich mit der Angst zu tun.

Nicht selten endet das erste Mal in einem regelrechten Desaster. Man kennt sich nicht, man entdeckt sich erst. Körper sind wie Instrumente, die sich aufeinander abstimmen müssen. Beim ersten Versuch gelingt es meistens nicht, Einstimmigkeit zu erlangen und einen Gipfel der Harmonie zu erreichen, der diesen Namen verdient. Manchmal kommt dieser Höhepunkt einfach nicht und wird auch leider nicht kommen, weder heute noch morgen. Man kann sich noch so viel vormachen und versuchen, das eigene Bauchgefühl zu überlisten, um ein schönes Trugbild aufrechtzuerhalten – früher oder später muss man sich den Tatsachen beugen: Der Körper lügt nicht. Nie.

Ich stand vor dem Tor ihres Hauses.

Wie würde es laufen? Was würde geschehen, wenn ihre und meine Haut sich nichts zu sagen hätten? Wenn ich vor lauter Panik die unter Männern so gefürchtete Erstlingspanne erleiden würde? Wenn sie meinen Geruch nicht mögen würde? Oder ich ihren? Wenn alles in einem totalen Fiasko enden würde? Wenn … wenn … wenn …

Irgendwann hatte ich meine Grübeleien satt und gab mir einen Ruck. Wenn das Tor nicht abgeschlossen wäre, so redete ich mir ein, würde alles gut gehen. Ein lächerlicher Gedanke, so dumm und unreif wie der kindliche Aberglaube, dass dieses oder jenes passiert, wenn man mit dem linken Fuß auf der letzten Treppenstufe auskommt.

Ich drehte den schmiedeeisernen Türgriff. Sie hatte das Tor nicht abgeschlossen.

Wir steigerten unsere Vorfreude, indem wir erst genüsslich zu Abend aßen. Dann liebten wir uns. Die ganze Nacht. Schliefen ein, wachten auf, liebten uns abermals, schliefen wieder ein. Alles war fließend und leicht.

Als ich im Morgengrauen die Augen aufschlug, war sie schon wach. Ich betrachtete sie einen Moment lang, ohne dass sie es bemerkte. Dann begegneten sich unsere Blicke. Sie lächelte und schmiegte sich an mich.

Es war ein friedlicher Morgen. Ein neuer Tag begann.

Juni 2008

Meine Frau schreckte aus dem Schlaf hoch und schaltete abrupt das Licht an. Ich richtete mich ebenfalls auf, mein Kopf schwer wie Stein von der Tablette, die ich genommen hatte, um mich bis zum nächsten Morgen ruhigzustellen.

Es war grauenvoll. Das Laken blutbefleckt. Meine Frau von Krämpfen geschüttelt. Sie hielt sich den Bauch, als würde sie entbinden.

Ein Albtraum. Ein Albtraum im Wachzustand und leider sehr real.

»Ruf im Krankenhaus an!«

Ich stürzte zum Telefon. Man fragte mich, ob wir einen Krankenwagen bräuchten. Meine Frau, die aufgestanden war und schon saubere Sachen zusammensuchte, gab mir mit dem Zeigefinger ihr Nein zu verstehen.

»Bist du sicher?«

Sie nickte energisch.

»Nicht nötig, danke.«

Ich legte auf. Meine Frau war schon unter der Dusche.

»Willst du Hilfe?«

»Es geht schon«, antwortete sie. »Es hat ein kleines bisschen nachgelassen.«

Ihr gewohntes »ein kleines bisschen« beruhigte mich kurzzeitig. Ich kleidete mich an. Zog das Bett ab, um es bei unserer Rückkehr nicht in diesem Zustand vorzufinden. Nahm die kleine Tasche, in die meine Frau am Vortag ihre Papiere, ihr Portemonnaie und ihre Krankenversicherungskarten gesteckt hatte.

Ich rief ein Taxi. Sie zog sich an. Ich nahm meine Brieftasche und die Zigaretten, warf im Wohnzimmer einen hasserfüllten Blick auf das verfluchte Bild, und wir brachen auf.

Juni 2008

Das Taxi brachte uns zur Notaufnahme, die direkt neben dem Pavillon der Geburtsabteilung liegt.

Zu unserer großen Erleichterung hatte die Ärztin, die wir schon kannten, Nachtdienst. Lange Erklärungen erübrigten sich somit.

Sie führte uns rasch in denselben Raum wie am Nachmittag. Meine Frau zog sich aus und brachte ihre Beine auf dem Stuhl in Position. An ihren Schenkeln lief Blut herab, dessen Tropfen auf dem grauen Linoleum zerplatzten. Die Assistentin breitete ein steriles Tuch über den Boden, während sich die Ärztin Handschuhe überstreifte und ein Spekulum aus der Verpackung nahm.

»Agnès, ich brauche Kompressen.«

Ich saß neben meiner Frau. Ließ ihre Hand nicht los.

»Verdammt noch mal, was ich dir alles zumute. Ich lasse wirklich nichts aus … «

Ich spürte, dass sie kurz davor war, die Nerven zu verlieren.

»Ach, was, das stimmt doch gar nicht«, antwortete ich. »Du könntest zum Beispiel auch noch sterben, wobei ich dir außerordentlich verbunden wäre, wenn du davon Abstand nehmen würdest.«

Ich sah sie zwar nur im Profil, aber sie lächelte über meine Bemerkung.

»Hören Sie, Monsieur«, sagte die Ärztin, während sie zwischen den Schenkeln meiner Frau Platz nahm, »ehe Ihnen schlecht wird oder Sie hier umkippen, wäre es mir lieber, Sie würden rausgehen.«

»Ich bleibe bei ihr.«

Wir starrten uns an. Dann wandte sie sich ihrer Patientin zu.

»Na, dann mal los, jetzt bitte Zähne zusammenbeißen, wir schaffen das …«

Sie führte das Spekulum ein, spreizte es, und aus dem Geschlecht meiner Frau floss noch mehr Blut.

Es war kurz nach vier. Montagmorgen. Zwei Tage später hätte die erste Ultraschalluntersuchung stattgefunden.

Juni 2008

Um sieben Uhr wurde meine Frau doch noch in den OP gebracht. Nach einem zweieinhalbstündigen Blutbad.

Anfangs war man davon ausgegangen, einen chirurgischen Eingriff vermeiden zu können. Der Körper würde den Fötus auf natürlichem Weg ausscheiden.

Die Wehen hören auf, fangen wieder an, hören auf, gehen weiter. Blut fließt. Meine Frau beißt sich auf die Lippen.

Zweieinhalb Stunden zu viel.

Es dauert und dauert. Die Kontrollen per Vaginalultraschall und Star-Wars-Bild zeigen, dass sich die Fruchthöhle nur millimeterweise bewegt. Blut fließt im Rhythmus der Wehen. Meine Frau schließt die Augen.

Zweieinhalb unnötige Stunden.

Mittelalter ist angesagt: Spekulum, Kompressen und verschiedenste Zangen, um endlich diese verfluchte Fruchthöhle zu erwischen und aus dem geschundenen Unterleib zu ziehen. Blut spritzt stoßweise, je nach Stärke der fruchtlosen Wehen. Vor Schmerz laufen meiner Frau Tränen aus den Augen, Tränen, die sie herunterschluckt.

Zweieinhalb ungerechte Stunden. Abscheuliche Stunden.

Es war fast sieben. Zwei Millimeter waren gewonnen, mehr nicht. Man hatte sich zu dem durchgerungen, was ohnehin vorgesehen war. Jetzt also die Ausschabung.

Juni 2008

Ich kann nur noch warten. Warten auf das Ende der Operation, den Urteilsspruch. Im Eingangsbereich harre ich auf einem der in die Wand montierten Sitze aus. Inmitten von Kinderspielzeug und Büchern über die Zeit vor und nach der Geburt. Die Fersen ans Gesäß gezogen, umschlinge ich mit eingestöpselten Ohrhörern meine Beine. Auf dem iPod läuft ein trauriges Lied, das mir Vladimir zum ersten Mal vorgespielt hat, *You Are My Sister* von Antony and The Johnsons. Ich weine. Ein Bild des Elends. Ich weine wie ein Idiot. Heule mich aus, nachdem ich mir das Weinen zweieinhalb Stunden lang versagt habe. Zweieinhalb Stunden lang mit ansehen musste, wie sie meiner Frau in den Eingeweiden herumstocherten.

Irgendwann tauchte die Ärztin mit ihrer Assistentin auf, die sterile Maske noch um den Hals. Ich schaltete den iPod aus und zog die Hörer aus den Ohren.

»Aber, aber, wer wird denn da weinen!«

Ich versuchte zu lächeln, doch es gelang mir nicht. Ich stellte die Füße wieder auf den Boden und riss mich zusammen. »Ich weiß«, antwortete ich, »aber … nach allem, was sie schon durchgemacht hat …«

»Sie meinen ihr erstes Kind?«

Ich nickte. Die Ärztin legte die Hände auf den Rücken und lehnte sich mir gegenüber an die Wand.

»Ist sie damals behandelt worden? Ich meine …«

»Ja, sie hat alles gemacht, was erforderlich war. Sie sagt, dass er ein kleiner Komet war, der fünf Tage gelebt hat, ein Jahrhundert und ein Jahrtausend. Weil er zwischen den Jahren geboren wurde, zwischen 2000 und 2001.«

»Das ist schön.«

»Ja …« Ich atmete tief ein, um nicht wieder loszuheulen.

Schweigen.

»Jedenfalls ist alles gut gelaufen. Sie wird nichts zurückbehalten. Sie können weiter Kinder bekommen.«

Am Tag zuvor hatte sie uns erklärt, dass die Operation wie alle chirurgischen Eingriffe mit gewissen Risiken verbunden sei. Etwa dem Risiko, dass meine Frau – bei einem unglücklichen Verlauf – später keine Kinder mehr bekommen könne. Sie wies uns auch darauf hin, dass es nach einer Ausschabung besser sei, drei Monate zu warten, ehe man die Erfüllung des Babywunsches wieder in Angriff nahm. Der Eingriff sei eine Belastung für die Gebärmutter, deshalb sei das Risiko einer weiteren Fehlgeburt für eine gewisse Zeit erhöht.

»Hoffentlich …«, erwiderte ich nur.

»Aber natürlich! Sie sind doch beide noch jung. Und außerdem – das habe ich Ihnen gestern schon gesagt – erleiden zwei von drei Frauen im Lauf ihres Lebens mindestens eine Fehlgeburt. Für Sie ist es jetzt hart, das weiß ich, aber nichtsdestotrotz ist es … alltäglich.«

Ich hatte plötzlich unglaubliche Lust, ihr an die Gurgel zu gehen oder ihr den Schädel einzuschlagen. Selbstverständlich tat ich nichts dergleichen. Aus medizinisch-statistischer Sicht hatte sie ja recht. Das wusste ich. Unmenschlich war die buchhalterische Logik, nicht die Ärztin.

»Gut, dann gehe ich jetzt, ich muss wieder in den OP. Ihre Frau ist noch nicht aufgewacht. Sie können sie sehen, sobald sie oben in ihrem Zimmer ist.«

»Danke …«

»Und hören Sie auf zu weinen. Das tut Ihrem Teint nicht gut!«

Juni 2008

Als die Ärztin weg war, ging ich nach draußen, um zu rauchen und die Eltern meiner Frau anzurufen, meine Eltern und die Freunde, die mich gebeten hatten, ihnen nach der Operation Bescheid zu sagen. Aber die Vorstellung, immer wieder dasselbe schildern zu müssen, war mir dann doch so anstrengend, dass ich nur unsere Familien anrief und den Freunden eine Gemeinschafts-SMS schickte.

Während ich eine Zigarette nach der anderen rauchte, tigerte ich unruhig vor dem Gebäude auf und ab, mein Handy zwischen Ohr und Schulter geklemmt und das meiner Frau in der Hand, um auch mit den Freundinnen und Freunden von ihr, deren Nummern ich nicht hatte, Nachrichten auszutauschen. Mir war klar, dass mich die anderen Leute für einen dieser wichtigtuerischen Geschäftsmänner hielten, die sogar dann noch am Handy kleben, wenn gerade die eigene Frau entbindet. Dabei war ich nur ein seelisches Wrack, das gegen den Untergang kämpfte. Wenn sich unsere Blicke begegneten, schauten sie automatisch weg oder starrten zu Boden. Ich sah dermaßen angespannt aus, dass es eindeutig besser war, mir nicht in die Quere zu kommen.

Gegen halb neun legte ich beide Handys endlich aus der Hand. Sara, die künftige Ehefrau meines ältesten Freundes Benoît, ein brüderlicher Gefährte, der mich durch viele Irrungen und Wirrungen begleitet hat, würde erst um neun Uhr kommen. Meine Frau und sie waren mittlerweile eng befreundet. Ihr Mann war beruflich unterwegs und nicht in Paris. Auch meine sonstigen Kumpanen hatten Verpflichtungen oder lebten in anderen Städten. Montag, Wochenanfang. Normal. *Alltäglich*.

Ich zündete mir die x-te Zigarette an und sah mich um. Der morgendliche Himmel war tiefblau. Ein wolkenloses Blau, hart und stählern. Es versprach ein wunderbarer, heißer Tag zu werden, ideal, um zwischen zwei Terminen zu flanieren oder auf der Terrasse eines Cafés vor sich hin zu träumen. Dumpfer Zorn regte sich in mir, ein metaphysischer Hass, der plötzlich mit aller Wucht aufbrach. Alles kam hoch, die zwölf Jahre, die ich bei den Jesuiten verbracht hatte, ihre heuchlerischen Gebote, das Judentum meines Vaters, das Alte und Neue Testament, die Thora, der Koran, und es schnürte mir so heftig die Kehle zu, dass ich fast gekotzt hätte.

Ich hasse diese Sonne, deren fröhliche Strahlen mich verhöhnen. Vor allem aber hasse ich den, von dem es heißt, dass er in uns wohnt. Ja, ich hasse dich, du kleiner, mieser Gott, dessen Existenz mich verfolgt, seit ich denken kann. Gott, der vermeintliche Urquell aller Dinge. Ich hasse dich, Gott, ohne den angeblich alles erlaubt wäre. Gott, der Inbegriff der Liebe. Der Gerechtigkeit. Der Barmherzigkeit. Reicht es dir nicht, dass du Ferdinand zu dir gerufen und das Leben von zwei Menschen zerstört hast? Nein, du musstest noch einen draufsetzen! Als hätte sie dir mit ihrem Leid nicht schon genug Tribut gezollt, als wäre das Kreuz, das sie tragen muss, nicht schon schwer genug! Du hattest ihr doch schon einen kräftigen Schlag ins Gesicht versetzt, hat dir das nicht gereicht? Nein, du musstest noch mal zuschlagen! Nach der rechten Wange die linke, das kennt man ja. Und wo wir schon dabei sind, kehren wir auch gleich noch ins tiefste Mittelalter zurück, mit einem schönen, blutigen Schlachtfest und allem, was dazugehört, das mögt ihr doch so gern. Als wäre dein ohnmächtiger Vater Fleischer und nicht Zimmermann gewesen! Na los, ein paar Backpfeifen sind noch drin, zweieinhalb Stündchen haben wir noch, mit dem Nietenhandschuh als kleine Zugabe, okay? Tut weh? Ach was! Zähne zusammenbeißen, das geht schon vorbei. Noch eine Klatsche? Hier, nimm! Und noch eine? Bitte schön, da hast du sie! Und noch eine, die letzte! So, das dürfte reichen … Was bist du nur für ein elender Hurensohn! Ja, genau, ein Hurensohn! Dein Vater? Ein Fleischer und Zuhälter. Von wegen »unbefleckte Empfängnis« … Dass ich nicht lache … Ja, ich weiß, du hast dem Menschen die Freiheit gegeben, ansonsten lehnst du jede Verantwortung ab … blablabla … Die alte Leier, kennen wir schon … Du wäschst deine Hände in Unschuld, stimmt's? Stehst nur daneben und guckst zu … Aber weißt du eigentlich, dass das noch schlimmer ist? Schlimmer, als wenn du deinen Kindern wahllos Leid zufügen würdest, so wie russisches Roulette, just for fun … Du bist ein Drecksack, ein riesiger Haufen Scheiße, auf dem sich die Völker in Stücke reißen, ein Müllberg, der die Menschen zu Sklaven macht, der Elend und Verzweiflung verbreitet … Im Namen aller, die blind ihre Hoffnungen in dich setzen, im Namen aller, gegen deren Rufe du taub bist, richte ich den ganzen Zorn meiner Verzweiflung gegen dich! Gott, Jesus, Allah, Jehova, Herr, der Allerhöchste … wer auch immer du bist, hinter welchem Namen du dich auch feige versteckst, ich spucke dir ins Gesicht! Jawohl! Ich verfluche dich und spucke dir ins Gesicht!

Juni 2008

An diesem Punkt war ich angelangt, als Sara kam. Ich konnte nicht anders, ich fiel ihr weinend in die Arme. Dabei hatte ich mir vorgenommen, nicht mehr zu heulen. Aber bei ihr musste ich mich endlich nicht mehr beherrschen und konnte getrost die Fassung verlieren. Mich gehen lassen.

Nachdem wir uns weinend aneinandergeklammert hatten, nahm Sara die Dinge in die Hand. Wir gingen in die Geburtsabteilung, und sie fragte die Kerkermeisterin, die offenbar wieder Dienst hatte, ob wir meine Frau sehen könnten.

»Sie ist noch unter Beobachtung.«

»Gibt es ein Problem?« Sara war mir zuvorgekommen.

»Nein, nein, sich wacht jetzt einfach nur langsam auf, machen Sie sich keine Sorgen.«

»Und was meinen Sie, wann wir sie sehen können?«

»Warten Sie, ich frage nach …«

Sie griff zum Telefon und erkundigte sich. Ihre Miene und ihr Ton waren freundlicher als am Tag zuvor. Die Ärztin hatte sie wohl über die Hintergründe informiert.

»Spätestens in einer Stunde«, sagte sie, während sie den Hörer auflegte.

»Danke.«

Wir verließen das Krankenhausgelände, und Sara lotste mich in ein Café. Wir setzten uns auf die Terrasse.

»Du hast bestimmt noch nicht gefrühstückt, oder?«

Ich schüttelte den Kopf. Sie bestellte mir das ganze Programm: Kaffee, Saft, Pain au Chocolat, Baguette. Ich sagte ihr, dass mir nicht gerade nach essen zumute sei, aber davon wollte sie nichts hören. Ich nahm einen Bissen Baguette und spuckte ihn sofort wieder aus. Das Einzige, was ich herunterbekam, war der Kaffee.

»Besser als nichts …«

»Ich glaube, ich muss mich gleich übergeben …«

Sie sah mich scharf an.

»Schon gut, war nur ein Witz!«

Wir lachten. Ich bat sie, mir von sich zu erzählen, und sie war so taktvoll, nicht nachzufragen, was in den letzten achtundvierzig Stunden im Einzelnen geschehen war. Welch ein Geschenk: die erste Gelegenheit, einmal tief durchzuatmen.

Eine Stunde war um. Sara hatte einen Termin und musste gehen, aber danach würde sie sofort wiederkommen. Ich fragte sie, ob sie vielleicht Zeit hätte, einen Stoffvogel und eine Wärmflasche zu kaufen, die sich meine Frau in den nächsten Tagen auf den Bauch legen könnte. Natürlich würde ich ihr das Geld wiedergeben.

»Halt bloß die Klappe«, antwortete sie.

»Okay! Danke …«

Wir verabschiedeten uns. Als sie sich zum Gehen wandte, fragte sie noch:

»Warum eigentlich einen Stoffvogel?«

»Weil ich immer finde, dass sie etwas von einem kleinen Vögelchen hat, das aus dem Nest gefallen ist …«

Juni 2008

Auf dem Rückweg ins Krankenhaus rief ich den Chef meiner Frau an, um ihm die Situation zu erklären.

Vor dem Pavillon der Geburtsabteilung kam mir die Ärztin entgegen, deren Wochenenddienst zu Ende war.

»Ihre Frau ist in ihrem Zimmer, Sie können jetzt zu ihr.«

»Danke … Für alles.«

Sie sah mich an, als hätte ich etwas Ungeheuerliches von mir gegeben, dann lächelte sie.

»Sie sind wirklich nett, alle beide.«

Sie ging weiter, aber nach ein paar Schritten drehte sie sich noch einmal um.

»Und glauben Sie mir, Sie bekommen Ihr Baby. Sie haben es verdient.«

Mit diesen Worten verschwand sie.

Am Empfang fragte ich nach der Zimmernummer meiner Frau und ging die Treppe hoch.

Die Tür war einen Spalt weit geöffnet. Meine Frau lag im Bett, das Gesicht zum Fenster gewandt. Ich klopfte leise an und ging hinein.

Immer wieder wurden wir von Schwestern unterbrochen, die hereinkamen, um ihre Temperatur oder ihren Blutdruck zu messen oder das Infusionsgerät zu kontrollieren.

Jedes Mal fragte man mich:

»Gehören Sie zur Familie?«

»Er ist mein Mann«, antwortete sie dann.

Und ich durfte bleiben. Während man sich an ihr zu schaffen machte, beobachtete ich sie voller Bewunderung, diese kleine Person, so höflich, so liebenswürdig und stark nach allem, was sie erduldet hatte. In diesen Momenten konnte ich fast körperlich spüren, wie sehr ich sie liebte.

Dann waren wir endlich allein. Ich holte ihren Ehering heraus, den sie vor der OP hatte ablegen müssen, und streifte ihn über ihren Finger. Sie bat mich darum, mich neben sie zu legen, rückte etwas zur Seite und schmiegte sich an mich, den Kopf in meine Achselhöhle gelegt.

Ich umschlang sie mit beiden Armen, und wir schliefen ein.

Juni 2008

Wir wurden wach, als Sara anklopfte und ins Zimmer kam. Einen Moment lang wusste ich nicht, wo ich war. Dann erkannte ich den Raum wieder, das Bett, das Krankenhaus. Die Ereignisse der letzten Nacht und des Vormittags holten mich ein wie ein Bumerang.

Sara umarmte meine Frau und packte ihre Einkäufe aus. Eine Ente in poppigem Gelb, Schnabel und Füße knallorange, auf dem Kopf ein weiches, weißes Büschel wie eine kleine Frisur. Im Inneren ein kirschkerngefülltes Säckchen, das man in der Mikrowelle erhitzen und somit die Stoffente in eine Wärmflasche verwandeln konnte.

»Ich finde, das ist eine schöne Verbindung von den beiden Dingen, um die du mich gebeten hast.«

Meine Frau sah mich prüfend an und unterdrückte ein Lachen, denn das hätte ihr wehgetan.

Dann präsentierte uns Sara ein luftiges Sommerkleid für meine Frau und eine Riesenpraline von Suchard für mich. Ich legte sie auf den Nachttisch.

»Dieser Idiot will nichts essen«, erklärte Sara meiner Frau.

Dann redeten wir über alles und nichts. Sara und ich übernahmen das Entertainment, wenn auch wohldosiert, um keine unkontrollierten Lachanfälle auszulösen.

Das Mittagessen kam. Wir achteten darauf, dass sie alles aufaß, auch wenn es wie in allen Krankenhäusern ekelhaft schmeckte.

»Iss«, sagte Sara zu ihr. »Iss, du hast Hunger. Du weißt es vielleicht nicht, aber du hast richtig Hunger!«

Als meine Frau fertig war, bat sie mich, wo wir schon einmal hier waren, die Zimmerreservierung für die Entbindung rückgängig zu machen. Ich sagte, dass ich mich sofort darum kümmern würde. Sie fragte mich auch, ob ich ihr diese und jene Binden in dieser und jener Größe kaufen könne – Details, die ich im nächsten Moment wieder vergessen hatte –, und auch das sagte ich ihr zu.

Ich küsste sie und ließ die beiden allein. Frauen unter sich.

Juni 2008

Eine Stunde lang irrte ich auf der Suche nach dem richtigen Sekretariat durch die Flure des Krankenhauses. Ich war in einem lebensechten Kafka-Roman gelandet. Jedes Mal, wenn ich Leute fragte, erhielt ich eine andere Lage- und Wegbeschreibung.

Eine Schwester, die mir wohl angemerkt hatte, dass ich mit den Nerven am Ende war, erbot sich schließlich, mich zu begleiten. Sie führte mich in einen großen Raum, in dem offenbar die Kinderbetreuung untergebracht war. Dutzende von Babys und Kleinkindern spielten dort, lachten und weinten. Der Anblick dieser plärrenden, schreienden Windelträger schnürte mir die Kehle zu. Ich merkte, dass ich kurz davor war, die Frau, die mich an diesen infernalischen Ort gebracht hatte, zu kreuzigen. Stattdessen fauchte ich sie an, mir schleunigst zu sagen, wo ich, bitte schön, hier die Reservierung für das Zimmer stornieren sollte, in dem meine Frau nicht mehr entbinden würde, weil sie gerade ihr Baby verloren hatte. Sie wurde bleich und stammelte: »Ich weiß nicht, tut mir leid …«, ehe sie beschämt die Flucht ergriff.

Ich kehrte der lärmenden Kinderschar den Rücken, atmete tief durch und setzte meine Suche fort.

Als ich endlich das richtige Sekretariat gefunden hatte, standen dort zu meinem Entsetzen bereits an die zwanzig Personen Schlange. Es war fast vierzehn Uhr. Seit zehn Stunden hielt ich mich jetzt schon in diesem Krankenhaus auf, ich hatte keine Kraft mehr, mir hier noch eine Stunde die Beine in den Bauch zu stehen.

So schlenderte ich mit ungezwungener Miene in ein Zimmer, in dem sich fünf oder sechs Schreibtische aneinanderreihten. Ich war schließlich nur gekommen, um ein Bett zur Verfügung zu stellen und einen der draußen Wartenden glücklich zu machen.

Alle Sachbearbeiterinnen waren beschäftigt. Ich lehnte mich an die Wand und lauerte auf eine Gelegenheit, mein Anliegen loszuwerden.

Eine Frau stand auf und ging, ich trat sofort an den Schreibtisch. Die Sachbearbeiterin erhob sich, sah mich unfreundlich an.

»Sie müssen sich anstellen wie die anderen.«

»Nein, ich wollte nur …«

Die Situation lief sofort aus dem Ruder.

»Nur? Nur?«, fiel sie mir ins Wort, quiekend wie ein abgestochenes Schwein. »Das höre ich hier den ganzen Tag! Nur dies, nur das, nur, nur, nur … Los, gehen Sie wieder raus und stellen sich zu den anderen Leuten in die Schlange!«

Aus einer Tür hinter den Schreibtischen trat eine Frau. Offensichtlich die Vorgesetzte. Stille. Alle Blicke waren auf uns gerichtet.

»Ich habe jetzt langsam echt keinen Bock mehr!«, kreischte die Sachbearbeiterin weiter. »Seit acht bin ich hier, es ist zwei, und ich habe immer noch nicht zu Mittag gegessen! Scheiße aber auch!«

Es bedurfte einer überirdischen Kraftanstrengung, die Ruhe zu bewahren und mich nicht auf sie zu stürzen, um ihr den Bauch aufzuschlitzen, ihr mit dem Locher die Fettpolster abzusaugen, sie mit dem Cutter zu skalpieren und den spongiösen Splitt, der ihren hirnlosen Schädel füllte, zu Brei zu verarbeiten. Ich kann ja verstehen, dass eine Krankenschwester, die sich die Nächte im OP um die Ohren schlägt, auch mal erschöpft und gereizt ist, aber dass so ein unförmiger Fettkloß, der den ganzen Tag nur Termine notiert und dabei dieselben Arbeitszeiten, Privilegien und Rentenansprüche genießt wie jeder ordentliche Beamte, herummotzt, weil die eigenen Speckfalten um ihre schwabbelige Existenz bangen und nach Kalorien schreien? Nein.

Mit ruhiger, fast teilnahmsvoller Stimme erwiderte ich:

»Nun, dann sollten Sie aber auch wissen, Madame, dass ich heute Morgen schon um vier Uhr gekommen bin, und zwar in Begleitung meiner Blut pinkelnden Frau, dass die Hämorrhagie um sieben Uhr immer noch nicht aufgehört hatte und dann entschieden wurde, eine Ausschabung zu machen, um ihr den toten Fötus aus dem Unterleib zu holen, dass es jetzt tatsächlich schon fast vierzehn Uhr ist und ich selbst auch noch nicht zu Mittag gegessen habe.«

Meine Widersacherin riss die Schweinsäuglein auf, und ihre Kinnlade klappte herunter. Es war so still, dass man eine Looping schlagende Fliege gehört hätte.

»Ich bin also *nur* gekommen, um das Bett freizugeben, das meine Frau nun nicht mehr für die Entbindung braucht, was bedeutet, dass für die draußen Wartenden ein Zimmer mehr zur Verfügung steht.«

Die Vorgesetzte griff ein. Sie schickte die Sachbearbeiterin freundlich in die Mittagspause, setzte sich auf deren

Stuhl und fragte mich nach dem Namen und Vornamen meiner Frau. In nicht einmal fünf Minuten war die Sache geregelt, inklusive Entschuldigung und Dankeschön für meine Geduld.

»Blöde Ziege«, hätte meine Frau gesagt.

Juni 2008

Ich verließ das Krankenhaus und machte mich auf die Suche nach einem Supermarkt. Meine Frau und Sara fragten sich bestimmt schon, wo ich mich so lange herumtrieb. Wahrscheinlich waren sie drauf und dran, mir perverse Neigungen zu unterstellen, denn warum sollte ich mich sonst so lange mit der Auswahl von Binden befassen?

Gegenüber dem Haupteingang gab es einen kleinen Selbstbedienungsladen. Es war kühl darin, eine Wohltat angesichts meines Zustands und der Hitze, die bleiern über der Stadt lag. Verbissen schritt ich durch die Regalreihen und suchte, was mir meine Frau aufgetragen hatte. Als ich die richtige Reihe gefunden hatte, war ich kurz davor, in Tränen auszubrechen: Dutzende und Aberdutzende von Packungen, alle möglichen Sorten, Marken und Größen, und ich hatte keine Ahnung mehr, was mir meine Frau gesagt hatte. Ich versuchte es mit Logik. Sie brauchte auf jeden Fall große Binden, die in der Lage waren, starke Blutungen, wie sie nach so einem chirurgischen Eingriff normal waren, aufzufangen. Damit war das Feld schon eingegrenzt – alle Packungen, auf denen der Buchstabe S stand, schieden aus. Aber was war mit M, L, XL und XXL? Und hing die Größe nicht auch von der jeweiligen Marke ab? Vielleicht war L bei einer Marke so groß wie XL bei einer anderen? Ich war ratlos.

Weil ich mir nicht anders zu helfen wusste, nahm ich zwei Packungen von jeder Marke und jeder Größe. Dann machte ich noch einen Abstecher zu den Kühlregalen, um einen dreieckigen Sandwich Marke Autobahntankstelle zu ergattern, und stellte mich in die Schlange vor der einzigen geöffneten Kasse. Mit meinem wackeligen Binden-Sandwich-Turm im Arm wurde ich ziemlich schief angeguckt. Kein Wunder: Meine Ungeschicklichkeit ist legendär.

Als ich endlich an der Reihe war, ließ ich, die Freiheit vor Augen, alles aufs Band fallen.

Juni 2008

Beladen wie ein Packesel, sorgte meine Rückkehr ins Krankenhauszimmer für allgemeine Heiterkeit. Die Damen meinten, ich sei halt schon ein richtiger Kerl. Mein langes Wegbleiben begründete ich mit der schwierigen Entscheidungsfindung im Supermarkt – den Disput mit dem ausgehungerten Fettkloß überging ich mit Schweigen.

Was nun begann, war eine nicht enden wollende Warterei. Meine Frau konnte nicht mehr, sie wollte nur noch nach Hause. Sara und ich versuchten Druck zu machen, aber die Mühlen der Verwaltung ließen sich nicht dazu bewegen, schneller zu mahlen. Es gab eine gesetzliche Frist, die zu beachten war. Noch zwei Stunden. Eine Vorsichtsmaßnahme gegenüber den Versicherungen für den Fall, dass nach der Entlassung der Patientin ein Problem auftrat.

Schließlich war es so weit. Wir mussten nur noch eine Formalität erledigen, dann würde man uns endlich in die Freiheit entlassen. Ich ließ mir einen Plan des Krankenhauses geben, mit Angabe des Sekretariats, in das wir gehen mussten.

Dort unterzeichnete meine Frau einen Stapel Papiere. Man wollte ihre Krankenversicherungskarte sehen. Ich zog sie aus der Tasche. Dann die Karte ihrer Zusatzversicherung. Auch sie händigte ich aus. Man warf einen prüfenden Blick darauf: Es war die vom letzten Jahr. Die richtige lag zu Hause.

»Ich kann Sie nicht gehen lassen«, verkündete die junge Frau hinter dem Schalter.

Ich erklärte ihr, wir hätten die Zusatzversicherung behalten, also immer noch dieselbe Versichertennummer, sie könne die Nummer getrost in den Computer eingeben, weil sich nichts geändert habe, doch sie stellte sich taub. Sie brauchte eine Fotokopie der gültigen Karte, und damit basta.

Ich war kurz davor zu explodieren. Sara schob mich sanft zur Seite und übernahm die Verhandlungsführung. Nach einer guten halben Stunde hatte sie die junge Frau dazu überredet, eine Fotokopie unserer abgelaufenen Karte zu machen. Am nächsten Morgen sollten wir ihr unverzüglich eine Kopie der aktuellen Karte faxen. Dafür mussten wir allerdings als Sicherheit einen Kreditkartenabdruck hinterlegen. Meine Frau war schneller als ich, sie zückte in Windeseile ihre Kreditkarte, und wir durften endlich gehen.

Das Wetter war immer noch schrecklich schön. Meine Frau trug das Kleid, das ihr Sara geschenkt hatte. Sie sah bezaubernd aus.

Wir hielten ein Taxi an und schlugen Sara vor, sie zu Hause abzusetzen. Doch sie wollte lieber zu Fuß gehen.

So stiegen wir in den Wagen und tauchten in den Verkehr ein.

Juni 2008

Zu Hause räumte meine Frau als Erstes ihre Sachen weg, während ich mich unter die Dusche stellte.

Dann ging ich nach unten, um Bier zu kaufen, und wir setzten uns gemeinsam auf die Terrasse. Wegen der Narkose durfte sie noch keinen Alkohol trinken, aber sie blieb bei mir und rauchte eine Zigarette.

Wir unterhielten uns lange über alles, was passiert war. Ruhig. Ich erzählte ihr offen von meinen Gefühlen, von der ganzen Wut und dem Zorn, den ich gegen niemanden richten konnte. Sie sagte, das würde sich mit der Zeit legen. Zumindest hoffe sie das. In ihrer Stimme schwang leichte Besorgnis.

»Mach dir keine Gedanken um uns«, sagte ich schnell. »Ich habe nicht die geringste Lust, dich zu verlassen, und möchte unbedingt Vater deines zweiten Kindes werden.«

Sie setzte sich auf meinen Schoß und schlang ihre Arme um mich. So verharrten wir lange. Schweigend.

Ich ging in die Küche, um einen Salat zu machen, während sie ihre Eltern und Freunde anrief, um sie noch einmal persönlich zu beruhigen.

Nach dem Abendessen legte sie sich hin und schlief sofort ein.

Auf dem Bett lesend wachte ich über ihren Schlaf, ehe ich wieder auf die Terrasse ging. Dort blieb ich sitzen, rauchend über den Dächern der schlafenden Stadt, ohne an etwas Bestimmtes zu denken.

Es war spät, als ich wieder zu ihr ging. Ich legte mich so dicht neben sie, dass ich fast ihren Rücken berührte. Sie drückte sich an mich. Nahm meine Hand und legte sie unter ihre Brust. Ich schloss die Augen und ließ mich vom gleichmäßigen Rhythmus ihres Atems in den Schlaf wiegen.

Juni 2008

Am nächsten Tag sagte ich alle Termine ab und blieb bei ihr.

Morgens übernahm ich sämtliche logistischen Aufgaben, während sie sich ausruhte: Kopieren und Faxen der Versicherungskarte, Einkaufen, Spülmaschine, Waschmaschine.

Nachmittags orchestrierte ich den Aufmarsch der Freunde. Jeder konnte ein bisschen Zeit herausschlagen, um bei uns vorbeizuschauen, entweder in der Mittagspause oder nach der Arbeit: Vladimir, Sara, Benoît, der wieder in Paris war, Caroline, Hélène, Cécile, Gina, Richard, Régis, Axel, Laure, Julien, Sophie, Bertrand, David.

Ständig war jemand bei uns. Ich pendelte zwischen Wohnzimmer und Küche, kochte Tee, schnitt Kuchen auf, servierte Obstsäfte und Kaffee.

Als meine Frau, nachdem sie mit der Gynäkologin über ihre Krankschreibung gesprochen hatte, den Hörer auflegte, bekam der Lack meiner guten Laune jedoch einen gefährlichen Riss. Die Ärztin hatte ihr nur einen Tag zugestanden, dabei hätte sie mindestens eine Woche gebraucht. Ich war außer mir. Man hatte eine Ausschabung gemacht, ihr einen toten Fötus aus der Gebärmutter geholt, und jetzt durfte sie sich nur einen Tag Ruhe gönnen? Ich war kurz davor, loszustürmen, um dieser Schlampe von Gynäkologin die Kehle durchzuschneiden, getrieben von einer Wut, die meinen Mordgelüsten im Sekretariat des Krankenhauses in nichts nachstand.

Vladimir, der meinen Tobsuchtsanfall kommen sah, zog mich in die Küche.

»Beruhig dich«, sagte er. »Wir rufen in der Agentur an und regeln das auf direktem Weg, dann hat sie bis nächste Woche Ruhe.«

Mein Zorn war noch nicht verraucht.

»Verdammt, und das alles nur wegen dem Arschloch da oben!«

»Was? Welches Arschloch? Wovon redest du?«

»Ach, vergiss es …«

»Ich kümmere mich um alles. Aber reg dich ab. So was kann sie jetzt echt nicht gebrauchen.«

Ich beruhigte mich. Vladimir holte die Krankschreibung meiner Frau bei der Ärztin ab und brachte sie eigenhändig in die Agentur. Ihr Chef erklärte mit Bestimmtheit, sie solle sich so viel Zeit nehmen, wie sie wolle.

Abends, als alle weg waren, dankte mir meine Frau für diesen Tag. Ich war im Geiste schon dabei, für den nächsten eine Fülle von Aktivitäten zu planen, da sagte sie mir, dass sie in den kommenden Tagen gern ein bisschen allein wäre. Sie riet mir auch, mich wieder um meine Arbeit zu kümmern.

Ich willigte ein.

Juni – Juli 2008

Die Tage begannen wieder zu verstreichen. Dann die Wochen. Ich arbeitete, wenn auch mit einem seltsam leeren Gefühl. Alles schien von einer tiefen Sinnlosigkeit überschattet. Ich funktionierte wie ein Automat, als wäre nicht ich derjenige, der etwas sagte oder tat.

Die Wut, der Zorn, der ganze Hass waren nicht verschwunden, aber ich hatte keine Kraft mehr, ihnen Raum zu geben.

Ich stand neben mir. Wie ein geplätteter Zombie.

Manchmal fragte ich mich, ob es nicht besser gewesen wäre, niemandem etwas zu sagen, solange wir uns nicht sicher sein konnten. Immer wieder dieser dumme Aberglaube, dieser Das-bringt-Unglück-Quatsch und andere paranormale Spinnereien.

Es hätte auch nichts geändert. Pech, Glück, Zufall, Zeichen, Schicksal, Jehova, Gott, Allah … alles scheißegal. Alles Schwachsinn. Die haben sich doch eh alle zum Surfen ins Baskenland verdrückt und schauen zu, wie die Welt in ihr Verderben rennt.

Wir fingen an, wieder auszugehen. Freunde besuchen. Mal hierhin, mal dorthin. Langsam tauchte ich aus einer Art Wachkoma auf.

Allmählich kehrte wieder Normalität ein, wie man so sagt. Ich habe den Ausdruck schon immer gehasst. Doch in diesem Fall fällt mir einfach kein besserer ein.

Juli – August 2008

Mitte Juli lief der Auftrag aus, an dem ich gearbeitet hatte. Bis Anfang September, nach dem Sommerloch, hatte ich keine Arbeit mehr.

Ich wollte meine Frau nicht allein lassen, doch sie überredete mich dazu, nach Bordeaux zu fahren und Ferien zu machen. Sie musste noch arbeiten, ich nicht, warum sollte ich also in Paris bleiben, anstatt beim Surfen an den Stränden der Gironde den Kopf frei zu bekommen? Sie würde am 15. August nachkommen, dann würden wir gemeinsam nach Biarritz fahren.

Auch sie brauche ein bisschen Zeit, um wieder zu sich zu finden, erklärte sie mir.

Also fuhr ich. Gegen Ende meines Aufenthalts bekam ich für ein paar Tage Besuch von Axel und einer guten Freundin.

Als wir drei am vereinbarten Tag aus dem Kino kamen, stand sie vor uns. Die wenigen Pfunde, die ihr von der fehlgeschlagenen Schwangerschaft geblieben waren, hatte sie abgenommen. An die Tür ihres Wagens gelehnt, rauchte sie eine Zigarette. Sie trug ein Oberteil aus heller Spitze zu einer schwarzen, eng anliegenden Hose, dazu einen breiten, braunen Ledergürtel mit großer, goldener Schnalle und ihre Fünfzigerjahrebrille.

Sie war schön.

In Biarritz liebten wir uns zum ersten Mal wieder. Mit Präservativ, um auf Nummer sicher zu gehen. Wir liebten uns zum ersten Mal, und wir liebten uns wie beim ersten Mal.

Sommer – Winter 2008

Die Monate vergingen. Der Winter kam. Wir sprachen wieder darüber, ein Kind zu bekommen.

Inzwischen war eine gewisse Leichtigkeit in den Alltag zurückgekehrt. Ich regte mich nur noch über Lappalien auf und begegnete größeren Problemen mit heiterer Gelassenheit. Sogar meine berüchtigten und nicht minder harmlosen »Grubenexplosionen« fingen wieder an – so nennen es meine Großeltern, wenn ich wegen nichts und wieder nichts einen Tobsuchtsanfall bekomme.

Irgendwann hatten wir Saras Wärmflaschen-Ente Leben eingehaucht und sie auf den Namen Duck getauft, Ducky für engere Freunde. So war dann auch klar, dass es sich um einen Enterich handelte, Ducky genannt The Duck – ein bisschen kosmopolitisch sollte es schon sein. Nachts schlief er abwechselnd in unseren Armen. Wir brachten ihn zum Sprechen und zum Fliegen. Im Auto saß ich hinten, er vorn. Sobald er Platz genommen hatte, legte er den Sicherheitsgurt an. Ein richtiger Beifahrer. Zu Hause war er der Chef. Was er uns im Übrigen gern in Erinnerung rief, wenn wir uns zu viel herausnahmen und etwa Vorbehalte gegen seine Besuche in der Discobar äußerten. Abends ging er nämlich in die Discobar. Um ein Gläschen zu trinken, zu tanzen und

Entenmädchen aufzureißen. Er hatte sogar ein Profil auf Facebook, wo er sich mit Freunden in aller Welt austauschte. Er war ein echter Kosmopolit.

Dann bat er uns um eine Verlobte. Vor Weihnachten klapperten wir sämtliche Geschäfte der Stadt ab, um eine zu finden. Vergeblich. Nicht einmal sein eigenes Modell konnten wir auftreiben. Als letzten Ausweg riefen wir Sara an und fragten sie nach der Adresse des Ladens, in dem sie ihn gekauft hatte. Wir gingen hin, aber das Geschäft war einem chinesischen Lebensmittelladen gewichen.

Allmählich wurde die Situation besorgniserregend. The Duck war deprimiert. Er baute zusehends ab. Eines Tages schenkte uns Sara eine Entendame oder das, was sie dafür hielt. Wir und Ducky sahen sie uns genau an: große Füße, großer, orangefarbener Schnabel, langer, weißer, buschiger Kamm, riesige Albatrosflügel und insgesamt eine recht männliche Erscheinung. Es gab nichts daran zu rütteln: Wenn überhaupt, dann war dies ein Enterich und keine Ente.

Wir brauchten trotzdem einen Namen, und weil dieser seltsame Enterich etwas von einem freundlichen Rastafari hatte, tauften wir ihn Bob the Duck, kurz Bob genannt.

Aber Ducky war sauer. In unserer Wohnung gab es jetzt einen Enterich zu viel. Doch am Ende kam es, wie es manchmal so kommt: Die beiden wurden unzertrennlich. Wenn sie uns die Ehre erwiesen, abends zu Hause zu bleiben, schliefen sie abwechselnd bei einem von uns. Sie fingen auch an, gemeinsam in die Discobar zu gehen. Dort schäkerte Bob mit den »Berthas«, den Enten seines Kalibers und Formats. Und wenn wir nicht da waren, machten sie auf unserer Terrasse mit den Tauben und Vögeln der Nachbarschaft Party. Alles war vollkommen normal.

Und wir waren wieder fünfzehn.

Weihnachten 2009

Anderthalb Jahre später.

Meine Frau und ich verbrachten die Zeit zwischen Weihnachten und Neujahr in Bordeaux. Immer noch kein Kind in Sicht, doch wir gaben nicht auf. Ich dachte nicht mehr an die grausigen Momente, die hinter uns lagen. Oder nur noch selten. Manchmal kam es mir tatsächlich so vor, als wäre alles nur ein böser Traum gewesen. Und wenn ich doch einmal daran dachte, erschütterten mich die Bilder, die in mir wach wurden, nicht mehr. Meine Wut und mein Zorn waren vermutlich noch da, verborgen in einem dunklen Winkel meines Bewusstseins, aber sie schienen verstummt zu sein.

Wenn Ferdinand ein kleiner Komet gewesen war, schoss es mir hin und wieder durch den Kopf, dann war das Kind, das wir nie kennengelernt hatten, eine Sternschnuppe. Beide zogen auf ihre Weise eine Spur aus Sternenstaub, die sich durch nichts und niemanden auslöschen ließ, über den Himmel.

Am 29. Dezember wollte meine Frau in der Mittagszeit in die nahe gelegene Kirche gehen, um eine Kerze für Ferdinand anzuzünden. Das tut sie jedes Jahr an seinem Geburtstag. Sie schenkt diese Kerze der Heiligen Jungfrau, der Schutzpatronin aller Mütter, die ein Kind verloren haben.

Als sie aufbrechen wollte, zog ich meinen Mantel an und folgte ihr. Sie schien überrascht, dann lächelte sie, legte mir den Arm um die Taille, und wir marschierten los.

Vor einem Jahr hatte sie mir schon einmal vorgeschlagen, sie in die Kirche zu begleiten. Wir waren nach Biarritz gekommen, um dort ein paar Tage zu zweit zu verbringen. In dem Jahr, in dem wir uns kennengelernt hatten, war ich bereits einmal mitgegangen. Aber dieses Mal sagte ich Nein. Ich konnte nicht. Ich war meiner Wut und meinem Hass auf »den da oben« noch zu sehr ausgeliefert. Ich hatte ihr ein paar Münzen gegeben, um für mich eine Kerze aufzustellen, und war die Promenade an der Grande Plage entlangspaziert.

Die Kirche, die wir in Bordeaux besuchten, war schon immer meine Lieblingskirche. Als ich jünger war, ging ich manchmal hinein, um mich für einen Moment hinzusetzen. Alles an diesem Ort faszinierte mich, die Schwärze der Wände, die wahrscheinlich noch nie gereinigt worden waren, und die Dunkelheit der Gänge seitlich des Hauptschiffs, in denen es mehrere Nischen gab, die der Jungfrau Maria geweiht waren, dem heiligen Franz Xaver und anderen, deren Namen ich vergessen habe. Im Gegensatz dazu war der Mittelgang, im vorderen Teil von Beichtstühlen flankiert, außerordentlich hell erleuchtet. Durch die riesigen, bunt funkelnden Glasfenster, auf die der Gang zulief, fiel Licht in allen Farben des Regenbogens ein. Vor Anbruch der Dunkelheit waren die Fenster wie in Glut getaucht. Meistens legte ich meine gelegentlichen Besuche auf diese Tageszeit. Hier kam ich zur Ruhe wie nirgendwo sonst.

Seit der Fehlgeburt hatte ich keine Kirche mehr betreten.

Am Fuß des Gebäudes angelangt, blieb ich vor der Fassade stehen, die noch genauso von Abgasen verschmutzt war wie in meiner Kindheit. Meine Frau drehte sich zu mir um und sah mich an, als wollte sie sagen: »Du musst nicht, weißt du?« Ich zog die schwere Tür für sie auf und folgte ihr ins Innere.

Auch im Winter leuchteten die Fenster um diese Tageszeit, aber es war ein verhaltenes Licht. Die restliche Kirche war in so tiefe Dunkelheit getaucht, dass sich die Flammen der hier und dort flackernden Kerzen scharf abzeichneten.

Wir entrichteten unseren Obulus, nahmen jeder eine Kerze und stellten sie in der Nische auf, die der Jungfrau Maria geweiht war. Während wir in Andacht verharrten, begann ich zu meiner eigenen Überraschung zu beten. Nicht zu Gott oder der Jungfrau oder sonst einem Heiligen, sondern zu Ferdinand. Ein einfaches Gebet, in dem ich ihn im Wesentlichen darum bat, auf seine Mutter achtzugeben.

Als wir die Kirche verließen, fragte mich meine Frau mit verschmitztem Lächeln, ob mir nichts aufgefallen sei.

»Was denn?«

»Der Name der Kirche. Seit deiner Kindheit kommst du hierher, und dir ist noch nie etwas aufgefallen?«

»Nein …«

Ich drehte mich um, las die Inschrift auf der Tafel. Was dann kam, war nichts als fassungsloses Schweigen: Die Kirche hieß *Sankt-Ferdinand-Kirche.*

Als ich mich mit offenem Mund wieder zu meiner Frau

umdrehte, gab sie mir einen Klaps auf die Schulter und rannte los.

»Wer als Erster zu Hause ist, muss mit dem anderen Liebe machen!«

Sofort nahm ich die Verfolgung auf.

Januar 2010

An einem Januarabend kam meine Frau später als gewohnt nach Hause. Ich hatte schon gegessen und ihr etwas warm gestellt.

Als sie die Wohnung betrat, saß ich an meinem Schreib-Esstisch und arbeitete. Sie war klatschnass von dem eisigen Regen, der seit mehreren Tagen vom Himmel prasselte. Aber das leichte Schmunzeln, das bei ihr wie bei mir auf Schabernack hindeutet, erhellte ihr Gesicht. Dabei war sie erschöpft. Sie schuftete gerade für ein Riesenbudget, von dem die Zukunft ihrer Agentur abhing.

Sie lehnte sich an den Türrahmen zwischen Wohn- und Esszimmer. Inzwischen strahlte sie von einem Ohr zum anderen.

»Ich habe einen Test gemacht.«

Ich wartete. Sie öffnete ihre Tasche und zückte eine Flasche Wein.

»Hab dir einen guten Tropfen mitgebracht.«

Oktober 2010

Ich schreckte aus dem Schlaf.

»Angoulême, Angoulême, drei Minuten Aufenthalt!«, skandierte die Lautsprecherstimme des Zugführers in rauem, südfranzösischem Singsang.

Ich fuhr mir mit der Hand durchs Gesicht, als ließe sich die Müdigkeit abwischen. Seit einigen Wochen waren meine Nächte kurz und zerstückelt. Nach der Abfahrt des Zuges hatte ich sofort alles bereitgelegt, was ich zum Arbeiten brauchte, aber ich war eingeschlafen, kaum dass die Hauptstadt hinter den Tunneln verschwand, durch die der TGV dem Südwesten meiner Kindheit entgegenrollte.

Vor zwei Wochen hatte meine Frau um fünf Uhr sieben ein kleines Mädchen auf die Welt gebracht. Drei Kilo und hundert Gramm, dreiundvierzig Zentimeter, fünf Finger an jeder Hand, fünf Zehen an jedem Fuß. Alles gut.

Das Abfahrtssignal ertönte. Die Türen gingen zu, und dem Schienenverlauf folgend flog die Landschaft wieder vorbei. Ich hatte schon einen Tag vor dem Meeting, das für den nächsten Morgen um acht Uhr dreißig geplant war, losfahren müssen. In Montparnasse gab es morgens keinen Zug, der mir erlaubt hätte, pünktlich zu sein. Ich würde die Zeit nutzen, um meine Eltern zu sehen und mir eine ruhige Nacht zu gönnen, was kein übertriebener Luxus war.

Die Schwangerschaft meiner Frau war ohne Probleme und größere Sorgen über die Bühne gegangen: Die Zimmersuche für die Entbindung, der Ultraschall im dritten Monat, die Fruchtwasseruntersuchung samt Risiko einer Fehlgeburt – der ganz normale Hindernislauf, der das Los aller werdenden Eltern ist. Wenn ich ab und zu mit mulmigem Gefühl an das Geschehene zurückdachte, ließen mir die Vorbereitungen auf die Ankunft des Babys glücklicherweise keine Zeit, in Panik zu verfallen. Mit dem Umzug, dem Streichen des Kinderzimmers, der Jagd auf einen Krippenplatz, wenn möglich vor dem 20. Lebensjahr, dem Kauf von Babybett, Kinderwagen, Babybodys in unterschiedlichen Größen – ähnlich wie damals bei den Binden für meine Frau –, dem Besorgen von Rasseln, Schnullern, Fläschchen und vielem mehr hatte ich alle Hände voll zu tun und war auch kopfmäßig so eingespannt, dass zum Dampfablassen sogar die eine oder andere »Grubenexplosion« nicht zu vermeiden war.

Ich gab mir einen Ruck und versuchte, mich in meine Unterlagen zu vertiefen. Aber es ging nicht, ich konnte mich einfach nicht konzentrieren. Irgendwann packte ich alles wieder weg, machte es mir auf meinem Sitz gemütlich und widmete mich fortan der Betrachtung der Landschaft. Die weiten Getreidefelder gingen in Rebflächen über, die Vegetation wurde buschiger, wilder, wie es dem Charakter dieses Landes entspricht, dem Land von d'Artagnan und Cyrano de Bergerac.

Nach meiner Ankunft nahm ich mir ein Taxi, um zu meiner Mutter zu fahren, wo sich die ganze Familie fürs Abendessen verabredet hatte. Unterwegs konnte ich nicht anders: Ich musste lächeln bei der Vorstellung, dass meine Frau vielleicht genau an dem Tag schwanger geworden war, an dem ich sie begleitet hatte, um in Erinnerung an ihren kleinen Kometen eine Kerze aufzustellen.

Ich bat den Fahrer, mich vor der Sankt-Ferdinand-Kirche aussteigen zu lassen. Die Straße, in der meine Mutter wohnt, ist nur fünf Gehminuten von dort entfernt.

Trotz des unfreundlichen Wetters warfen die großen Fenster ihr Regenbogenlicht in den Kirchraum. Ich nahm die größte Kerze, die ich finden konnte, um sie in der Nische der Jungfrau Maria aufzustellen und anzuzünden. Eine seltsame Erregung erfasste mich. Ich zwang mich, langsamer zu atmen, schloss die Augen. Meine Schläfen hörten auf zu pochen, mein Herzschlag beruhigte sich. Dann merkte ich, wie ein stilles, stummes Gebet in mir hochstieg. Ein Gebet ohne Worte, ohne Empfänger. Ein Wohlbehagen, ein so überschäumendes Gefühl der Ruhe und Erfüllung, dass es bald die Kirche, die Straßen der Umgebung, ja die ganze Stadt erfasste, sich immer weiter emporschwang und schließlich auch meine Frau und meine Tochter erreichte.

Dabei wusste ich tief in meinem Inneren, dass das Schlimmste wie auch das Beste noch vor mir lag. Die Möbelkanten, die auf dem Herd vergessenen Töpfe, die Schule, die Hausaufgaben, die Prüfungen. Die vielen »Premieren«: erste Party, erster Rausch, erste Periode, erster Joint, erster Flirt, erste Liebe, erstes Mal, erster Liebeskummer. All die Was-ist-wenn-Fragen, all die Hoffentlich-Seufzer: Hoffentlich geht alles gut. Und wenn du genauso ein aufbrausender Dickkopf wirst wie dein Vater? Hoffentlich hast du den Charakter deiner Mutter. Hoffentlich … Hoffentlich …

Hoffentlich … Ganz zu schweigen von den schlaflosen Nächten, die deiner Mutter und mir noch bevorstanden, Nächten voller Bangen und Beten, dass du heil von deiner Ausgehtour zurückkehren und dir nichts zustoßen möge. All diese Dinge, die dazu führen, dass einem viel zu früh graue Haare wachsen.

Ja, was das Sorgenmachen betraf, war dies wirklich erst der Anfang.

Gott sei Dank.

Dank

an Tatiana de Rosnay, mehr denn je Königin der Feen.

Jessica Nelson, ihre Feenschwester, in Erinnerung an ein gewisses Telefongespräch im September.

Anne Fontaine, die Wunderfee.

Sara Mortensen für … sie weiß schon, was.

Juan Torreiro und Benoît Rivière, denen ich einen Kasten Champagner schulde.

Vladimir Consigny für sein Schweigen, das manchmal mehr sagt als alle Worte.

Ève Samakh für ihre genialen Titel.

Richard Hervé, Julien Négui, Betrand Cazenave, Pierre Hagnauer, Apolline Trésonne, Laure Baril, Axel Kiener, Caroline Sigrand, Juliette Cohen-Solal, Sophie Couret-Delègue, David Koubbi, Christel Noir, Gina Londero, Aude Sarrazin, Yaël Hirsch, Claire Chevrier, Layticia Audibert, Emmanuelle Hardouin, Lisa Liautaud, Delphine de Vigan, Stéphanie Hochet, Stéphane Nolhart und Émilie de Turckheim: Falls sie es selbst nicht wissen – ich weiß, warum.

Héloïse d'Ormesson und Gilles Cohen-Solal für ihre Freundschaft, ihre Zuverlässigkeit und Aufmerksamkeit und ihre wunderbare, stratosphärische Verrücktheit.

Sarah Hirsch für ihr legendären Adleraugen.

Audrey Siourd für ihre Geduld, ihre Tüchtigkeit, ihr Lächeln.

Agathe Presti für ihre Widerspenstigkeit.

Anne-Gaëlle Saïah für ihre Liebe zu den Primzahlen.

Dem ganzen Verlagsteam für seine wertvolle Arbeit.

Christine Cobert, die meine »Grubenexplosionen« mit ihrem berühmten »ein kleines bisschen« einzudämmen vermag.

»Le Revenant«

Victor Hugo

Mères en deuil, vos cris là-haut sont entendus.
Dieu, qui tient dans sa main tous les oiseaux perdus,
Parfois au même nid rend la même colombe.
Ô mères! le berceau communique à la tombe.
L'éternité contient plus d'un divin secret.

La mère dont je vais vous parler demeurait
À Blois; je l'ai connue en un temps plus prospère;
Et sa maison touchait à celle de mon père.
Elle avait tous les biens que Dieu donne ou permet.
On l'avait mariée à l'homme qu'elle aimait.
Elle eut un fils; ce fut une ineffable joie.

Ce premier-né couchait dans un berceau de soie;
Sa mère l'allaitait; il faisait un doux bruit
À côté du chevet nuptial; et, la nuit,
La mère ouvrait son âme aux chimères sans nombre.
Pauvre mère, et ses yeux resplendissaient dans l'ombre,
Quand, sans souffle, sans voix, renonçant au sommeil,
Penchée, elle écoutait dormir l'enfant vermeil.
Dès l'aube, elle chantait, ravie et toute fière.

Elle se renversait sur sa chaise en arrière,
Son fichu laissant voir son sein gonflé de lait,
Et souriait au faible enfant, et l'appelait
Ange, trésor, amour; et mille folles choses.
Oh! comme elle baisait ces beaux petits pieds roses!

Comme elle leur parlait! l'enfant, charmant et nu,
Riait, et par ses mains sous les bras soutenu,
Joyeux, de ses genoux montait jusqu'à sa bouche.

Tremblant comme le daim qu'une feuille effarouche,
Il grandit. Pour l'enfant, grandir, c'est chanceler.
Il se mit à marcher, il se mit à parler,
Il eut trois ans; doux âge, où déjà la parole,
Comme le jeune oiseau, bat de l'aile et s'envole.
Et la mère disait: «Mon fils!» et reprenait:
«Voyez comme il est grand! il apprend; il connaît
Ses lettres. C'est un diable! Il veut que je l'habille
En homme; il ne veut plus de ses robes de fille;
C'est déjà très méchant, ces petits hommes-là!
C'est égal, il lit bien; il ira loin; il a
De l'esprit; je lui fais épeler l'Évangile.» –
Et ses yeux adoraient cette tête fragile,
Et, femme heureuse, et mère au regard triomphant,
Elle sentait son cœur battre dans son enfant.

Un jour, – nous avons tous de ces dates funèbres! –
Le croup, monstre hideux, épervier des ténèbres,
Sur la blanche maison brusquement s'abattit,
Horrible, et, se ruant sur le pauvre petit,
Le saisit à la gorge; ô noire maladie!
De l'air par qui l'on vit sinistre perfidie!
Qui n'a vu se débattre, hélas! ces doux enfants
Qu'étreint le croup féroce en ses doigts étouffants!

Il luttent; l'ombre emplit lentement leurs yeux d'ange,
Et de leur bouche froide il sort un râle étrange,
Et si mystérieux, qu'il semble qu'on entend,

Dans leur poitrine, où meurt le souffle haletant,
L'affreux coq du tombeau chanter son aube obscure.
Tel qu'un fruit qui du givre a senti la piqûre,
L'enfant mourut. La mort entra comme un voleur
Et le prit. – Une mère, un père, la douleur,
Le noir cercueil, le front qui se heurte aux murailles,
Les lugubres sanglots qui sortent des entrailles,
Oh! la parole expire où commence le cri;
Silence aux mots humains!

La mère au cœur meurtri,
Pendant qu'à ses côtés pleurait le père sombre,
Resta trois mois sinistre, immobile dans l'ombre,
L'œil fixe, murmurant on ne sait quoi d'obscur,
Et regardant toujours le même angle du mur.
Elle ne mangeait pas; sa vie était sa fièvre;
Elle ne répondait à personne; sa lèvre
Tremblait; on l'entendait, avec un morne effroi,
Qui disait à voix basse à quelqu'un: – Rends-le moi! –
Et le médecin dit au père: – Il faut distraire
Ce cœur triste, et donner à l'enfant mort un frère.
Le temps passa; les jours, les semaines, les mois.

Elle se sentit mère une seconde fois.

Devant le berceau froid de son ange éphémère,
Se rappelant l'accent dont il disait: – Ma mère, –
Elle songeait, muette, assise sur son lit.
Le jour où, tout à coup, dans son flanc tressaillit
L'être inconnu promis à notre aube mortelle,
Elle pâlit. – Quel est cet étranger? dit-elle.
Puis elle cria, sombre et tombant à genoux:

– Non, non, je ne veux pas! non! tu serais jaloux!
Ô mon doux endormi, toi que la terre glace,
Tu dirais: «On m'oublie; un autre a pris ma place;
«Ma mère l'aime, et rit; elle le trouve beau,
«Elle l'embrasse, et, moi, je suis dans mon tombeau!»
Non, non! –

Ainsi pleurait cette douleur profonde.

Le jour vint; elle mit un autre enfant au monde,
Et le père joyeux cria: – C'est un garçon.
Mais le père était seul joyeux dans la maison;
La mère restait morne, et la pâle accouchée,
Sur l'ancien souvenir tout entière penchée,
Rêvait; on lui porta l'enfant sur un coussin;
Elle se laissa faire et lui donna le sein;
Et tout à coup, pendant que, farouche, accablée,
Pensant au fils nouveau moins qu'à l'âme envolée,
Hélas! et songeant moins aux langes qu'au linceul,
Elle disait: – Cet ange en son sépulcre est seul!
– Ô doux miracle! ô mère au bonheur revenu! –
Elle entendit, avec une voix bien connue,
Le nouveau-né parler dans l'ombre entre ses bras,
Et tout bas murmurer: – C'est moi. Ne le dis pas.

Août 1843

Das Gedicht »Le Revenant« wurde 1856 in dem Band »Les Contemplations« erstmals veröffentlicht, eine Übertragung ins Deutsche ist nicht bekannt. Die für dieses Buch angefertigte Prosaübersetzung konzentriert sich auf die Wiedergabe der Handlung. D. Übers.

»Der Wiedergänger«

Victor Hugo

Trauernde Mütter, eure Schreie werden droben erhört.
Manchmal legt Gott, der alle gefallenen Vögel auffängt,
dieselbe Taube wieder ins selbe Nest.
Oh Mütter! Die Wiege steht neben dem Grab.
Die Ewigkeit hat viele Geheimnisse.

Die Mutter, von der ich erzählen will, lebte in Blois;
ich kannte sie in einer glücklicheren Zeit,
ihr Haus grenzte an das meines Vaters.
Sie hatte alles bekommen, was Gott zu geben vermag.
Man hatte sie mit dem Mann vermählt, den sie liebte.
Sie gebar einen Sohn; die Freude war unsäglich groß.

Der Erstgeborene schlief in einer seidenen Wiege;
die Mutter stillte ihn; neben dem Ehebett gab er
zarte Geräusche von sich; und abends ergab sich
die Mutter den Phantomen der Nacht,
arme Mutter, ihre Augen glänzten in der Dunkelheit,
wenn sie sich, anstatt zu schlafen, atemlos lauschend
über das schlafende, rosige Kind beugte.
Bei Tagesanbruch sang sie wieder, überschwänglich
und stolz.

Wenn sie sich auf ihrem Stuhl zurücklehnte,
lugte unterm Schultertuch ihr milchgefüllter Busen hervor,
und sie lächelte dem schwachen Kinde zu und nannte es
Engel, Schatz, Herzchen und tausend verrückte Dinge.

Oh! Wie sie die schönen, rosafarbenen Füßchen küsste!
Wie sie mit ihnen sprach! Das nackte, bezaubernde Kind
lachte,
und von ihren Händen unter den Armen gepackt,
flogen seine Knie fröhlich hoch an ihre Lippen.

Wie ein unruhiges Reh, vom Rascheln eines Blättchens
erschreckt,
wurde er größer. Tastend und stolpernd wie jedes Kind.
Er begann zu laufen, er begann zu sprechen,
er wurde drei Jahre alt; süßes Alter, in dem sich die
Sprache schon
flatternd wie ein junger Vogel in die Lüfte erhebt.
Die Mutter sagte: »Mein Sohn!«, und dann:
»Seht doch, wie groß er ist! Er lernt, er kennt schon
die Buchstaben. Er ist ein kleiner Teufel! Er will,
dass ich ihn
kleide wie einen Mann; er will seine Mädchenkleider
nicht mehr.
Wie böse diese kleinen Männer doch schon sind!
Aber es ist egal, er liest gut; er wird es weit bringen;
er hat Esprit;
ich lasse ihn das Evangelium buchstabieren.«
Bewundernd ruhte ihr Blick auf seinem zarten Kopf,
sie war eine glückliche Frau, eine jubelnde Mutter,
die spürte, dass in dem Kind ihr eigenes Herz schlug.

Eines Tages – wir alle kennen solche traurigen Einschnitte! –
stieß der Krupp, das hässliche Monster, der Falke der
Finsternis,
jählings auf das weiße Haus herab
und stürzte sich auf den armen Kleinen,

um ihn am Halse zu packen; oh, welch abscheuliche
Krankheit!
Welch erbärmliche Heimtücke, herabgestiegen durch die
Luft!
Hat nicht jeder schon einmal gesehen, wie
süße Kinder sich winden,
wenn der grausame Krupp sie im Würgegriff hält!

Sie kämpfen; langsam verdunkeln sich ihre Engelsaugen,
und aus ihrem kalten Mund kommt ein seltsames Röcheln,
so geheimnisvoll, als hörte man in ihrer Brust,
wo keuchend der Atem erstirbt,
den scheußlichen Hahn vor der Gruft sein dunkles
Morgenlied singen.
Wie eine Frucht, die der Frost überrascht,
starb das Kind. Einem Diebe gleich schlich der Tod herein
und nahm es. – Eine Mutter, ein Vater, der Schmerz,
der schwarze Sarg, die Stirn, die gegen Wände schlägt,
und aus tiefster Seele ein bitteres Schluchzen.
Oh! Alles Sprechen mündet in einen Schrei;
alle Worte müssen verstummen!

Die Mutter, der es das Herz zerriss,
während neben ihr der verzweifelte Vater weinte,
verharrte drei Monate lang finster und regungslos.
Den Blick starr in eine dunkle Ecke gerichtet,
murmelte sie unverständliche Worte.
Sie aß nicht; ihr Fieber war ihr Leben;
niemandem gab sie Antwort; ihre Lippen
zitterten, und man hörte, wie sie in ungläubigem Entsetzen
leise zu jemandem sprach: »Gib ihn mir zurück!«
Und der Arzt sagte zum Vater: »Man sollte es ablenken,

dieses traurige Herz, und dem toten Kind einen
Bruder schenken.«
Die Zeit verging; die Tage, die Wochen, die Monate.

Zum zweiten Mal fühlte sie, dass sie Mutter wurde.

Vor der kalten Wiege ihres verflossenen Engels
dachte sie an seine Stimme, wenn er »Meine Mutter« zu
ihr sagte.
Stumm grübelnd saß sie auf dem Bett.
Am Tag, an dem sie spürte, dass sich ein unbekanntes Wesen
in ihrem Mutterschoß rührte,
erbleichte sie. »Wer ist dieser Fremde?«, sagte sie.
Dann fiel sie auf die Knie und rief in qualvoller
Verzweiflung:
»Nein, nein, ich will nicht! Nein! Du wirst eifersüchtig sein!
Oh, mein süßer, schlafender Engel, der du in der Erde
erstarrst,
du wirst sagen: ›Man vergisst mich, ein anderer hat meinen
Platz eingenommen.
Meine Mutter liebt ihn und lacht; sie findet ihn schön,
sie küsst ihn, und ich liege in meinem Grab!‹
Nein, nein!«

So weinte sie in tiefem Schmerz.

Der Tag kam, und sie brachte wieder ein Kind zur Welt.
Der glückliche Vater rief: »Es ist ein Junge.«
Doch nur der Vater war glücklich in diesem Haus;
die Mutter blieb niedergeschlagen; verloren in ihren
Erinnerungen,
gab sich die bleiche Wöchnerin ihren Gedanken hin.

Auf einem Kissen brachte man ihr das Kind;
sie ließ es geschehen und gab ihm die Brust;
vergrämt dachte sie mehr
an die verflossene Seele als an ihren neuen Sohn,
an Leichentücher als an Kinderwindeln.
Sie sagte: »Mein Engel liegt allein in seinem Grab!«
Da hörte sie plötzlich – oh gütiges Wunder!
    oh glückstrahlende Mutter! –,
wie im Halbdunkel der Neugeborene mit vertrauter Stimme
in ihren Armen leise zu ihr sprach und flüsterte:
»Ich bin es. Sag es nicht.«

August 1843

L'ÈRE DES SUSPECTS

DU MÊME AUTEUR

Romans

POURPRE, Mercure de France, 1980.

LES CANARDS DU GOLDEN GATE, Mercure de France, 1982.

SANS EFFORT APPARENT, Balland, 1987.

L'OUEST, Bernard de Fallois, 1991.

UNE AFFAIRE EMBARRASSANTE, Grasset, 1995, prix Jean-Freustié.

LES CORROMPUS, Grasset, 1998, prix Interallié.

BELLE-AMIE, Grasset, 2001.

SILENCE, ON MENT, Grasset, 2003, prix Renaudot des Lycéens.

UNE VRAIE PARISIENNE, Grasset, 2007.

PARIS EN TEMPS DE PAIX, Grasset, 2011.

LA FEMME QUI DIT NON, Grasset, 2014.

Essais

LE ROMAN DE CONSTANTINOPLE, Éditions du Rocher, 2005, prix Renaudot de l'essai.

LE ROMAN DE LA BRETAGNE, Éditions du Rocher, 2008.

UNE MER DE FAMILLE, illustrations de Nono, Éditions Dialogues, 2015.

DU BONHEUR D'ÊTRE BRETON, *les régions contre les nations*, Équateurs, 2017.

GILLES MARTIN-CHAUFFIER

L'ÈRE DES SUSPECTS

roman

BERNARD GRASSET
PARIS

Photo de la bande : © J.-F. Paga

ISBN : 978-2-246-81818-2

« Que les morts seraient embarrassants s'ils revenaient. »

François Mauriac, *Le Désert de l'amour*

Prologue

Resté près de la porte, sans un mot, d'un signe du doigt, le commissaire nous a indiqué les sièges face à son bureau. Immobile, il tendait l'oreille vers la déposition enregistrée dans le bureau de l'autre côté du couloir. Je connaissais la plaignante, Karen Delbard, une petite dame agitée, la personne toujours à crier qui vous dit d'emblée tout ce qu'elle pense, sur le travail de la police comme sur votre coupe de cheveux. Un fléau à fuir comme la peste mais incontournable. Dans la Cité noire, elle se mêlait de tout. Son métier d'assistante sociale l'exigeait mais chez elle, c'était une vocation. Elle était aussi concierge que serviable. Avec sentiments et idées simples : les dominants ont tort et les dominés raison. Jamais elle ne mettait les pieds au commissariat. Si nous avions besoin d'elle, comme souvent, il fallait se rendre à la mairie, au service social, où elle se faisait un devoir de nous laisser lanterner. Sauf qu'on lui avait volé son portable. Madame portait plainte.

À l'entendre, c'était une catastrophe. Parmi ses contacts, il y avait tous les numéros importants de la cité, de la commune et même du département car elle possédait la ligne directe du préfet. Espérait-elle que le RAID mène une opération pour perquisitionner chez ses petits protégés ? Si elle se croyait à Falloudja, elle est vite retombée sur terre. C'est le brigadier-chef Duval qui enregistrait sa déclaration. L'âme damnée du commissaire. Comme tout le monde, il avait un ordinateur portable mais, pour ce genre de déposition, il le planquait, plaçait une vieille machine à écrire sur sa table et sortait un à un les carbones qu'il glissait avec mille difficultés entre les feuilles de la déposition. Il a commencé par demander son nom, son adresse, son âge, sa nationalité, son métier à la Delbard. Il tapait à la machine d'un doigt avec un soupir entre chaque touche. Tout ce qu'il savait faire, c'était sourire et, de ce côté-là, il ne lésinait pas dans le rôle du bon gars, copain avec tout le monde, heureux de naissance. Delbard, qui passait sa vie à nous expliquer que tout allait bien quand tout se détraquait, a commencé à s'énerver. Elle n'avait jamais vu une telle lenteur. On l'entendait comme si on était dans la pièce. Amusé, le commissaire a fait trois pas dans le couloir pour fermer la porte de Duval puis est revenu s'installer à son bureau.

Très grand, mince, toujours serein, il a de l'allure. Et de la culture. Jamais de propos martiaux, de topos de caserne. Il parle lentement, soucieux d'être clair et content de s'entendre. Sous Pasqua puis Sarkozy, il avait fait carrière au ministère et ne pensait qu'à son retour place Beauvau. Vous ne lui auriez jamais fait avouer sa frustration actuelle. Son baromètre n'indiquait que beau fixe et temps calme. C'est pour ça qu'on l'avait affecté à Versières, trois ans plus tôt, quand la Cité noire avait mis le feu à cent voitures, au jardin d'enfants, aux Abribus et à toutes sortes d'illusions. Avec lui rien n'allait vraiment mal. Ne s'énervant jamais, il pouvait endurer des heures durant les récriminations de la municipalité, des grands frères ou des lascars sans perdre patience. Ensuite, il leur promettait une ou deux babioles puis transmettait des comptes rendus rassurants à sa hiérarchie. D'un mouvement du menton vers le bureau de Duval, il a réglé son compte à la Delbard :

— Je ne comprendrai jamais ces excitées. À quoi sert de s'énerver ? La mer est aussi profonde par temps calme qu'en pleine tempête. Venir faire son cirque chez nous alors qu'elle nous assomme toute l'année avec ses leçons de civisme ! C'est vraiment la mégère humanitaire. Juchée sur ses principes d'ancienne communiste, elle donne toujours raison à la fuite contre le plombier. Jusqu'au jour où on lui vole son portable et là, le plombier n'intervient plus assez vite.

À cet instant, les vociférations de la Delbard sont montées d'un cran et il s'est tu pour mieux les savourer. Puis il nous a regardés en face :

— Assez rigolé. Avez-vous fait connaissance ?

Réponse : non. À peine avais-je entendu le son de la voix de ma nouvelle coéquipière. Cela dit, il en révélait déjà plus que cinq heures d'audition. Chaque intonation trahissait la fille de très très bonne famille qui va de succès en succès, capable d'employer naturellement le passé simple dans la conversation. On entendait cet accent mélodieux et on cherchait en fond sonore le bruit des balles de tennis sur la terre battue du court derrière la maison. Pas question, en revanche, de prononcer les mots lino ou merguez, elle n'imaginait pas de quoi on parlait. D'un simple « bonjour », elle trahissait qu'elle sortait d'un collège pour fleurettes du XVIe arrondissement arrosées à l'eau d'Evian. Avec ça, très jolie dans un genre châtain-cheveux courts. Elle étudiait le droit à Assas pour devenir commissaire et venait faire un stage sur le terrain. Quand on avait appris sa venue, tous les copains avaient redouté de servir de chaperon à un boulet. À présent, ils la trouvaient canon et m'enviaient. Sorti de là, je ne savais rien d'elle. Le commissaire s'est chargé des présentations, laconique :

— Donc, notre stagiaire, mademoiselle Bouyx, étudiante en master 2 à Assas, étudie le droit pour devenir commissaire de police et prendre un jour ma place. Quant à lui, le jeune gardien de la paix Cosme est un bon petit gars du Morbihan égaré dans notre banlieue laide, pauvre, cruelle et inculte mais, pour finir, intransigeante sur le respect qu'on doit à ses citoyens, comme à tous nos compatriotes – précision qu'il accompagna d'un sourire entendu. Une fois que je vous ai dit ça, je vous ai tout dit. Vous aurez mille fois le temps de faire plus ample connaissance pendant vos maraudes dans la Cité noire où je ne vous demande qu'une chose : pas de vagues. Les journaux geignards qui expliquent que tout va bien par ici endimanchent la réalité. Mais ceux qui annoncent chaque matin l'apocalypse la noircissent tout autant. Dans la maison du bonheur, on n'a laissé que le hall à la disposition des habitants de Versières. Quand ils ne sont pas au chômage, ils vivotent de petits boulots. Mais depuis trois ans, miracle, ils sont au point mort, ne se battent pas, ne hurlent pas et ne protestent pas. Donc, pas de zèle. Les gamins peuvent bien tenir les murs des entrées de HLM, ce n'est pas votre problème. Et si vous croyez voir un début de trafic de shit, passez votre chemin. Les surhommes de la BAC et autres services dopés au pot belge s'en chargeront tôt ou tard. Tard, j'espère. Le mot d'ordre est clair : quand tu ne peux pas éteindre le feu, ferme les yeux.

Affichant un grand sourire comme un billet d'excuse, il s'est renfoncé dans son siège pour demander : « Pas de questions ? » J'étais entièrement d'accord, je n'ai donc pas desserré les lèvres. Danièle Bouyx non plus. Dans son milieu, on ne fait pas son intéressante le premier jour avec les chefs. L'autorité, c'est leur truc, on la leur enseigne depuis le berceau. Elle a juste dit : « Merci pour cet entretien. » Cette voix ! Un gazouillis à faire dresser les poils des bras. Quand elle est passée la première pour sortir, Méheut, amusé, a secoué la tête en baissant vers moi des paupières complices. Ça ne lui ressemblait pas.

J'avais pour mission de montrer la ville à Danièle. En réalité, il y en a deux. Somnolent, campagnard et paisiblement PS, le vieux Versières se résume à cinq ou six rues autour de l'église et de la mairie. On pourrait se croire à Larmor-Baden. Une pâtisserie, la pharmacie, un café, deux ou trois épiceries, aucun immeuble, des dizaines de pavillons datant de la fin du XIXe siècle, quand les peintres parisiens venaient peindre sur le motif. Les hôtelleries de l'époque disparues, reste un certain charme. Mais un charme angoissé car, entre 1960 et 1980, un volcan a poussé de l'autre côté de la gare où fait escale le RER B. J'ai nommé les « Rubans bleus » et les « Mimosas », deux grands ensembles démesurés que tout le monde appelle, Dieu sait pourquoi et depuis quand, la « Cité noire » : en pleins champs, une trentaine de tours et de barres longues comme une piste d'aéroport. Le genre de lieu à la périphérie de la périphérie, où il n'y a pas des rues, uniquement des routes. Je ne citerai pas les chiffres du chômage car personne n'a les mêmes mais aucun ne descend au-dessous de 30 %. Certains parlent de 60 % et ça n'est pas impossible. À l'origine, quand les communistes tenaient la ville, on aurait pu lui trouver un certain cachet dans le style Stalin-Allee et Karl-Marx-Prospekt. Entre les immeubles, il paraît qu'on avait planté des centaines d'arbres, installé des aires de jeux, aménagé des terrains de foot… Aujourd'hui, les toboggans, les cages de but, les bancs en bois et les lampadaires ont disparu en même temps que les rapatriés d'Algérie et les ouvriers de la banlieue nord pour qui on les avait installés. De Berlin-Est on est passé à Bobo-Dioulasso et Sidi Bel Abbès. Pendant vingt ans, ça n'a gêné personne, l'État n'a pas levé le petit doigt. Depuis trois ans, en revanche, à la mairie, au commissariat, à l'office HLM, partout en fait, on ne parle plus du quartier qu'avec de lourds soupirs car, entre-temps, trois nuits d'enfer ont mis le feu à la plaine. Aucun ministre ne s'est déplacé mais on a abattu une tour, autorisé l'aménagement prochain d'une petite mosquée et réhabilité le collège auquel on a attribué deux conseillers pédagogiques. Je ne suis pas le mieux placé pour porter ce jugement, n'ayant moi-même pas le bac, mais le niveau ne passe pas pour brillant ; un jour, à la mairie, pendant un débat où j'accompagnais deux pompiers, un prof a expliqué qu'on n'enseignait presque plus et qu'on ne faisait qu'animer des conversations pour former les élèves à briller dans des talk-shows où ils ne seront jamais invités. Les espoirs et les investissements disparaissent comme l'eau dans le sable. À première vue, seul le trafic de shit prospère mais le commissaire Méheut a décrété qu'il faisait peu de dégâts et assurait la subsistance de dizaines de familles qui, sans ça, nous pourriraient la vie. À l'entendre, en ce moment, au mois de juillet, si on détourne le regard, on pourrait presque se croire l'été à Saint-Gilles-Croix-de-Vie.

Dans la voiture, quand j'eus fini de dire ça, j'ai eu l'impression de n'avoir jamais autant parlé mais c'est comme si je n'avais rien dit. Danièle n'avait jamais franchi le périphérique pour autre chose qu'aller prendre l'avion mais elle a balayé toutes ces remarques comme des copeaux d'aggloméré de pensée :

— Tu devrais mettre des bretelles à ton optimisme, tu vois tout en noir et tu parles comme Marine Le Pen. Ce n'est pas ma France à moi, cette résignation, ce mépris, cette indifférence, cette misère...

La pauvre ! Perchée sur Facebook et Twitter, elle était plus allumée qu'un sapin de Noël. Je me suis mordu les lèvres pour ne pas lui balancer : « Non, pétasse, c'est la nôtre. » Elle avait réussi à m'énerver. Un exploit ! D'abord parce que je suis toujours de l'avis du dernier qui a parlé, ensuite parce que sa voix, son visage, ses yeux bleus, tout était craquant. Mais elle s'exprimait trop bien. Face à ces cracks, je ne trouve pas mes mots. Sans répondre, je l'ai amenée dans Gaza, le coin le plus délabré de la Cité noire, des morceaux de rues où les lascars se croient en plein travail quand ils envoient un SMS. En hiver, les arbres vides ressemblent à des piquets de prison. Là, grâce à quelques feuilles, elle avait droit à des balais-brosses efflanqués car, à Gaza, mystère, ils ont toujours l'air d'avoir été plantés trois mois plus tôt. Tout est sale, poussiéreux, déglingué. Nul ne prend d'initiative. Malade, sous perfusion, le quartier attend le passage des médecins qu'on promet à chaque élection et qu'on n'envoie pas puisque les gens, de toute façon, ne votent pas. Inutile de préciser qu'il n'y a plus de commerce. Les deux Abribus sont en ruines et, à part une pizzéria, il faut dix minutes en voiture pour atteindre le premier fast-food. Des papiers gras traînent par terre, des cartons, des caisses en bois démolies, des pneus... Des gamins en débardeur à qui on ne confierait pas un ticket de métro nous dévisageaient et nous adressaient des gestes obscènes. Danièle faisait semblant de tout trouver naturel. Et même sexy :

— C'est dingue, ils sont musclés comme des nageurs. Et tatoués comme des Maoris.

Tu m'étonnes. Leur seule activité consiste à soulever de la fonte. Et à comparer leurs tours de biceps. On a parlé d'un trafic de produits dopants dans la cité. Je l'ai mise en garde :

— N'approche jamais seule de ces Tarzan. Tu ne t'en rends peut-être pas compte chez toi avenue Montaigne mais ici, tu es aussi tape-à-l'œil qu'un porte-jarretelles.

Elle a haussé les épaules. Ces petites racailles ne lui faisaient pas peur du tout. J'ai essayé de lui ouvrir les yeux :

— N'imagine pas qu'ils te ménageront parce que tu es une fille. Pour eux, les flics, on est juste une autre bande de voyous, en uniforme. Si tu tombes entre leurs mains, il ne te restera qu'à pleurer.

Chargées de sacs comme des mulets, une ou deux femmes voilées l'ont exaspérée. Je lui ai fait remarquer qu'elles avaient des démarches de vieilles dames. Peu importe : on était en France, pas dans une casbah. La pudeur musulmane lui tournait les sangs :

— C'est quoi, cette façon d'afficher sa modestie ? La chasteté ne se proclame pas. Ma mère, ma grand-mère, mes cousines, moi, on est des traînées parce qu'on ne se déguise pas en fantôme ? J'ai horreur que des exhibitionnistes viennent chez moi me donner des leçons de pudeur.

Au bout d'un moment, on s'est garé sur un parking, à l'écart d'une série de carcasses. Elle m'a offert une cigarette. On a baissé les fenêtres, deux arbres nous protégeaient du soleil, il y avait même un peu d'herbe verte, grasse et brillante, rien à voir avec la terre battue et la moquette grillée au pied des immeubles. Elle m'a demandé pourquoi j'étais entré dans la police. Et pourquoi je ne passais pas le concours d'officier de police pour monter en grade. D'habitude, je ne réponds pas à ce genre de questions. Mais son parfum embaumait la voiture et je ne me lassais pas de sa voix. Je me suis laissé aller :

— Un jour, j'espère acheter un bateau. Mon père était pêcheur. J'aime la mer. Je ferais bien du charter maritime.

— Tu pourrais gagner plus vite de l'argent en devenant lieutenant.

— Je n'ai même pas mon bac et je n'ai pas envie d'avoir de l'argent.

— Et de quoi as-tu envie ?

— D'être seul.

Elle était étonnée par notre manque d'entrain. Le topo du commissaire l'avait choquée. Elle n'y voyait aucun bon sens, juste une abdication. Pour elle, la police devait marquer son territoire. Elle aurait voulu que je lui donne raison. Pas de chance, depuis le temps, j'avais adopté le point de vue de M. Méheut. Pas elle :

— Il ne faut pas s'étonner que ces gens ne se sentent pas français si vous ne les traitez pas en Français. Un enfant bien élevé apprend à respecter les règles. Si vous le laissez tout saccager, il devient un voyou. La police n'est pas là pour observer le chaos en se tournant les pouces. Vous devez les contrôler, les forcer à chercher un boulot…

Là, quand même, je lui ai demandé s'il lui arrivait de poser un pied dans la vraie vie :

— Tu voudrais qu'ils trouvent tous un poste de videur en boîte de nuit, de vigile chez Leclerc, de caissière, de jardinier ou de serveur au restoroute ?

— Pourquoi pas ? Il n'y a pas de sot métier. Mais c'est sûr que s'ils n'en cherchent pas, ils n'en auront pas…

Ce qu'elle était bavarde. Mme Bonne-conscience en personne : entre deux rangées de quenottes blanches comme la porcelaine, une petite langue battait la paille des grandes idées. Tout à coup, sorti de nulle part, un lascar a penché la tête vers nous pendant que ses deux copains s'asseyaient devant sur le capot. Rien d'agressif. Le type semblait plutôt amusé d'avoir capturé deux petites souris dans son piège. Il nous a pris en photo avec un portable rose de shampouineuse. Je n'avais pas surveillé le rétroviseur et m'étais laissé avoir comme un bleu. Le gamin avait l'air enchanté de son coup. Dans le genre petit dur qui se prend pour un marteau-piqueur, il n'était pas très impressionnant. Rien à voir avec les culturistes aperçus un quart d'heure plus tôt. Deux allumettes sortaient de ses énormes tennis blanches et rouges. Il flottait dans son polo Lacoste et j'aurais fait le tour de son bras avec une main. Au poignet, en guise de montre, il portait un vrai réveille-matin doré, une de ces horreurs m'as-tu-vu pour rappeur américain. Il ne lui manquait qu'une de ces grosses chaînes en or autour du cou. Elles étaient encore trop lourdes pour ses petites épaules. C'était un môme, dix-huit ans au plus, il n'avait même pas de poil au menton. Devant ses copains, il roulait des mécaniques :

— C'est sympa, tu sors ta gazelle. Elle a l'air bonne. Je sens qu'elle met le feu au matelas. Elle a la robe entre les dents, elle doit te faire jouir jusqu'à la pointe des pieds.

Pauvre petit puceau maigre comme un lézard. Ni beau, ni moche, indétectable, ses copines du lycée ne devaient même pas le voir. Je ne parle pas de son accent, inventé sur place, que ni ses parents, ni ses profs, ni la télé ne lui avaient transmis. Du pur banlieue. Deux phrases et vous étiez sûr qu'aucun employeur ne retiendrait sa candidature de petit con arrogant. Tant pis pour moi. J'aurais mieux fait de surveiller mes rétroviseurs. Il n'était plus temps de donner des leçons de politesse. J'ai remis le contact en lui adressant le sourire de l'imbécile heureux qui fait confiance aux petits gars du quartier. Un silence de plomb occupait la place passager. Dix minutes plus tôt, Danièle dévorait des yeux les bonshommes de la cité ; à présent, elle se serait réfugiée dans la boîte à gants. Quand le gamin lui a demandé « une clope », elle a tendu son paquet tout entier. Pour un peu, elle lui aurait offert son briquet Dupont. Il a rigolé, a piqué deux clopes pour ses potes et a glissé les autres dans sa poche. Tout ce qu'il voulait, c'était se poser sous l'arbre à palabres et tailler la bavette :

— Vous nous emmèneriez pas à Paris ? On n'a pas de caisse.

Je lui ai demandé si son imagination ne lui jouait pas des tours :

— Où est-ce que tu as vu un taxi ?

Malgré le sourire qui ne quittait pas mes lèvres, je n'avais pas mis assez d'ironie complice dans le ton. Il a froncé les sourcils, d'accord pour prendre toute l'affaire à la légère mais pas pour que je l'envoie promener devant ses copains. J'allais trop vite :

— Change de ton. T'es pas dans ton commissariat, t'es dans la jungle, ici. Si on décide de réquisitionner ta caisse, on la prend, point final.

Je ne contrôlais plus rien mais, à Versières, au bout d'un moment, mieux vaut faire croire que tu domines la situation. J'ai répondu :

— Tu ne reconnaîtrais même pas un gnou d'une antilope. Si c'est la jungle par ici, moi je suis Tarzan.

Je commençais à l'énerver. Il s'est adressé à Danièle :

— Eh poupée, tu ferais pas l'amour avec moi ? J'ai un endroit.

J'ai répondu à sa place :

— Une cave, peut-être ?

— Oui, mec, une cave, mais aménagée. Avec un sommier et un matelas. On n'est pas des bêtes, on fait pas ça debout.

Là, c'est lui qui m'a énervé avec son boudoir en sous-sol. Il se croyait civilisé, ou quoi ? J'ai cessé de blaguer :

— Arrête de caqueter comme une oie. Les femmes n'ont pas besoin d'un endroit pour faire l'amour, ce qu'il leur faut, c'est une raison. Toi, t'es pas une raison, t'es juste un gag.

Je n'ai pas dit ça méchamment. Au contraire. Il me faisait de la peine. Il avait quoi, cinq ans de moins que moi, et il ne connaissait rien à la vie. Rien à la sensibilité des filles. Cette histoire d'endroit et de motif, je l'avais entendue à la radio. Il l'a mal prise. De fureur, il a explosé le rétroviseur extérieur d'un grand coup de pied. Ses copains, alléchés par la bagarre qui s'annonçait, ont voulu prendre leur part de la baston et se sont rapprochés, l'air mauvais. C'est tout ce que je demandais : que ces mini-carnassiers décollent leur cul de mon capot. J'ai démarré sur les chapeaux de roue. Danièle, en transe, avait retrouvé l'usage de la parole :

— Fonce, fonce.

À dix centimètres près, j'ai failli rouler sur le vélo d'un des mômes. Il n'aurait plus manqué que ça. Quand j'ai pilé pour reculer, Danièle a hurlé :

— Mais passe dessus, merde. De toute façon, il l'a sûrement volé. Il ne va pas venir chialer.

C'est elle qui était à deux doigts de pleurer. J'ai pris l'incident comme une petite anicroche de routine mais elle ne pouvait plus parler et se frottait les yeux. Sans dire un mot, je suis revenu vers le vieux Versières pour lui racheter un paquet de Winston. Le temps qu'elle ait reniflé ses larmes et retrouvé son calme, je suis resté boire un café au bar. Elle n'avait certainement pas envie que je la voie craquer.

À mon retour, calmée, elle a suggéré qu'on reprenne notre promenade. Il n'y avait rien d'autre à faire. Je n'allais pas la ramener au commissariat les yeux rouges et tremblotante. Elle ne me l'aurait pas pardonné. À présent, on roulait en silence. Mme Je-sais-tout-car-je-l'ai-lu-dans-le-journal n'ouvrait plus le bec. J'ai joué le guide avec tact :

— Je laisse au large les zones sensibles. Tu n'as qu'à les repérer de loin. Pour un premier jour, il suffit que tu prennes tes marques.

Au bout de dix minutes, la parole lui est revenue. Le mot « zone sensible » la contrariait. J'aurais mis ma main à couper que le terme lui avait convenu jusque-là. Elle maugréait :

— Zone « sensible ». Qu'est-ce que ce mot vient faire dans le décor ? Où est la sensibilité ? Pas chez les habitants, en tout cas.

— Ils sont sensibles à l'injustice. Ici, tout le monde est au chômage. Ils demandent juste qu'on les respecte. Qu'on ne contrôle pas leur identité quatre fois par jour. Qu'on leur laisse une chance. C'est ce que t'expliquait le commissaire. Ces petits voyous sont là sans être là, comme la fumée. Tu t'éloignes et ils ne sont pas plus menaçants que de la barbe à papa. C'est en les provoquant qu'on les rend agressifs.

— Parce que là, en fumant une cigarette, on les provoquait ?

— Tu crois que tes parents aimeraient que les policiers de ton quartier viennent fumer leurs clopes dans votre cour, comme ça, pour le plaisir, histoire de vous garder à l'œil ?

— On ne les gardait pas à l'œil, on bavardait.

— Qu'est-ce qu'ils en savaient ? On était sur leur territoire. Retiens la leçon : si tu ne vas pas les chercher, les ennuis ne viendront pas à toi.

— Parfait. On ne fait rien. Dans dix ans, les rues seront crasseuses, des femmes fantômes glisseront le long des trottoirs, les barbus feront la loi et des tribus tatouées demanderont leur indépendance pour que la Seine-Saint-Denis rejoigne l'Algérie.

Elle déraillait, j'ai cessé de répondre. On a roulé en silence. À l'entrée de Landry, la commune voisine de Versières, un match de foot avait attiré une petite foule. Plus loin, des familles parcouraient les allées d'un vide-greniers. Je connaissais l'endroit : à côté des vieilleries personnelles, on trouvait des portables, de la camelote tombée du camion et des contrefaçons sur lesquelles on fermait les yeux. J'ai préféré ne pas approcher, madame se serait indignée. On a bu un café dans un bistrot, puis on a repris nos allées et venues. Les heures tournaient. Je l'ai emmenée jusqu'à l'embranchement de l'A3 qui ramène à Paris. Les yeux rivés sur le GPS, Danièle repérait les lieux. On était à trente kilomètres de la tour Eiffel mais on aurait pu être à Marseille ou à Düsseldorf, notre coin n'avait aucun caractère. Ses habitants étaient plus pittoresques. On en voyait de toutes les couleurs et de tous les styles. Une majorité d'étrangers dont on se demandait pourquoi ils avaient échoué ici. Arriver en France par la Seine-Saint-Denis, c'est se faufiler au Ritz par la cave. Des pavillons, des garages, des entrepôts, des ruelles, des impasses, des terrains vagues. Aucune perspective, des arbres alignés comme des lampadaires, cinquante nuances de gris, une espèce de Pologne, de tristes faubourgs sur une plaine sans couleur. Tout s'y lisait comme une carte postale préremplie : « Rien à dire, rien à signaler, retour à la civilisation prévu dans quelques jours. » Un peu avant l'entrée de Versières, dans une jolie rue aux maisons entourées de jardins, je lui ai montré l'Institut catholique d'études médiévales, un bâtiment bien entretenu installé dans une propriété des années 1900. C'était le charme de ce département, tout à coup, on tombait sur une petite touche de province hors sol, calme et jolie. Danièle n'aurait pas eu l'air plus stupéfaite si je lui avais indiqué l'adresse de la Vierge Marie. Elle avait repris ses commentaires. Pour prouver qu'elle contrôlait ses nerfs, elle a demandé à repasser en bordure de Gaza avant notre retour au commissariat.

Je n'y tenais pas mais tout était calme et je ne voulais pas la contrarier. Sur le chemin, à Landry, le match de foot devait s'être achevé car des dizaines de mômes remontaient vers Versières. J'ai fait un détour par les rues tranquilles du centre-ville avant de reprendre le boulevard Jean-Jaurès qui mène vers notre gare RER, une zone tranquille et moche où personne ne traîne. Et là, soudain, tout seul, remontant tranquillement vers les Mimosas, notre petit homme ! Je l'ai vu le premier : ses tennis blanches et rouges qui lui faisaient comme d'énormes sabots, sa chemise Lacoste deux fois trop grande pour lui, sa tête rasée de puceau qui veut jouer les durs… Il consultait son iPhone et ne nous a pas vus arriver dans son dos. Si j'avais pu, j'aurais pris sur-le-champ une rue de traverse mais il n'y en avait pas et, à son tour, Danièle l'a repéré. Plus question de tourner les talons. Elle m'a parlé sur le ton d'un sergent des Marines dans un film de Kubrick :

— Il nous a foutu un rétroviseur en l'air. Dépasse-le, on va le contrôler.

Une vraie folie. Comme si on allait parler de ce rétroviseur au commissariat et raconter notre halte-cigarette en pleine zone de guerre. Il n'y avait qu'une chose à faire : rien. Toute autre attitude exigerait des détails que ni elle, ni moi ne tenions à donner. Seulement voilà, on peut se faire un tel raisonnement en un quart de seconde mais il en faut trois pour l'exprimer à haute voix. À ce moment-là, madame était déjà dans le feu de l'action. Elle avait baissé sa vitre et crié au gamin de ne plus bouger. La pauvre ! Elle se croyait dans le XVIe où personne n'a rien à se reprocher. Là, passé en courant derrière notre voiture, le môme a traversé le boulevard comme une flèche. Avant que j'aie le temps de hausser les épaules, Danièle m'a hurlé de lui courir après. Et là, comme un imbécile, j'ai obéi. Au mois de juillet, en uniforme, avec mon arme et tous les colifichets qu'on accroche à nos ceinturons, je me suis lancé à sa poursuite dans le petit bois qui surplombe la voie du RER. Au moment où j'allais le rattraper, il s'est recroquevillé sur lui-même. Pour ne pas tomber en lui écrasant une chaussure dans les côtes, j'ai fait un bond de côté, juste le temps pour lui de repartir d'où il venait. J'étais déjà en nage. Furieux, j'ai repris la poursuite mais, quand je me suis approché, il a dévalé la pente qui menait vers la voie ferrée. J'en avais marre, je l'ai regardé filer et je suis revenu, trempé de sueur, à la voiture. Par miracle, dans cet après-midi romantique, je n'avais pas appris à Danièle à se servir de la radio. Elle n'avait appelé personne. Dieu sait ce qu'elle aurait raconté ! Tendue comme un élastique, elle s'était mise au volant avec l'intention de couper la route au môme s'il revenait sur le boulevard. On avait échappé au pire. Pas elle. Elle pestait :

— Celui-là, il faudra qu'on le chope. Il a forcément des choses à se reprocher.

Elle commençait à m'énerver. Tout ce dont j'avais envie, c'était de passer la tête sous l'eau et d'essorer ma chemise. Je lui ai coupé le sifflet :

— Reviens sur terre. On est à Versières. Toute l'année, on contrôle des gens qui n'ont rien à se reprocher. Ils en ont marre, c'est tout. Et maintenant, arrête ton numéro. On rentre et, si on te demande comment ça s'est passé, tu réponds « Très bien ».

— Très bien, chef.

Tout arrive : elle a obéi. Non seulement elle n'a pas fait sa maligne mais quand je suis sorti du vestiaire, madame m'attendait, assise sur un banc, tout sucre.

Avec son teint de dragée, on aurait dit une collégienne. Il ne lui manquait que les socquettes blanches et la jupe plissée. Ma colère s'est arrêtée net comme si on lui avait retiré ses piles. Un regard tendre et je m'ouvre comme une fleur. Elle a proposé de me ramener à Paris en voiture. La sienne ! C'était la vraie fille à papa. Il ne lui était pas venu à l'esprit de se rendre à Versières en RER comme tout le monde. J'ai cru rêver. Cela dit, aucun risque que je refuse, je me serais collé à elle comme un aimant. On a embarqué dans sa Mini, un bijou jaune sable aux sièges en cuir. En cinq minutes, elle a retrouvé l'embranchement de l'A3 qui mène à Paris et s'est installée sur la file de gauche pour n'en plus bouger. Elle n'avait jamais entendu parler de la limitation de vitesse à 110 et ne cessait d'allumer ses feux de croisement pour forcer le passage. Avec ça, elle m'intimidait. Ces filles de bonne famille voient tous les films, lisent tous les livres, ont des idées sur tout. Moi, à peine si je parcours *Ouest-France* sur mon iPhone. Je ne savais pas quel sujet aborder. Je lui ai demandé son sentiment sur cette première journée. Réponse : elle éprouvait une *mixed emotion* ! Jamais entendu cette expression. Elle me l'a expliqué :

— Une *mixed emotion*, c'est quand ta belle-mère se tue en se jetant d'une falaise. Mais au volant de ta Ferrari.

En clair, heureuse d'avoir commencé son stage et contente de faire équipe avec moi, elle restait consternée par le discours du commissaire. Mon Dieu ! D'où sortait cette Marie-Chantal ? Trente secondes à côté d'elle et tu comprenais qu'elle tombait de la lune, du *Figaro* et du lycée Montaigne, le genre « Je ne connais rien à rien mais je sais tout, c'est de famille ». On est sortis porte de Bagnolet. Je l'ai guidée jusqu'en bas de chez moi, tout près de là. Danièle n'avait aucune idée de l'endroit où elle se trouvait. À Paris, elle ne connaissait que les salles de réception :

— C'est sympa qu'un Breton me fasse visiter ma ville. Je crois n'être jamais montée au nord de la place de la République.

J'ai demandé si elle parlait quelques mots d'arabe, la langue locale. Elle m'a traité d'idiot. Moins ces mijaurées connaissent les immigrés, plus elles les aiment. Mais elle ne m'en a pas voulu. Arrivés au pied de mon immeuble, quand j'ai tendu la main pour lui dire au revoir, elle m'a demandé si je n'invitais jamais à boire un verre les gens qui me raccompagnaient. Je planais. Le temps qu'elle se gare, j'ai acheté des bières et des crackers chez l'épicier tunisien voisin puis on est monté chez moi. Quatre étages à pied. Par cette chaleur, c'était exténuant. Je me suis excusé. Inutile. Danièle en riait :

— Comme ça, à l'arrivée, tu enlèveras ta chemise.

Franchement, c'était la seule chose à faire. Situé au dernier étage, sous le toit, le studio était une étuve. De là à me désaper, quand même pas, Danièle m'intimidait. Je n'étais jamais sorti avec une pimbêche de la haute. Par chance, je suis maniaque, le lit était fait et mon linge ne traînait pas par terre. Elle ne tombait pas dans un taudis. Du reste, elle s'est plantée devant ma seule étagère et ses cinq livres comme elle aurait observé une bibliothèque :

— *Robinson Crusoë*, la vie de Surcouf et les fables de La Fontaine. Pas mal.

Elle n'a pas cité *Paris pas cher* et le code pénal, les deux seuls que je lisais régulièrement. De toute façon, trouver de la littérature n'était pas ce qui l'étonnait le plus. L'absence de télé l'a presque choquée. À quoi bon ? Je regardais des films et les informations sur mon ordi. Elle a juste voulu savoir si je chargeais des pornos. Je n'en revenais pas. Son insouciance, sa légèreté, sa grâce, son libertinage joyeux, son charme, tout me rendait fou. Elle, en revanche, s'accommodait mal de la bière tiède, des crackers dans leur emballage et du climat tropical :

— On se croirait dans le Sahel. Tu n'as pas un climatiseur ?

Réponse : non. On était encore en France. Depuis quand devait-on s'équiper de ce genre de trucs ? Tant pis, elle ne l'a pas mal pris. On n'avait qu'à aller chez elle. Son père était à l'île de Ré, elle avait l'appartement pour elle seule, on y serait beaucoup mieux. Pour me convaincre, elle a posé ses lèvres sur les miennes. Très légèrement et si vite que cette tendresse pouvait passer pour une maladresse. Le temps de songer que j'étais en plein rêve, elle avait ouvert la porte. On est repartis. Direction : la rue du Bac. Plus question de la guider en voiture. Quand j'allais dans le centre, je prenais le métro. On a glissé tout droit jusqu'à Bastille et de là, elle a trouvé le chemin direct. C'était une vraie Parisienne. Catégorie CSP+++. Dans le parking du Bon Marché, il y avait deux places pour nous. Son père avait aussi la sienne. Si je m'étais encore posé des questions sur leur statut, l'entrée de l'immeuble a dissipé mes derniers doutes. On se serait cru dans une ambassade ! Le sol était en marbre, la lumière tombait de lustres, l'escalier de pierre venait directement de Versailles au moins, je ne parle pas de l'ascenseur, une espèce de petit salon volant à la Pompadour, en acajou, avec une banquette. On appuyait sur des touches en porcelaine blanche pour indiquer l'étage de destination : le quatrième.

Derrière la double porte blindée, mon studio aurait tenu dans le couloir d'entrée, large comme une rue. Cela dit, plus que solennel, l'ensemble faisait foutraque. Ses parents devaient trouver le résultat merveilleux et les antiquaires avaient dû cent fois se frotter les mains mais ces chaises, ces guéridons, ces miroirs, ces tableaux, ces tapis, ces ceci et ces cela, franchement, on aurait dit les Puces. Des colonnes de livres étaient posées par terre et un monceau de lettres était jeté en désordre sur le bureau à cylindre où s'entassaient des crayons, des ciseaux, des Post-it, un bouquet de fleurs séchées, des magazines, un ou deux foulards et je ne sais quoi encore. C'était le bordel complet. Mais intimidant. Le genre de foutoir où on parle en alexandrins : du doré, de l'argent ou du cristal sur les tables basses, des bataillons de coussins et des plaids sur les canapés, des livres d'art sur les meubles, d'autres glissés dessous… Même les rideaux me renvoyaient à mon clapier : taillés dans une soie grise, on les aurait dits en peau de truite de rivière.

J'ai pigé pourquoi Danièle prenait les pauvres pour des gens comme les autres : elle n'en avait jamais vu un seul. Elle ne vivait pas comme nous. La preuve : elle m'a posé dans un canapé du salon face à la télé et, deux minutes plus tard, au lieu de réapparaître topless avec deux canettes de 1664, elle est revenue avec un plateau en argent, deux flûtes et une bouteille de champagne. J'ai eu l'impression d'être né dans une étable. Puis j'ai débouché la Veuve Clicquot en me disant que Carla Bruni devait faire le même effet aux zozos comme moi. Pourquoi ai-je pensé à elle ? Aucune idée.

J'ai bu du champagne trois ou quatre fois dans ma vie, je n'aime pas beaucoup et je n'ai fait que tremper mes lèvres dans ces petites bulles. Assise contre moi à lire quinze messages reçus sur son portable, puis à répondre, Danièle n'y a pas prêté attention. Elle tapotait des deux pouces à une vitesse affolante et rigolait toute seule de ce qu'elle écrivait. Sa meilleure amie voulait nous rejoindre. Il n'aurait plus manqué que ça. Une seconde, j'ai eu peur. Pas plus. Elle m'a rassuré :

— Aucun risque que je te la présente. Elle est trop canon. Et toi aussi. Tu es à moi seule.

Ses tweets expédiés, elle m'a entraîné dans la cuisine. On aurait dit une salle d'auberge rajeunie par « Top Chef » : meubles en bois, batterie de casseroles dorées aux murs, tomettes au sol et quinze petites lumières rouges sur le frigidaire, les plaques chauffantes, les fours, la cave à vins et compagnie. Sur la table pour dix personnes, vingt en se serrant, elle a posé du pain de mie, un grille-pain, du tarama, des œufs de saumon, du jambon serrano, du fromage et des yaourts. Pas question qu'elle mette la main à la pâte. Elle a juste proposé de faire une omelette – à condition que je m'en occupe. Je n'y tenais pas, elle non plus. En revanche, elle a sorti l'argenterie, de jolis verres, des serviettes brodées et une carafe où aérer le vin tiré de la bouteille de bordeaux qu'elle m'a fait ouvrir. Pour elle, c'était un « frichti » – je la cite. Puis elle s'est assise de l'autre côté de la table, presque hors de vue. Seules nos mains pouvaient se toucher et Danièle s'est mise à me caresser les doigts en léchant le tarama qu'elle étalait sur son toast. Elle faisait monter le désir millimètre par millimètre. Peut-être avait-elle déjà fait ce numéro à quinze autres avant moi mais qu'importe, une allumette approchée trop près et j'aurais pris feu. Madame a entamé la conversation :

— C'est drôle que tu sois entré dans la police. Le bordel n'a pas l'air de te gêner tant que ça. C'est la France que tu aimes ?

J'ai juste dit que j'aimais bien les Françaises châtain clair à la peau pâle. À part ça, je n'avais pas de diplômes et aucune envie d'en passer. Nul en dictée, je ne serais jamais entré à la fac. Le simple mot « orthographe » me donne la migraine. Être flic m'allait bien. De toute manière, ma vie n'était pas achevée, je comptais m'acheter un bateau et emmener des touristes en croisière en Irlande. C'était un bel effort de ma part pour lui ouvrir en grand les portes de mes espoirs mais elle les a refermées sur-le-champ pour critiquer le rôle des maths en France. Une vraie connerie, à l'entendre. Peut-être bien mais c'était le cadet de mes soucis. Je l'ai envoyée paître :

— Moi, j'aimais les maths. Chez nous, on n'a pas les œuvres complètes de Voltaire sur les rayonnages et nos parents ne peuvent pas écrire nos rédactions. Donc on est nuls en français. Mais en maths, vos parents sont aussi nuls que les nôtres. C'est plus juste.

Ces bourgeois, il faut leur claquer le beignet. Comme les petits Beurs de banlieue. Un coup de sifflet et ils se couchent. Elle est venue s'asseoir sur mes genoux.

— Tu sais que tu m'intrigues, petit flic d'amour. Il faut vraiment que j'en sache plus sur toi.

Passant la main sur mon bras, elle a malaxé mon biceps, relevé la manche de mon tee-shirt jusqu'à l'épaule et m'a demandé si j'avais des tatouages. Désolé, mais non. Elle, en revanche, en avait deux. Mais je devrais les découvrir moi-même. Et pas plus tard que tout de suite. Elle m'a pris par la main pour l'accompagner prendre une douche. Quand j'ai proposé de débarrasser la table, elle m'a dit de laisser tomber :

— La soubrette le fera demain matin.

Un coup de poing ne m'aurait pas remonté l'estomac plus haut dans la gorge. L'été, à Larmor-Baden, ma mère servait parfois de « soubrette » et le mot la mettait hors d'elle. Mais je n'ai rien dit. J'étais dans un autre monde. À côté de sa salle de bains, mon coin lavabo avait l'air d'un broc ébréché. C'était les Thermes du Ritz. Je suis resté saisi. Danièle m'a elle-même retiré mon tee-shirt :

— On part en orbite, ou t'es stationnaire ?

M'attirant sous la douche, elle m'a promis l'enfer :

— Quand j'en aurai fini avec toi, il n'y aura plus qu'à jeter la clé.

Ce qui est sûr, c'est qu'elle a ouvert avec un naturel ahurissant des portes que je n'avais pas encore poussées. Jamais je n'avais osé demander à mes copines de me faire ce qu'elle a mis au menu. Ça a duré des heures. C'est le plus grand souvenir de ma vie. J'étais prêt à remettre le couvert au matin mais, à huit heures, mon portable a sonné.

C'était le commissariat. On avait retrouvé le corps d'un môme près de la voie du RER. Est-ce que je savais quelque chose ?

Gildas Méheut, commissaire de police à Versières

Le jour où Cosme Giquel a emmené Danièle Bouyx en patrouille pour lui présenter Versières, je suis rentré chez moi dès 16 h 30. Le changement climatique n'est pas une lubie d'écologiste. Mon bureau transformé en étuve par une chaleur d'Abyssinie, je n'avais qu'une hâte : retrouver le canapé de mon salon sous le souffle du climatiseur déniché au BHV. Un miracle ! Officiellement, il n'y en avait plus un seul disponible dans la région parisienne. Heureusement, depuis le massacre de *Charlie Hebdo*, tout le monde adorait la police. C'était le monde à l'envers. On nous applaudissait dans les rues. Montrer ma carte de police avait suffi pour que le vendeur, ensorcelé, me murmure à l'oreille que l'affaire n'était pas perdue. En effet. Le lendemain, la perle m'était livrée.

Donc, ce fameux jour, pendant que le jeune Cosme parcourait nos terres, calé entre les coussins, je me promenais en tee-shirt à travers l'*Histoire de la Révolution française* de Michelet. À vingt heures, j'avais regardé les informations sur TF1 puis, sans dîner, je m'étais couché. Encore cinquante pages et je m'étais endormi. Excellente initiative à la veille d'une journée qui se révélerait sans fin. Le lendemain, levé à l'aube, j'étais en pleine forme.

Attention, ne me prenez pas pour un héros de roman ou de film. Je suis le policier lambda, je ne sors pas d'un scénario pour Canal + ou d'un thriller scandinave. Je ne suis pas mal rasé, je n'allume pas une Gauloise dès que j'ouvre l'œil, les bouteilles vides et les cendriers pleins ne s'accumulent pas devant ma télé et je ne soigne pas mon spleen à la lecture de *L'Équipe*. Je sais que tous mes collègues dignes d'entrer dans une fiction sont au bout du rouleau, alcooliques, dépressifs, divorcés, revenus de tout et écœurés par la société mais pour moi, ce matin-là, tout roulait – c'est-à-dire que tout bringuebalait sans chaos particulier. Ma femme ne m'avait pas plaqué, la hiérarchie ne m'avait pas mis au placard pour enterrer l'affaire du siècle mouillant je ne sais quelle huile, je n'étais pas pris aux couilles pour des liaisons dangereuses avec un indic... Seule me tourmentait la perspective de passer le week-end en solitaire, si une raison quelconque m'empêchait de rejoindre l'Île-aux-Moines pour le week-end. Car je n'avais pas non plus cinq ou six tapineuses au grand cœur toujours prêtes à me consoler et à m'écouter philosopher. C'est fou ce que les flics dépriment et couchent dans les livres. Je ne parle pas de leur grossièreté. À en juger par les termes orduriers qu'ils nous mettent en permanence dans la bouche, les scénaristes nous prennent pour des surhommes dopés à la testostérone d'orang-outang. Là encore, du délire. Dans mon commissariat, les hommes savent que « bordel », « putain » et autres refrains des séries télévisées sont bannis devant moi.

Bref, j'ai pris une douche, je me suis pressé une orange et j'ai croqué une ou deux pommes en lisant *Le Figaro* ramassé sur le paillasson devant la porte. Ses journalistes sont moins bien informés que ceux du *Parisien* en matière de police mais ils abordent plus de sujets. C'est mon journal préféré même si un œil de flic voit dès la première ligne de leurs papiers sur la banlieue qu'ils n'y mettent jamais les pieds. À croire qu'ils n'ont jamais non plus rencontré un musulman. C'est simple : presque chaque jour, dans un article ou un autre, quelqu'un parle des « musulmans de France » ! Certains sont boulangers comme ceux qui viennent de Djerba, certains sont employés de banque, d'autres sont chirurgiens ou infirmiers, d'autres encore sont des petits cons qui essayent de me gâcher la vie à Versières mais aucun n'est qu'un musulman. Ces généralités m'agacent. Je ne parle pas des ânes qui pontifient sur les dangers menaçant l'« identité de la France ». Comme si une identité pouvait changer. Celle de la France est écrite une fois pour toutes : 551 000 km^2, 65 millions d'habitants, une longitude, une latitude, des fleuves, une capitale, un temps de cochon et basta. La carte d'identité, vous l'avez pour la vie. C'est votre personnalité qui se modifie. Et la personnalité de la France, elle, n'a jamais cessé d'évoluer. Un si vieux pays. Celui de Clovis n'a rien à voir avec celui de Jeanne d'Arc, de la Pompadour, de Victor Hugo ou de Nicolas Sarkozy. La France, mère des arts, des armes et des lois, est plutôt devenue celle du cassoulet, de la cirrhose, de la resquille et des impôts. On n'a pas attendu les Arabes pour pleurer sur le bon vieux temps. Heureusement, *Le Figaro* a mille autres qualités. Et d'abord de continuer à m'informer à l'ancienne sans passer par les alertes Facebook. À mon avis, les réseaux sociaux menacent beaucoup plus notre personnalité que le Coran. Bref, je lisais le journal quand, un peu avant huit heures, le commissariat a appelé. On avait retrouvé le corps d'un môme, le cou brisé, juste au-dessus de la voie du RER.

À cette époque, je n'avais qu'une Fiat 500. Je ne me voyais pas foncer avec le gyrophare sur l'A3 dans ce pot de yaourt. Le commissariat du XVIe m'a prêté une voiture et un chauffeur pour gagner Versières vitesse grand V. La circulation de fin juillet est fluide mais nous roulions encore sur le périphérique quand Beauvau m'a appelé pour exiger un rapport complet à la première heure – c'est-à-dire à dix heures au plus tard. Mais bien sûr ! J'ai promis de faire au mieux et, portable collé à l'oreille, j'ai battu le rappel des troupes : tout le monde sur le pont, et fissa.

Ils étaient déjà six autour du corps. Pauvre gamin, il était sorti de la vie comme on sort d'une pièce et personne n'avait l'air triste. Mes hommes faisaient leur travail comme ils auraient évacué une voiture accidentée. Nul ne songeait à respecter le délai d'effarement dû à un adolescent dont l'existence est soudain fauchée comme un épi de blé. À la Muette, on aurait prévenu les parents toutes affaires cessantes et on aurait pris des mines accablées de croque-morts. Là, on ne laissait pas à sa mère le temps de verser le torrent de larmes réglementaire. Ce môme n'était qu'un dossier. Et, à coup sûr, un dossier pourri. J'ai franchi le périmètre de sécurité et je suis descendu vers le corps. La pente était si raide que j'ai glissé et suis tombé sur les fesses. Avec le costume Lanvin beige que j'avais enfilé pour aller à Beauvau où on allait forcément me convoquer. Heureusement, la terre était sèche comme du talc. La médecin légiste observait le corps. Trois hommes ratissaient le bord de la voie de chemin de fer à la recherche d'objets ou d'indices. Duval, mon bras droit, qui avait pris les choses en main, se faisait des réflexions exactement à l'inverse des miennes :

— Le maire s'annonce déja, les « grands frères » seront là dès qu'ils se réveilleront, l'imam va y aller de son couplet, j'ai peur que la réalité ne nous rattrape. C'était trop beau, ce long moment de calme à Versières. On serait au Trocadéro, ce serait un gamin de bonne famille, personne ne bougerait le petit doigt. Nous, dans dix minutes, on aura *Le Parisien* sur le dos. Les emmerdements commencent.

On n'avait pas affaire à un petit Français mais à un petit con. Duval ne le disait pas mais c'était le sens de la remarque. Je l'ai prié de la mettre en veilleuse :

— Vous arrêtez immédiatement ce genre d'analyse, exacte mais inutile. On calme tout le monde, on n'omet aucune procédure et on évite les fines observations qui étalent les taches au lieu de les réduire. Compris ?

— Compris.

Le môme était épais comme une asperge. Deux cannes blanches comme la mort sortaient de ses énormes tennis rouges. On aurait cru qu'il dormait. À première vue, la légiste pensait qu'il s'était rompu le cou en se cassant la figure dans la descente. Duval opinait :

— On ne l'a pas encore vue à Versières mais c'est la nouvelle tendance en banlieue, une mode venue des Romanos, ils remontent les voies de chemin de fer la nuit pour piquer du cuivre. Peut-être bien que le gamin repérait le terrain.

— Ou peut-être bien que non. On verra. À part faire de la divination, est-ce que vous avez commencé l'enquête ? On sait qui c'est, ce môme ?

Coup de chance, il avait sa licence de foot sur lui. Il s'appelait Driss Aslass, 17 ans, adresse : Tour C à la résidence des Rubans bleus. En plein Gaza ! Ça promettait mais je n'ai pas eu le temps de pleurer sur les ennuis qui nous attendaient. En équilibre sur la pente, la légiste dirigeait la manœuvre des deux infirmiers qui posaient le corps sur une civière quand elle a failli tomber. En se raccrochant à moi, elle a lâché son sac. En le ramassant, j'ai trouvé, glissé sous une souche pour le cacher, un portable qui avait échappé aux regards. Et là, divine surprise, Duval et moi l'avons reconnu sur-le-champ : une coque rose avec une étoile rouge sur un smartphone à l'écran fendu. La Delbard l'avait décrit en détail la veille. Nous l'avons précieusement glissé dans une pochette plastique sans prononcer un mot. Les choses se compliquaient.

Revenu au commissariat, je n'ai pas appelé la Delbard immédiatement. J'étais pressé, pas question de lancer une recherche ADN, j'ai seulement demandé qu'on relève les empreintes digitales au plus vite et qu'on me rende l'appareil. Delbard n'y connaissait rien en informatique, avait peur de tout ce qui ressemblait à un ordinateur et pensait que son smartphone était forcément plein de pièges. Elle avait elle-même annoncé la veille qu'elle n'avait pas enregistré de code d'accès. Ma seule crainte était que le jeune Driss, surfant sur Internet depuis le biberon, en ait avant toute chose installé un. Je ne tenais pas à appeler son opérateur pour qu'il révèle à cette empoisonneuse que la police avait consulté ses contacts, ses mails et ses images. Duval avait fait le tour du commissariat, personne n'avait jamais repéré ce môme. Comment s'était-il tué tout seul et pourquoi personne n'était parti à sa recherche ? Je n'avais rien à raconter à Beauvau. À ce moment, le maire a appelé sur mon portable. Il sortait de chez Mme Aslass.

Pauvre Robert Mollien ! Un socialiste modèle SFIO, ancien syndicaliste, convaincu que les ouvriers, les banlieues, les immigrés et compagnie intéressent encore la rue de Solférino. Il me faisait de la peine. À Versières, dans son dos, tout le monde annonçait qu'à la première occasion, le PS se débarrasserait de lui pour parachuter un de ses notables à la mairie. Il finirait expert de rien du tout au Conseil économique et social, puis il disparaîtrait. Ce genre de brave gars ne sert qu'à ça. D'autant qu'il était dans le viseur de l'Hôtel Matignon. À la sortie d'une réunion rue de Solférino, interrogé par TF1 qui tendait son micro à qui passait, ignorant la dernière rodomontade de Manuel Valls sur l'islam, il avait glissé que parler de « choc des civilisations » était une imbécillité :

— Les soi-disant salafistes ne haïssent pas nos valeurs. Au contraire, ils ne songent qu'à profiter de nos plaisirs. Un jour, ils découvrent Allah sur Internet mais la veille, ils ne rêvaient que de Hollywood et de téléréalité. Vous devriez voir les chambres des deux fous de Dieu de ma commune partis pour la Syrie. Il n'y a que des posters de Zidane et de Booba. Avant de filer, ils ne glissent pas des corans dans leurs sacs mais des Nike et des survêtements Lacoste. Ce que nous affrontons, c'est la bonne vieille lutte des classes. Cette histoire d'imams passera aussi vite qu'elle est apparue.

J'aurais pu prononcer chacun de ces mots. On était d'ailleurs bons copains. Avec des réserves. Son ingénuité m'agaçait. Les petits délinquants de Gaza étaient tous des anges. Musulmans et pauvres, il leur trouvait toujours mille excuses. Drapé dans les oripeaux de Jaurès et de Blum, il fermait les yeux sur toutes les incivilités. À part ça, le plus doux des bonshommes. Et le plus lâche. J'étais étonné qu'il ait eu le courage d'aller chez Mme Aslass. J'ignore si, jeune homme, il parlait fort à ses patrons mais, à présent, dès qu'il y avait une mission délicate à accomplir, il se débinait. De fait, il n'avait fait qu'accompagner Hassan Saïdi, délégué à la Jeunesse de la municipalité, grand frère officieux de la commune, un vrai voyou, beau comme une publicité, franc comme la brume, auquel sa nonchalance naturelle donnait une sensualité féline. Il fascinait les lascars mais le commissariat se méfiait de lui comme de la peste. Moi le premier, même si nous entretenions des rapports polis. C'était le seul type brillant de l'Hôtel de Ville.

Résultat de leur visite : Mme Aslass était une femme formidable. Je l'aurais juré. Bien entendu, je devais absolument la ménager. Aller la voir à mon tour dès aujourd'hui et l'assurer qu'on saurait très vite ce qui s'était passé. Ces visites aux proches des victimes, c'est ma mer Rouge. Mais pas question de me défiler. Le maire était sûr de son fait : le gamin était une perle, un bon élève, un passionné de foot, le type même de l'ado sans problème. Bien sûr, bien sûr. Sans émettre la moindre réserve sur ce chérubin, je me suis engagé à rencontrer le jour même sa pauvre maman tout en sachant que la première chose à faire était de procéder à une perquisition chez elle. Non par vice. Juste pour voir si l'exquis petit garçon qui détroussait la Delbard avait commis d'autres larcins. On ne sait jamais.

Debout devant la fenêtre à écouter le maire, j'ai vu Cosme Giquel et Danièle Bouyx sortir d'une Mini jaune. Ils arrivaient ensemble ! Comme si de rien n'était. Je n'en suis pas revenu. Je n'aurais jamais cru un type à moitié autiste capable d'emballer si vite une souris de la haute. À moins qu'elle n'ait jeté le grappin sur lui. Cela semblait plus plausible. J'ai raccroché, prié Duval de les récupérer sur-le-champ dans son bureau. Ils étaient de patrouille la veille. J'ai eu envie de les sonder avant qu'ils apprennent quoi que ce soit sur le jeune Driss. Le temps qu'ils enfilent leurs tenues, j'ai retrouvé le dossier Bouyx sur mon bureau : baccalauréat mention très bien à seize ans, un an à Londres pour prendre des cours de théâtre puis retour à Paris pour se mettre au droit et, aujourd'hui, à vingt-deux ans, déjà sa maîtrise. Le jeune Giquel avait le même âge mais, si je les interrogeais ensemble, elle ne le laisserait pas en placer une. Pendant que Duval le gardait au frais dans son bureau, j'ai donc fait venir la demoiselle. Elle est entrée en souriant. Ravissante, il faut bien dire. Elle s'est assise, les fesses à peine posées sur le bord du fauteuil, le dos bien droit, comme on l'enseigne à Sainte-Marie. Je n'attendais rien d'elle et je le lui ai avoué :

— Vous n'avez qu'une convention de stage et elle n'est même pas encore signée. Vous n'avez donc aucun titre pour rédiger un rapport. Néanmoins, j'aimerais savoir comment s'est passé votre tour dans Versières hier après-midi. Racontez-moi. Donnez-moi vos impressions.

Ignorante comme une chèvre, elle avait des tas d'idées sur la question des banlieues. J'ai eu comme une vision du rapport de stage qu'elle rédigerait à l'eye-liner dans deux mois. Elle mélangeait tout. Poil et plume, paille et foin, droite et gauche, urbanisme et éducation, police et chômage, figue et raisin… Au bout de cinq minutes, je n'en pouvais plus. Je l'ai remise sur le droit chemin, celui de sa patrouille :

— Toute cette quincaillerie socio-politique est passionnante et je me demande comment vous ferez pour parler de la banlieue quand vous y serez vraiment allée. Mais chaque chose en son temps. Pour l'instant, racontez-moi juste votre parcours d'hier après-midi, rue par rue, image par image. Sans explication de texte, je vous prie.

Son teint de fleur a rosi. Elle a senti qu'elle m'énervait. Mais ce genre de princesse ne perd jamais longtemps la parole. Elle m'a donc résumé leur virée par Gaza, le vieux Versières, le terrain de foot de Landry, la sortie de l'A3, la gare RER... Tout s'était bien passé, Giquel lui avait offert un café, tout ça avait duré deux heures, rien à signaler.

Elle m'intriguait. Dire qu'à douze ans, élève aux Oiseaux, elle devait être si prudente, si jolie, si frêle. Quand était-elle devenue si outrecuidante ? Est-ce que son assurance flattait son père, l'inquiétait ou l'exaspérait ? Par curiosité, par vice peut-être, je lui ai demandé ce qu'elle avait fait de sa soirée. Elle m'a souri :

— Rien de spécial. J'ai dîné à la maison avec un ami.

Voilà, j'étais bien puni. Question mal préparée, réponse habile, je n'avais plus qu'à la remercier quand Duval est entré sans frapper. Ça ne lui ressemble pas. Et moins encore de cingler sans un mot vers moi pour me mettre sous le nez le portable à la coque rose gravée d'une étoile rouge. Il a fait défiler trois photos : Danièle Bouyx et Cosme Giquel assis dans la 308 de patrouille une cigarette à la main, les visages tournés vers la vitre du conducteur.

— Étonnant, non ?

Duval avait pris un ton malicieux, un rien malveillant. Inquiet, j'ai demandé si on avait d'abord relevé les empreintes. Réponse : oui. Alors là, effectivement, le résultat valait son pesant de fichier de police. Relevant la tête, comme revenu à nos affaires, j'ai demandé à mademoiselle Bouyx si elle m'avait tout dit. Réponse : à nouveau, oui. Mais un oui prononcé d'une voix fatiguée, sans son assurance habituelle. Elle avait déjà aperçu ce portable. Le revoir l'avait flanquée contre un mur. Le souffle coupé, son aplomb recroquevillé sur lui-même, elle a juste hoché la tête lorsque je l'ai priée de regagner à l'accueil le poste qu'elle occupait jusqu'à la veille. Puis j'ai raccompagné Duval dans son bureau.

Assis sur une chaise, les mains posées sur les cuisses, Cosme Giquel attendait. Un numéro du *Parisien* traînait sur la table, plusieurs exemplaires du magazine de la police s'entassaient sur une chaise mais, immobile, posé comme une plante, il n'avait pas songé à les feuilleter pour s'occuper. Était-il creux comme un tambour ou si respectueux de l'autorité qu'il n'osait esquisser un geste sans son accord ? Il m'intriguait. Trop beau gars pour qu'on le prenne en pitié, trop désarmé pour qu'on songe à l'accabler. À notre entrée, il s'est levé comme un ressort, au garde-à-vous. Je l'ai prié de s'asseoir au bureau, à la place de Duval. Il a paru stupéfait. Le siège du brigadier-chef ! Sur un ton sec, je lui ai dicté la règle de ce nouveau jeu :

— Vous allez rester dans cette pièce, seul, le temps de rédiger un compte rendu de votre patrouille d'hier après-midi. N'omettez aucun détail. Vous avez une heure. Inutile de rédiger une saga. Les faits, les lieux, les gens, rien d'autre. Attendez ici notre retour. Ne répondez pas au téléphone. Travaillez.

Duval lui a tendu plusieurs feuilles de papier et un stylo-bille, puis nous sommes sortis. Il était plus que temps d'aller chez Mme Aslass. Par prudence, j'ai appelé Hassan Saïdi sur son portable. Il nous attendait au bas de l'immeuble. Une vraie gravure de mode : tennis noires, jean noir, tee-shirt noir moulé sur des pectoraux qu'on devinait travaillés à la salle. Pas un poil de graisse et, dépassant de la manche, une sorte de tatouage militaire sur le biceps droit. Il devait se regarder dans toutes les glaces. Deux gamins parlaient avec lui quand nous sommes arrivés. D'habitude, au moindre incident, il est escorté d'une cohorte fournie de lascars prêts à brailler. Pas cette fois. En juillet, beaucoup d'entre eux étaient en colonies de vacances, retournés au bled souffrir un ennui mortel avec leurs tantes voilées, en train de draguer à la base nautique de Landry ou même, tout arrive, en stage. Saïdi nous a serré la main et, sur un ton de sous-off, a demandé aux gamins d'aller faire du bruit ailleurs. Il tenait le quartier. Avant de monter, je l'ai entraîné à l'écart. Je l'ai traité comme s'il était le maître des lieux. Par chance, je l'avais toujours vouvoyé :

— Je vais avoir besoin de votre aide. Auprès du corps de Driss, nous avons retrouvé le portable de Karen Delbard qu'elle est venue déclarer volé hier. Cela m'embarrasse car, légalement, cela m'autorise à effectuer une perquisition.

J'ai laissé passer un temps mais il n'a pas émis de commentaire et m'a prié de continuer.

— Je ne pense pas que cela passerait bien dans la cité. Ni dans la presse. Un jeune meurt dans des circonstances indéterminées et la police commence par mener l'enquête sur lui. Quand nous serons là-haut, j'aimerais visiter la chambre du gamin. Juste pour me faire une idée.

— Et quel est mon rôle là-dedans ?

— Demandez vous-même à voir la pièce. Et accompagnez-moi. Inutile de dire à Mme Aslass ce que nous avons découvert. Ne la mettons ni dans l'embarras, ni sur ses gardes.

Il a accepté sans émettre de réserve. Aujourd'hui, je me dis qu'il avait des raisons qui m'échappaient. Sur le moment, je l'ai trouvé responsable, j'ai renvoyé Duval surveiller Giquel et nous sommes montés, Hassan et moi. Une voisine venue apporter son réconfort a ouvert la porte et nous a menés à la grande pièce où Mme Aslass, debout devant une fenêtre, pleurait en fumant une cigarette. Je ne me rappelle pas à quoi je m'attendais mais elle m'a surpris. Rien de la pietà musulmane drapée dans son niqab et marmonnant en arabe. C'était une femme séduisante, en jean et en larmes. Elle portait un voile, mais discret, le genre de cagoule seyant qui couvre les cheveux et le cou mais ne dissimulait rien de ses jolis traits. Elle en portait un rose et, dans son désarroi et son chagrin, n'avait pas songé à en enfiler un noir. Malgré ses larmes, elle restait pleine de charme. J'ai gardé mes impressions pour moi, lui ai présenté mes condoléances et lui ai garanti que le commissariat allait tout mettre en œuvre pour savoir ce qui s'était passé. Elle n'avait pas envie de parler. Elle nous a montré sur la table basse une photo de Driss à laquelle elle a adressé un sourire doux comme un baiser, puis elle a demandé à sa voisine d'aller préparer le thé à la menthe. Le silence était pesant. Hassan est venu à mon aide :

— Fabienne, le commissaire Méheut est un honnête homme. Je le connais depuis longtemps et c'est un bon policier. Parle-lui un peu de Driss.

Elle lui a jeté un regard glacial qui m'a surpris et elle est venue s'asseoir sur le canapé à côté de moi. Tout ce monde autour d'elle l'exaspérait visiblement. Elle a juste dit que c'était trop injuste, que Driss allait enfin accomplir son rêve, que le 1er août, il commençait une session de formation au Red Star, son club adoré, à Saint-Ouen. Elle ne comprenait pas. Il n'y avait rien à comprendre. Sa vie était un enfer, cette cité un zoo et la police et les racailles deux bandes de hyènes. Elle a même été plus précise :

— Une hyène qui vous rend visite avec une rose à l'oreille, c'est toujours une hyène.

À peine m'étais-je pris cette bourrade de plein fouet qu'elle précisa en me regardant qu'elle ne parlait pas pour moi. Du reste, elle savait bien que les torts n'étaient pas tous du même côté :

— Ça me rend folle quand j'entends des mômes traiter leurs sœurs de putes et leurs profs d'infidèles avant de picoler en douce, de dealer du shit et, maintenant, cerise sur le gâteau, de retourner à la mosquée.

Il n'y avait quasiment pas de salafistes dans la cité et je me suis demandé si elle voulait ainsi m'indiquer une piste mais Hassan l'a interrompue en demandant la permission de me montrer la chambre de Driss. Elle a approuvé d'un signe de tête et a paru soulagée qu'on s'éloigne. Hassan m'a mené à la chambre, toute petite, avec une étroite fenêtre. Les posters du Red Star et de Nicolas Anelka se partageaient la vedette. Le lit était fait. Pas de cendriers, pas de désordre, pas de magazines traînant n'importe où. On faisait d'un coup d'œil le tour de la pièce. Deux étagères couvertes de DVD étaient accrochées au-dessus d'une très jolie lampe d'architecte en métal argenté posée sur le bureau, le genre de pièce qu'on trouve chez les antiquaires Art Déco. Les draps étaient de qualité, une sorte de satin. Je ne m'attendais pas à ce raffinement. J'ai ouvert le tiroir envahi de papiers, d'enveloppes, de feutres, de cachets d'aspirine, d'allumettes, de chewing-gums. Plus inattendu, il y avait deux trousses de toilette Air France qu'on donne en classe affaires. Ainsi que quinze ou vingt bracelets en plastique vert, orange ou rose sur lesquels étaient inscrits les mots « Canal + », « Warner », « Columbia », « Festival de Cannes » et autres. Sous la table, le gamin avait jeté son cartable sur une pile renversée de *France Football*. À l'intérieur de la sacoche, entre les livres de classe et des cahiers, j'ai trouvé un portable à l'ancienne. Je n'y ai pas touché. Hassan a poussé vers nous la caisse glissée sous le lit où Driss jetait ses tennis ; il y en avait au moins dix paires. Pas de Coran, en revanche, ni de tapis de prière ou de signe religieux... Puis nous sommes retournés vers Mme Aslass. Par crainte de l'agacer, je préférais faire vite.

Le thé était arrivé. La voisine l'a versé dans un petit verre gravé de filets dorés. Drôle de tradition : servir une boisson brûlante dans un récipient qu'on ne peut pas porter aux lèvres tant il est chaud. Peut-être Mahomet avait-il donné des instructions en ce sens ? Un briquet de table Cartier en argent traînait à côté d'un très beau cendrier Hermès, ainsi qu'un coupe-papier en ivoire au manche d'argent. Parmi le bric-à-brac « seconde classe » habituel dans la cité apparaissaient des objets très « première classe ». Ça m'a intrigué. On n'échappait pas aux poufs, aux tapis, à la table basse en bois sombre ou aux fauteuils dépareillés mais le canapé en très beau cuir n'avait rien à voir avec les promotions de Conforama et l'écran géant de la télévision devait coûter les yeux de la tête. Sans aborder le sujet de ses revenus, sur le ton le plus poli, je lui ai demandé si elle se rappelait la teneur de sa dernière conversation avec Driss. Les yeux fixés sur le petit cadre en argent qu'elle gardait entre les doigts, sans nous regarder, elle a juste répondu que tout avait été normal :

— Il m'a demandé à quelle heure on mangeait. Et je

lui ai répondu que, chez moi, on ne mangeait pas. Soit on déjeunait, soit on dînait. À la rigueur, on prenait un petit déjeuner. Il aimait bien jouer les petits durs mais moi, je lui apprenais les manières françaises. La seule chose qu'il n'a jamais voulue, c'est prendre un prénom français. Il a gardé celui que lui avait donné son père. Quand il ne m'appelait pas maman, il disait toujours Fadila, jamais Fabienne.

À cet instant, elle a posé les lèvres sur la photo qu'elle tenait entre les mains et elle a versé des larmes. Embarrassé, j'ai demandé à la voir. Elle me l'a passée. C'était elle, ravissante, avec Driss et un jeune homme que j'ai pris pour son mari. Erreur :

— Non, c'est mon fils, Richard. À sa naissance, il s'appelait Rachid. Mais lui a eu le temps de connaître son père avant que ce bon à rien ne débarrasse le plancher. Il ne tenait pas à conserver de souvenirs de cette brute.

On s'égarait. J'ai demandé si Richard avait été prévenu. Oui. En vacances en Bretagne, il serait de retour le soir même. J'avais encore des questions à poser sur Driss mais je n'ai pas osé. Accuser ou même soupçonner ce bambin de vol à peine quatre heures après l'annonce de son décès aurait paru de la provocation. J'ai juste annoncé que je téléphonerais dès l'autopsie achevée. Au moment où j'allais sortir, après que je l'ai remerciée de nous avoir reçus, relevant la tête, elle a émis un vœu :

— Surtout, rapportez-moi sa montre en or. Il y tenait comme à la prunelle de ses yeux. Driss l'avait gagnée comme capitaine de l'équipe de foot cadet de Landry au championnat d'Île-de-France. Il la portait jour et nuit.

J'étais sûr d'une chose : le gamin ne l'avait plus au poignet lorsque nous avions découvert son corps. Que s'était-il donc passé ?

Ce n'est pas Cosme Giquel qui allait me donner la réponse. Son texte faisait deux feuillets à peine : quinze fautes d'orthographe au minimum et pas une ligne sur Driss. Avant de dire un mot, je l'ai observé, grand crétin baraqué debout, les yeux fixés au sol. Je lui ai demandé s'il se rendait compte de ce qu'il faisait. Il n'a même pas menti. Au contraire, ce minus a relevé la tête pour me jeter son gant :

— Oui, je confirme ce que vous a dit Danièle Bouyx. Et qu'elle m'a répété puisque vous l'avez reléguée avec son portable juste en dessous de la pièce où vous m'enfermez avec le mien. On est en 2016, commissaire.

Elle l'avait ensorcelé en une nuit, ou quoi ? Ce môme timide me narguait. Et se sabordait. Au lieu de le gifler, j'ai tenté de lui ouvrir les yeux :

— Elle ne vous a pas raconté l'essentiel. Ce qu'elle a fait, c'est vous piéger. Elle sait que nous avons la photo sans doute prise par Driss quand vous fumiez votre première cigarette d'amoureux. Et elle oublie de vous le dire. À présent, grâce à elle, j'ai la preuve que vous mentez. Ça m'étonnerait qu'elle tienne longtemps le parapluie dont vous aurez vite besoin quand la tempête va s'abattre sur vous.

Comme il ne disait rien, j'ai précisé ma pensée :

— Voilà comment ça va se passer. D'abord je vais vous interdire de voie publique. Ensuite, le ministère de l'Intérieur va demander une enquête administrative. Enfin la famille saisira la justice. Vous n'êtes pas dans de sales draps, vous êtes dans la merde… Et jusqu'au cou.

C'était clair. Il n'a plus relevé la tête pour me défier. Son monde s'écroulait. Il ne trouvait plus de mots. Je l'ai aidé :

— Tant qu'on est seuls dans ce bureau, il vous reste une solution : déchirer ce tissu de mensonges par omission et me rédiger un compte rendu exact, minute par minute, de votre rencontre avec Driss.

Puis j'ai attendu. Dix secondes peut-être, pas plus. Il a juste dit : « Entendu. » Et je suis sorti. En emportant, tout compte fait, sa première version. À tout hasard.

Florence de Savay,
directrice de cabinet à Beauvau

D'habitude, l'été, à Beauvau, le temps suspend son vol. J'essaye de partir en vacances la dernière pour profiter de la parenthèse assoupie du mois de juillet. Je règle les problèmes secondaires qu'on n'a pas pris le temps de traiter plus tôt. Je fais des politesses. Le jour où l'affaire de Versières est arrivée sur le tapis, j'avais invité à discuter le patron du SDLP, le Service de la Protection. On a le même âge et, par la force des choses, étant donné ses fonctions, il est resté canon. Dans son service, ils sont tous minces et tirés à quatre épingles. Une caméra de télé peut surgir à tout moment quand on accompagne des gens célèbres. Le beau David qui me plaisait depuis le premier jour n'avait pas pris un gramme en quinze ans. Les premiers fils blancs dans ses mèches blondes accentuaient son air d'intello sportif. Malheureusement pour moi, déjà marié trois fois (à quarante-deux ans !), il n'avait jamais songé à me faire un brin de cour. Dieu sait que je ne suis pas une de ces hystériques qui cherchent le numéro de leur avocat dès qu'un homme se montre familier. Mais, dans la Maison, personne ne me harcèle jamais. À mon poste, j'intimide les durs à cuire. Dommage, car c'est justement pour me rapprocher d'eux que j'ai choisi l'Intérieur à la sortie de l'ENA. Bref, David Cormand m'a embrassée comme on claque une bise inattentive à une vieille copine, s'est installé et, sans le moindre commentaire sur mon chemisier, ma bonne mine ou mon parfum, a commencé à se plaindre. C'est le même numéro avec tous les grands flics quand ils arrivent chez le Dir-Cab : ils déballent tout ce qu'une demi-heure plus tard ils murmureront devant le ministre, prêts à faire marche arrière au premier froncement de sourcil. Le Festival de Cannes avait tourné les sangs de David :

— Tous vos acteurs me gonflent. Il ne leur suffit plus d'avoir des Rolex et des smokings pour monter les marches, il leur faut une escorte. Entre les hommes que je laisse en pot de fleurs devant le bureau des copains du président et ceux que j'envoie sur la côte pour retenir les hystériques qui veulent embrasser une star, mon budget d'heures sup explose. Tout ça pour qu'en prime, mes gars soient humiliés. Pour son standing, le moindre animateur de télé veut qu'un balaise en costume noir avec une oreillette lui porte sa sacoche. Ils nous prennent pour leurs valets. On ne fait pas de la surveillance mais de la conciergerie de palace. Il faut les emmener au tennis, les attendre quand ils sortent de projection. Un jour, ça finira mal parce qu'en plus, quand on ne cède pas à leurs caprices, ils prennent des gardes du corps privés et leur obtiennent des ports d'armes. Que tu leur délivres, si je ne m'abuse.

En effet, mais je n'ai pas répondu et, comme je le pressentais, au lieu de me pousser dans les cordes, il est reparti dans sa diatribe. On avait accordé tellement de passe-droits qu'il avait dû dégarnir dangereusement les deux antennes du service, à Strasbourg et à Ajaccio, pour fournir en domestiques armés les amis du pouvoir. Furieux, ou faisant semblant de l'être, il m'a sorti la liste des demandes que nous venions de lui communiquer : un « petit con de Canal » (je le cite), une journaliste de France 2 devenue la reine de l'investigation (« tu parles, c'est du journalisme d'invective, elle agresse des gens sur lesquels elle a de simples soupçons », je répète ses mots), un imam de banlieue qui condamnait Daech tous les matins, un éditorialiste (dont il approuvait les idées mais qui se faisait accompagner dans des boîtes à partouze), deux autres personnes que je ne citerai pas et enfin, la dernière, qui le sortait de ses gonds :

— Et maintenant, il va falloir porter les mallettes de Jean-Charles Lebrun ! Un mondain, un poseur, une grosse baderne qui pèse trois cents kilos à force de bouffer à tous les râteliers. Personne ne le menace mais monsieur a besoin d'un chauffeur parce qu'il faut un chausse-pied pour le sortir de sa Peugeot quand il se met au volant. Et ton ministre donne son feu vert pour que l'ami d'enfance du président puisse s'asseoir à l'arrière.

Impossible de protester. Personne ne menaçait Lebrun,

incarnation parfaite du franc-maçon qui cultive toutes les amitiés et, de toute façon, ne défend que des causes populaires : une femme battue, un pauvre étudiant camerounais qu'on veut expulser, une lesbienne qui veut adopter l'enfant qu'elle s'est offert au Canada... Tout cela pendant que son cabinet engrange les millions en protégeant les fraudeurs du fisc et les laboratoires médicaux. J'ai promis de suggérer qu'on raye son nom quand je communiquerais la liste au ministre. Puis j'ai proposé à David de l'emmener déjeuner. À tout hasard. Peut-être son couple était-il déjà en phase d'atterrissage. Avec lui, il fallait sauter sur les occasions. J'ai posé la question. Il m'a ramenée sur terre :

— Maya est enceinte. Ce sera une fille. Ma troisième. Une par épouse. Si tu te sens de me faire un petit gars, alors évidemment, on reprend tout à zéro, toi et moi. Mais tu ne dois plus manger que de la salade pendant deux ans. Il paraît que c'est bon pour avoir des fils.

Le con, il se moquait de moi. En plus, sa poule s'appelait Maya ! J'aurai tout enduré. Pourquoi toutes les femmes en politique se plaignent-elles d'être harcelées, sauf moi ? Jamais je n'aurais envoyé un dragueur en correctionnelle. Au lieu de me caresser la joue, David a proposé de me choisir comme marraine et, tout sourire, a ramassé sa mallette au sol pour en sortir un paquet qu'il m'a tendu :

— Pour ta collection.

Sublime : c'était le shako noir et bleu des piquets d'honneur de la police avec son plumet copié sur celui du Guet royal de Saint-Louis. Il ferait merveille entre les casquettes, bicornes, tricornes, bérets, bonnets et autres couvre-chefs des forces de l'ordre installés dans les vitrines de mon bureau. Je l'aurais embrassé, ce David. Du reste, je l'ai fait. Au coin des lèvres. Plus question de l'emmener à l'immeuble Lamartine goûter à la cuisine du ministère. J'ai demandé à ma secrétaire de réserver une table au 1728. On ne traite pas à la légère un tel gentleman.

Il faisait une chaleur insupportable. Heureusement, le restaurant est rue d'Anjou, à deux pas. Dans le genre Grand Siècle, j'aurais pu l'emmener au Bristol, encore plus proche, où ils avaient ouvert le Café Antonia, une espèce de bonbonnière dédié à Marie-Antoinette que sa mère, l'impératrice Machin, surnommait Antonia. C'était tralala au possible mais fréquenté par les gens de l'Élysée qui n'avaient pas à connaître le montant de mes notes de frais. Cinq minutes sur le Faubourg Saint-Honoré accablé de soleil et ce pauvre David en costume s'est retrouvé en nage. À l'intérieur du restaurant sombre et frais, il a retiré sa veste, remonté ses manches de chemise et repris vie. Le décor l'emballait :

— Ça fait du bien de trouver de tels endroits. J'ai l'impression que c'est pour préserver un tel savoir-vivre que nous nous battons. Une certaine grâce. Ici je comprends pourquoi j'aime la France. Dans la vie quotidienne, parfois je n'en suis plus si sûr. Ce pays sombre.

Hou là là ! Pas question de mettre la politique du gouvernement au menu. Moins j'avais à la défendre, mieux je me portais. Je lui ai demandé s'il savait qui était autrefois le propriétaire de cet hôtel particulier. Non. C'était La Fayette qui, d'ailleurs, y était mort. Les boiseries sculptées, les lustres en cristal, les tableaux de petits maîtres, les plafonds peints, les bibelots, la vaisselle, tout nous transportait hors de l'été 2016. Sauf la carte. David était déçu :

— J'aurais bien pris un velouté de châtaignes truffé. Melon et serrano, c'est moins dépaysant. Mais meilleur pour la santé. Dieu qu'ils mangeaient, ces aristos !

J'essayais par tous les moyens de faire du repas une parenthèse romantique mais David ne voyait qu'une personne en face de lui, non pas moi mais la Dir-Cab de son ministre. Mes illusions dégonflées comme un ballon, j'ai renoncé à prendre des poses et l'ai laissé médire de la politique actuelle. Rien de bien original. Tous ces gros durs disent la même chose : il n'y a plus d'autorité. Les casseurs échappent à la loi et les banlieues au droit. Avec lui, tout était simple :

— Il ne faut pas lâcher les petits cons des cités qui foutent le bordel. Qu'ils sentent notre haleine sur leur nuque.

Il a fini par m'énerver. Les petits cons en question ne faisaient aucun mal réel à la société. Au pire, ils rendaient la vie infernale à leurs quartiers et à leurs propres parents. Rien de grave :

— Il faut t'y faire, David. En démocratie, on respecte le droit des poux à grignoter les lions. Tu devrais discuter avec Méheut, il a des vues beaucoup plus détendues que toi sur le sujet. Il vient cet après-midi, tu peux rester.

— Merci bien. Cette couille molle va abonder dans ton sens. Son grand truc à lui, c'est de ne rien faire. Il laisse prospérer tous les petits trafics du moment qu'on ne parle pas de sa ville. Son seul projet est de revenir au ministère avec l'image du grand pacificateur de banlieue. C'est ton poste qu'il vise. Mais je souhaite bon courage à celui qui lui succédera à Versières et se décidera à faire le boulot. Il découvrira des dealers sur tous les paliers. Méheut n'est pas un flic, c'est un courtisan. Il rêve de diriger le 36 sans avoir jamais mis la main à la pâte.

Je n'ai pas répondu. Ne jamais interrompre une giclée de fiel. Elles sont plus instructives que le miel. Mon silence l'a agacé. Il en a remis une couche :

— Tu t'es quand même aperçue qu'il est pédé.

Première nouvelle. Je lui ai demandé d'où sortaient ses informations. De nulle part. Méheut n'était pas va-t-en-guerre et, à quarante ans, il n'avait pas de maîtresses. Cela suffisait à David. Pas à moi. J'ai seulement suggéré que Méheut était un républicain tranquille qui ne se croyait pas obligé d'exhiber ses muscles du matin au soir. David en était moins sûr :

— Ce n'est pas ça, la République. Clemenceau faisait tirer sur les viticulteurs, Moch foutait les mineurs au trou, Mitterrand balançait les fellouzes du haut de ses hélicoptères. La République n'est pas une petite gonzesse qui attend qu'on lui botte le cul. C'est parce qu'on baisse la tête que les dealers, les casseurs et les mahometueurs relèvent la leur.

Je n'aime pas que des responsables haut placés dans la

hiérarchie parlent comme au bistrot. C'est une licence que je n'autorise qu'à moi. J'ai réclamé deux cafés sans commander de dessert. Comme j'aimais vraiment bien ses épaules et ses avant-bras, j'ai quand même fait la paix avec lui et on est rentré bras dessus bras dessous. Dans la cour de Beauvau où sa voiture l'attendait, en l'embrassant, je lui ai donné un dernier conseil :

— Mets du napalm dans tes pensées si ça te plaît mais quand tu t'exprimes, calme-toi. Comme ça, c'est peut-être toi qui deviendras directeur de la police nationale.

— Ok, poulette. Je suivrai tes bons conseils. Et n'oublie pas : dans six mois, tu seras marraine.

Revenue dans mon bureau, j'ai passé une demi-heure à déplacer ma collection pour mettre en évidence le shako. Méheut n'appelait pas. Lui aussi n'en faisait qu'à sa tête. À huit heures, le matin même, je l'avais pourtant prié de m'informer dès qu'il en saurait plus sur la mort du jeune garçon de Versières. À quinze heures, au téléphone, j'ai été glaciale. Qu'attendait-il pour nous tenir au courant de son enquête ? Que la cité prenne feu ?

Au lieu de s'expliquer, il s'est excusé sur un ton poli en prétextant qu'il n'avait pas voulu me déranger pendant l'heure de la sieste. Il se fichait de moi. Je l'ai prié de jouer cartes sur table en vitesse. Où en était-il ? Pas bien loin, selon son propre aveu :

— Le gamin découvert au petit matin était inconnu au bataillon mais chaque heure qui passe estompe l'image de petit ange qu'en donne le grand frère de la cité. On a retrouvé à côté de lui un portable volé et, contrairement à ce qu'il avait annoncé à sa mère, il ne s'apprêtait pas à faire un stage de foot au Red Star, le grand club du département. Primo, le stade replante sa pelouse en août et n'accueille pas de gamins. Secundo, personne n'y a entendu parler d'un quelconque Driss Aslass. On en est là. J'en saurai plus dans quelques heures mais inutile de vous affoler, Versières ne bouge pas. Pour l'instant, en tout cas.

Comment expliquait-il un tel calme ? Mystère. Peut-être, a-t-il avancé, que la cité en savait plus que nous. La réaction de la mère l'avait surpris. Visiblement, elle ne croyait pas la police responsable. Pourquoi ? Mystère. Il ne se mouillait pas. Je lui ai fixé rendez-vous à dix-huit heures dans le bureau du ministre. Il a promis de faire son possible pour être là. S'il voulait m'énerver, il a réussi son coup :

— Je crois que vous ne connaissez pas bien le ministre. Il parle à deux à l'heure et il n'élève jamais la voix. Confortablement lové dans les coussinets de l'Assemblée, il est passé inaperçu pendant vingt ans, OK. Mais aujourd'hui, il est aux commandes et il les tient très serrées. S'il dit dix-huit heures, c'est dix-huit heures tapantes.

— Vous avez été très claire. Mais Versières est loin. Cela dit, ne vous inquiétez pas, je ferai l'impossible. Vous êtes si aimable.

Et il m'a raccroché au nez. Je n'en revenais pas. Je suis restée au moins trente secondes (un gouffre dans mon emploi du temps) les yeux égarés à travers la tapisserie des Gobelins installée en face de mon bureau, celle qui représente l'Europe, une grosse dondon entourée d'éléments censés rappeler notre continent. Derrière moi, ils avaient suspendu l'Afrique avec sa négresse, ses éléphants et ses palmiers. Dieu que je détestais tout ce décorum ! Par chance, pour me calmer, j'avais dix coups de fil à passer, cinq parapheurs à expédier, une note à rédiger, quatre dossiers à consulter. Quand Rouaix, mon ministre, a appelé pour dire qu'il ne serait là qu'à 18 h 30, je n'ai pas prévenu Méheut. Ce fanfaron ferait le pied de grue. Dans mon bureau.

Pour finir, il s'est pointé, la mine enfarinée, tout sourire, à 18 h 20. Il m'a présenté ses hommages sur le ton irrévérencieux du moqueur qui se délecte des simagrées mondaines. Pour un peu, il m'aurait baisé la main mais je lui ai indiqué un fauteuil d'un mouvement de tête. Il portait un costume beige sur une chemise blanche à col ouvert. Assez classe, je dois dire. Un peu maigre à mon goût mais grand et de jolis cheveux gris, peut-être un peu longs. Il ne donnait pas dans le style centurion de David, devait plutôt se prendre pour un cousin des Kennedy. Je lui ai fait remarquer qu'on n'était pas à Hyannis Port et que la coutume, tout comme la prudence, voulait que « les flics » portent une cravate en présence du ministre. Surtout avec celui-là qui avait horreur, mais alors horreur, du débraillé. Qu'a cela ne tienne, Méheut en a sorti une de sa sacoche, marron foncé comme ses Richelieu, ses socquettes et sa ceinture. Encore un qui devait passer des heures à se regarder dans la glace. Il m'a répondu en nouant son nœud :

— Vous êtes fraîche comme un verre d'eau et vous l'ignorez sans doute mais, dehors, il fait 35 degrés à l'ombre. Et, en ville, il n'y a pas d'ombre. Ni de climatisation dans nos voitures de service. Pas comme dans votre merveilleux bureau avec cette si jolie vue sur le jardin où, un jour, j'ai passé une heure à jouer au ballon avec Louis Sarkozy. Que de bons souvenirs !

Les coudes sur la table, ma tête entre les mains, j'ai dévisagé ce guignol aussi agaçant que séduisant :

— Ok, vous êtes très distrayant mais on n'est pas là pour rigoler. Le maire de Versières est aux cent coups. Il a appelé le ministre.

Méheut a haussé les épaules, s'est assis et m'a adressé son plus beau sourire :

— Monsieur le maire est aux cent coups. Comme vous m'étonnez ! Vous savez quel est le taux d'abstention au premier tour des municipales à Versières ? 61 %. Donc faites un petit calcul : 32 000 habitants, 16 000 inscrits, 6 000 votants. Et je crois qu'il a récolté 2 600 voix. Même pas 10 % des habitants. Il ne représente rien, ni personne. C'est un pleutre qui ne met jamais les pieds hors de son bureau. Si le ministre préfère parler à d'autres qu'à son commissaire sur place, qu'il appelle au moins quelqu'un d'informé. Je peux vous donner le portable d'Hassan Saïdi, le grand frère officiel de nos cités. Magouille et compagnie. Il aura peut-être des choses à vous dire.

Bonne pioche. J'avais eu raison d'évoquer le coup

de fil du maire. Méheut avait beau faire mine de s'en amuser, cet appel l'avait énervé. Je lui ai demandé ce qu'il voulait boire. Un Coca light. Puis je l'ai prié de me résumer toute l'affaire dans les mêmes termes que ceux qu'il emploierait pour le ministre. Qu'il prenne l'exercice comme une répétition. Il n'a pas apprécié :

— Non, non, non, on n'est pas dans un studio de chaîne d'information et je ne vais pas répéter deux fois la même chose en deux minutes. Racontez-moi plutôt ce qu'il faut penser de ce ministre. À part assortir ses pochettes à ses cravates, quels sont ses points forts ?

À cet instant, la porte s'est ouverte et Laurent Rouaix est apparu, tenant à la main une enveloppe qu'il a posée sur mon bureau :

— Il n'y a pas le feu mais veillez à ce qu'elle la reçoive en mains propres.

À Beauvau, ses tenues toujours impeccables et son manque de fantaisie, son sérieux, sa totale absence d'humour lui ont valu le surnom de « Chapeau melon et rond de cuir ». Face aux journalistes, il articule chacun de ses propos avec autant d'émotion que s'il relisait sa liste de courses. D'entrée de jeu, il ne fait pas grande impression tant il est petit. Plus petit même que le président. Certains disent que c'est pour ça que l'Élysée l'adore. Cette fois-ci, en revanche, son arrivée impromptue a tétanisé Méheut, affolé à l'idée que l'autre l'ait entendu ironiser sur son élégance. Je buvais du petit-lait en voyant se décomposer ce paon. Pour achever de le mettre mal à l'aise, Rouaix n'a pas levé la tête vers nous et nous a juste dit de le suivre dans son bureau. Où il a commencé par s'asseoir en nous priant de l'imiter. Il n'entame jamais une discussion sans mettre les autres à sa taille. Puis il a pris l'affaire en mains :

— Commissaire Méheut, vous me résumez les faits et vous, Florence, vous notez. Par écrit, à l'encre, sur une feuille vierge, aucune trace sur un ordinateur. Allons-y.

Dans les polars que je lis, les flics ou les détectives ont toujours des choses à cacher, des découvertes dont ils ne se font pas l'écho, des intuitions qu'ils gardent pour eux. Observée depuis mon bureau à Beauvau, la vie réelle semble plus simple. Les flics disent ce qu'ils savent et Méheut a énuméré les faits sans rien omettre. Rouaix lui a demandé de mieux décrire la mère du jeune garçon mort et s'est étonné qu'on ait trouvé des bracelets du Festival de Cannes. Rien d'autre. Seul détail que j'ai découvert plus tard : Méheut n'a pas évoqué le fait que le jeune Giquel avait d'abord rédigé un premier rapport mensonger. Comme si, dès le début, il avait voulu le défendre. En vain, d'ailleurs, car lorsqu'il a achevé le résumé de l'affaire, Rouaix a sacrifié son protégé sur l'instant :

— Je vous crois sur parole. Nous n'y sommes pour rien et c'est une affaire interne à la cité. Seulement voilà, il y a ces photos de nos deux jeunes sur le portable de la victime. Deux tourtereaux en uniforme coincés dans leur cage. On peut parier que le gamin les a envoyées à ses copains. Tôt ou tard, elles vont sortir. Le temps n'efface rien. Ce n'est pas une ardoise magique. Donc on ne prend aucun risque : on coupe les ponts avec Giquel et vous réexpédiez l'étudiante à ses études.

Quand il parle, on a l'impression que mon ministre pose avec soin une majuscule devant chacun des mots qu'il place un par un, sans hausser le ton, ni le baisser en fin de phrase. Cela donne une force étonnante à son propos. Comme s'il sortait d'une machine. D'autant qu'il fuit l'ironie comme la peste. Jamais, par exemple, il n'aurait renvoyé la jeune fliquette à ses « chères » études. Rouaix est tout le temps sérieux. Et il prend son temps. Sa décision exposée, il a regardé le commissaire droit dans les yeux. Et il a attendu. Méheut était choqué :

— Ça n'est pas la première fois que je viens dans ce bureau. À une époque, j'y passais chaque semaine, presque chaque jour. Mais je n'ai pas souvenir qu'on ait jamais jeté si vite nos hommes par-dessus bord. Je vous répète que je suis sûr que Giquel n'est pour rien dans le décès du gamin. Le jeune Driss est décédé des heures après la poursuite de l'après-midi.

Sans sourire, bouger la tête, ni esquisser le moindre geste, Rouaix a douché les illusions de Méheut et ses rêves de solidarité professionnelle :

— Je suis étonné d'avoir à me répéter : c'est justement parce que moi aussi je le crois innocent qu'on va suspendre Giquel. Les hyènes vont s'en donner à cœur joie mais, à l'arrivée, on sortira dignes, blanchis et justes. On va donner du grain à moudre à ceux qui nous soupçonnent toujours de couvrir des bavures. Ils vont écrire n'importe quoi et, un jour, plus tard, cela nous sera utile. Exploitons cette affaire. Je demande une enquête administrative et je suggère à la garde des Sceaux de mener une enquête judiciaire. Ainsi, on calme toute colère éventuelle à Versières et on prouve notre parfait civisme à la population française qui, depuis quelques mois, se met à nous aimer.

— À nous aimer dans vos quartiers, a répliqué Méheut. Pas dans les cités. Charlie et le Bataclan n'y ont rien changé.

Rouaix ne sourit presque jamais. S'indigne encore moins. Il est d'une seule pièce, fermé sur lui-même. Sans s'énerver, il répète ce qu'il vient de dire, comme s'il vernissait ses phrases :

— Vous vous trompez. Les Français aiment leurs flics. Surtout s'ils travaillent main dans la main avec la justice.

Main dans la main avec la justice ! Tu parles. Méheut en a eu le souffle coupé. Plus tard, revenu dans mon bureau, il m'a dit qu'il avait failli taper du poing sur la table. Mais il s'en est bien gardé. Face au ministre, il a juste émis une réserve :

— C'est une jolie manœuvre mais on agite un chiffon rouge devant les syndicats. Je n'ai pas besoin de vous rappeler leur poids chez nous. C'est encore pire qu'à l'Éducation nationale. Ils n'aiment pas beaucoup qu'on sacrifie un collègue sur l'autel de l'opinion publique.

C'était dit poliment et Rouaix a admis l'objection :

— Vous le suspendez. Il perd ses primes, peut-être

300 euros sur une feuille de salaire de 1 500 euros. Ce n'est pas la fin du monde et, en octobre, après les vacances, dès que vous avez résolu l'affaire, Giquel nous revient et tout repart comme avant. Je compte sur vous, il compte sur vous, Florence compte sur vous. Il y a un an, je n'aurais pas tenu ce langage. Mais il y a eu Charlie, le Bataclan, le patron décapité, le cinglé du Thalys arrêté par les marines américains... Si on ne fait rien aujourd'hui, on va nous accuser de prendre tous les jeunes musulmans pour de la chair à ratonnade policière. Ça, vous et moi ne le voulons à aucun prix. Alors, tant pis pour Giquel. *Libé* et les autres sont à l'affût. Et puis nos vacances approchent. J'ai vraiment besoin de couper les ponts. Alors veillez à ce que Versières n'entre pas en ébullition et nous coince en région parisienne.

— Autant « garder » l'eau d'une rivière. Il n'y a qu'une chose à faire : prier.

Affûté comme un couteau, Rouaix a mis fin à l'entretien :

— C'est ça. Priez. Mais faites en sorte que la police ne se retrouve pas avec un casier judiciaire.

Quand elle n'étouffe pas la pensée, la colère l'aiguise. Méheut n'a pas pu se retenir :

— Celui des politiciens nous suffit.

Le ministre a juste dit qu'il n'avait rien entendu. Puis il nous a demandé de le laisser car il avait un coup de fil à passer. De retour dans mon bureau, Méheut était choqué :

— Il parle comme une ordonnance médicale et il a

la sensibilité d'un robot ménager. Vous ne devez pas rigoler tous les jours.

Je l'ai détrompé :

— Il a une très grande qualité : il écoute mes conseils. Ce matin, je lui ai suggéré de clouer sur-le-champ votre gamin au pilori. Pour quelques semaines, en tout cas. Et c'est ce qu'il vient de faire. C'est rassurant de voir qu'on tient compte de votre avis.

Méheut s'est assis. Il n'a pas prononcé une phrase. Il semblait sous le choc. Dans ce cas-là, ne surtout pas tendre la main. Au contraire, j'en ai rajouté :

— C'est amusant de vous voir si sûr de vous à l'arrivée et si déconfit en partant. Il m'étonne chaque jour, ce ministre. De toute façon, on est rarement déçu à Beauvau. Après Sarkozy et Valls, il fallait autre chose. L'hystérie, ça va un temps. Je trouve qu'il ne s'en sort pas mal.

Méheut a haussé les épaules :

— C'est vrai. Ç'aurait pu être encore pire. Cela dit, il doit lui manquer des muscles faciaux. C'est vraiment M. Détermination face à son miroir.

Sur quoi, il m'a saluée de la tête, a promis de me tenir au courant « de l'essentiel » et il est sorti sans me serrer la main. Cinq secondes plus tard il a repoussé la porte :

— Au fait, comment le ministre savait-il qu'il y avait des bracelets du Festival de Cannes chez les Aslass ? Je ne le lui avais pas dit.

Et là, je lui ai cloué le bec :

— On travaille, nous aussi.

Puis, avec un grand sourire, je l'ai prié de sortir :
— J'attends un appel important.
Ces petites mufleries font toujours du bien. À peu de chose près, c'est le seul avantage que j'aurai tiré d'avoir fichu mon adolescence en l'air à préparer des concours : envoyer sur les roses des gens qui se croient arrivés. Puis j'ai résumé l'affaire au président. Quatre feuillets. Rien d'une encyclopédie. Il en viendrait à bout en deux minutes. Évidemment, il le voulait sur-le-champ.

Pauline Meyssan, collaboratrice de maître Jean-Charles Lebrun, avocat de Mme Aslass

Pour moi, l'affaire a commencé un mardi soir. À l'Élysée ! Je n'y avais jamais mis les pieds. Je n'en rêvais même pas. Jean-Charles, lui, ne se lassait pas d'évoquer les habitudes qu'il y avait prises. C'était plus fort que lui, à chaque occasion, sans avoir l'air d'y attacher d'importance, il réussissait à le glisser dans la conversation. Sa femme l'accompagnait rarement. Il allait seul retrouver le président pour bavarder ou dîner en « vieux potes ». Mais, ce jour-là, petite différence, il y allait pour une question de droit. Le président avait un dossier à lui confier. Jean-Charles avait annoncé qu'il viendrait avec une collaboratrice. Il m'a fait le grand jeu. Même se garer avenue de Marigny sur les places réservées au Palais a pris des allures de privilège. Jean-Charles planait d'autant plus que nous étions d'abord invités à assister à une projection dans la salle de cinéma. Une friandise réservée aux intimes.

Le président avait prévu de se rendre deux jours plus tard à Avignon. Il assisterait à une mise en scène des *Damnés* par la Comédie-Française dans la cour d'honneur du palais des Papes. Pour donner un ton original aux commentaires qu'on attendrait de lui, il voulait d'abord revoir le film de Visconti. Nous ne serions qu'une poignée d'élus à partager ce moment. Avec l'ordre explicite de ne pas en parler. Ensuite, le président expliquerait à Jean-Charles – et à moi – ce qu'il attendait de nous.

J'avais mis une petite robe bleu pâle très légère et des sandales dorées ruineuses de chez Roger Vivier. Je me le rappelle parce qu'en traversant la cour d'honneur, un morceau de gravier s'est glissé entre la semelle et mon talon et a cassé mes effets d'altesse en cérémonie en me forçant à sautiller sur un pied pour retirer cette saleté. Jean-Charles en rit encore. Tout comme il s'est amusé du froid polaire qui a saisi les femmes présentes dans la salle de projection. Il faisait tellement chaud dehors qu'ils avaient réglé la climatisation au maximum. Pendant cinq minutes, une fois franchi l'escalier tapissé d'affiches de films qui mène au sous-sol du jardin d'hiver, on se croyait au paradis. Ensuite, pour ces messieurs, obligés de venir en veste à l'Élysée, tout était parfait. Pour les dames, en revanche, bienvenue en Sibérie. Par chance, le président, selon son habitude, est arrivé en retard et le service du protocole, un vieux monsieur en l'occurrence, a proposé d'aller chercher des boissons fraîches. L'ancienne chef de cabinet du président, nommée un peu plus tôt à la tête d'un musée, une blonde ravissante qui avait dû taper dans l'œil de toute la promotion Voltaire (dont elle faisait naturellement partie), l'a prié poliment de lui préparer plutôt une théière brûlante. Le message est passé et le vieil huissier charmant nous a apporté des plaids. La ministre de la Culture, troisième femme de la soirée, l'aurait embrassé. Moi aussi. En tout, nous occupions six sièges sur les quarante de cette grande salle tapissée de bois blond, des fauteuils design à la coque de plastique blanc couverts d'un velours marron. Le premier dimanche du mois, normalement, le président organisait une projection. En prévision de ces courtisaneries toujours courues, on avait aligné des chaises Empire le long des murs. L'effet « lounge » était complètement loupé mais, une fois enroulée dans mes deux plaids (on en avait toutes demandé un second), je n'aurais cédé ma place pour rien au monde. Cerise sur le gâteau, quand Jean-Charles m'a présentée, Sa Majesté a dit qu'il était content de me connaître. J'imagine qu'il distribuait la formule sans compter mais, sur l'instant, j'étais aux anges.

Je ne vous raconte pas le film. Le soir de l'incendie du Reichstag, une richissime famille d'industriels de la Ruhr se déchire pour savoir s'il faut prendre fait et cause pour les nazis. À l'époque, leur affrontement a eu un succès fou. C'est incompréhensible. Le fils se déguise en Marlene Dietrich, songe à coucher avec sa mère, se tape une ouvrière et, pour finir, devient SS, le tout en se dandinant comme une girl de music-hall. Quant à la critique politique, je la cherche encore. Au lieu de ploutocrates cyniques traitant leurs employés et la morale comme de la poussière, on observe avec enchantement de riches et élégants convives évoluer dans un décor de palais royal. On prétend dénoncer une classe sociale pourrie et, à force de tout esthétiser, on fait rêver sur une société surcivilisée. Bizarre.

Soyons franche, quand les lumières de la salle se sont rallumées, j'étais plutôt éblouie. En réalité, je cite les arguments de l'ancienne chef de cabinet du président. Comment faisait-elle pour avoir une dissertation prête à la seconde où le film s'achève ? Mystère. Elle avait la tête bien faite. En prime, folle de théâtre, elle avait déjà vu une répétition de la pièce bientôt jouée à Avignon. Là encore, elle avait des idées :

— C'est encore plus décalé que le film. Les acteurs sont tout le temps déshabillés, parfois entièrement nus – ce qui est grotesque quand on songe qu'on est chez les Krupp. Tout le monde crie, tout le monde meurt et finit en cendres. J'ai bien dit en cendres et suivez mon regard direction Auschwitz alors qu'on est en 33 dans une réunion de famille ! C'est au-delà du pittoresque dont on pourrait sourire, c'est délirant et même insultant pour les victimes du nazisme. À la fin, c'est le bouquet : ces ploutocrates maniérés tirent sur le public à la mitraillette comme si les ordures, c'était aussi nous, les pauvres petits Européens démocrates qui viennent applaudir leurs simagrées. Franchement, c'est consternant.

Amusé, le président lui a tapé sur l'épaule :

— Quel grand service tu me rends. Autant aller à Avignon cracher à la figure de tous ceux dont j'aurai bientôt besoin pour ma campagne. Pour paraître intelligent, je ne crois pas qu'il faille souligner la bêtise des autres. Cela dit, chapeau. Tu m'impressionnes. Je souscris à tout ce que tu as dit. Et je sais ce que je dirai : exactement le contraire. Merci.

Preuve de sa reconnaissance, il lui a claqué une petite bise sur la joue avant de se tourner vers la ministre de la Culture. J'ai eu pitié d'elle. Rien n'est plus désagréable que de se faire voler la vedette. Qu'allait-elle bien pouvoir dire ? Eh bien, erreur, elle avait aussi des idées :

— Louise pousse le bouchon un peu loin mais elle est dans le vrai. Franchement, la mitraillade à la fin, c'est gênant. S'ils ont voulu faire allusion au Bataclan et aux fascismes qui nous menacent toujours, c'est lourd comme la Wehrmacht. Peut-on s'extasier dans un spectacle sur un acte qui nous révulse dans la rue ? C'est un thème sur lequel je peux vous faire préparer quelques phrases bien tournées dans le genre « Quand le salafisme sort ses cimeterres, nous dégainons notre culture ».

— Les tirades plus fortes que les tireurs, c'est ça, a répondu le président en souriant. On va encore m'accuser de faire des bons mots.

Cela dit, c'est ce qu'il voulait et la ministre a promis de rendre un texte bref et quelques formules avant le départ pour Avignon. Comme ça, au débotté, je n'aurais jamais eu autant d'idées. Si belles, la blonde et la brune étaient vives et efficaces. Inutile de préciser que je me faisais toute petite. Pour dire la vérité, encore sous le coup de la lecture du *Canard enchaîné* révélant l'existence d'un coiffeur à demeure au Palais, j'observais surtout la coupe de cheveux royale et sa teinture noir corbeau. Les copines ne m'interrogeraient que là-dessus et sur le décor. Je suis la reine du commentaire futile qui n'apporte rien au débat.

— Et toi, qu'as-tu pensé du Visconti ?

Jean-Charles ne s'attendait pas à l'interpellation du président. Pendant la projection, à trois reprises, j'avais dû le secouer comme un gros chat lové dans son fauteuil parce qu'il commençait à ronfler. Mais comme les montres arrêtées, un mouvement du poignet et Jean-Charles repartait. À sa façon d'ancien rugbyman qui préfère percuter l'adversaire plutôt que chercher l'intervalle :

— C'est de la gnognotte pour bobos. La Comédie-Française sait que sa pièce n'attirera que des intellectuels éclairés, des sociologues, des journalistes et des précieuses ridicules. Elle leur sert un tissu de niaiseries bien-pensantes. Si c'était Marine Le Pen qui parlait de mitraillage dans un de ses discours, tous ces faux-derches en appelleraient aux mânes de Cicéron.

Le président lui a tapé sur l'épaule. Il aimait Jean-Charles pour ses analyses brutes de décoffrage. Mon boss jouait auprès de lui le rôle de Charasse auprès de Mitterrand, celui de la soubrette de Molière déguisée en idiot du village pour dire la vérité à voix haute. Il lui a saisi le bras avant de répondre. Avec lui, il se laissait aller à une franchise sans conséquence :

— J'ai vu trop de morts, ces derniers mois. De sang, de corps désarticulés. Après ces horreurs, ces mises en scène sont obscènes. Odieuses même. Mais je leur dirai que je trouve le spectacle excellent. C'est tout ce que je m'autorise. La courbe du chômage, la lutte contre Daech, l'activité économique, tout va toujours dans le bon sens. Chez moi, cela tourne à la pathologie.

Alors, il a souri. Un grand sourire à faire lever le jour. Et j'ai vu son charme en action. Petit, rondouillard, ficelé comme un gigot dans ses costumes, il se métamorphosait quand ses traits se détendaient. Tout à coup, engageant comme une promesse, son visage vous sautait au cœur. Se tournant vers moi, il m'a priée avec courtoisie de les accompagner. On l'a suivi dans son bureau, au premier étage du Palais.

Le jour n'était pas tout à fait tombé et les derniers rayons du soleil faisaient resplendir la pièce. Les boiseries peintes à la feuille d'or scintillaient. J'en ai eu le souffle coupé. Jamais je n'avais vu une pièce aussi majestueuse. Les deux autres n'y ont prêté aucune attention. Le temps qu'on s'asseye sur un canapé ultramoderne bleu roi, le président avait saisi un dossier sur sa table de travail et s'était installé sur un fauteuil face à nous. Dossier est un bien grand mot pour une chemise cartonnée et quatre pages qu'il a feuilletées un instant avant de nous donner ses consignes :

— Un gamin s'est tué hier, à Versières, en banlieue. Dans l'après-midi, il s'était fait courser par un agent de police qui affirme ne l'avoir pas rattrapé, ni vu où il avait filé. Seulement, manque de chance pour lui, le môme l'avait pris en photo deux heures plus tôt. Rouaix défend ses bonshommes, prétend qu'il ne croit pas à la culpabilité de son gars et laisse entendre que la famille de la victime n'est pas forcément blanc-bleue. Seulement voilà, l'ado est beur. Inconnu des services de police et d'origine algérienne mais français. Or, en ce moment, je ne veux à aucun prix qu'on ait l'air de traiter à la légère la détresse d'une famille musulmane. Surtout ne pas commettre la même erreur que Sarkozy et Villepin à Clichy-sous-Bois qui, sans savoir, avaient parlé d'un cambriolage et d'une poursuite aussi imaginaires l'un que l'autre. J'ai réussi à éviter les émeutes urbaines jusqu'à maintenant. Autant que ça dure. On ne doit pas donner l'impression qu'on prend tous les jeunes Beurs pour des délinquants et des recrues potentielles pour Daech. Donc Rouaix va mettre son bonhomme sur la touche et moi, je confie les intérêts de la famille à mon meilleur ami. Tu me suis ?

Au moment où il posait la question, il a tendu le dossier à Jean-Charles. Qui, sans surprise, me l'a passé avant de mettre les pieds dans le plat :

— Si je comprends bien, au lieu de me laisser partir demain pour le Bassin, tu m'envoies en Seine-Saint-Denis. C'est ça, ta conception de l'amitié ?

— Je te confie une affaire précieuse qui attirera la presse, te fera de la publicité et te donnera une légitimité humaniste au PS. Tu te rappelles ce que disait Mitterrand : il faut se jeter sur les occasions quand elles se présentent car elles ne repassent pas. Ne fais pas l'avocat, ne parle pas pour ne rien dire. Et rends-moi service.

À la fin de leur petit duel, ayant eu le temps de jeter un coup d'œil sur la première feuille du dossier, j'ai émis une esquisse d'objection, respectueusement, en faisant ramper mes mots, sur un ton de pénitente :

— Excusez-moi, monsieur le Président, mais le jeune homme, M. Driss Aslass, n'était pas tout à fait inconnu des services de police. La photo du policier avait été prise par un smartphone volé que le commissariat recherchait.

Jean-Charles a soufflé comme un bœuf :

— Ça commence bien. Et tout ça pour la bonne cause !

Il s'est tourné vers moi comme vers sa bouée de secours :

— Rassurez-moi, Pauline, dites-moi qu'ils ne sont pas salafistes, qu'ils accepteront de serrer la main d'une femme et que c'est vous qui allez vous charger de cette corvée. Je n'ai plus l'âge d'aller faire des risettes à des ménagères larmoyantes persuadées que l'archange Gabriel est venu révéler à Mahomet que les hommes devaient porter des Nike Air et les femmes des burqas.

Le président a ri. Dans son rôle de bouffon, Jean-Charles le changeait de l'obséquiosité habituelle au Palais. En se levant pour signifier que l'affaire était entendue, il a pris son vieux copain par le bras pour le rassurer :

— Ne pleure pas. Les avocats parlent pour ne rien dire, mais pas pour rien. J'ai demandé tout à l'heure à Beauvau de t'accorder l'escorte que tu réclames.

Puis il s'est tourné vers moi :

— Dans ces papiers, faites attention au numéro de portable d'un certain Hassan Saïdi. D'après le ministre, tout passe par lui dans les cités de Versières. Donc, commencez par lui. De toute façon, on n'échappe pas aux « grands frères » qui collent aux VIP venus de l'extérieur comme un chewing-gum à votre semelle. Mettez-le dans votre poche d'entrée de jeu.

Sur quoi, Sa Majesté m'a jeté un regard long comme le pont de Normandie et nous a déposés, Jean-Charles et moi, sur le palier du premier étage de l'Élysée. Sans lui. Mais avec Driss Aslass sur les bras. Sur les miens, en fait car, bien entendu, Jean-Charles m'a passé le bébé. À peine revenu à sa voiture, il a mis les choses au point :

— C'est l'occasion que vous attendiez. Une vraie belle affaire. Elle est pour vous. Il n'est pas question que j'aille grimper des escaliers de HLM en Seine-Saint-Denis par ces chaleurs. Ni que je me cogne tous ces abrutis de gosses analphabètes qui t'appellent monsieur et te tutoient. Vous y allez, vous mettez la mère dans votre poche, vous l'amenez au cabinet, je lui joue ma grande scène de père bienveillant, on signe les papiers qui nous confient leur cas puis je file au Cap-Ferret et vous vous occupez de tout. On est bien d'accord ?

Il n'y avait pas à discuter. Monsieur ne s'arracherait à la plage que si TF1 ou BFM-TV se penchait sur notre cas. Aux autres journalistes, je n'avais qu'à lâcher des miettes de biscuits :

— S'ils vous appellent, vous les invitez à passer au cabinet, vous leur faites un petit numéro de charme professionnel et vous ne leur dites rien. Il vaut toujours mieux laisser interpréter nos silences que déformer nos propos. De toute manière, vous m'appelez chaque soir pour faire le point. Bon, à quel métro dois-je vous lâcher ?

Ce mufle repartait pour le XVIe, pas question de faire le détour par la Bastille. Il m'a déposée à Étoile. Avant de me claquer une petite bise, il m'a mise en garde :

— Je connais les types de l'Intérieur, ils protègent leurs bonshommes et vont nous dire que le flic est un modèle d'ange républicain super bien noté. De l'autre côté, la famille va nous expliquer que ce petit voleur était un futur lauréat du concours général. Ils mentent tous comme des arracheurs de dents. En vérité, un justicier dopé à la testostérone a pourchassé un jeune con. Ça relève de *Détective* ou de *Spécial Dernière*. Mais on est dans un camp. Donc feu à volonté sur le flic. Et tout ce que vous découvrez de louche sur le môme s'enfonce dans nos poches pour n'en plus sortir. Vous êtes Antigone, ma puce. Ne lésinez pas sur les grandes phrases.

Le temps de rentrer à l'appartement, il était plus de vingt-deux heures. J'ai appelé Hassan Saïdi. Il a compris en un quart de seconde qui j'étais et ce que je proposais. J'ai rarement rencontré quelqu'un d'aussi efficace. À sept heures et demie, il m'attendrait à la Brasserie de la gare du Nord :

— À entendre votre voix, j'imagine votre style. Autant éviter de vous voir tourner seule dans la Cité noire en minijupe. Je vous emmènerai chez Fabienne Aslass.

Sa voix à lui n'indiquait rien de particulier. Aucun accent, aucune intonation, même son âge n'était pas évident. Comment le reconnaîtrais-je ? Réponse :

— Je serai au bar devant un express et je serai le plus beau. Vous ne pouvez pas vous tromper. À demain.

Quel fanfaron ! Avec une chienne de garde, il aurait mal commencé. Pas avec moi. J'aime bien les mauvais garçons qui se prennent pour des avions de chasse. Il m'a amusée. Puis il m'a plu car, pas de blague, dans le genre créature de gymnase, il assurait. À mon arrivée à la brasserie, il a sifflé entre ses lèvres et j'ai vu, tout en noir, jean et tee-shirt, une espèce d'appétissant top model beur. Je lui ai tendu la main, tout sourire et, au lieu de la prendre, il m'a fait une petite bise sur la joue :

— Allez, petite sœur, sois gentille. On va bosser ensemble, partons sur un bon pied.

Sans même proposer de me commander un café, il m'a entraînée. Mme Aslass était une lève-tôt, mieux valait arriver avant que toute la cité vienne larmoyer dans son salon. On a embarqué dans une limousine noire aux vitres teintées, très m'as-tu-vu, tout ce que je déteste. Hassan, lui, la trouvait magnifique et m'a absolument interdit d'allumer ma première cigarette du jour, la meilleure :

— C'est une Peugeot 608, celle de Mehdi, mon petit frère, il est chauffeur chez Uber, il commence à neuf heures. On peut dire merci à ces Amerloques. Dans la Cité noire, ils ont créé six emplois. Quand je pense que ces cons de socialistes veulent leur mettre des bâtons dans les roues pour défendre ces abrutis de taxis lepénistes. Uber est la seule boîte qui lutte efficacement contre le chômage chez nous !

Le jeune Mehdi n'était pas plus son petit frère que je n'étais sa petite sœur mais je n'ai pas tiqué. Je me méfie des allumettes qui se prennent pour le soleil mais, d'un autre côté, pour tracer ma route à Versières, mieux valait un dur à cuire, même un peu bouffon. On ne peut pas chercher l'aventure dans la jungle et refuser les moustiques. Le temps de remonter vingt kilomètres de l'A3, Hassan m'a ferrée comme un aimant. Je n'ouvrais pas le bec et lui parlait, décrivait la « Cité noire », racontait ses habitants, plantait le décor. La marijuana, la coke, le chômage, Daech, la mairie, le commissariat, il mélangeait tout mais tout avait l'air clair. Un seul personnage lui échappait un peu, malheureusement le principal, Mme Aslass. Quand on est arrivés au bas de son immeuble, il m'a regardée dans les yeux pour mettre les choses au point :

— On marche ensemble, ma gazelle. C'est moi qui t'ai amenée là, c'est moi qui vais ouvrir toutes les portes qui te conviendront mais ne me lâche pas en route. Ne laisse pas Fabienne me sortir du jeu. Elle ne sait rien de ses fils. Elle est capable de les couler sans même le vouloir. Garde-moi près de toi quand tu discutes avec elle. Je te décrypterai ensuite tout ce qu'elle n'aura pas dit. Ce n'est pas elle qui te fournira les bons arguments pour ton dossier d'avocate. Moi, je serai ton arme fatale.

Il m'avait tutoyée d'emblée. Ça ne me gênait pas même si, de mon côté, il me faut des semaines pour en arriver à cette familiarité. Mais sa requête inversait les rôles. J'ai repris les rênes :

— C'est entendu. On marche ensemble. Mais, devant Mme Aslass, vous me vouvoyez. On est en affaires, pas en voyage de noces. Et puis, soyons clairs, pour l'avocat, c'est son client qui a le dernier mot. Or le client, c'est Mme Aslass. On fera comme elle voudra.

Il s'est retenu de rugir mais, un instant, j'ai vu dans ses yeux la fureur médiévale du Frère musulman prêt à cogner l'impudente qui lui répond. Miracle de l'art de vivre à la française, ses phalanges blanchies par l'effort se sont contentées de broyer la poignée de la portière. Ensuite, son phrasé ralenti, il a mis les choses au point :

— Non, poupée, là on va nulle part. Si tu descends de ma caisse avec l'idée que je suis là pour t'appeler l'ascenseur, tu vas tomber de ton haut, vite fait. C'est pas dans l'annuaire que tu as trouvé mon nom, c'est quelqu'un qui te l'a donné, tu sais qui. Alors, tu fais ce qu'on te dit de faire et on travaille ensemble. Sinon, tu sors de cette voiture et bonne chance pour arriver entière à la gare.

Il faut entendre les grandes douleurs. J'avais froissé son amour-propre masculin en papier de soie. Une fantaisie malvenue dans l'antique civilisation maghrébine. Ces malotrus sont ombrageux comme des actrices. Un sourire, une phrase d'excuse, une promesse de le prendre comme associé sur cette affaire et je l'ai remis dans sa boîte de sale con sous-développé. Vous l'auriez entendu ensuite ! Du miel fondant :

— Parfait, poupée. Tu sais quoi ? On va vraiment se vouvoyer. Ça me botte. J'ai jamais fait la cour à une meuf en la vouvoyant. Je bande déjà.

Jean-Charles me le payerait. J'étais exaspérée. En prime, Hassan a même trouvé le moyen de m'indigner – ce qui est très très difficile :

— Tu ne le regretteras pas. J'ai des méthodes imparables pour faire avancer les dossiers qui sommeillent. Cinq ou six voitures qui flambent et le préfet te réveille n'importe quel juge.

Que répondre ? Avec Hassan, mieux valait la boucler. Côté esthétique, c'est vrai, il était décoratif. Encore que son charme n'opère pas sur toutes. Quand Mme Aslass nous a ouvert la porte, ses premiers mots furent :

— Encore toi !

Puis se tournant vers moi, elle a ajouté qu'elle m'attendait seule. J'ai joué cartes sur table :

— Moi, seule à Versières ! Déjà, je tremble dans les couloirs de la station Châtelet. Heureusement qu'Hassan était là. Je ne franchis pas le périphérique sans escorte.

Sans commentaire, elle a haussé les épaules et proposé de nous faire un café. Dans le salon, la télé était allumée. Quand Mme Aslass est revenue avec un plateau, elle s'est étonnée que BFM n'ait pas évoqué la mort de son fils. Sans m'inquiéter de savoir avec quel argent elle s'était offert un tel écran plat, j'ai répondu qu'il y avait chaque jour ou presque des morts suspectes en France et qu'on ne les citait pas toutes. Elle m'a foudroyée du regard :

— On n'est pas dans le Bronx. C'est un gamin qui a été tué. Peut-être par un policier. Que je sache, on n'a pas rétabli la peine de mort en France pour les vols de portables.

Donc elle connaissait l'histoire du portable volé. Première nouvelle. Et, seconde, elle savait qui m'envoyait. Le maire lui avait passé un coup de fil la veille au soir pour annoncer ma venue. Ils se liguaient pour me mâcher le travail. J'ai expliqué qui était Jean-Charles, rappelé quelles affaires nous avions remportées, insinué que de puissants alliés nous soutiendraient. Sans émettre de commentaire, Mme Aslass ne perdait pas un mot de ce que je disais. Jusqu'à ce que j'affirme que nous mènerions l'affaire jusqu'au bout. Elle n'y croyait pas :

— Ça m'étonnerait. D'un côté, il y a un adolescent dont personne ne se souciera plus dans trois jours et, de l'autre, quel que soit le coupable, vous avancerez sur un terrain marécageux que vos prétendus « puissants soutiens » ne voudront pas emprunter. Que ce soit le flic qui ait tué mon fils ou que ce soit quelqu'un de la cité, vous ferez marche arrière.

Pour le policier, je comprenais son scepticisme. Leurs syndicats sont puissants et leurs avocats acharnés mais j'étais sûre de moi. Même si on ne le faisait pas condamner pour homicide involontaire, ce serait pour non-assistance à personne en danger. Pour la cité, en revanche, je m'expliquais mal ses craintes. Fabienne Aslass m'a ouvert les yeux :

— La cité ! Mais ça ne veut rien dire, la cité. Arrêtez de nous mettre tous dans le même sac. Moi, ici, on m'a traitée de pute pendant des années parce que j'avais francisé mon prénom et parce que je m'habillais en « Gauloise ». Quand j'ai inscrit Driss à l'école, je l'avais prénommé Denis. En primaire, ça n'a pas fait d'histoire mais, en cinquième, la castagne a commencé et il a exigé de redevenir Driss. Il en avait marre de prendre des coups. Vous ne savez rien de nos quartiers. Vous ne savez rien des salafistes qui crachent par terre là où vous avez posé le pied. Et je ne parle pas des dealers qui font vivre le quartier. Sans eux, la moitié des familles serait aux Restos du Cœur. Si vous croyez que la police va mener sa petite enquête dans ces eaux-là, réveillez-vous. Tout ce que je veux, c'est qu'on me rende le corps de mon fils. Et tout ce que je crains, c'est que des menteurs qui me harcèlent depuis des années provoquent des émeutes soi-disant pour me soutenir.

À cet instant, elle a fixé Hassan. Rien de plus. Mais assez pour m'intriguer. Elle avait un très léger accent arabe que je percevais parce que j'étais là, chez elle, dans une cité quasiment algérienne. À Paris, je ne l'aurais pas noté. À part le joli voile noir qui entourait son visage, sa tenue, un pantalon, un chemisier et des ballerines noirs, ne disait rien non plus de ses origines. Elle était vraiment belle. Lorsqu'elle a détourné les yeux d'Hassan, elle m'a tendu un cadre argenté :

— Ce sont mes fils, Driss et son frère aîné, Richard. Il sera là en début d'après-midi. Je discuterai avec lui de votre offre.

Aïe, aïe, aïe... Il allait falloir revenir dans cette contrée. Et Jean-Charles allait me prendre pour une cruche incapable de décrocher toute seule un dossier. D'autant que le Richard n'avait pas l'air commode. Une tête en lame de couteau. Séduisant sans doute, mais inquiétant. Et 100 % français. Il allait compliquer encore la situation. J'ai repris mon raisonnement et posé avec mille politesses chaque mot bien à plat pour expliquer à Mme Aslass, sans la sortir de ses gonds, qu'en fait, elle embrouillait tout. Driss n'avait pas été la victime d'un complot mêlant l'islam, la police, le crack et la canicule mais d'une personne ou d'un groupe bien précis. Selon moi, sur le moment, c'était évidemment le policier mais, que je me trompe ou pas, en portant plainte auprès de la justice, elle aurait accès au dossier. Et ça, dès le début, c'était fondamental. Hassan, qui n'avait pas prononcé un mot depuis notre arrivée, a abondé dans mon sens. On aurait dit qu'elle n'attendait que ça pour lui sauter dessus :

— Bien sûr. Et c'est toi qui payeras les frais de justice. Certainement pas. Je ne suis pas Bolloré, moi. Mais je regarde la télé, je lis des journaux et je sais ce que coûtent les avocats. Un procès, ça ne te rend pas ton fils. Je n'ai pas les moyens de me battre pour Driss.

Faites-moi confiance. J'ai éliminé cette objection en un quart de seconde. Le cabinet Jean-Charles Lebrun prenait entièrement l'affaire à sa charge. Pourquoi ?

Par civisme, par choix moral et politique, par passion. C'était ridicule mais vrai. J'avais juste oublié un argument mais Mme Aslass me l'a soufflé :

— Et par calcul, j'en suis sûre, même si je n'en vois pas la raison.

Sans répondre, j'ai mis la conversation sur Driss et le lien avec notre cabinet s'est noué. Au bout d'une heure, le rendez-vous avec Jean-Charles était fixé, le soir même, à dix-neuf heures. Pas question de commencer la liaison sur une fausse note : j'ai donc annoncé que Mehdi l'emmènerait à l'aller comme au retour, et à nos frais :

— Mehdi, le petit frère d'Hassan, le chauffeur Uber. Vous le connaissez sans doute ?

— En effet. Je ne connais que lui.

J'aurais dû prêter plus attention au ton accablé de sa réponse.

Danièle Bouyx, étudiante en droit, stagiaire au commissariat de Versières

J'ai vite compris à quelle bande de couards j'avais affaire. Ils n'avaient qu'une crainte : attirer l'attention sur eux. Tout juste s'ils ne pleuraient pas la mort de Driss, cet enquiquineur, un de ces bons à rien qui attirent les taloches et ensuite bêlent comme des agneaux pour qu'on les console. Le commissariat tremblait de tous ses membres. Je n'avais rien fait, Cosme non plus mais qu'importe, on nous traitait en pestiférés. Tout est bruit pour celui qui s'alarme.

Tu crois qu'ils auraient convoqué la Delbard pour lui demander comment elle avait perdu son portable ? Ou qu'ils auraient lancé une perquisition chez cette racaille de Driss pour savoir ce qu'il avait volé d'autre ? Rien de tel. Ils n'ont fait que déchiffrer *Le Parisien* en frissonnant, rendre des visites protocolaires à la mère du jeune martyr, prendre des consignes au ministère et palabrer avec M. Hassan Saïdi, belle gueule d'émir de Daech, qu'ils prenaient pour le sauveur de la cité, son pompier. Pendant les quarante-huit heures que j'ai passées derrière l'accueil à classer le courrier, je l'ai vu entrer trois fois dans nos locaux comme en pays conquis. Avec ça, dragueur pour shampouineuses comme pas un. Tee-shirt manches relevées et biceps gonflés à l'hélium, il souriait à toutes les filles. Évidemment, en un rien de temps, il a su qui j'étais et où ils m'avaient reléguée. Quand il est sorti du commissariat, le mercredi soir, pour monter dans une grosse voiture noire avec chauffeur, il s'est arrêté devant mon bureau et m'a demandé si la jolie petite Austin dans le parking était à moi. Puis il est reparti avant même que je réponde que cela ne le regardait pas. Comme ça, sans insister, juste pour prouver qu'il savait tout et insinuer qu'il pouvait tout. J'étais hors de moi. Un bouffon me traitait comme une petite chose qu'on affole à volonté. Seule bonne chose : les deux garçons de l'accueil ont enfin remarqué que j'étais là, derrière eux depuis des heures, et m'ont adressé la parole :

— Il joue les caïds mais son émirat ne dépasse pas les limites de la cité. Laisse demain ta voiture dans ton parking à Paris. Il ne s'aventure pas à l'intérieur du périphérique.

J'imagine que leur conseil partait d'un bon sentiment : renouer le contact. Personne ne m'avait dit un mot de la journée. Duval avait passé le message : « Cette bourgeoise écervelée a foutu notre bon petit Cosme dans le pétrin. Méfiez-vous d'elle comme de la peste. » Les types qui me mataient la veille n'avaient plus un regard pour moi. J'étais devenue transparente. Et contagieuse. Au lieu de remercier gentiment ces deux lavettes pour leur conseil, j'ai répondu qu'à cela ne tienne, je viendrais en taxi. Je pensais qu'ils allaient éclater de rire, tu parles, ils m'ont prise au sérieux et ont coupé les amarres. Moi aussi. Je suis rentrée à la maison. Et, le lendemain, à neuf heures, prise à mon propre humour débile, je suis arrivée en taxi. Depuis la porte de Clignancourt : 60 euros ! Le tarif des jours fériés. On était le 14 juillet et les trois quarts du commissariat étaient en congé. Mais pas moi !

Qui était à la porte du commissariat en train de griller une clope ? Le brigadier Duval. En me voyant sortir tout en Rykiel, une nuance qui lui a échappé, il a juste dit : « Bouyx, de corvée de chiottes ! » J'ai protesté. Il n'attendait que ça :

— Mais non, princesse, c'était une blague. On a des Africaines pour ça. Vos diplômes sont trop précieux pour qu'on les gâche. Vous avez l'air d'être faite pour la police. Trois heures sur le terrain et le ministre de l'Intérieur lui-même se penche enfin sur la situation à Versières. Croyez-moi, on a tous des leçons à recevoir de vous. Tout à l'heure, je vous emmène déjeuner.

À treize heures tapantes, en effet, il est venu me chercher et m'a emmenée en voiture à Landry, jusqu'à sa cantine, un café-tabac, le Narval. Une plongée tête la première dans la France des « vraies gens » qui lisent *L'Équipe*, portent un jean 365 jours par an et ne nouent jamais une cravate. Un flipper, le coin Loto, un long bar, des tables en Formica, un monde fou et un bruit infernal. Le tout très clair, avec de grandes fenêtres ouvertes sur la rue. Rien à voir avec les tables de Saint-Germain ou du Marais où trois bougies entretiennent une pénombre qui fait ressembler toutes les femmes à un Rembrandt. Comme partout, les patrons étaient d'origine chinoise. Pas leur cuisine, française et immangeable : bœuf bouilli à l'écarlate, cabillaud à la sauce blanche, noix de veau braisée, fricassée de poulet… En suppliant, j'ai obtenu une salade verte et du jambon de Bayonne. Quant au Coca light, inutile d'y penser, c'était Pepsi ou rien. Duval a choisi une raie au beurre noir, précédée de céleri rémoulade et arrosée d'un pichet de côtes-du-rhône. Heureux comme un bébé dans sa bassine, il rigolait en m'observant, raide comme un soldat de plomb :

— Je ne vous ai quand même pas traînée dans un réfectoire ! Détendez-vous. C'est plus prudent. À force de jouer les filles de la haute, vous allez avoir le vertige en retirant vos chaussures.

C'est vrai que j'en faisais un peu beaucoup dans le genre pimbêche perchée sur son arbre généalogique. Dans la voiture, je n'en avais pas décoincé une. J'ai souri à sa blague et cogné mon Pepsi contre son vin rouge en trinquant à la bonne explication qu'on allait avoir. Puis, j'ai mis les choses au point :

— Vous ne devriez pas rire des bourgeois. En France, le peuple et les élites sont aussi corrompus, tricheurs et système D les uns que les autres. Il n'y a que les bourgeois qui respectent les règles du jeu.

— Encore heureux. Ce sont eux qui les ont fixées et ils sont toujours gagnants.

Il était ficelle, ce gros Duval. Il tenait le rôle de

Sancho Pança au côté de Méheut mais, en réalité, sous des airs débonnaires de bon vivant que rien n'affole, il tenait serrées les rênes du commissariat. J'ai compris qu'il venait contrôler pour son dandy de patron les réactions de la stagiaire. Méheut et lui s'attendaient à ce que la presse fasse une tragédie grecque des malheurs de la famille Aslass. Cosme était d'ores et déjà interdit de voie publique et une information judiciaire allait être ouverte. Pour moi, ils s'interrogeaient. Je lui ai dit qu'ils devraient cesser de jouer aux conquérants avec nous car il n'y avait rien à conquérir de notre côté. Il a posé ses couverts sur la table et m'a regardée droit dans les yeux :

— Redescendez sur terre, beauté. On est à Paris en 2016, pas dans un film avec Brad Pitt.

— Ce qui signifie ?

— Qu'on est dans la vraie vie et qu'on n'enterre pas sans explication un jeune Beur qui, trois heures avant sa mort, vous prenait en photo avec votre amoureux. La presse va se régaler. Vous et votre fiancé, vous leur offrez une love-story sur fond de thriller. Vous allez être emportés comme une feuille par le vent.

En somme, ils allaient nous lâcher comme deux patates brûlantes. C'était si clair que Duval a fait marche arrière et entrepris de ramer à contre-courant pour me rassurer. La police était le corps le plus syndiqué de France, on serait très bien défendus et patati et patata. J'ai fait mine d'y croire et on est passé à autre chose. La bouche pleine, les joues rondes comme des oreillers, sourire aux lèvres, il s'est mis à me raconter les bonnes histoires du commissariat, de la Cité noire, de la Delbard… Comme je suis bonne fille, je rigolais aux moments cocasses mais je n'en avais rien à foutre. Moi, ce qu'il me faut, c'est la duchesse de Maufrigneuse en plein flirt avec le comte Mosca pour arranger les affaires de son amant, le vicomte de Valmont. Alors les histoires de Dupont et Dupond coinçant Ahmed et Fadila… Je suis sortie de table accablée d'ennui. Dire que j'allais passer trois mois à classer la paperasse de ces nobodies ! J'en aurais pleuré. Pour me doper, de retour au commissariat, avant de m'enterrer dans le local des archives, j'ai appelé papa. Depuis deux jours, je ne pensais qu'à ce coup de fil que je n'osais pas passer. Il allait encore me prendre pour un bébé qui appelle au secours.

Il était sur la plage. Je me le suis représenté comme si j'étais allongée à côté de lui. Dans sa chaise longue, je l'ai vu fumer un cigare en lisant un des quatre ou cinq journaux dont il fait son pain quotidien. À mille lieues de mes soucis, il était enchanté de parler enfin avec sa princesse Mousseline :

— Quelle chance que j'aie pris mon « portatif » avec moi. Rien qu'à ta voix, le ciel se dégage.

Il parle comme ça. Les portables, Facebook, Twitter et compagnie lui passent complètement par-dessus la tête. Mon sort, en revanche, pas du tout. Je pensais lui parler cinq minutes mais au bout d'une demi-heure, on y était encore. J'ai dû tout lui mâcher : l'après-midi avec Cosme, la découverte du corps, les réactions de Méheut, les insinuations de Duval, les menaces d'Hassan et mon exil aux archives... Il a éructé. Je le voyais comme si j'y étais, sorti de son siège, en train d'arpenter le bout de la plage à grands pas et de s'énerver dans le coin des dériveurs, vide l'après-midi :

— Ma chérie, ils vont te massacrer. Si tu mets un seul doigt dans leur jeu, ta carrière est foutue, aussi bien comme flic que comme avocate. Tu ne seras plus qu'une boule de flipper qu'on projette de gauche à droite. Ce sont tes ennemis. Tu as bien compris, tes ennemis ! Et, à ton niveau, tu ne peux rien faire. Alors retiens bien une leçon : dans un combat, quand on ne peut pas contrer l'adversaire, on l'imite. Puisqu'ils te laissent tomber, plaque-les la première. Là, tout de suite. Sans un mot d'explication. C'est notre avocat qui le leur fournira plus tard. Tu rentres au commissariat, tu retires ton uniforme, tu ressors sans dire un mot à personne et tu ne poses plus un pied chez ces sauteurs.

Il ne parlait plus, il criait presque. Il exigeait que je prenne la route sur-le-champ pour l'île de Ré. Pour le plaisir de le partager avec une de ses maîtresses ! La remarque l'a sorti de ses gonds :

— Rien au monde ne compte plus que ma petite fille. Si tu veux, j'évacue toute la maison pour toi. Ou bien je rentre immédiatement à Paris et on dîne ce soir ensemble.

Oh là là, lui aussi se croyait chez Sophocle. J'ai réussi à calmer ses ardeurs. Mais pas ses craintes. Papa me connaissait trop bien :

— En tout cas, ne me raconte pas de sornettes. Ce Cosme, c'est de l'huile bouillante. Je mettrais ma main au feu que tu lui as déjà pincé les fesses. Alors écoute-moi bien : ce gamin n'existe plus. Je t'interdis absolument de lui dire un mot. Tu ne le prends même plus au téléphone. Pour toi, c'est un inconnu. Jure-moi que tu ne le verras plus. Sinon, je débarque en maillot de bain à la maison et je te ramène à La Flotte.

J'ai juré et j'ai obéi. Au moment où je suis sortie du commissariat, le mollusque de permanence à l'accueil a dit : « À tantôt. » Son premier mot de la journée. Ces pauvres ploucs n'allaient pas me manquer ! Dix minutes plus tard, j'étais à la gare RER de Versières. Un 14 juillet ! Une heure d'attente. Je pensais descendre à Châtelet, dans les quartiers civilisés, mais la rame s'est arrêtée gare du Nord et je suis revenue à pied par la rue Saint-Martin. No woman's land ! On était à Paris, tout était pareil, l'architecture, les bistrots où on picole, les livreurs sexy en débardeur qui nous sifflent, mais presque pas de femmes, ni voilées, ni dévoilées, cachées. Ça et la musique arabe partout, ça faisait bizarre. Cela dit, ils bossaient. Jour férié ou pas, tout était ouvert et les camionnettes de livraison déclenchaient partout des concerts de klaxons. Ça changeait de nos bons vieux Gaulois tire-au-flanc. Il faisait tellement chaud qu'au Grand Rex, en voyant qu'ils projetaient *Zero Dark Thirty*, je suis entrée profiter de l'air conditionné. C'est l'histoire des agents de la CIA qui abattent Ben Laden. Je n'ai pas été déçue. On montrait bien la police à l'œuvre : des chefs qui ne prennent jamais une initiative et des opérations qui traînent sans fin. Seul truc bizarre : exilés des mois au Pakistan, dans le vacarme et la poussière, tous ces jeunes loups ne baisaient jamais. Comme si tout leur influx sexuel passait à taper sur la gueule de leurs suspects. Jessica Chastain, la fille qui menait la traque, ne se payait jamais un des beaux gosses qui s'agitaient autour d'elle. Moi, je me serais régalée avec ces garçons bruts de décoffrage. Cosme me manquait déjà. Enfin, c'est une façon de parler. Disons plutôt qu'il m'obsédait. Et pour cause. Depuis mardi, quand Duval l'avait enfermé dans son bureau, il me bombardait de textos. Il voulait qu'on s'explique. Tu parles. La seule chose qu'il fallait éventuellement, c'était qu'on baise encore une fois. Pour le reste, papa avait raison, mieux valait s'éloigner à tire d'aile. Malheureusement, en sortant du cinéma, rebelote : Cosme avait laissé deux nouveaux messages :

— Ça fait cinq fois que j'appelle. Il faut qu'on se voie. Arrête de te prendre pour la duchesse de Windsor. Je passerai chez toi, ce soir, à huit heures. Si tu t'enfermes, je dors sur le palier jusqu'à ce que quelqu'un m'ouvre. J'espère que tu as compris.

Tout compte fait, il savait parler aux femmes. J'aime bien qu'on me force un peu la main. Pour le recevoir, j'ai enfilé une minijupe en cuir et un tee-shirt noir en dentelle assorti au cas où il ne serait venu que pour parler affaires. Quand monsieur a enfin sonné à la porte, il était 21 h 30. J'ignore s'il avait prémédité son retard mais si oui, le calcul était bon : j'étais chaude comme la braise. Pas lui. Il était à ramasser à la petite cuillère. Il n'a pas voulu du champagne que j'avais mis au frais. Même un Coca était trop ludique. Il a pris un verre d'eau. Et il a commencé à larmoyer. On était foutus, ils allaient le virer, personne ne nous croyait... C'était pathétique. Quand il m'a regardée comme la Vierge Marie pour murmurer que j'étais sa seule amie à Paris, j'ai mis le holà à son miserere :

— Bon, ça suffit. Économise ton sirop et regarde les choses en face : on n'a rien fait. J'ignore si ce petit con s'est rompu le cou en dévalant la pente du RER ou si ses copains lui ont fait la peau mais toi et moi, on n'y est pour rien. Compris ? Alors tiens-toi droit et envoie-les promener.

Papa dit toujours qu'il est plus facile d'attendrir un dur que de raidir un mou. La tâche ne s'annonçait pas facile. Cela dit, ses pleurnicheries m'ont dégrisée. Je ne suis pas la squaw modèle qui console. Pas question d'attraper un torticolis à le voir sangloter sur mes seins. Tant pis, j'aurai refait le lit pour rien. Je l'ai emmené au restaurant. En public, j'avais une chance qu'il m'épargne les larmes. Pour qu'on ne voie pas les écussons de sa chemise de flic, je lui en ai passé une de mon père et on est partis pour Lipp. Là encore, au seul nom de la brasserie, toutes ses batteries se sont vidées. À présent, il avait également peur des gens qui vont dans les restaurants célèbres. Il préférait manger un croque-monsieur dans un café de Sèvres-Babylone. Il commençait à m'énerver. Je n'aime pas les lions transformés en descente de lit. J'ai juste grommelé que moi, j'y allais. S'il voulait parler, il n'avait qu'à me suivre. En bon toutou, il a obéi mais, quand on est entrés, il a traversé la première salle comme un herbivore lâché en pleine savane, qui se fait tout petit et ne regarde personne. Le patron m'a reconnue, a demandé des nouvelles de papa et nous a trouvé une petite table collée au mur, dans un recoin. À côté, une vieille dame sourde, à moins que ce soit son mari qui n'entendait rien, hurlait. Comme ça, ils n'écouteraient pas notre conversation. Cosme a repris ses esprits :

— Il est un peu moulant, ton restaurant. On est serrés comme des sardines.

Soulagé, il m'a demandé si je reconnaissais des gens connus. Non, pas ce soir-là. Que des bourgeois peaufinant leur cholestérol. Il les a observés un moment, intimidé. Il savait que François Mitterrand avait eu son rond de serviette dans cette salle. Dans son esprit, on était chez les maîtres du monde. Je lui ai ouvert les yeux :

— Remets les pieds sur terre. C'est un milieu aussi facile à intégrer que le cours préparatoire. Il suffit de mentir comme eux. Tu places un ou deux noms propres, tu cites un bon lycée, tu ne fais pas de fautes de français et le tour est joué, tu fais partie de la bande. Cesse de trembler. Paris est un château ouvert à tout le monde. Arrête de ne regarder que la façade. Il suffit de pousser les portes. De la main, de la tête ou du bassin. Un bon coup de queue et toutes les serrures sautent. Tu verras.

— C'est tout vu puisque tu m'y emmènes.

Sa muflerie m'a rassurée. Bientôt, son appétit a fini de le remettre sur pied. Tout le tentait dans cette carte aussi « diététique » que celle du Narval. Il a commandé un cervelas et un poulet. Pas d'alcool, en revanche. S'il quittait Versières, il pourrait faire pervenche :

— Comme marin breton, tu te poses là. Trouillard et sobre, tu ne lèves ni le coude, ni les voiles.

La remarque l'a agacé :

— Cesse de caqueter. Tu ne connais rien aux Bretons. Certains ont le mal de mer. D'autres sont dragqueens, putes, hippies, peintres sur soie, brokers... On n'est pas tous des pochetrons. De temps en temps, tu devrais la fermer trente secondes.

Sur quoi, il a commandé une bouteille de bordeaux. Il recommençait à me plaire. J'en avais par-dessus la tête de traîner un boulet derrière moi. Son sang pulsait à nouveau. On allait peut-être avoir une conversation constructive. En effet. Soudain, il m'a balancé en pleine figure mes quatre vérités :

— On ne serait pas dans la merde si tu n'avais pas déconné à jet continu pendant que je te faisais visiter Versières : « Et les flics sont des ramollos, et les musulmanes portent toutes le voile, et les gamins méritent des baffes... » Sans toi, je n'aurais jamais poursuivi Driss. Alors, maintenant, arrête de jouer les lumières, t'es surtout une sacrée fouteuse de merde. Au lieu de pérorer, trouve plutôt comment sortir du trou où tu nous as jetés.

Je ne m'y attendais pas. Un petit fleuve donne un grand delta et une petite remarque débouche sur une grande explication. Estomaquée, incapable de trouver mes mots, ceux de papa me sont revenus à la mémoire : « Ce type est de l'huile bouillante. Ne le laisse plus approcher. » Quand il a relevé la tête, j'avais un ennemi en face de moi. C'était ce qu'il me fallait. Il ne faut pas me chercher longtemps pour me trouver :

— Ça y est, tu as craché ton petit jet de venin. Et tu crois que je vais faire dans mon pantalon comme toi. Tu sais ce que tu es : un dégonflé ! De gros muscles et une tête d'épingle. Méheut te regarde dans les yeux et tu trembles de tous tes membres. Tu cherches des réponses à une question qui ne se pose pas. On n'a rien fait ! Tu comprends ça ? On n'est pour rien dans la mort de cette racaille. Et toi, tu te laisses immoler comme un agneau.

Il n'a pas répondu. Il avait posé ses couverts et avait l'air de réfléchir. Avec lui, ça risquait d'être long. Méheut lui avait lavé le cerveau. Il me faisait pitié. J'en ai marre de tous ces gens qui jouent les victimes :

— Tu te sens coupable parce que tu es suspect. Mais tout le monde est suspect en France. On vit à l'ère des suspects. La police est suspectée de détester les Arabes. Les Beurs des cités sont suspectés d'être des dealers ou des djihadistes. Les Roms sont suspectés d'être des voleurs. Comme les hommes politiques. Qui sont aussi des pourris. Et personne ne compte sur les journalistes pour les dénoncer puisqu'ils sont de mèche, déjeunent avec eux et leur lèchent les bottes. Dans notre pays, tout le monde déteste tout le monde.

Pour les geignards de gauche, on est tous des racistes, des pétainistes et des curetons. Pour les excités de droite, on est tous des cossards affamés de subventions et de jours de récupération. Et toi, tu crois que ta petite personne va attirer la foudre. Reprends-toi, mon grand. Plaque le commissariat, prends un avocat arabe et laisse-le mener son enquête. Il se régalera. La proie, ce n'est pas nous, c'est Driss. Il suffirait que ton ami Méheut se penche deux jours sur son cas pour qu'on sorte blanchis et repassés de la lessiveuse. Mais ça, tu as raison, il ne faut pas trop y compter.

Qu'est-ce que j'avais dit ? Je m'en prenais à Méheut ! Sa bouée de sauvetage. Cosme croyait encore que l'autre allait l'aider. Pourquoi ? Pour rien. Comme ça :

— C'est un type droit. Il ne me ment pas. Parce que c'est lui, parce que c'est nous, comme disait Machin.

— Machin, c'est Montaigne.

— Merci. Je le savais. Il parlait de La Boétie. J'ai pas le bac mais je suis allé au lycée, moi aussi. J'avais juste envie de voir si tu étalerais ta science. C'est vu. Il faut toujours que tu la ramènes.

Puis il s'est remis à manger. Sans me regarder. Petit salaud. Il m'humiliait. Et il s'enfonçait. Il croyait aussi que Duval prendrait sa défense. Ainsi que les syndicalistes de la police. Tout comme Rouaix dont Méheut lui avait assuré qu'il était persuadé de son innocence. Le pauvre avait la tête à l'envers. Il allait attendre, sage comme un arbre, qu'on l'abatte.

— Aucun d'eux ne se soucie de toi. Leurs promesses ne valent pas un cachou. Demain, tu seras réintégré et ils te présenteront leurs excuses mais demain, c'est loin. Avant que la justice tranche, il va se passer un an, deux ans, cinq ans… Tu es le mouton qu'ils mènent à la tonte.

Il ne répondait pas. J'avais l'impression de décrire l'arc-en-ciel à un aveugle. Son mutisme m'a désarmée. Rien n'est plus agressif que le silence. En revanche, il continuait à manger. Sans un regard vers moi. Et il buvait. Comme un évier. Il a fini la bouteille de vin. Il fallait lui arracher chaque phrase avec des tenailles. Je lui ai demandé s'il comptait ouvrir le bec pour autre chose que pour bâfrer. Alors, après un long silence de plus, il a relevé la tête pour me regarder en face :

— Tu sais ce que tu es ? Une petite princesse arrogante, irrespectueuse, narcissique, égocentrique, snob, irresponsable et méprisante. Tout ce que tout le monde déteste. Je n'ai pas besoin de tes conseils.

C'est plus fort que moi. J'adore qu'on me résiste. Au lieu de me lever de table, je l'ai regardé. Sans répondre. Comme papa le conseillait, en suivant la stratégie de l'adversaire. Puisqu'il se taisait, je me suis tue. Et je me suis rincé l'œil. Je l'aurais préféré à poil dans ma chambre mais ses avant-bras m'ont suffi. Lisses, arrondis et durs comme une pierre sous une peau douce comme le satin. Il me plaisait, ce bourrin. Il m'a même donné faim. Quand il a demandé un café, j'ai réclamé une île flottante. Une excellente idée de ma part. Non pas qu'on ait parlé, ni fait la paix, mais parce qu'au bout d'un quart d'heure, juste après avoir réclamé l'addition, j'ai reçu un texto de papa :

— *Attentat islamiste à Nice sur la Promenade des Anglais. Au moins vingt morts. Votre affaire va passer aux oubliettes. Ramène-toi en vitesse sur l'île, qu'on profite des vacances. Bizz. Papa.* »

J'ai passé mon iPhone à Cosme pour qu'il lise le message. Il a haussé les épaules. Pour lui, ça ne changeait rien à notre situation. C'en était trop. Il était débile. Je me suis levée de table. Avant de le planter là avec la note, je lui ai juste demandé ce qu'il espérait. Pas grand-chose :

— Récupérer ma chemise d'uniforme.

Ah oui, il y avait cette chemise ! Du coup, une faiblesse en entraînant une autre, on a baisé une seconde fois.

Guillaume Vincourt,
rédacteur en chef de Scoop

Si je me rappelle bien, cette histoire a commencé au mois de juillet. Étienne, le directeur, était parti pour le Brésil. On ne croisait personne dans les couloirs du journal. Ludivine, la chef des infos, une princesse qui n'élève jamais la voix, s'arrachait les cheveux. Sur ses douze reporters, seule une poignée restaient mobilisables – à condition de les supplier à genoux. Pour remplir les pages, j'écoulais les stocks : des reportages lugubres de Salgado sur les derniers territoires vierges de la planète (genre icebergs, déserts, toundras où personne ne souhaite échouer et qu'on fait mine de trouver précieux), une remontée du fleuve Congo par le dernier prix Albert-Londres, dix pages de photos sur l'Éthiopie lancée dans la construction d'un barrage sur le Nil, autant sur les nouveaux sports qui envahissent les plages et les montagnes : kite-surf, planches acrobatiques, deltaplane… Comme d'habitude, je me rongeais les sangs pour trouver la bonne couverture. Où dénicher une star à qui il arrive enfin quelque chose ? Ces enquiquineuses sont les clous de ma croix. Je n'ai jamais supporté la tranquille arrogance avec laquelle ces privilégiées vides comme l'air jouent les vierges effarouchées dès qu'on parle d'elles sans leur accord. À les entendre, on ne devrait leur offrir nos pages qu'à la sortie de leurs films et ne réciter que le catéchisme officiel : sujet-verbe-compliment. Le reste du temps, silence. Quand on sait que la plupart de ces armoires fermées à clé sont vides !

La veille du jour où on m'a parlé pour la première fois du petit Arabe assassiné par un flic, j'avais passé la nuit du bouclage à négocier avec l'attachée de presse chaque photo et chaque titre, pour ne pas dire chaque ligne, du sujet consacré à Louisina Ergaray. Un vrai calvaire. Le texte ne devait pas s'écarter d'un pouce de l'étroit sentier balisé par Louisina. Une phrase hors-cadre et on enfreignait l'étiquette. À l'arrivée, il restait une photo d'elle en pull-over (en plein été !) sous l'accroche : « L'affranchie. » Chez les Basques, il paraît que le mot est magique. Pour nos lecteurs qui lisent entre les lignes, il signifiait clairement : on n'a rien à dire sur elle. Je ne sais pas comment je n'ai pas envoyé promener ces deux souris. Passons. Ces dames me tapent sur les nerfs.

Donc, ce jour-là, je cherchais un sujet de couverture. À la conférence du matin, nous n'étions que quatre autour de la table dont Ludivine. Son prénom dit tout : bourgeoise chic. Avec la hantise inhérente à cette caste, passer pour une privilégiée, donc une égoïste. Alors que je cherchais à sortir un journal agréable à lire sur la plage, elle a ouvert le menu avec la bataille d'Alep qui reprenait en Syrie. Vous auriez dû l'entendre lire sa liste de propositions. Une vraie sainte. Avec son chemisier blanc, sa barrette dans les cheveux, sa voix posée, on aurait dit Cendrillon parlant dans un micro d'aéroport. Les Kurdes, les Russes, Bachar, Daech, tout menait vers une frontière poussiéreuse où s'entassaient des réfugiés désespérés dont la Turquie ne voulait plus. Je ne sais pas quelle plage elle comptait distraire avec cette apocalypse. Pour tout arranger, ignorant le ton accablé sur lequel j'avais donné mon feu vert à ses six pages garanties lugubres, elle a poursuivi la liste de ses propositions avec l'évacuation de la jungle de Calais. Là encore, on allait verser des larmes sur des Syriens, des Afghans, des Somaliens et je ne sais qui d'autre. J'ai préféré arrêter les frais :

— Tu te moques du monde, ou quoi ? On n'est pas en train d'établir l'ordre du jour du Conseil de sécurité de l'ONU, on tente de bâtir le sommaire du prochain numéro. Reviens sur terre. On vient de faire trente pages sur le 14 Juillet et la Promenade des Anglais. Alors stop ! Je veux de la joie.

Ludivine a la voix douce comme le caramel, mais elle tient à ses idées. Pas question pour elle de renvoyer Calais à un prochain numéro. La rédaction était très sensible au sujet ! Trois semaines plus tôt, une de nos reporters avait été prise à partie sur le Web pour avoir insinué que les habitantes de la ville s'indignaient de voir leurs maris accostés par des réfugiées faisant le tapin. Facebook et Twitter avaient jugé cette remarque « nauséabonde ». C'est le terme consacré pour les vérités déplaisantes. On avait touché juste. D'habitude, nos papiers sur cette ville relevaient du style « dentelle » autrefois prospère par là-bas : des trous, rien que des trous. On parlait de la jolie petite église en bois construite par les Éthiopiens dans leur campement, de l'action des humanitaires, de la solidarité des habitants, des mères de famille qui venaient apporter des jouets, de celles qui ouvraient leurs portes pour que les réfugiés rechargent leurs portables... Jamais un mot, en revanche, sur les dizaines de vélos volés, sur les bagarres entre réfugiés chrétiens et migrants musulmans, sur les villas visitées et les autres invendables, sur les accidents de la circulation, sur les routes barrées, sur les saletés laissées en pleine ville, sur les commerces ruinés, sur les kilomètres de grillages et de barbelés. Tout était juste dans nos enquêtes et même vrai – sauf tout. Impossible cependant de changer un mot à ces contes de fées. La société des rédacteurs veillait. Pas question qu'un de nos journalistes signe de son nom un texte qui ne reflète pas de la première à la dernière ligne son ouverture au monde, sa solidarité, son sens de l'accueil. J'en étais réduit à laisser deviner la réalité dans les chapos et les légendes sans signature des doubles pages photos. Suivait un article disant le contraire de ce qu'on montrait. Comme je fuis les conflits, je gardais généralement mes remarques pour moi. Placés sous ma responsabilité, titres et sous-titres tentaient de redresser la situation. Venues pleurer dans mon bureau et demander mon soutien, Ludivine et sa reporter étaient tombées sur un mur :

— Pour une fois qu'un de nos papiers dit la vérité, je ne vais pas m'excuser auprès des analphabètes de Twitter. Nos lecteurs lisent d'autres journaux, regardent les informations à la télévision et savent qu'on leur présente une version des faits moelleuse et édulcorée. On ferait mieux de mettre des mots sur les événements plutôt que des voiles.

L'affaire en était restée là mais il ne fallait plus compter sur Ludivine pour nous exposer à de telles critiques. Si elle remettait Calais sur le tapis, elle allait encore verser des larmes sur les réfugiés et elle ne s'est pas gênée pour le dire :

— La Turquie héberge trois millions de Syriens et nous, à Calais, on ne peut même pas accueillir décemment cinq mille personnes. À quoi sert la presse si on ne parle que du beau temps ? L'actualité ne s'arrête pas le 15 juillet. C'est une question de déontologie !

J'ai horreur des gros mots. Chef des infos, elle n'avait jamais engagé un seul reporter noir ni beur, mais elle donnait des leçons de philanthropie. À ma droite, William, le chef de la photo, a senti que la réunion allait mal tourner. On travaille ensemble depuis vingt-cinq ans. D'habitude, il ne se mêle pas des disputes concernant les textes (qu'il appelle « le gris ») mais, à la veille de son propre départ en vacances, mieux valait éviter les chamailleries. Il a sorti de sa manche un joker :

— J'ai peut-être une couverture.

C'est ma phrase préférée. Je suis redevenu tout ouïe.

Cette couv, chaque semaine, c'est la roue, les fers et le pilori. Les quinze pages de la culture, les dix de la politique, le document, les grands reportages, les faits divers, les portfolios, tout est simple. On remplit sans angoisse les quatre-vingts premières pages du journal mais restent les dix ou quinze dernières : ces majestés les people et, parmi elles, celle qui fera la couv. Alors, l'enfer commence. Obtenir un entretien avec Barack Obama prendra six mois mais tout se passera comme convenu à l'avance et en toute liberté. Oubliez cette simplicité si d'aventure vous sollicitez une audience auprès de Vanessa Paradis. Des négociations s'entament, dignes de Yalta, pleines de promesses, d'engagements, de listes préalables de questions, d'accords de relecture, de contrôles de bons à tirer, de ceci, de cela et, à tout moment, de ruptures… On n'en finit jamais. Je ne parle pas des discussions liées aux photos. C'est pire mais c'est l'affaire de William qui, par chance, est né les nerfs couverts de glace. Tout ça pour qu'à l'arrivée, la star ne dise rien. Parce qu'en ces matières, comme disent les Allemands, on sert la soupe plus chaude qu'on ne la mange. Au départ, ils promettent des révélations, des aveux, des points de vue tranchés qui ne sont jamais prononcés ou, s'ils le sont, qui sautent à la relecture. À l'arrivée, les photos sont exceptionnelles mais nous, les gens du gris, n'avons plus qu'à nous battre les flancs pour trouver un titre accrocheur. Sauf que, ce jour-là, miracle, des mots de miel et de lait sont sortis des lèvres de William :

— On me dit que Jean-René Pacé est en vacances

avec l'héritière des supermarchés Landau, chez elle, en Bretagne.

Je n'ai jamais vu William élever la voix. C'est l'homme le plus calme de la rédaction. À l'aube, il s'assied à son bureau et en repart le dernier le soir. Entre-temps, il a eu le monde entier au téléphone. Des reporters de guerre en Irak aux agents de stars américains, personne n'ignore son numéro. Et lui connaît les leurs. Trois couvertures sur quatre reposent sur ses réseaux. Mais il ne gâche pas sa salive et mène ses opérations en toute discrétion. Il ne fume pas, il ne boit pas, il ne papote pas, il tisse sa toile. Depuis le temps que je le connaissais, il se gardait toujours un scoop sous le coude pour son retour de vacances, afin de ne pas stresser sur la plage. J'aurais juré qu'il ne comptait pas sortir si vite Pacé de sa pochette-surprise. Fausse pioche :

— Pas du tout. Je l'ai appris avant-hier quand Agnès, l'agent d'Ergaray, est sortie de ton bureau. Ses douze coups de fil avec le Pays basque et tes mines accablées à chaque fois qu'elle transmettait les consignes l'avaient lessivée.

Je m'en étais rendu compte. Au terme du marathon, vers minuit, j'avais servi deux verres de whisky. Le temps que je trempe mes lèvres dans le mien, Agnès avait sifflé le sien. Elle était à cran. Avant de partir, elle m'avait annoncé sur un ton agonisant qu'elle allait dire bonsoir à William. Il l'avait recueillie en miettes et lui avait offert un second scotch :

— J'ai cru qu'elle allait pleurer. C'est elle qui a mis

Pacé sur le tapis. Il a rompu son contrat avec elle, il y a trois mois. Elle ne s'en remet pas. Tu l'aurais entendue ! Elle l'a crucifié. À l'écouter, c'est elle qui l'avait sorti du ruisseau. À l'époque, il jouait au poker, picolait, courait la gueuse et prenait la moindre pâtée pour chien pour le scénario du siècle. Mais, depuis son oscar, il ne la calcule plus. Ni bonjour, ni au revoir, rien. Elle n'est plus que de la poussière sous ses semelles. C'est pareil pour toutes ces filles mais elle ne s'en remet pas. Du coup, elle m'a balancé où il passe ses vacances en grand secret. Comme ça, au passage, mine de rien, entre deux gorgées de Cutty Sark. Si ça se trouve, elle ne se souvient même pas de me l'avoir dit. Tu verras : dans un mois, il la rappellera, elle arrivera au galop et elle nous crucifiera.

Cette histoire, je l'avais déjà entendue quinze fois avec d'autres noms. Ces acteurs se croient installés à vie sur l'Olympe. Ils regardent les gens qui se dévouent pour eux comme le fond du tonneau. Cette pauvre Agnès découvrait l'eau chaude. Mais qu'elle nous offre Pacé sur un plateau m'a enchanté. Tout lui était toujours tombé tout cuit dans le bec. Sa mère était l'héritière d'une dynastie bourgeoise du Nord, le style qui accumule les usines textiles, les écuries de courses et les ambassades. Avec ça, la famille passait pour irréprochablement de gauche. Dans ce clan, il y avait toujours un frère, un neveu ou un cousin qui travaillait pour Blum, dirigeait le cabinet de Mendès ou s'était engagé en Espagne avec les Brigades internationales. L'Europe et Matignon étaient leurs salons. Dans sa jeunesse, le père de Jean-René avait passé deux ou trois ans à Cuba à l'arrivée au pouvoir de Castro. La légende disait qu'il avait accompagné un moment le Che en Bolivie. Mythe ou réalité, son fils restait évasif quand on l'interrogeait. Avec lui, de toute manière, tout ce qui était personnel demeurait flou. Monsieur ne parlait jamais de la fortune familiale et détestait qu'on l'interroge sur son ravitaillement sexuel, toujours plus ou moins issu de la cuisse de Jupiter. Il avait vécu avec l'héritière allemande d'un empire automobile et avait fait une fille à une star américaine. Sur le reste, en revanche, Irak, Afghanistan, réfugiés, mariage pour tous et autres fantaisies républicaines, il était intarissable. Récemment, on l'avait vu à Calais mais, auparavant, il avait passé sa vie à signer des tribunes d'extrême gauche et à beurrer ses tartines d'une énorme couche d'alter-mondialisme. Le type même du fils à papa richissime qui fronce le sourcil devant le poujadisme des pauvres. Avec Weber, Lindon, Berling, Binoche et d'autres, il passait sa vie à distribuer des certificats de civisme humanitaire. Dans les salons de cette caste, la France normale se résume à Dreyfus, Pétain et Le Pen. Difficile malheureusement de l'écrire car, il faut bien l'admettre, à l'écran, c'était un autre homme. Pire que tout : l'année précédente, Hollywood lui avait attribué l'oscar du meilleur acteur. Pour un vrai rôle de composition : celui d'un chômeur qui perdait sa femme d'un cancer, devenait chauffeur routier et devait dénoncer à la police des migrants cachés dans son camion. Si vous ne sortiez pas suicidaire de la salle, vous aviez un caillou dans le cœur.

Depuis il était « les migrants » comme l'abbé Pierre était les SDF. Exaspérant.

William avait déjà mis sa planque en place. Le soir même, à minuit, il avait téléphoné à Pascal Bourdon, notre paparazzo préféré. Pas question de perdre du temps. Les grandes consciences comme Pacé vont sans arrêt recharger leurs batteries morales à Miami, aux Seychelles ou à la Mamounia. Il ne lézarderait pas mille ans dans le Finistère. Comble de chance, Bourdon était originaire de La Forêt-Fouesnant, où les Landau possédaient une propriété face à l'Odet. C'était comme si j'avais déjà les photos entre les mains. Depuis le temps, les stars fuyaient Pascal comme le choléra mais, même dans une pièce vide, il réussissait à passer inaperçu. C'est lui qui avait obtenu les premières photos de Mazarine et de son père. Celles du Premier ministre et de sa ministre préférée, encore précieusement enfermées dans notre coffre. Trente autres encore connues de tous. Il revenait toujours la besace pleine. Et pleine de ce dont on rêvait. Pascal ne confondait pas journalisme et vénération. Il ne portait pas la livrée. Tu observais ses photos et tu te rappelais la définition de l'information selon Hearst : « Quelque chose qui quelque part dérange quelqu'un. »

La veille à l'aube il était arrivé chez ses parents et il avait déjà fait un compte rendu à William. Pacé ne mettait pas le nez hors de la maison où il roucoulait avec Delphine Landau – sur la terrasse dominant l'embouchure de l'Odet face aux téléobjectifs de Pascal qui avait ancré son vieux Corsaire juste sous leurs yeux.

Les personnages comme Pacé ne se déplaçant jamais sans leur cour, il était accompagné d'un jeune homme qu'il envoyait toutes les heures faire une course en ville pour ses cigarettes, une crème solaire, les journaux... Résultat : nous n'avions que des photos impubliables car prises chez Delphine. Leurs avocats auraient beau jeu de dire qu'on les harcelait. Il fallait absolument que le couple mette le nez dehors pour prouver qu'ils ne se cachaient pas. Pascal ne s'inquiétait pas. Le copain chargé des courses était entré dans un restaurant pour réserver une table. Il prenait ses dispositions. William, lui, s'inquiétait :

— Pour l'intérieur, ce sera bon mais, pour la couv, c'est pas dans la poche. Avec son inévitable barbe de trois jours, Pacé traîne sur le visage une espèce de mousse grisâtre avec des creux sombres. Et je ne te parle pas de lui torse nu sur une terrasse avec son bide poilu. Il n'est pas près de défiler pour Ralph Lauren. Quand on pense qu'il y a vingt ans, il a commencé sa carrière comme mannequin pour Yves Saint Laurent, c'est à ne pas croire. Dans ses premiers films, avec sa crinière brune, ses boucles et son catogan, on aurait dit d'Artagnan... À présent, il a l'air d'un paillasson fatigué. C'est son truc. Il croit qu'enlaidir le fait paraître plus intelligent. Heureusement que sa compagne est canon : mince, pas de hanches mais une jolie poitrine et un sourire à faire cesser la pluie. Avec, en prime, du matin au soir, 300 watts de joaillerie autour du cou. S'ils arrivent bien habillés au restaurant, on s'en sortira. Croisons les doigts.

Ludivine jubilait déjà. Ce petit potin tout juste sorti du four, c'était de l'or :

— L'affaire est dans le sac. Et elle n'en sortira pas. Je ne pense pas qu'il attaquera. Il ne se prend pas pour saint Vincent de Paul au point de pratiquer le pardon des offenses, mais il ne tiendra pas à ce qu'on raconte en détail sa vie sexuelle de ploutocrate qui ne couche que CSP+++.

C'est là qu'elle a sorti l'affaire du jeune gamin tué par un flic à Versières. Une copine à elle, avocate, s'occupait du dossier. Sortant d'un match de foot, un ado comme les autres avait eu la malchance de tomber sur le flic de base, un mauvais coucheur qui se croyait au far west et cherchait des noises à tout ce qui bouge. Selon Ludivine, la police ne changerait jamais et nous rejouait le film de Clichy-sous-Bois où deux mômes avaient grillé vifs dans un transformateur EDF. Je la croyais sur parole mais, sans douter de la responsabilité du jeune flic, je ne tenais pas à envoyer nos derniers reporters tirer davantage de larmes à nos lecteurs. Alep et Calais faisaient déjà l'affaire. On était presque en août, ce qui manquait dans mes pages, c'était du soleil. J'ai botté en touche :

— C'est très triste pour la famille de ce garçon mais attendons d'en savoir plus. La banlieue n'a pas encore pris feu. Ce n'est qu'une allumette qui a craqué, pas un volcan. On ne peut pas couvrir tous les faits divers de l'été.

Qu'avais-je dit ? Je fermais les yeux sur un crime ! Je ne voyais pas les tensions qui déchiraient les communautés. Je craignais de me salir en prononçant certains mots. L'islam me faisait peur. Je prenais les fils d'immigrés pour des pièces de rechange. Je n'avais jamais mis les pieds en banlieue… Comme s'il fallait sortir dans la tempête pour voir bouger les arbres. Je n'avais pas besoin de traîner à Versières pour savoir que le vent souffle en Seine-Saint-Denis. Je connaissais son numéro par cœur. Elle a fini par m'énerver :

— Il y a des tensions dans toutes les communautés du monde. Il y en a même ici, à *Scoop*. Je ne sais pas d'où tu sors que j'ai peur de l'islam. C'est le contraire, j'adore cette civilisation, je suis allé dix fois à Istanbul, aussi souvent au Caire. Mais je ne ramène pas sans cesse les musulmans français à leur religion. Ils sont musulmans comme on est catholiques. Les interdits de l'islam ne pèsent pas lourd face à l'art de vivre à la française.

— Quand tu auras fini ton éditorial, tu me diras ce qu'on fait pour le gamin de Versières.

— C'est très simple : rien ! En tout cas pour le moment. Cette histoire n'intéresse personne. Si tu veux absolument un autre musulman dans le journal, envoie une équipe nous raconter le palais du roi Salman dont tout le monde parle sur la plage de Beaulieu. Ça, ça donnera de bonnes images et un bon texte à lire sur le sable. Et maintenant revenons aux choses sérieuses : où Federer passe-t-il ses vacances ?

C'est ainsi que tout a commencé chez nous. Par mon haussement d'épaules et celui de William. Alors qu'avec les photos de Pacé et de sa cour, nous avions déjà entre les mains la bombe qui ferait rebondir l'affaire. C'est la presse : on ferme les yeux sur une tragédie et, comme punition, on récolte le scoop de l'année.

Gildas Méheut, commissaire de police à Versières

L'attentat, disons le massacre, de la Promenade des Anglais a tout changé. D'abord, j'ai renoncé à partir pour l'Île-aux-Moines. Florence de Savay, la directrice de cabinet, ne voulait pas que la mort de Driss puisse en quoi que ce soit détourner l'attention de la Promenade des Anglais et, je la cite, « affaiblir l'émotion universelle ». Dès le matin du 15 juillet, elle a été très claire : je devais rester sur place et maintenir le couvercle fermé sur la cité. Surtout que rien ne bouge. Ça tombait mal. Deux minutes plus tôt, Duval était arrivé dans des dispositions d'esprit totalement contraires :

— Quelle horreur ! Mais quelle aubaine. On va pouvoir foutre le souk et mener une enquête sérieuse. Grâce à Nice, on aura toutes les excuses. Personne n'ira nous chercher de noises. On peut fouiller partout. Ils vont nous offrir de l'état d'urgence long comme le bras. Il faut mener immédiatement une perquisition chez le petit Driss.

Sur le fond, il avait raison mais sur la forme, il

allait un peu vite en besogne. Cela dit, il plaidait un convaincu. Accuser Giquel relevait de la pure tartufferie. On allait envoyer devant un tribunal un môme sur lequel ne pesait aucune charge. Je l'ai répété à Florence de Savay. En vain. Elle n'était pas d'humeur :

— Arrêtez vos sermons. À part pérorer sur les grands principes, votre truc préféré, c'est de ne pas bouger un orteil. C'est vous, l'autre jour, qui m'avez rappelé qu'il n'y a pas de problème qu'une absence de solution ne finisse par régler. Votre idée d'un travail de commissaire, c'est d'attendre tranquillement que les larmes de madame Machin aient fini de sécher. Eh bien, c'est ce que je vous demande. Il n'arrivera rien à Giquel, vous le savez très bien. Trois ou quatre mois un peu stressants et ensuite, pour le consoler, on le transférera dans son Morbihan natal. C'est popote par là-bas. Il mettra son merveilleux zèle à surveiller les parcs à huîtres. Et maintenant, fermez le ban – c'est le cas de le dire. Tournez-vous les pouces, comme d'habitude.

Deux jours plus tôt, mardi soir, à Beauvau, il fallait soulever chaque pierre et la tenir au courant minute par minute. À présent, il suffisait de passer un balai négligent et glisser la poussière sous le tapis. Madame avançait dans ses raisonnements en lacets. Il n'y a pas de mot pour dire combien elle m'énervait. J'ai tout de même exprimé mon opinion :

— C'est toujours la même chose avec les socialistes. Une fois que vous avez essayé tout le reste, vous finissez par trouver la bonne solution. Ne rien faire, à Versières, depuis trois ans, ça marche. Mais là, moi, je change de méthode et je vais agir. Que cela vous plaise ou non.

Elle m'a raccroché au nez. Pour rappeler dix secondes plus tard. Elle avait oublié quelque chose :

— Au fait, j'ai toujours un dossier « Versières » sur le bureau. J'ai beau l'agiter à l'oreille, rien ne brinquebale. Vous êtes sûr de connaître le sens du mot agir ?

Puis elle a raccroché. La vraie dingue : Mme J'ai-toujours-le-dernier-mot. Resté dans le bureau où j'avais branché le haut-parleur, Duval a rigolé :

— Je la vois d'ici, la marquise. Sanglée comme une mouche dans sa petite robe noire, le portable à la main jour et nuit, vidant des cafés comme un évier, volcanique avec nous et plate comme un tapis avec Rouaix… Cela dit, si elle veut qu'on reste les bras croisés, tant mieux. On va mener notre enquête et, si elle appelle pour vérifier qu'on somnole, rappelez que, de toute façon, vous n'avez aucun homme disponible.

C'était sa rengaine. Nous n'étions plus des policiers mais des vigiles. Au lieu de patrouiller, on faisait le pied de grue devant des bâtiments. Les vendredis soir et les samedis, on surveillait une synagogue qui n'était même pas à Versières. Il fallait en permanence un homme affecté devant le commissariat. Et on en laissait deux en planton à la gare RER. Ne parlons pas de ceux qui arrivaient à décrocher des vacances. On cherchait sans cesse des bouche-trous. Mais là, solidaire du jeune Cosme, il voulait appuyer sur le champignon :

— Ce petit Driss, il n'était pas net. Je comprends que vous ne lanciez pas une perquisition chez sa mère mais on peut quand même secouer le cocotier et voir ce qui tombe. Allez interroger la Delbard. Cette menteuse ne nous a pas tout dit. Et d'abord, où l'a-t-elle perdu exactement, son portable ?

— Comment ça, perdu ? Elle est venue déclarer un vol.

— En effet. Mais maintenant, avec la mort du môme, je suis sûr qu'elle ne dira plus qu'on le lui a volé. Secouez-moi cette perruche.

Oui, oui, j'aurais dû. Mais je n'avais toujours pas reçu le rapport du médecin légiste et les photos de Giquel et Bouyx n'étaient pas sorties. Il n'y avait pas le feu au lac. Puisque le sommet de l'État nous le recommandait, j'ai suggéré à Duval de se la couler douce le temps du week-end. Ce n'est que le lundi matin qu'il m'a déposé en voiture à la mairie où logeait le service d'aide sociale. À entendre Karen Delbard, le maire, le préfet, l'administration lui mettaient des bâtons dans les roues sous mille prétextes. Les pires, naturellement, c'était nous, les forces de l'ordre. Elle ne m'a pas dit bonjour quand je suis entré. Ni proposé de m'asseoir. Elle s'est juste levée pour passer derrière moi et fermer la porte que j'avais laissée ouverte. Elle portait un pantalon noir et des chaussures plates. En fait, elle était habillée comme un garçon. Et aimable comme un mur. Pas laide mais petite, pâle et grise. Dans la rue, personne ne la remarquait. Jusqu'à ce qu'elle parle. La parole la métamorphosait. Elle pouvait devenir très drôle, je l'avais observé dix fois. Pas ce matin-là. Revenue à son bureau, sans prononcer un mot, elle a posé les mains sur la table. Pour rompre son silence glacé, je lui ai suggéré de m'offrir un café. Pas à un flic :

— Non, mais où vous croyez-vous ? Vous n'êtes pas au bistrot du coin.

Dix fois on m'avait raconté qu'elle offrait volontiers le thé à la menthe aux mères de famille qui venaient solliciter son aide. Je n'avais pas droit à cette faveur.

Du doigt, j'ai montré le portable rose posé à portée de main sur sa table de travail et demandé si elle était satisfaite de nos services. Cette entrée en matière lui convenait :

— Ça a bien dû vous plaire de le retrouver dans la poche d'un petit Arabe !

À force de prêter des méchancetés à la police, elle avait fini par croire à ses mensonges. Le racisme que j'essayais par tous les moyens d'anesthésier était son fonds de commerce. Tapie dans les coussinets de l'administration, elle vivait aux crochets de la société, prenait les pauvres pour un plan de carrière providentiel et me narguait. Au lieu de la renvoyer dans ses cordes, j'ai saisi sa perche au vol :

— Que vous mettiez le sujet sur la table tombe à pic ! C'est de cette fameuse islamophobie que je venais vous parler. Pourquoi êtes-vous opposée à la construction d'une mosquée à Versières ? Surtout si petite. Dans le projet de la mairie, c'est presque un échantillon : trois cents places. Vous qui êtes d'habitude si accueillante. J'ai eu du mal à le croire quand Hassan Saïdi m'en a parlé.

Merci Mahomet d'avoir inventé l'islam. Aucune

hypocrisie française ne lui résiste. La Delbard s'est lâchée. La bonne dame de Versières a cédé la parole à la chienne de garde :

— Je vais vous dire ce qu'est une mosquée dans nos quartiers : c'est un sanctuaire machiste qui plaît aux flics et plonge les femmes en plein Moyen Âge. Pour vous, c'est du pain bénit : l'imam se met en travers des dealers de la cité. Mais, pour les filles des Rubans bleus ou des Mimosas, c'est l'assurance que leurs petits cons de frères vont surveiller leurs tenues. Je la connais, leur fraternité. Quand ils t'appellent « sœur », ce n'est pas par gentillesse, c'est pour te rappeler à l'ordre et exiger ta loyauté à l'égard des traditions de leur communauté, la fameuse « oumma ». Créez une mosquée chez nous et vous pouvez parier qu'un an après, des voilées de vingt ans vont apparaître et que les plus courageuses renonceront à porter des jupes. Je ne veux pas de mosquée parce qu'une mosquée, ça signifie ghetto attaché à le rester.

— Souvent, là où les imams ont du poids, les lascars ne tiennent plus les murs des HLM. Les habitants apprécient.

— Tu parles. Au lieu de squatter les halls de HLM, ils vont menacer les bistrots et exiger des épiciers qu'ils vendent du halal. Si la mairie cède, pendant un an, vous aurez l'impression que tout va mieux et, dans deux ans, un muezzin appellera à la prière dans la Cité noire.

Tout ça pour une chapelle ! Encore une hystérique que l'islam rendait folle. Allah le miséricordieux, le sage, le gracieux, le bienfaisant, le secourable, l'hospitalier et mille autres choses encore aurait du travail avec elle. Sur le plan de l'islamophobie, elle battait Duval 5 à 0. Parfois, à Versières, j'avais l'impression d'être le dernier être humain raisonnable. Socialiste de la racine des cheveux au dernier de ses orteils, elle tenait le discours du Front national. Quant à son apparence, le plus salafiste des imams n'y aurait rien trouvé à redire. Toujours en bleu marine, en gris ou en marron. Toujours en talons plats. Jamais une couleur vive sur le dos. Il ne lui manquait que le voile pour se fondre dans le béton. Je n'ai pas tenté de la contredire. Shootée aux grandes idées, elle allait m'assommer de théories. Le féminisme ressemble au jansénisme. Ça commence bien et ça finit mal. Au début on dénonce les compromis des jésuites avec le pouvoir et, à l'arrivée, on réserve le paradis à une poignée de « fous de Jésus ». Les féministes, c'est pareil. Elles commencent par défendre les femmes et, pour finir, elles envoient au bûcher celles qui portent le voile. Sans épiloguer, j'ai cité Mme Aslass :

— Avant-hier, elle tenait des propos proches des vôtres.

Incroyable : le mur s'est fendu d'un sourire. J'avais trouvé le passe-partout. Elle adorait Fabienne. En fait, elle en était amoureuse. Sans se l'avouer et, surtout, sans l'avouer à sa dulcinée. Elle, haute comme trois pommes, n'ayant jamais mis de rouge à lèvres de sa vie, ne connaissant pas le maquillage, nerveuse, pressée, impérative… et amoureuse de Fabienne Aslass. Cette vérité grotesque m'a sauté aux yeux. Dès que j'ai mis son nom entre nous, Karen Delbard s'en est emparée. Inutile pour moi de fouiller dans ses souvenirs comme dans une cave, elle m'a tout offert sur un présentoir. Aveuglée par sa tendresse, trop heureuse de parler de celle qu'elle révérait, elle m'a livré les clés qu'on me cachait. Quelques heures avant de venir porter plainte pour le vol de son portable, le lundi à quinze heures, elle avait rencontré Fabienne Aslass chez elle. C'est le moment où elle avait « perdu » son portable. La mère de Driss voulait quitter la Cité noire et s'éloigner de Hassan Saïdi. Je ne l'invente pas : Karen Delbard a répété deux fois qu'Hassan cherchait des embrouilles à son fils aîné. Quel genre d'embrouilles ? Elle en avait sûrement une idée mais elle préférait la garder pour elle. Du moins quelques instants. Pour ne pas « dénoncer » trop vite. Ça ne se fait pas. Mais je n'ai pas eu besoin de l'implorer. Il a suffi d'évoquer Cosme Giquel. À part être flic, c'était un brave garçon, le fils orphelin d'un père pêcheur et d'une mère caissière dans une supérette. C'était le jeune le plus pondéré du commissariat, un sportif qui ne cherchait jamais de noises à personne et n'était pour rien dans le décès de Driss. J'aurais pu le jurer mais ce fut inutile. Les soupçons de Karen se portaient ailleurs :

— Fabienne Aslass elle-même ne croit pas à la responsabilité de votre jeune gars.

— Pourquoi alors a-t-elle déjà pris un avocat ?

— Pour que la mort de Driss ne passe pas aux oubliettes. Elle compte sur l'avocat pour vous forcer à mener l'enquête. Elle vous connaît. Tout le monde vous connaît d'ailleurs à Versières. Si les voyous de la ville sont suspectés, on sait tous que vous chercherez à enterrer l'affaire pour ne pas mettre le feu à la cité.

Florence de Savay lui avait lavé le cerveau, ou quoi ? Elle me prenait, elle aussi, pour une chiffe molle. C'était nouveau :

— Je croyais que nous étions une force d'occupation qui cherchait tous les prétextes pour harceler les braves petits immigrés. Je vous ai entendu affirmer que le contrôle au faciès était l'alpha et l'omega de notre activité… Et soudain, vous nous trouvez trop enclins à passer l'éponge et à fermer les yeux. Il faudrait savoir.

— Il y a vous et il y a vos troupes. Vous n'êtes pas sur le terrain avec elles. Et puis il y a aussi la BAC qui se soucie de vous comme de sa première pantoufle, passe dans les rues quand ça la prend et contrôle toujours les mêmes têtes sur le même ton odieux. Vous pouvez jouer le commissaire humaniste, les flics ne le sont pas. Je connais Versières et je vous connais, il ne faudra pas longtemps pour oublier Driss si l'enquête devait mettre le feu aux poudres dans la Cité noire.

Je lui ai promis que je ne lâcherais pas la partie. J'ignore pourquoi mais elle m'a cru. Peut-être parce que j'ai rappelé que je l'avais promis à madame Aslass. Soudain Karen Delbard m'a souri :

— Vous êtes sous le charme, bien sûr.

Et ça, elle le comprenait. Pour la première fois, elle nous trouvait tous les deux sur la même longueur d'onde. Et elle ne m'en a pas voulu. Sans doute parce qu'elle ne me voyait pas plus de chances qu'elle. Une lesbienne et un flic. On partait perdants l'un et l'autre. En embarquant sur la même galère, je m'étais fait une copine de chiourme. Sans bien sûr livrer une telle confidence, elle s'est levée pour allumer sa bouilloire et me proposer un thé. Elle gardait des feuilles de menthe dans un tiroir de son bureau et a sorti une théière en fonte d'une armoire. Sur les mugs qu'elle a remplis, il y avait le visage de Lénine. Elle en a ri :

— J'avais vingt ans, c'était en 1980. Je les ai rapportés de Moscou. C'était le premier voyage que je m'offrais. J'y croyais encore.

Pour la première fois, on a parlé autrement qu'en ennemis jurés. Et là, plus de doute, elle en savait bien plus long que moi sur la cité et m'a suggéré de chercher plutôt du côté des proches de Hassan. Pourquoi ? Comme ça, conseil d'amie. Cela ne me suffisait pas. Je voulais une piste. Eh bien, croyez-le ou pas, elle l'a ouverte et m'a parlé des chauffeurs Uber de la cité. Je ne m'attendais pas à les voir arriver sur la table. Pour moi, Uber était une bénédiction. Six jeunes gens de la cité avaient été embauchés comme chauffeurs dans cette société. Au commissariat, on en connaissait deux. En apprenant qu'ils se rangeaient, on avait parlé de miracle. Karen Delbard ne voyait pas les choses du même œil :

— Arrêtez de prendre les Américains pour des sauveurs. Uber est un piège fatal pour les mômes. Ils empruntent des sommes folles pour acheter une voiture luxueuse, ils se ruinent en costumes chics et ils croient qu'ils ont fait leur trou dans la société française parce qu'ils friment dans les rues de Paris. Mon œil ! Ils n'ont même pas de contrat de travail et roulent douze heures par jour pour gagner cent euros. Ça va un temps mais ça ne dure pas. Ils se lassent vite de trimer. Au bout d'un moment, ils ne payent aucune charge sociale, travaillent comme des galériens sans cotiser pour leur retraite et se trouvent pris à la gorge par leurs dettes. Alors tâchez de deviner ce qu'ils font.

Pour tout dire, je n'avais jamais envisagé les choses sous cet angle. Qu'elle maudisse au passage l'Amérique ne m'a pas surpris, pour le reste j'avançais en terre inconnue. J'ai donné ma langue au chat. Elle a mordu dedans :

— Vous ne vous demandez pas qui sont ces chauffeurs. Vous vous contentez de remercier la providence. Eh bien, derrière cette bénédiction, il y a Hassan Saïdi. C'est le capo mafioso des chauffeurs de Versières. À mon avis, ils arrondissent leurs fins de mois en faisant des livraisons. Vous me suivez ?

Pas tellement, en vérité. De là à admettre que tout se passait sous notre nez sans éveiller de soupçons, j'ai préféré rester silencieux. Ça l'a énervée :

— Non mais on parle d'Hassan Saïdi ! Même s'il a cinquante euros dans sa poche, il ira voler son pain au chocolat. Vous croyez qu'il monte toute cette organisation par philanthropie ?

Elle parlait très vite. Jamais elle ne heurtait un mot. Son cerveau marchait à la perfection. Mais elle s'est tue. Auxiliaire de police n'était pas sa vocation. Elle n'irait pas plus loin. Sans insister, j'ai juste demandé en quoi cette organisation concernait Fabienne Aslass. Karen a répliqué sur le ton accablé de l'agrégé qui découvre la nullité de ses étudiants :

— Parce que Richard, son fils aîné, a été chauffeur Uber pendant un an, puis les a quittés. Et Hassan l'a très mal pris. Fabienne le déteste, vous vous en rendrez vite compte. Je ne sais rien de plus mais je pense que c'est de ce côté-là que vous devriez orienter vos recherches.

Que Fabienne supporte mal Hassan, je m'en étais rendu compte. Mais Karen pouvait toujours attendre avant que je déclare la guerre à Hassan. En trois minutes, il mettrait le feu à la cité. Elle a ri :

— C'est bien ce que je pensais. Et c'est aussi l'avis de Fabienne. Vous ne bougerez pas. De toute manière Driss ne ressuscitera pas. Ce que Fabienne veut, c'est ne pas perdre son autre fils.

Que venait faire Driss dans cette salade ? Rien de particulier. Pour Karen, c'était une « victime collatérale ». Tout se compliquait.

Emmanuel Duval, brigadier de police au commissariat de Versières

Quand je suis arrivé à l'épicerie des Battista, Simone, la tôlière, était en larmes, au bord de la crise de nerfs. Elle levait les bras, les agitait, se prenait la tête dans les mains. Entre deux sanglots, elle se blottissait contre une épaule, saisissait ses interlocuteurs par la chemise, miaulait qu'elle allait rentrer dans son Limousin. Son mari, excédé, passait la serpillière et lui demandait de la boucler. Des voisins ramassaient les légumes. Les voyous avaient jeté par terre les présentoirs de chewing-gums et de bonbons, renversé les caisses de tomates, de pommes, d'aubergines et de je ne sais quoi encore. Une odeur de vinasse flottait dans l'air. Ils avaient fait tomber trois ou quatre bouteilles d'alcool en braillant « Allahu akbar » et la Simone se croyait à la Scala. Pendant qu'une poignée de guignols filmaient la scène sur leur iPhone, quatre ou cinq mémères consolaient la Callas en se lamentant sur les malheurs des temps. J'ai pris à part M. Battista. Depuis vingt ans, il écoulait son pain de mie Harrys, ses bouteilles de Yoplait et ses exemplaires du *Parisien* sans songer à la Cité noire deux kilomètres plus loin. Tout à coup, trois agités étaient venus lui demander du saucisson halal, ne l'avaient pas trouvé et avaient « saccagé » (c'est son mot, excessif) sa boutique. Par contraste avec les vocalises de sa femme, il demeurait calme. Je lui ai demandé de passer à mon bureau dans l'après-midi, ou le soir, quand cela lui conviendrait. J'étais en train de placer deux bonshommes en faction devant l'épicerie quand j'ai repéré Hassan Saïdi, M. J'assure-le-calme. Calme, ça il l'était.

Il stationnait près des mômes qui filmaient la scène sur leur portable. Pas un mot pour les prier de déguerpir mais une ou deux tapes sur l'épaule. Quand il m'a vu approcher, il leur a juste dit que ça suffisait et qu'ils avaient sûrement mieux à faire – genre arriver au lycée à onze heures et demie pour une petite sieste. Avant de s'éloigner, l'un d'eux en a quand même lâché une bonne :

— Hassan, je t'ai tout transféré sur ton portable. Tu verras, cette conne, elle a maudit les Arabes !

Que la Simone ait éructé, je voulais bien le croire. Mais que les voyous de la cité transmettent leur vie en vidéo à Hassan m'a excité. En lui serrant la main, je n'ai pas pu me retenir :

— J'aimerais bien le consulter, ton iPhone. On doit y trouver beaucoup de choses si tout le monde te transfère des images. Il y en a peut-être qui intéresseraient le jeune Giquel.

Il a souri, sûr de lui :

— En effet, c'est passionnant. Un vrai trésor pour les sociologues. Mais pas pour vous. On est encore dans un état de droit. La vie privée existe.

Ce faux-jeton avait raison mais pas question de capituler devant les ménagères qui nous observaient :

— L'état de droit est une chose, l'état d'urgence en est une autre. Il donne à la démocratie des tas de moyens de se défendre. Un iPhone n'est pas un coffre de banque à Zurich. Ça se consulte. Je te le dis pour info, ne te tourne pas les sangs. Cela dit, qui t'a prévenu de ce qui se passait ici ?

Hassan a réfléchi trois secondes :

— La rumeur. Ça va vite dans les villages.

— Pas si vite que ça. Le maire n'est toujours pas là. Ni l'adjoint chargé du commerce. Ni personne. Sinon toi. C'est presque miraculeux d'arriver si vite.

— Avant la police, tu veux dire ?

C'est exactement ce que je voulais dire mais je n'ai pas épilogué. De toute façon, il avait d'autres idées en tête :

— C'est bien dommage pour vous mais nos fameuses libertés ne permettent pas encore d'assigner à résidence tous les Beurs de moins de vingt ans. Et, à cet âge-là, on a l'épiderme en papier à cigarette, on se froisse vite. Avoue que c'est énervant que l'épicerie la plus proche de la cité ne vende aucun produit halal. Leurs mères sont obligées d'aller à Auchan, au bout du monde. Ces gamins, ils aiment leurs mamans, eux aussi.

Leurs « mamans », il ne manquait plus qu'elles ! Lui était là, ravi, sournois et moqueur. Cette agression, j'aurais mis une main à couper qu'il l'attendait, pendu à son portable. Soudain, il m'a quitté pour aller vers un photographe envoyé par *Le Parisien.* J'aurais gagé la seconde qu'il l'avait appelé lui-même. Tout était organisé. Hassan préparait une magouille. J'ai coupé court et suis retourné à la mairie chercher Méheut. M. Tout-va-bien se croyait toujours au XXe siècle et avait mis son appareil sur répondeur en entrant dans le salon de la Delbard. Impossible de m'annoncer. J'ai frappé à la porte et suis entré sans attendre. Ils papotaient autour d'une tasse de thé. J'ai abrégé les salamalecs :

— Ramenez-vous, commissaire, on a un problème.

Par chance, il ne m'a pas donné de leçons de savoir-vivre, a bâclé ses hommages et m'a suivi. Je comptais le ramener chez les Battista mais ça le gonflait. Puisqu'on m'y avait déjà vu, inutile de multiplier les condoléances. Du coup, on est partis pour le Narval où il a commandé une assiette norvégienne : feuilles de salade, pomme et saumon fumé. Pas question de goûter au petit-salé aux lentilles, le plat du jour. Ok, il n'était pas de gauche mais c'était pire, il était rive gauche. Les sièges en plastique, les néons, les couverts en inox, les nappes en papier… Il a eu une pensée pour la Bouyx :

— Rassurez-moi, Duval, vous n'avez quand même pas traîné Marie-Chantal dans cet assommoir.

— C'était ça ou la pizza d'Auchan.

La combine d'Hassan lui a arraché un sourire. Il m'a demandé ce qu'elle cachait. J'avais mon idée :

— Il va donner une interview au *Parisien* et faire pleurer sur ces pauvres gosses qui ne peuvent pas acheter halal dans le vieux Versières alors qu'il n'y a pas de commerçant à la Cité noire. Et l'autre couillon de journaliste va gober cet aggloméré de pensée. J'ai l'impression qu'Hassan a envie de nous faire chier avec son islam. Il y a une poignée de barbus dans la cité qu'il caresse dans le sens du poil. Ça ne me dit rien qui vaille.

Méheut s'en fichait :

— Pas de panique, Duval. Il y a toujours eu des communautés en France. Regardez les Corses. Et, nous, les Bretons, on est très fiers de la nôtre. En 1900, on était des dizaines de milliers à Montparnasse et à Saint-Denis. La France n'en est pas morte. Dès qu'ils auront de l'argent, les Arabes s'installeront dans le Marais. D'ici là, les imams peuvent être utiles.

— Vous aviez des églises, vous mangiez du chou-fleur et vos recteurs ne chouannaient plus. Ça ne dérangeait personne. Moi, j'ai pas envie de voir de djellabas dans les rues de Paris.

— Ça tombe bien, il n'y en a pas. Et on n'organise pas de méchouis dans les jardins du Trocadéro.

Évidemment, chez lui, à la Muette, du haut de son balcon, il contemplait une société apaisée ; et, chez nous, à Versières, il ne mettait pas le nez hors de son bureau. Du moment qu'on lui fichait la paix, ce type aimait tout le monde. Il aurait bouffé du couscous à Noël. Drôle de caractère. Depuis le temps, je savais qu'il n'allait jamais au cinéma, ne lisait jamais

L'Équipe, n'avait jamais joué au foot, ni participé à une manif, assisté à un concert pop, chassé les crevettes avec une épuisette ou cherché les palourdes à marée basse… Avec ça, il n'était pas marié, ne touchait pas aux cartes, n'avait jamais joué à la belote. À peine s'il regardait autre chose que les infos à la télé. Le pire, c'est que c'était quand même un bon flic. Et un bon chef. Au commissariat, il ne tutoyait personne, ne levait pas le coude, ne tapait pas sur les épaules ; une fois sur deux, je devais lui souffler le nom de nos hommes mais il n'était pas mesquin. Même s'il ne les reconnaissait pas, il écoutait leurs doléances. Sa sympathie spontanée pour le jeune Cosme m'a surpris. Je ne l'ai pas trouvée bizarre car chez lui tout l'était. Mais le plus fort, ce fut la mère de Driss. Il en était piqué. D'après lui, la Delbard en était tombée amoureuse :

— Elle lui roule des appels au téléphone.

Au dessert, on avait commandé des mousses au chocolat. Il n'a pas touché à la sienne. Il n'avait que Mme Aslass à la bouche. Il trouvait sa démarche souple, douce, presque caressante ! Mais il n'avait pas remarqué ses yeux verts. Son absence d'alliance, en revanche, l'avait frappé. J'ai trouvé ça pittoresque. J'aurais mieux fait de me méfier mais, à cet instant, son portable a sonné. Il a grogné en voyant apparaître l'origine de l'appel :

— Encore la Savay. Quelle empoisonneuse !

Jamais il n'aurait prononcé le mot « emmerdeuse » mais le cœur y était. L'Intérieur était aux cent coups. Mediapart venait de publier deux photos de Cosme

Giquel et de Danièle Bouyx, en train de fumer dans leur voiture. Le titre de l'article espérait mettre le feu aux poudres : « Où sont passés les deux tourtereaux de la Cité des Mimosas ? » Le papier donnait leurs noms et expliquait que la photo avait été prise par l'adolescent mort mystérieusement quelques heures plus tard. Quant aux deux policiers impliqués, on ne les connaissait plus au commissariat. Cette disparition laissait rêveur le journaliste de Mediapart. Méheut a fait remarquer à la Savay que la France n'allait pas s'arrêter de tourner pour autant :

— À part vous et moi, tout le monde est à la plage. Calmons-nous.

Qu'est-ce qu'il avait dit ? À un mètre de distance, j'ai entendu la folle vociférer :

— Vous savez qu'à part vous, tout le monde a son portable sur la plage. Le temps qu'on dise halte, l'image est devenue virale. Des milliers de gens la partagent déjà sur Facebook. C'est comme ça, aujourd'hui : tu vois, tu lis, tu partages. On n'est plus à l'époque de la maréchaussée. Alors, sautez sur votre cheval et dites-nous fissa qui a transmis cette image. Bougez-vous le cul !

Elle a raccroché sans dire au revoir, comme à son habitude. Il a souri :

— Elle est complètement zinzin. Si elle imagine que je vais aller au rapport ce soir dans son bureau, elle divague. Je vais aller voir Mme Aslass. J'aimerais qu'elle me parle de son fils aîné. Et puis, après ce bouiboui, j'ai envie de dîner dans un endroit convenable.

— Il va falloir que je vous arrange le coup. Vous ne savez même pas où elle bosse.

— J'étais flic avant vous, Duval. Occupez-vous de vos oignons. Trouvez plutôt les chenapans qui réclament des guimauves halal aux Battista.

Des « chenapans » ! Il se foutait de moi. J'ai compris pourquoi la Savay l'avait dans le nez. Ce mec se moquait d'à peu près tout. Il croyait que sa pince à sucre suffirait pour lutter contre les haches de Daech. Mais il était classe. Il a laissé trois billets de vingt euros sur la table sans prendre la note, ni attendre la monnaie. Il planait comme une alouette en pleine parade amoureuse.

Avant de rentrer au commissariat, on a jeté nos vestes dans la voiture et on est restés en griller une au soleil.

Un peu plus loin, à l'ombre d'un arbre, deux lascars nous mataient. Dix-sept ou dix-huit ans, en survêtement, tennis aux pieds, la boule à zéro – le genre qui terrorise les profs. Le premier portait un débardeur noir couvert de mots anglais en lettres dorées, le second était en rouge avec un short et un tee-shirt cinq ou six fois trop grand pour lui. Ces pauvres cloches ne font que des conneries mais tiennent absolument à ce qu'on les reconnaisse au premier coup d'œil. Je me demande ce qu'on leur enseigne. Pendant qu'ils approchaient sans se presser, j'ai dit à Méheut qu'ils étaient devant l'épicerie des Battista dans la matinée. Assez fort pour qu'ils l'entendent, il a juste émis un commentaire :

— Une vraie démarche de caïds pour mangas.

Il en faut peu pour les enflammer. Le plus grand, ma taille, rien de terrifiant, a craché à mes pieds. Un énorme glaviot. Une vraie bave de tuberculeux. J'étais médusé. Méheut, lui, leur a adressé la parole très poliment :

— Allons, jeunes gens, ça ne se fait pas.

C'était dit avec un tel calme qu'ils se sont arrêtés comme pour engager la conversation. Lentement, très lentement même, Méheut s'est penché et, croyez-le, il a saisi le crachat entre ses doigts pour se redresser sans hâte puis l'écraser en pleine gueule du petit, celui au piercing à l'arcade sourcilière. À peine le temps de comprendre ce qui lui arrivait qu'il se prenait une claque monumentale en prime. L'autre a fait un bond en arrière quand Méheut a saisi son tee-shirt pour s'essuyer la main. Je vous fais grâce de leur indignation, « non, mais il est ouf, ce mec » et patati et patata... Au bout de cinq secondes, ils ont filé en gueulant « Préparez vos casques, on revient ». Sans un mot, Méheut est rentré dans le Narval se laver les mains. Quand il est ressorti des toilettes, les gars du bar l'ont applaudi. Encore stupéfait, je n'ai rien dit. Dans la voiture, il n'a pas prononcé un mot non plus. J'ai vu que ses mains tremblaient. Je l'ai laissé redescendre en silence.

Mais il était dit que c'était notre jour. À notre retour au commissariat, l'ordinateur de Méheut a craché le rapport d'autopsie. Driss était mort d'une rupture des vertèbres cervicales survenue après une énorme entorse à la cheville. Comment le labo savait-il que c'était après et pas en même temps ? Parce que le môme avait eu le temps de retirer sa tennis rouge pour examiner les dégâts. Quelqu'un lui avait plus tard rompu le cou. Quelqu'un qu'il avait certainement appelé à l'aide grâce à un portable. Pas celui de la Delbard qu'on avait épluché et qui n'avait passé aucun appel en fin d'après-midi. Certainement le sien qu'on n'avait pas retrouvé alors qu'aucun de ces mômes ne sort sans. Leur portable, c'est leur boussole, leur montre et leur ballon d'oxygène. Ce scénario innocentait Giquel.

Une heure plus tard, il n'était même pas seize heures, avant de rentrer à Paris, Méheut a poussé la porte de mon bureau. Cette nouvelle, sa petite bagarre et son petit cœur en train de battre pour Mme Aslass l'avaient mis de bonne humeur. Il a pronostiqué avec un grand sourire que tout allait se calmer :

— Nos vacances ne sont pas foutues. À demain.

C'était compter sans l'interview d'Hassan parue le mardi matin dans *Le Parisien*. Elle m'a coupé les pattes. Pas une larme versée sur les pauvres mamans obligées de prendre le bus jusqu'à Landry pour trouver leur becquée halal. La cloche sonnait un tout autre carillon que la veille. Hassan posait au défenseur de la laïcité. L'agression contre les Battista apparaissait comme la minuscule partie émergée d'un énorme iceberg : « Les femmes de la Cité noire ne sortent plus devant les immeubles dans les soirées d'été. Les jeunes ont été priés de ne plus faire de bruit avec leur musique diabolique. À l'école, des mômes de dix ans se traitent de mécréants à la récréation. L'autre jour, on a déchiré le tee-shirt Batman d'un ado parce qu'il portait une représentation humaine idolâtre. On inscrit des garçons de six ans à l'"école arabe" pour qu'ils apprennent le Coran le mercredi après-midi. Il y a dix ans, seuls un ou deux vieux faisaient le pèlerinage de La Mecque. Cette année, vingt personnes sont inscrites… »

D'où sortait-il ce chiffre ? De nulle part. Qu'importe, le journaliste l'avait publié. Tout comme il avait imprimé que, le vendredi, des voitures venues de toute l'Île-de-France et même de Belgique amenaient des fidèles écouter le prêche de l'imam salafiste de Landry. Là encore, première nouvelle. Et fausse. Mais voilà, le journal lui donnait un cachet de vérité. Restait le pire, le coup de pied d'Hassan, le dernier paragraphe, où il revenait sur l'agression contre les Battista et sur la tension qui montait dans les cités de Versières : « La Mairie est à l'écoute des familles, nous faisons beaucoup pour développer le sport dans les cités, notre service social est très généreux, mais comment lutter contre la rancœur qui monte lorsqu'un gamin trouve mystérieusement la mort en plein après-midi après une poursuite policière sans qu'aucune enquête sérieuse soit menée ? Pour le commissariat de Versières, le décès de Driss Aslass n'est qu'une main courante. Un de leurs fonctionnaires voit un môme dévaler tête la première le remblai qui surplombe la ligne de RER, ne jette même pas un coup d'œil et repart comme si de rien n'était. Ou il cache son rôle dans cette chute ou, au minimum, il est coupable de non-assistance à personne en danger. Or cette personne est morte !

Ne vous étonnez pas si les cités s'énervent un de ces soirs. »

Inutile de vous dire que la Savay est montée dans les tours. En pleine nuit, dès qu'elle a connu le contenu du journal, elle a réveillé Méheut pour l'inonder de menaces. Il en faut beaucoup pour l'agiter mais là, il était secoué. À l'aube, il m'a prié d'être dans son bureau à huit heures. La première chose que j'ai remarquée, c'est que, la veille, il était allé chez le coiffeur. Il prétendait qu'à cinquante ans, les neurones et la matière grise sont la zone la plus érogène chez les hommes mais il avait bichonné ses mèches assorties en prévision de son dîner avec Fabienne Aslass. Avec son costume léger, sa chemise et sa cravate de la même couleur, il jouait une symphonie de gris. Une vraie pub de mode masculine. Mais il faisait la gueule. Après nous avoir préparé deux Nespresso, revenu s'asseoir à son bureau, il s'est allumé une cigarette alors qu'il interdisait à qui que ce soit de fumer dans nos locaux. La loi, c'est la loi, disait-il. Pas ce matin-là, en tout cas.

— Je n'y comprends rien. Qu'est-ce qui lui prend, à Hassan ? On dirait qu'il veut absolument qu'on mette la main sur celui qui a liquidé Driss.

Les coudes posés sur la table, cigarette à la main gauche, il regardait vers moi, désemparé. Et inquiet :

— Maintenant que ce parasite a allumé la mèche dans les journaux, on va devoir donner nos pistes de travail. Savay est hystérique.

— C'est son état normal, non ?

J'espérais le faire sourire. Il m'a envoyé promener :

— Cessons de rigoler. J'espérais que la publication de la photo de nos tourtereaux débloquerait la situation. C'est le contraire. Mediapart va se faire une joie de ne pas nous aider. On ne saura jamais quel portable a transmis l'image. Si on insiste, ils nous soûleront avec la protection sacrée des sources. Notre seule piste potentielle est entre des poings fermés. Il faut qu'on s'agite.

Je ne demandais pas mieux mais aucune idée où creuser. Méheut en avait une :

— Karen Delbard a suggéré qu'on se renseigne sur les chauffeurs Uber de la Cité noire. Je ne vois pas bien le rapport avec Driss mais elle semblait très sûre. Mettez-vous là-dessus. Trouvez les noms des chauffeurs. Voyez si certains sont dans nos fichiers. Repérez où ils se garent. Appelez même Uber. Foutons le bordel. Énervons-les. Ça déliera peut-être la langue de l'un ou de l'autre. Ou de ceux qui les jalousent. De toute façon, il faut se remuer. Beauvau va nous harceler.

« Foutons le bordel. » Jamais une telle expression n'avait à ce jour franchi les lèvres de M. Saint-Jean-de-Passy devant moi. La Savay déteignait sur lui.

Fabienne Aslass, mère de Driss, directrice d'une agence de voyages

Je suis tombée des nues quand le commissaire Méheut a appelé. Pour m'inviter à dîner ! Au moins ai-je eu le temps de me préparer. Dire qu'il aurait pu venir sans prévenir. Ma tenue l'aurait déçu : cheveux au vent, les yeux maquillés, en jupe et tee-shirt. Rien à voir avec la panoplie de mater dolorosa halal qu'il attendait d'une mère en deuil. Grâce à son coup de fil, je me suis démaquillée, j'ai emprunté son chemisier noir à mon assistante et j'ai enfilé la cagoule que je garde toujours dans mon sac. Quand on dirige une agence de voyages spécialisée dans les pèlerinages en Terre sainte (la nôtre : Médine et La Mecque), mieux vaut avoir sous la main une panoplie de bigote. Les imams sont dingues de leur folklore. Tenir le bon rôle est aussi facile avec les autres Français. Il suffit de retirer le voile pour qu'ils nous voient en majorettes émancipées folles d'Europe. Le remettre, et lui seul, sans enfiler l'accoutrement des folles de Daech, c'est adopter une tenue de jeune femme rétrograde mais correcte, musulmane *ma non troppo*. À ce stade-là, rien de grave. Du moment qu'on ne pose pas les pattes dans leur jardin, les gens de la bonne société gardent leurs réserves pour eux, vous accueillent du bout des doigts, vous installent à l'écart, tâchent de vous oublier, prient pour que vous aussi, vous les oubliiez et basta. Avec eux, pas d'esclandre. Ce Méheut, je l'ai flashé au premier coup d'œil : un gars de la haute, mou comme un caramel. Assez beau, pas Delon mais mince, grand, de beaux cheveux gris tombant sur le front, les yeux clairs, des dents parfaites et l'air à l'aise – le genre, « vous, ma chère, si je vous veux, je n'aurais qu'à claquer des doigts ». On sentait au premier contact qu'il se croyait plus malin que vous. Un sentiment pénible.

Il avait suggéré de passer me chercher au bureau. Pourquoi pas ? Sauf qu'il n'était pas question qu'il voie mon bureau. À tous les coups, il me prenait pour la petite employée modèle qui se bat pour sortir ses fils de leur cité, la bonne fille méritante, spécimen bien vu dans les commissariats. Certainement pas pour une patronne de PME, créature moins populaire car moins manipulable. J'ai proposé de le retrouver au rez-de-chaussée de l'immeuble où nous sommes installés. Quand j'ai parlé de 20 h 30, il m'a fait répéter. 20 h 30 ! Il n'en revenait pas. C'est là que j'ai jaugé le personnage. J'étais algérienne, donc j'étais zéro socialement, donc je sortais du bureau à 18 h 30. J'imagine qu'il comptait généreusement m'offrir un Coca light dans un bistrot. Du coup, il a changé son fusil d'épaule et m'a invitée au restaurant. Première idée : la Brasserie

Nord, à deux rues de l'agence. Je pense qu'il croyait m'éblouir. Dans son esprit de bourgeois accueillant, une Algérienne de Versières, ça fréquente le McDo du coin ; à la rigueur, une crêperie ; et, pour Noël, une pizzéria ! Une brasserie pleine de miroirs, de cuivre, de serveurs en veste blanche, de fleurs, ça devait flatter mon amour-propre ! Tu parles comme j'avais envie de me retrouver dans le QG d'Hassan où je risquais de tomber sur mon fils, où j'étais sûre d'être saluée par l'un ou l'autre des anciens chauffeurs Uber de notre organisation et où les serveurs avaient une chance sur deux de m'appeler par mon nom. Autant demander à la reine Elisabeth de passer inaperçue à Piccadilly. J'ai suggéré qu'on aille plutôt à deux pas de là, sur le boulevard Magenta, dans un joli restaurant français dont *Le Figaro* avait fait l'éloge – sans préciser d'où me venait l'idée. Surtout ne pas arracher M. le commissaire à son scénario pour Walt Disney : l'intello charmeur de la police parisienne ouvre les portes du grand monde à une pauvre innocente à peine sortie de ses dunes, qui lit *Al Watan* en arabe ou, au mieux, *Aujourd'hui en France* – édition Seine-Saint-Denis. Résultat, on a échoué au Vieux Couvert.

Ça n'était pas le Grand Véfour mais on dînait sur des nappes blanches, la table des voisins n'était pas collée à la vôtre et les serveurs ne vous jetaient pas la carte à la figure. Sans regarder le troquet comme le château de Versailles, j'ai pris l'air modeste que Méheut attendait de moi, pauvre Beurette habituée à sortir avec des mécaniciens d'Aulnay-sous-Bois ou des agents de contrôle de la RATP. Pour lui laisser tout loisir d'avoir pitié de moi, je lui ai joué un oratorio de douceur orientale et lui ai donné du « monsieur » long comme le bras, tête penchée, le regard modeste, les yeux baissés ; avec ma cagoule, une véritable allégorie de Lady Di coranique. Au troisième de mes « monsieur », il s'est penché en avant et, sourire malicieux aux lèvres, m'a murmuré qu'il en avait assez de mon numéro :

— Soyez gentille, appelez-moi Gildas. Et n'en rajoutez pas. Je ne suis pas le Prince Charmant et vous n'êtes pas Cendrillon. J'ai juste envie que vous me parliez de Versières. J'ai besoin qu'on me plante le décor.

— C'est vrai. Vous n'êtes là que depuis trois ans.

Ça venait du cœur mais rien ne froisse ces gens de Neuilly-Auteuil-Passy. Leur calme catholique sert de baume aux écorchures qui surviennent quand ils effleurent un instant la vraie vie. Ils rêvent de banlieues aux dimensions de Célesteville, la capitale de Babar, et sourient, amusés par la véhémence de ceux qui les agressent. Ça n'a pas loupé, les yeux plissés, il a répondu sur un ton paisible :

— Vous savez des tas de choses que j'ignore. Mais peut-être que j'en connais que vous ne devriez pas négliger. Je suis sûr qu'on a tout intérêt à bien s'entendre.

Je ne l'énervais pas encore mais le temps des menaces était arrivé sans attendre l'entrée en scène de la salade de langoustines. Il voulait des renseignements. S'il se croyait si malin, il allait devoir me le prouver :

— Vous savez, avec moi, les révélations sont rares. Je suis née algérienne. Dans ce pays, la langue natale des femmes, c'est le silence.

Qu'à cela ne tienne. Il s'est excusé. Il ne venait pas m'arracher des confidences et a changé de thème comme une vague efface sur le sable la trace qu'on vient de laisser. Un point l'intriguait : que je ne quitte pas la Cité noire. Karen Delbard n'était-elle pas prête à soulever les montagnes pour me réinstaller là où je le souhaiterais ? M'éloigner de mon QG ! Ils n'avaient rien compris. Ça m'a rassurée. Mais j'ai réglé son compte à la Delbard :

— Ne me dites pas que vous avez parlé de moi avec cette sangsue. Elle vit à nos crochets, se mêle sans cesse de ce qui ne la regarde pas, brasse du vent, s'impose là où tout se règle parfaitement sans elle et finit par paraître indispensable alors qu'elle ne sert à rien. Sa seule utilité est de rapporter au maire ce qui se dit dans Versières. Dieu sait pourquoi cette moucharde s'est prise d'affection pour moi, ce qui fait jaser dans la Cité et m'exaspère. Avant-hier, elle voulait m'emmener au cinéma. Il ne manquerait plus que ça. Que je m'affiche avec ce julot, en godasses et pantalon de mec.

Méheut a souri. Perché sur ses échasses de patricien régional, il trouvait ma sincérité distrayante. J'ai parfaitement capté le mec. J'étais la bonne petite Arabe, mais j'étais quand même l'Arabe, donc la râleuse jamais contente qu'on écoute d'une oreille, qu'on calme avec une promesse et qu'on renvoie à son thé à la menthe avec un sourire condescendant. Il se moquait de mes histoires avec la Delbard. À moins qu'il n'y trouve un intérêt. Du coup, pour tâter le terrain, il a pris sa défense :

— Vous lui faites un procès d'intention. De toute manière, le maire a déjà de grandes oreilles à la Cité noire, celles d'Hassan Saïdi.

On y était. On abordait le cas du grand frère. Du moins, moi, j'y étais. Ce pauvre Méheut, lui, nageait complètement, perdu dans le labyrinthe des calculs, des projets et des secrets d'Hassan. Il le croyait encore au service de cette nullité de Robert Mollien, sans s'être aperçu que le maire comptait pour du beurre. C'était quoi, ce flic dont aucune antenne ne vibrait jamais ? Si je m'étais laissée aller, je lui aurais crié « Mais putain, ouvrez les yeux ». Au lieu de ça, j'ai murmuré tout bas, sur un ton de geisha :

— Vous ne saisirez pas la pensée de Karen Delbard si vous ne comprenez pas que, chez elle, tout s'explique par une jalousie pathologique. Elle n'avait rien contre Hassan jusqu'au jour où il s'est fait attribuer dans son dos un F4 pour 200 euros par mois. Elle ne s'en est jamais remise. Et s'est mise à le haïr. Ensuite, quand il a incité les jeunes de la Cité à s'inscrire chez Uber, elle s'est persuadée qu'il y gagnait des mille et des cent. Uniquement parce qu'elle l'envie. Il est parti de rien et il s'en sort mieux qu'elle. C'est une vraie communiste à l'ancienne : « Vous êtes au fond du trou et vous allez y demeurer mais je resterai à vos côtés pour psalmodier des mantras en hommage à Staline. On partagera notre rancœur, nos chansons et nos défilés qui ne servent à rien. » Elle ne juge pas les gens selon son cœur ou son intelligence mais selon leurs revenus. C'est le genre de fille qui parle des patrons et ne prononce jamais le mot entreprise.

Qu'est-ce que j'avais dit ? Où m'entraînait cette verrue de Delbard ? Pourquoi avais-je parlé moi-même d'Uber ? À l'instant où j'ai prononcé le mot, j'ai compris que Méheut n'attendait que lui. À peine ma phrase achevée, il a sauté dessus :

— Expliquez-moi. Je n'ai pas compris pourquoi Karen Delbard était tellement remontée contre Uber.

Pas question d'aller patauger sur cette piste. Je n'ai pas répondu tout de suite. Bien m'en a pris. De longues secondes se sont écoulées. On aurait dit un vieux couple qui n'a plus rien à se dire. Au restaurant, les hommes comme Méheut qui se croient subtils prennent le silence de la femme qui les accompagne pour une insulte à leur charme. Je cherchais encore comment m'éloigner du sujet quand il en a lui-même proposé un autre :

— J'avais cru comprendre que ce qui agaçait le plus Karen, c'était le soutien d'Hassan à la construction d'une mosquée à Versières.

L'islam ! Parfait. On en avait pour un moment. J'ai joué le jeu. Et, à nouveau, j'ai compris que le pauvre ne savait rien. La veille, la lecture du *Parisien* l'avait décontenancé. Hassan s'y inquiétait de l'apparition d'un zeste de salafisme dans la Cité noire. Pourquoi alors soutenait-il la création d'une mosquée ? La réponse sautait aux yeux de n'importe quel abruti de la Cité, mais pas aux siens.

À cet instant, le serveur est venu enlever les assiettes de l'entrée pour passer aux soles meunières et mon « cavalier » – ce mot grotesque est de lui – a demandé un verre de vin blanc. Courtois, il m'en a offert, mais à sa façon, obligeante et maladroite :

— Naturellement, je ne vous en propose pas.

— Mais si. Pourquoi pas ? Je suis aussi française que musulmane. Il m'arrive de boire une goutte de champagne et je peux très bien tremper mes lèvres dans un peu de vin blanc avec du poisson. Ça ne me fermera pas les portes du paradis d'Allah. Cessez de nous prendre toutes pour des caillettes médiévales.

Je n'avais pas remarqué que le serveur était d'origine maghrébine jusqu'à ce qu'il dise : « Très bonne idée, madame. » J'aurais préféré qu'il me donne du « mademoiselle » mais il ne fallait pas rêver et je lui ai rendu son sourire, ce qui en a amené un grand sur les lèvres de mon chevalier servant. Ce verre de pouilly-ladoucette l'inspirait :

— Ne croyez pas que je mette tout le monde dans le même sac. Je sais bien qu'il y a mille sortes de musulmans français. Et l'immense majorité d'entre eux aime notre façon de vivre. Je regrette seulement parfois que vous ne vous désolidarisiez pas plus bruyamment des mômes qui tuent au nom de l'islam.

Je n'en peux plus de ce refrain. Au lieu de ramper en bonne citoyenne confuse, je l'ai renvoyé dans ses cordes :

— Arrêtez avec ça. La communauté chrétienne ne présente pas ses excuses chaque fois qu'un prêtre caresse un enfant de chœur. Et, que je sache, personne n'attend d'excuses des juifs français quand les Israéliens massacrent des Palestiniens. Pourquoi plaider coupable pour des crimes qui nous révulsent ?

Il se l'est tenu pour dit mais là, horreur, pour souligner combien il me comprenait, il a posé sa main sur la mienne. J'ai cru recevoir une décharge électrique. Qu'est-ce qu'il croyait ? Que j'allais me laisser conter fleurette quinze jours après la mort de Driss ? J'ai saisi mes couverts et l'ai sèchement ramené à ses moutons :

— Ne me dites pas que vous ne comprenez pas pourquoi Hassan est favorable à cette mosquée ?

Eh bien, non. « Il se l'expliquait mal », pour reprendre ses termes. Je l'ai mis au parfum :

— Les mosquées, dès qu'elles s'implantent dans un quartier, deviennent des lieux de pouvoir. Or Hassan ne veut pas que ces lieux lui échappent. À la mairie et dans la Cité noire, il sait tout. À la mosquée, il faudra que ce soit pareil. Du coup, il s'arrange pour la contrôler. Avec de l'argent, bien sûr. Même un local en préfabriqué, c'est cher à louer et à aménager. Donc, il a obtenu du maire que Versières cède pour des nèfles une ancienne salle des fêtes proche des voies du RER. Le loyer n'atteint même pas 500 euros par mois. Et il s'est choisi un imam sur mesure. Un Marocain comme lui. Mais un Marocain qui lui échappe un petit peu. À Landry, la mosquée voisine, il fait des « douas » pour les frères syriens.

— Des quoi ?

— Des douas. Des invocations, si vous préférez. En fait, des allusions aux combattants de Daech. Ça rend Hassan dingue. C'est pour ça qu'il a parlé au *Parisien.* Le message n'était ni pour vous, ni pour le maire. Il s'adressait à son imam pour lui dire : « Ne va pas trop loin ou je fais fermer la mosquée de Versières avant même qu'elle ouvre. »

— Donc Hassan est fermement opposé à l'État islamique. C'est bon à savoir.

Putain mais ils sortaient d'où, tous ces « grands flics » ? Hassan en bon citoyen français ! Il ne comprenait rien à rien :

— Hassan se fiche de vos gesticulations républicaines comme de sa première pantoufle. Dans le reste de la France, Daech lui convient aussi bien que le PS, Sarkozy ou le Front national. Ce qu'il veut, c'est qu'à Versières, personne ne se mette en travers de ses combines. Or, cet imam sorti de sa poche commence à parler de vertu et s'oppose aux trafics. Hassan se voit en train d'installer lui-même dans ses meubles le corbeau qui va prêcher contre lui. Ça le rend dingue.

Là, Méheut a attrapé au vol mon récit :

— Vous pensez qu'il est mêlé au départ de Driss ?

Le « départ » de Driss. Ces Français ! J'imagine que c'est ça, une post-civilisation. J'ai failli lui gueuler : « Mon fils n'est pas parti, il est mort ! » Mais à quoi bon ? Il m'aurait classée parmi la plèbe inassimilable, incapable d'enfiler le duvet verbal de cette classe dirigeante qui parle de recherche d'emploi quand on vit la misère du chômage, de communautarisme quand on est confronté chaque matin au racisme, de quartiers sensibles quand on vit dans une décharge. Des gens qui se croient remplis d'humanité parce qu'ils ont plein de mots pour masquer leur égoïsme. Au lieu de ça, j'ai enfilé ma tenue de mère Courage qui retient ses larmes. Franchement, mon silence était digne de l'Actors Studio. Pour autant, je ne revendique pas un césar. Je ne savais tout simplement pas quoi dire. Pas facile d'éliminer Hassan sans tomber avec lui. Mais pas forcément impossible. Il fallait qu'on m'aide. Ce paon de flic était le meilleur allié à ma disposition, mais comment le manipuler ? Dans ces moments, on pense vite mais pas loin. J'ai seulement décidé que s'il reposait sa main sur la mienne, je ne la retirerais pas. Qu'il reprenne son air de flûte parisien et je céderai au charmeur de serpent.

Il n'en était plus là. Je le voyais progresser au ralenti dans son raisonnement, remonter dans ses pensées comme on parcourt un quartier, de rue en rue, de boutique en carrefour, de souvenirs en indices. Pour autant, il ne lâchait pas son plan. Il est revenu à la charge :

— Vous ne dites rien mais vous avez pris un avocat. Or ce jeune flic, même s'il était coupable de non-assistance à personne en danger, ce que nous ne croyons pas, on va tout faire pour le défendre. Donc on va semer le chaos dans les affaires d'Hassan. C'est ce que vous vouliez ?

Incroyable. Il ne savait rien, ne sentait rien, ne faisait rien mais bingo, il avait mis le doigt sur le nœud du problème. Pourquoi avais-je été assez bête pour accepter l'aide de cette avocate tombée du ciel ? J'ai attrapé mon verre de vin blanc, j'ai trempé mes lèvres et j'ai pris un air malicieux. Quand je ne sais plus comment m'en sortir, je fais la maligne :

— Mettre le chaos dans les affaires d'Hassan ? Je ne vous le conseille pas. C'est grâce à lui que vous dormez sur vos deux oreilles depuis trois ans. Son business fait vivre la Cité noire. Douze ou quinze gamins ramassent la monnaie pour lui. Trois ou quatre appartements dont il paye les loyers servent de planques. Avec cet argent, il a payé des voitures aux chauffeurs Uber qui, du coup, s'en sortent puisqu'ils n'ont pas à rembourser leur carrosse. C'est une bénédiction, Hassan. Il distribue plus d'argent que le RSA. Le maire le sait très bien. Pourquoi pensez-vous qu'il a recommandé aux plus hautes sphères de s'adresser à lui quand Driss est mort ? L'avocate n'est pas arrivée chez moi comme une grande. Quelqu'un à l'Élysée ou dans ces parages lui avait donné le nom d'Hassan. Il l'accompagnait quand elle a sonné à ma porte.

Tout ça, même s'il l'ignorait, Méheut s'en doutait. Il n'a rien dit pendant de longues secondes, puis il a abattu la bonne carte :

— Vous avez à nouveau prononcé le mot Uber. Je pensais qu'il ne passerait plus vos lèvres. Tout à l'heure, j'ai cru qu'il vous avait brûlé la langue.

Ces derniers jours, il n'avait rien trouvé, rien cherché, rien soupçonné et moi, comme une gourde, je lui servais d'éclaireur. J'étais en train de le mettre sur une piste qui mènerait aux histoires de mon fils aîné. Je ne parle pas de l'imam que j'avais moi-même inscrit au menu du dîner. Duval, l'adjoint malveillant et raciste du bon Père Méheut, finirait bien par découvrir le rôle de mon agence dans son arrivée. Avec ses airs amicaux et ses questions ingénues, ce flic tissait une toile où je m'engluais. Il était temps que je file. J'ai demandé au serveur un café. Méheut a compris le message mais, pour faire son gentleman, a suggéré que je prenne plutôt un déca. Là, je lui jeté mon sentiment à la figure :

— Mon fils a été tué il y a douze jours. Vous croyez que je dors la nuit ? Eh bien non. Je tourne dans mon lit en me demandant ce que vous fichez, vous et votre bande de bras cassés. À part roucouler en ville avec moi, bien sûr. Vous n'avez même pas retrouvé la montre de Driss.

S'il pensait que j'avais accepté son invitation pour papoter, il a tout à coup ouvert les yeux. Et puis les oreilles. Depuis un moment, moi-même j'entendais vibrer un portable dans la poche extérieure de sa veste. À la troisième fois, il s'est excusé, a regardé qui appelait et s'est levé de table pour répondre. Plusieurs voitures brûlaient dans la Cité noire. Ça n'a pas semblé le traumatiser. Il s'est rassis, tout sourire :

— Ça tombe bien. Je craignais d'être lourd et que vous appeliez au secours si je vous frôlais à nouveau la main mais je vais pouvoir vous raccompagner chez vous, à Versières. C'est ce qu'on fait lorsqu'on invite une jolie femme à dîner. Je ne peux pas vous abandonner seule en pleine émeute.

Et il l'a fait. Le commissariat du XVIIIe lui a envoyé une voiture et on est rentrés ensemble. Il m'a surprise. Aucune panique apparente, au contraire. Il dirigeait la manœuvre à distance sur son portable, désinvolte. À deux reprises, en quinze minutes, le temps qu'on arrive toutes sirènes déchaînées, il a répété la même chose à ses hommes sur place :

— Ne bougez pas. N'appelez pas la BAC. Dites aux pompiers de ne prendre aucun risque. La cité a l'eau courante, ils peuvent éteindre eux-mêmes les feux de joie de leurs gosses. Laissez brûler. Que personne n'intervienne. Mettez nos voitures à l'abri, n'approchez pas des brasiers et prenez autant de photos que possible des casseurs.

J'ai fini par lui demander s'il ne craignait pas que l'affaire dégénère. Réponse : non. Au contraire, ces crépitements l'arrangeaient :

— Quinze jours après la Promenade des Anglais, si de jeunes cons veulent jouer au choc des civilisations, qu'ils ne se gênent pas. On les coffrera demain et ils iront quelques jours à l'ombre se rafraîchir les idées. En général, cette perspective fait très peur aux familles. Je suis sûr qu'elles vont soudain avoir des choses à nous dire sur la mort de Driss.

Sa franchise m'a surprise. Il avait l'air de me prendre pour une alliée. Quand il avait posé sa main sur la mienne, je l'avais retirée et il m'avait certainement réexpédiée dans la case mousmé inassimilable mais, une heure plus tard, il me voyait à nouveau comme une Française à qui on peut se confier. Ce malentendu me convenait. Mieux valait ne pas couper les ponts avec lui. Il était sûr de son charme. Pourquoi ne pas laisser planer un doute ? Il n'avait pas plus de trois ou quatre ans d'écart avec moi. Je l'ai prié de me déposer à un endroit où personne ne me verrait sortir de la voiture. Il m'a lâchée à trois minutes de la maison. Avant de le quitter, sur le trottoir, à l'abri des oreilles du chauffeur, je lui ai demandé d'une voix douce comme le sucre s'il avait eu toutes les réponses à ses questions. Il m'a pris la main avec délicatesse :

— Toutes, sauf celles qui m'intéressaient vraiment avant le dîner : votre mari, votre fils Richard, l'endroit où vous partez en vacances…

— Alors, il faudra se revoir…

Il a souri aux anges. Je n'en revenais pas. Quel niais ! Je lui ai tendu la main. Il l'a saisie et l'a baisée. De stupeur, j'ai éclaté de rire. Pour lui, c'était comme un début de flirt pour téléfilm. J'étais une vraie Française. Il m'a regardée comme la voûte céleste. Pauvre cloche.

Pauline Meyssan, avocate de Fabienne Aslass

La vie avec Jean-Charles n'est pas compliquée. Sauf catastrophe, il ne change jamais son organisation réglée comme un horaire de la SNCF. L'été, à Arcachon, levé selon ses propres termes aux aurores – c'est-à-dire vers neuf heures –, il sort acheter journaux et croissants, les déguste sur la terrasse face au Bassin, puis appelle sa secrétaire. Pas de surprise : à une ou deux minutes près, il est dix heures et quart. Officiellement, il vérifie qu'aucun courrier important n'est arrivé. En fait, il contrôle que l'équipe est en place. Pour s'en assurer, il demande qu'on lui passe l'un ou l'autre. Sous n'importe quel prétexte. Sur quoi, rassuré, il part pour la plage, embarque pour la pêche ou va au golf. Quand il rentre à Paris, il dit avoir passé son temps à lire. Quels livres ? Plein de livres, Onfray, Modiano, Finkielkraut, Beigbeder… Il donne plutôt des noms d'auteurs que des titres. Le pauvre en lit tant qu'il les oublie. Tu parles ! Bon, j'ironise mais tout cela nous convient à merveille. Du 15 juillet au 15 août, le cabinet fonctionne en roue libre. Surtout moi.

Sur la route, Jean-Charles avait passé deux jours dans un château de Dordogne, chez une « amie », en compagnie du président. Son vieux copain n'avait même pas posé une question sur l'affaire de Driss. Versières était sorti des radars de l'Élysée. Depuis les morts de la Promenade des Anglais, verser des larmes sur les racailles de banlieue n'était plus une priorité. Dès lors que cette histoire ne ferait pas la gloire du cabinet, Jean-Charles redoutait qu'elle nous coûte les yeux de la tête. J'avais pour nouvelle consigne d'en faire le minimum. Le genre de conseils qu'on n'a pas à me répéter. À midi, chaque jour, je levais le camp, direction la piscine Molitor. À scooter, douze minutes.

Le tarif d'entrée n'est pas élevé, il est indécent. Plus de 100 euros ! Et je ne parle pas du citron pressé facturé au prix d'une essence de Guerlain. Sauf pour moi. Mes parents habitent boulevard d'Auteuil, cent mètres plus loin, en bordure du bois de Boulogne. Toute mon enfance, le matin, allant au lycée La Fontaine, j'ai longé le bâtiment Art Déco en ruines de la piscine. Quand le Sofitel l'a réhabilité, ils ont engagé notre concierge. Jusqu'à ce que j'atteigne l'âge de dix ans, elle me récupérait après les classes et me faisait dîner. Elle ne connaît que moi. Mieux encore, elle est à l'accueil du bassin découvert. Du coup, ce paradis pour pouffiasses russes et mannequins squelettiques m'est ouvert à l'œil. Peint en jaune caca d'oie et surchargé de deux étages qui ressemblent à des Algéco, l'hôtel a l'air d'une prison, d'une caserne ou d'un lycée, de tout ce qu'on veut, mais pas d'un palace. On se croirait dans un bassin entouré de cachots aux fenêtres larges comme des meurtrières. Peu importe, j'y allais presque tous les jours. Au prix qu'ils facturent, le bassin est vide, même à midi, en plein été. Un rêve. Je m'enduisais de crème solaire et je potassais *Elle* ou *Vanity Fair*.

On n'est pas aux États-Unis. Je connais mes classiques : là-bas, avec le dossier Aslass sur les bras, le cabinet frétillerait comme une grenouille dans une poêle à frire. Un enquêteur passerait au crible la vie du jeune flic, un autre cuisinerait les copains de Driss, un troisième remonterait les cages d'escalier de la Cité noire et moi je m'engloutirais jour et nuit dans les bibliothèques à la recherche de la jurisprudence miracle. Avant même que Jean-Charles appuie de toutes ses forces sur le frein, l'information judiciaire et moi avions emprunté une autre méthode. Une fois ma plainte déposée et enregistrée au Palais de justice, j'attendais et eux faisaient traîner. Ça pouvait durer des mois.

Hassan m'avait donné les noms de deux copains avec qui Driss avait passé son dernier après-midi. Introuvables. Leurs familles les avaient délocalisés au bled vitesse grand V. Je ne pourrais les interroger qu'au retour des vacances. Pour ne pas rester inactive au bureau, je feuilletais les comptes rendus du procès de « l'affaire Zyed et Bouna », les deux ados de Clichy-sous-Bois morts en se réfugiant dans un transformateur électrique sans que la police bouge un petit doigt. À part ériger une stèle en souvenir des mômes, s'indigner et parler d'apartheid, de solidarité ou d'éducation, la défense n'avait fait que brasser de l'air. Pas d'enquête, pas de révélation embarrassante pour la police, rien sur le passé des deux flics de Livry-Gargan, uniquement un flot d'interviews dans *Libé*… La jactance républicaine dans toute sa fatuité. Pour ne rien obtenir à l'arrivée. Au bout de dix ans ! Si le cabinet reproduisait le même schéma, j'aurais fait mon premier lifting avant d'obtenir un jugement définitif.

La seule étape importante de l'été était d'aller avec Fabienne Aslass rencontrer le juge d'intruction, dès qu'il serait désigné, incessamment. La presse nous attendrait. Je tenais à faire sensation. Par conséquent, pas question de négliger mes « lunchs au soleil ». Je précise : par lunch, je parle d'un Coca light, d'une salade niçoise et d'un café. Rien d'autre. Je ne pèse que 56 kilos pour 1,75 mètre mais, sur mon matelas, sur la terrasse de cette piscine parsemée de top-models venues pour les défilés haute couture automne-hiver, je me sentais grassouillette. Elles ne mangeaient rien et ne quittaient l'ombre de leurs parasols que pour d'interminables longueurs. Elles flottaient comme des fusées en liège.

Je m'étais fait une copine : Florence Desvennes, 60 kilos pour 1,70 mètre. Une vraie baleine (selon les critères locaux) avec un appétit d'ogre, incapable de se passer de son pichet de rosé et de ses plats sans gluten : sandre à la plancha, risotto de courge de Nice, velouté de panais et châtaigne. Si fromage il y avait, c'était en émulsion. Agent de voyages, elle possédait deux agences dans le XVe arrondissement. Dans sa partie, juillet est le mois le plus chargé de l'année mais, pour rien au monde, elle n'aurait sauté ses deux heures à la piscine. À force, depuis le mois de mai, elle avait l'air d'un caramel. Drôle et vacharde, elle balançait des horreurs sur tout ce qui bougeait. Avec ça, curieuse comme une pie. En une semaine, elle connaissait mon dossier mieux que moi.

Comme je lui avais dit que Fabienne Aslass travaillait dans une agence de voyages, elle s'était renseignée. Non seulement « Vent d'Ouest », l'agence, faisait un gros chiffre d'affaires en expédiant des croyants de la région parisienne en pèlerinage à La Mecque, mais Fabienne en était actionnaire à 33 %. Cette découverte enchantait Florence qui se méfiait des musulmans français comme de la peste. La petite émeute de Versières et ses quinze bagnoles brûlées l'avaient indignée. Lire dans *Le Figaro* que le grand sujet de débat dans la Cité était la construction d'une mosquée avait achevé de l'exaspérer. Sans me le dire en face, elle trouvait mille circonstances atténuantes à mon petit flic et priait pour qu'il m'échappe. La première fois où je l'ai contredite, elle a mis les pieds dans le plat :

— Tu sais, moi je suis juive. Mon grand-père a francisé notre nom mais, en 1920, quand il est arrivé de Galicie, il s'appelait Devenstein. Je les connais mieux que toi, les musulmans. Dans le XVIIIe, le XIXe et le XXe, ils font régner la terreur dans les lycées, sous les yeux des proviseurs qui la bouclent. Une foule de juifs doivent quitter leurs établissements mais personne n'en parle. J'aime bien venir ici, il n'y a pas d'Arabes, à part deux ou trois bonbonnes du Qatar.

Bref, elle était zinzin mais peu importe. Grâce à

elle, Jean-Charles s'imaginait que je déplaçais des montagnes pour préparer le terrain. Elle m'a même révélé l'adresse personnelle de Fabienne à Paris, tout près de « Vent d'Ouest », rue de Chabrol :

— Bizarre, ta cliente. Mais pas folle. Elle ne tient pas à recevoir son courrier professionnel dans la Cité où la correspondance des voisins doit se résumer à des factures. Impayées, cela va de soi.

Quand j'avais annoncé sa découverte (présentée comme la mienne) à Jean-Charles, il s'était maudit d'avoir pris le cas à nos frais. Puis il avait promis de m'envoyer le jour même un collier en coquillages. Florence l'avait trouvé très drôle « pour un socialiste ». Elle n'aimait pas la gauche mais elle appréciait le sens de l'économie de mon patron. Ensuite elle m'avait fait tout un raisonnement sur la silhouette Dior et la silhouette Chanel. On était revenues à nos pias-pias habituels quand, trois jours plus tard, je lui ai concocté une surprise. Elle ne m'a pas déçue. Quand elle l'a aperçue, son premier mot disait tout :

— Qu'est-ce que cet Arabe fait là ?

Hassan m'énervait. Il me prenait pour son employée. Tous les jours ou presque, il passait des coups de fil comminatoires pour savoir où en était la procédure. Il imaginait nos vieilles institutions judicaires en train de se secouer pour un jeune Beur inconnu et exigeait de faire le point. Comme si j'allais m'infliger des allers et retours dans le Maghreb francilien pour rendre des comptes. Tôt ou tard, il faudrait qu'il comprenne que les bourgeoises du XVIe ne sont pas aux ordres des loustics de banlieue. Au lieu d'enfiler ma robe longue et ma capuche, je l'avais donc invité à Molitor sans donner de détail, sinon lui conseiller d'apporter un maillot de bain. Il n'a pas été déçu du voyage. Il était ébahi :

— C'est quoi ce harem pour milliardaires ?

On lui avait réclamé 125 euros. Il n'en revenait pas. Jusque-là, il avait pris l'AquaBoulevard et ses hordes de gosses piailleurs pour une piscine chic. Histoire de mettre d'emblée vingt marches entre son statut social et le mien, j'ai pris l'air surpris que le tarif d'entrée l'ait choqué. Comme si toutes les anciennes élèves des Oiseaux nageaient naturellement dans ces décors pour nababs. Il paraît que le luxe de Versailles avait coupé le sifflet aux mégères venues insulter Marie-Antoinette ; en tout cas, mon étonnement feint a suffi à calmer Hassan. Je l'ai installé sur le matelas entre Florence et moi. Elle l'observait, médusée. Il faut dire que, dans le genre icône pour papier glacé, Hassan était spectaculaire. Des orteils aux oreilles, chaque élément de squelette avait la proportion réclamée par le nombre d'or et chaque muscle le volume parfait. Il semblait tout entier gonflé au lait normand, la peau souple et lisse comme le caoutchouc. Même son tatouage sur le haut du bras faisait « couture », sexy sans être envahissant. Quand il a fini de retirer son jean et enlevé son tee-shirt, les préjugés de Florence se sont évaporés :

— Sophie m'a parlé de vous. Mais sans vous décrire. Je me demande si elle n'a pas oublié l'essentiel.

— C'est un peu sa faiblesse. Elle oublie beaucoup

de choses. Rester assise trois pieds par terre est sa spécialité. Ça et les promesses.

S'il comptait m'énerver, il me connaissait mal. En me levant, je lui ai demandé d'avoir la gentillesse de me commander un Coca light pour le moment où je sortirais de l'eau. J'ignore s'il se prenait pour le fils du Cheik en banlieue nord mais ici, j'étais chez moi, sur mes terres, dans la vraie France, celle des bourgeois qui la font tourner et financent les bons à rien de Versières et d'ailleurs. Dans mes rues, il était juste le fils des gens qui balayent les feuilles mortes. Pas question que je lui lèche les pattes. J'ai crawlé un bon quart d'heure. Vingt longueurs. Un excellent exercice. Quand je me suis rallongée, épuisée, Florence était toute guillerette :

— Ton ami est très sensible. Il s'est froissé quand je l'ai comparé à nos beaux officiers de Tsahal.

Florence était croyante comme un hérisson mais très pro-Israël, son petit État fasciste chéri. Elle s'indignait dès que je comparais ce pays à l'Algérie française ou quand je m'amusais à nommer tous ses généraux devenus Premiers ministres. D'avance, je m'étais fait une joie de leur inévitable dispute. Et, en effet, elle avait eu lieu, mais brièvement. Ils s'étaient réconciliés sur mon dos. Hassan ne me l'a pas envoyé dire :

— Je savais bien qu'on aurait dû choisir un avocat juif. Il se régalerait à prendre la défense d'un jeune Arabe et il déplacerait les montagnes au lieu de se bronzer le cul au sérail.

C'était bien vu. Beaucoup d'avocats juifs défendent avec ardeur des dossiers en banlieue. Parce que la cause est juste, parce que leur zèle attire l'attention de la presse, parce qu'un tel engagement montre leur foi en une France fraternelle où toutes les communautés prospèrent, à commencer par la leur, par idéalisme, par calcul... Mais je n'ai pas eu envie de rentrer dans ces subtilités. Les musulmans sont obsédés par les juifs qui sont hantés par l'islam et moi, je me moque de leurs lubies comme de l'an 40. Je ne compte me marier ni dans une communauté ni dans l'autre. Le merveilleux multiculturalisme et son art de vivre en stéréo me gonflent. Je m'en suis tenue au rôle où Florence et Hassan me cantonnaient, celui de la fillette légère qui analyse mal l'importance d'un sujet passager que ces deux excités pensaient éternel. Au lieu de me défendre, j'ai demandé à Hassan pourquoi il trouvait malin de faire brûler les voitures de ses voisins. Sa réponse m'a surprise :

— Détrompe-toi, poupée, je n'y suis pour rien. C'est l'imam de Landry qui fout le bordel pour me le mettre sur le dos et apparaître comme le grand pacificateur. Il jure qu'avec lui, la cité sera tenue et qu'il en finira avec le trafic de shit. Ce chaos, c'est pour obtenir le feu vert du maire à sa mosquée.

Il me prenait pour une idiote. Je me rappelais ses menaces du premier jour quand il affirmait savoir très bien comment secouer les autorités : « Une dizaine de carcasses brûlées dans la rue et le préfet remuera les juges. Tu verras, ton dossier sera au-dessus de la pile. » À présent, pour une raison qui m'échappait, il faisait endosser ses combines par un autre. Je n'ai pas cru un mot de ses dénégations. Florence, en revanche, buvait ses paroles. Dès qu'un imam se révèle malfaisant, elle tend l'oreille. Avec Hassan, elle était servie. L'archet de ses mensonges faisait vibrer toutes ses idées préconçues :

— À Landry, les commerces sont déjà métamorphosés. Boucherie halal, kebab, épicerie orientale ont ouvert là où les vieilles boutiques ont fermé. Juste en face de la mairie, la librairie musulmane vend des hijabs et, pour les racailles, des qamis, le vêtement long des bons croyants qui laissent juste passer les Nike hors de prix ou des babouches Vuitton. Pour les petites filles qu'on envoie à l'école coranique dont les journaux ne parlent pas, elle propose des tuniques noires brodées de dorures sur les côtés. Chaque vendredi, des lascars distribuent des tracts salafistes devant l'entrée de la mosquée où l'imam prêche en arabe ! Tout le monde sait qui mène la danse mais personne ne bouge. Les flics ne contrôlent plus l'identité des femmes entièrement voilées car, à chaque fois, cela provoque des crises de nerfs dans la rue. Sur les sites communautaires, ils appellent la ville le Landristan. Mais, malgré ça, à Versières, à cause de la mort de Driss, les flics s'apprêtent à traquer trois ou quatre dealers de shit qui font vivre des dizaines de familles. On va ouvrir la porte de la Cité à un imam qui nous la fermera au nez dès qu'il sera installé. Vous verrez ce que devient leur fameux « vivre ensemble » quand il faudra négocier chaque matin avec la mosquée. Bon courage. Et sans moi. De toute façon, ils m'auront vite éliminé.

Du pur baratin, j'en aurais mis ma main à couper. Brûler des voitures, c'était signé Hassan. Et pourquoi cet imam inconnu aurait-il rayé du paysage le petit Driss ? Cela ne rimait à rien. Comme d'habitude, ce phraseur nous menait en bateau. J'avais l'impression d'avoir Bernard Tapie en face de moi : « Je dis n'importe quoi sur un ton tranchant et demain je dirai le contraire avec la même outrecuidance. » Florence, elle, buvait du petit lait. Pour un peu, elle aurait fait du deal un nouveau service public :

— Que se passerait-il si on autorisait la vente de l'herbe comme en Hollande ou aux États-Unis ?

Si elle pensait que les dealers se reconvertiraient dans le commerce bio, je l'ai ramenée sur terre :

— Ne tombe pas dans le panneau. Landry reste une banlieue française comme les autres. Si on autorise demain la vente du hasch, ils passeront à la coke et à l'héroïne, on sera envahi de junkies et ce sera la catastrophe. Garde les pieds sur terre au lieu d'observer les tablettes de chocolat de ce beau parleur.

Je pensais qu'Hassan allait rigoler. Pas du tout. Il m'a gentiment pris la main et, pour une fois, il ne m'a pas agressée :

— Ça me fait plaisir ce que tu viens de dire, poupée. Tu commences à comprendre que je me tiens juste au milieu du stand de tir. Entre les mollahs et les gros dealers. Maintenant, il te reste juste à ouvrir les yeux et à réfléchir sur ta cliente : ce n'est peut-être pas le hasard si elle a perdu un fils. Et ce n'était peut-être pas le bon.

Enfin, il ouvrait une piste intéressante. Fabienne Aslass nous cachait des choses. Mais quoi ? Hassan en avait déjà trop dit. Du reste, il est parti se baigner. Florence, le regard énamouré, l'a vu s'éloigner comme si on la privait d'une boisson désaltérante en plein désert. Monsieur remontait le bord de l'eau avec une langueur de chat. Une silhouette arrondie et bombée. Ni rides, ni creux, ni bosses, tout en souplesse. On n'aurait jamais pensé qu'il sortait d'une décharge. Pour la nage, en revanche, une véritable otarie. Il a traversé la piscine en crawlant la tête hors de l'eau et en faisant jaillir des trombes d'éclaboussures autour de lui. Dans une ligne parallèle à la sienne, une blonde mince comme un vermicelle allait deux fois plus vite que lui sans laisser un sillage derrière elle. Je la lui ai montrée quand il est revenu vers nous :

— On voit qu'elle fréquente des piscines élégantes, elle. Elle n'asperge pas tout le bassin en frappant comme un sourd. On n'est pas à la plage de Palavas-les-Flots. Vous nagez comme un enfant de quatre ans.

— C'est toi qui nages, ma gazelle. Tu te prends pour le nénuphar du lac mais t'es dans le bassin aux requins et tu ne piges rien. C'est pas grave, donne-moi plutôt un peu de ce délicieux rosé. On va pas se disputer en maillot de bain.

Il n'avait plus envie de me chercher des noises, moi non plus et Florence encore moins. Elle lui a commandé un club sandwich au poulet et ils ont partagé une bouteille de sainte-roseline à la santé de l'imam. Quand la note est arrivée, vicieuse, j'ai désigné Hassan au serveur. Qu'il sache comment ça se passe là où les gens sérieux se retrouvent ! Au cabinet, j'avais déjà rencontré un ou deux guignols dans son genre. Ils ne connaissent qu'une valeur : le prix. Plus on frime, plus ils vous respectent. Vers deux heures et demie, je suis partie sans prévenir. Pour arranger le coup de Florence et claquer le bec à ce malotru qui me prenait pour son employée.

Ça n'a pas manqué, une heure plus tard, il a appelé au cabinet. J'étais en plein boulot. Du vrai travail : engager une procédure pour attaquer la légalité d'une décision administrative d'annulation de permis de conduire. Le genre d'action qu'il faut mener en urgence et qui exige de harceler le tribunal administratif. Avec Jean-Christophe, le play-boy du cabinet, on s'était spécialisés dans cette matière avec l'espoir, si on se décidait à planter là le gros Jean-Charles, d'avoir un fonds de roulement bas de gamme mais rentable pour lancer notre cabinet. Inutile de dire que je ne traitais pas ces litiges à la légère. Entendre la voix d'Hassan m'a agacée. J'étais pressée. D'une voix d'hôtesse de l'air, j'ai prétendu être déjà en ligne et j'ai pianoté le 06 de Florence. Comment s'était achevé leur flirt aquatique ? Elle l'a envoyé par le fond :

— J'aurais pu lui faire la danse des sept voiles, il n'aurait pas levé l'œil. À part ses pectoraux, je me demande ce qu'il regarde. Il n'a même pas vu qu'à deux matelas de nous se prélassait Isabelle Gaudron. Les femmes n'ont pas l'air de le tourmenter. En revanche, il a appris par cœur la douloureuse que tu lui as abandonnée. Il en a commenté chaque ligne. Ton Coca light et ta salade niçoise lui ont inspiré des remarques très déplaisantes. Mais il a raqué. En liquide ! Et, pour faire son kéké, comme s'il avait des notes de frais, il a embarqué la facture. Puis il m'a plantée là sans même une petite bise. À mon avis, pour lui, je manque de poil aux pattes. Tu vois ce que je veux dire ?

Quand j'ai repris la ligne, j'ai demandé à Hassan s'il avait apprécié notre déjeuner. « Ton guet-apens, tu veux dire, poupée. » Eh bien, non ; il n'avait pas aimé cette parenthèse parisienne. 300 euros, la baignette, il avait bu la tasse. Quant à moi, il ne me supportait plus. Il m'a hurlé à l'oreille :

— Quand est-ce que tu comptais m'en parler ?

« De quoi ? », ai-je demandé. Le pire, c'est que j'étais sincère. Il a trouvé le moyen d'aboyer encore plus fort :

— Du fait que la convocation au tribunal a lieu mardi prochain, espèce de conne !

Une seule chose à faire : gagner du temps. D'abord m'excuser de le remettre un instant en attente, puis me jeter sur le courrier du matin que je n'avais même pas ouvert. Horreur : la juge Dernette nous attendait dans cinq jours à neuf heures du matin au tribunal de Bobigny. J'aurais dû m'excuser. Ce n'est pas mon style. J'ai préféré lui rentrer dans le lard :

— Que je sache, vous n'êtes pas mon client. Je suis l'avocate de Mme Aslass. C'est avec elle que je discute.

Rien ne pouvait lui tourner plus les sangs que cette réponse. Dès le premier jour, il avait exigé que tout passe par lui. S'il m'avait eue sous la main, je m'en serais pris une en pleine poire. À défaut de cette vieille méthode, il m'a parlé avec des lames de rasoir dans la voix :

— Toi, poupée, tu vas arrêter de faire ta maligne avec moi ou je vais venir te chercher et te jeter dans une oubliette de la Cité noire avec une dizaine de SDF. J'espère que tu as compris. Je ne plaisante pas. Et maintenant, écoute-moi bien.

Je devais, le soir même, dîner avec Fabienne Aslass. Elle avait des choses à me dire. Que je devais soigneusement enregistrer dans ma tête de perruche pour les lui répéter dès qu'elle et moi nous nous quitterions. Que faire ? J'ai accepté, furieuse. J'ai donc appelé Fabienne Aslass. Qui m'a donné rendez-vous dans un restaurant près de son agence :

— Au Vieux Couvert, 90 boulevard de Magenta. Vous trouverez ?

— Sûrement pas, je ne vais jamais dans ce coin. Mais mon taxi se débrouillera. Ça ne doit pas être loin de la rue de Chabrol ?

— Pourquoi dites-vous ça ?

— Comme ça. Sans raison. Hassan m'a dit que vous y possédiez un pied-à-terre.

Pour semer la zizanie, je devenais une vraie championne. Si elle demandait des explications à Hassan, il nierait et elle se méfierait plus que jamais de lui. Si elle gardait pour elle sa colère, ce dont j'étais sûre, elle serait plus que jamais convaincue qu'il cherchait à lui nuire. De toute façon, ils se détestaient, je m'en étais aperçue lors de notre premier rendez-vous. Au dîner, pour ajouter un peu d'huile sur le feu, je comptais lui demander pourquoi Hassan craignait que l'enquête mette en cause son fils aîné. Elle allait rugir.

Loin de là. Tout s'est passé en douceur. À notre première rencontre, je l'avais trouvée élégante et digne. Un peu casbah avec poufs et plateaux en cuivre dans le salon, mais à peine. Au Vieux Couvert, c'était une Parisienne comme les autres, vive, séduisante. Plus de foulard, elle portait un jean blanc, une marinière bleu pâle et des ballerines. La fiancée de Kiraz avec quelques années de route. Elle a dit bonsoir en habituée au serveur. Il recommandait la sole meunière avec des haricots verts « merveilleux » – à croire qu'ils avaient une AOC ! Il a demandé si elle l'accompagnerait d'un verre de gewurztraminer. Elle a commandé une demi-bouteille. Au cas où je n'aurais pas saisi le message, dès qu'il s'est éloigné, elle a envoyé promener le folklore immigré :

— Je ne vous ai pas donné rendez-vous dans un couscous-merguez et je ne supporte plus les Français qui prennent tous les Arabes pour des maçons, des agents de sécurité, des footballeurs, des lascars ou des serveurs. On est avocats, banquiers, médecins, secrétaires médicaux, tennismen ou marins-pêcheurs comme les autres. Moi, j'ai un métier, je gagne ma vie et je n'ai pas la moindre intention de remettre les pieds en Algérie, ce pays maudit qu'on fait mine de vénérer et qu'on fuit comme le choléra. Ceci pour vous dire que vous et moi, on est partis sur un très mauvais pied. Je ne veux pas de votre protection, de la bienveillance du président, de la générosité de votre patron. Je veux qu'on me fiche la paix, qu'on me laisse faire mon deuil et que personne ne me traite en brave Fatima brisée par la méchante France qui bousille ses immigrés. J'ai fait mon trou, je suis très heureuse à Paris, je n'en peux plus des voyous qui mettent le feu aux poubelles et à nos voitures et je ne veux pas des projecteurs que vous comptez diriger sur moi pour faire la pub de votre cabinet. Voilà. J'ai été claire ?

Pas tellement, en fait. Tout ça ne me disait pas pourquoi on avait retrouvé Driss avec le portable de Mme Delbard, pourquoi Hassan mettait en cause son fils aîné, par quel mystère une mère qui aime son garçon ne remue pas ciel et terre pour savoir qui l'a tué, par quelle aberration une femme qui gagne bien sa vie continue d'habiter la Cité noire... J'arrête là la liste des questions que j'ai gardées pour moi. De toute façon, elle avait encore des messages à délivrer. En gros, la banlieue n'avait jamais intérêt à prendre la parole :

— Les cités sont pleines de mômes vifs et malins qui, dans un bon lycée, coachés par des profs attentifs, feraient leur trou. Mais là, on les abandonne à leur sort et, à l'arrivée, vous vous trouvez avec une génération de marteaux-piqueurs qui n'ont que des bacs à sable à forer. À la télé, aux informations, ça donne tous ces petits marlous à casquettes qui roulent des épaules et tiennent des propos agressifs avec un accent transpériphérique. L'image des « quartiers difficiles »...

Je me suis servi un verre de gewurztraminer. Ma patience de bonne Française convaincue que l'immigration est une chance qui n'aggrave en rien le chômage tient dans un dé à coudre. Qu'ils racontent autant qu'ils veulent leurs âneries mais pas à moi, en tête à tête, un soir de juillet. Au bout de cinq minutes, je n'en pouvais plus. Sèche comme une facture, j'ai interrompu le refrain :

— Parlez-moi plutôt de votre fils Richard. Lui aussi a mandaté notre cabinet pour défendre Driss. Il est sur la même longueur d'onde que vous ? Lui aussi laisse tomber ? Il se moque de savoir qui a tué son frère ?

J'avais monté le ton. Trois questions en rafale. L'air exaspéré de la fille qui voit filer un dossier n'a pas échappé à Fabienne. Il n'est pas besoin de beaucoup s'élever pour tomber de haut :

— Calmez-vous. Primo, cette action en justice ne me rendra pas Driss. Secundo, elle permettra à votre gros patapouf de patron de passer deux ou trois fois au 20 heures de TF1. Tertio, elle va attirer l'attention de la police, de la presse et de la fachosphère sur mon agence de voyages et sur la société de transport de mon fils. Je lis les journaux. J'ai vu ce qui est arrivé à la famille Traoré quand elle est entrée dans le viseur de l'actualité. Et à celle du gamin violé par des flics à Aulnay. Soudain les impôts et l'Urssaf communiquent leurs dossiers *urbi et orbi.* C'est jamais bon quand les vautours socialistes se penchent sur nous. Je préfère les bons vieux racistes qui nous ignorent.

— Et le bon vieux raciste qui a tué votre fils, vous l'aimez bien, lui aussi ?

— Je vais être franche avec vous. D'abord, je ne suis pas du tout sûre que le jeune flic soit coupable.

Ensuite, je pense que mon fils réglera mieux l'affaire que la justice quand on saura qui a fait quoi. Et ça, ce n'est pas vous qui le découvrirez. À part faire repérer par une copine mon adresse parisienne qui est dans les annuaires professionnels, je ne vous vois pas beaucoup enquêter.

Touchée. Cette idiote de Florence avait parlé à Hassan. Mais pas coulée. J'ai argumenté :

— Laissez la police enquêter. Pour une fois, pour blanchir son bonhomme, elle va se secouer. Ne la braquons pas. On n'embête pas les abeilles quand elles butinent pour nous. S'ils présentent un autre coupable, on lui tombera dessus comme une tonne de béton. Dites-moi plutôt pourquoi vous croyez le jeune Giquel innocent. Mieux encore : dites-moi qui pourrait en vouloir à Driss. Ou à Richard.

C'était évidemment la bonne question mais, à l'instant où je l'ai posée, elle s'est refermée comme une huître. Pendant deux ou trois minutes, ni elle ni moi n'avons repris la parole. C'est très long, trois minutes. Tellement long qu'elle a eu le temps de mettre au point la version qui l'arrangeait. Et là, j'ai commencé à comprendre ce qui se passait à Versières. Rien à voir avec le film d'horreur black-blanc-beur projeté chaque soir aux actualités. C'était l'URSS à la chute du mur de Berlin. Les requins s'entretuaient et montaient leurs business. Fabienne l'a raconté autrement :

— À la Cité noire, vous ne comprenez rien si vous ne comprenez pas que tout relève du business. Le deal, bien sûr, même s'il y en a beaucoup moins qu'ailleurs. La mosquée à venir, aussi. C'est beaucoup d'argent, une mosquée. Les fidèles raquent, les associations arrosent, les parents payent pour les cours d'arabe ou de religion, la librairie surfacture tout ce qu'elle écoule… Sans oublier l'équipe de foot, la salle polyvalente où s'entraînent je ne sais combien d'équipes et autres associations sportives qui rapportent toutes de l'argent à l'un ou à l'autre. Et toutes à Hassan. La Cité lui appartient. C'est pour ça qu'il veut mouiller l'imam marocain. Afin de le tenir. Pour qu'il n'imagine pas que les finances relèvent de lui.

— Pourquoi me le dites-vous, ce soir ?

— Parce qu'à part vous, tout le monde le sait. Parce que je ne veux pas qu'on croie que je n'ai pas les moyens de me payer un avocat digne de ce nom. Et parce que vous allez expliquer à votre patron pourquoi personne n'apprécie qu'il pose ses grosses pattes dans nos affaires qu'on gère très bien sans lui. Moins on parlera de nous, mieux ce sera. Contrairement à lui, je ne veux pas faire la une des journaux.

Le serveur est venu apporter la carte des desserts. Ni Fabienne ni moi n'y tenions. Mais j'avais encore une chose à lui demander. Je ne voulais pas quitter la table et, bizarrement, elle non plus. Elle a commandé deux *limoncellos* avec de la glace. Ensuite elle m'a demandé mon âge. Puis si j'étais mariée. Chez elle, à vingt-cinq ans, on l'était. Ou on ne le serait jamais. Ça n'était pas du tout mon intention. J'ai beau considérer les garçons comme de simples en-cas, je compte me fixer. Dieu sait pourquoi, je lui ai parlé de Jean-Christophe et de nos projets professionnels. Elle a approuvé :

— Mon fils Richard vous prendra peut-être comme avocats si vous vous spécialisez dans les infractions routières. C'est un marché d'avenir. Dans les cités, tout le monde veut devenir chauffeur de taxi.

Comme le hasard fait bien les choses ! Le sujet qui me brûlait les lèvres. Eh bien, elle a tout raconté d'elle-même et, au fond, c'était très simple. Uber avait déjà six chauffeurs à Versières cornaqués par Hassan. Et Araber, la compagnie concurrente montée par son fils, avait douze voitures et se spécialisait dans les courses pour clients beurgeois. Du business communautaire pur et simple. Dès qu'il repérait dans les journaux des musulmans français de Paris, du 9-3 ou du 9-2 dont les affaires marchaient, il les démarchait et leur demandait d'appeler sa compagnie pour leurs courses en VTC. Sauf que pas un centime ne tombait dans l'escarcelle d'Hassan. Les deux hommes se haïssaient. Et Richard ne décolérait pas contre sa mère depuis qu'elle avait laissé Hassan se mêler de sa plainte. Cette plainte, c'était une vraie plaie. Moi, tout ce qu'elle me demandait, c'était de ne surtout pas faire de zèle :

— À présent, vous savez où ne pas mettre les pieds. Je ne souhaite pas que mon avocate indique elle-même des pistes embarrassantes.

J'ai bien reçu le message. Jean-Charles risquait de ne pas l'apprécier. Il aime bien attirer l'attention.

Hassan Saïdi, délégué à la jeunesse à la mairie de Versières

Fille de bonne famille, élève d'une bonne école dans un bon quartier, diplômée d'une bonne fac, engagée dans le cabinet d'un intime du président, cette idiote d'avocate me méprisait. Paresseuse comme une chaise longue mais dotée de naissance d'un CV long comme le bras, elle m'a classé au premier coup d'œil parmi les poignées de porte. J'étais un moyen commode d'entrer en contact avec les Aslass, basta. Quant à mes points de vue, elle s'en moquait. Cette abrutie ne m'a même pas interrogé sur Versières. Ne parlons pas de sa copine Florence, l'Israélienne hystérique, qui a fait exprès de dire assez haut pour que je l'entende : « Qu'est-ce que cet Arabe vient faire là ? »

Dire qu'on accuse les musulmans d'être biberonnés à la haine des juifs ! L'inverse, en revanche, ne frappe personne. Personne ne s'indigne, ni n'attaque en justice les juifs qui parlent chaque jour d'une France devenue invivable par notre faute. Il a ensuite fallu que je gobe sans frémir son allusion aux beaux garçons de

Tsahal. Sale peste. Le genre de vieille peau qui pérore à Deauville, pousse des cris d'orfraie à chaque fois qu'un môme musulman rejoint Daech en Syrie mais frétille de fierté quand ses neveux partent faire leur service dans une armée qui abat impunément un Palestinien par-ci, par-là. Pas de passage devant la justice au retour de ces tueurs-là, rien. Ils rentrent tranquillement fourguer leurs coupons de tissus dans le Sentier. Le néo-racisme juif a tous les droits déniés au paléo-racisme musulman. Ça me rend dingue. Je l'aurais noyée, cette poupée ridée. Ainsi que son insupportable copine, la fille à papa, qui me fait les poches dans sa piscine de VIP et ne me prévient pas qu'elle a reçu la convocation des juges. Heureusement que le maire, encore une nullité, m'a appelé au secours. Pour un peu, j'aurais appris la nouvelle par *Le Parisien*.

Ces Français qui nous regardent de haut, je finirai par les haïr. Les Arabes sont au chômage, vivent dans des ghettos, acceptent les tâches les plus dégradantes, essuient les pires insultes et les insinuations les plus ridicules mais restent une plaie pour leur chère société. Le regard que Pauline pose sur moi ! La vraie peste bobo pour feuilleton : elle dénigre tout le monde dans son univers de Marie-Chantal mais méprise ceux qui n'en font pas partie. Sans un diplôme, sans une relation, sans un coup de main, je tiens une ville mais elle ne me capte pas. La France, c'est l'Inde et l'Angleterre réunies : une société de castes aussi infranchissables qu'inavouées. À quinze ans, si tu n'as pas derrière toi dix années de scolarité chez les jésuites et un dossier d'inscription prêt pour les grandes prépas, tu peux te rhabiller, il ne te reste qu'à faire bouffon à la télé ou joueur de foot. Pour les Beurs ou les sans-dents, la vie n'est qu'une salle d'attente. Même pas confortable. Et pourtant, eux, de leur côté, les vrais Français, les Gaulois, quelle pitié ! Robert Mollien, je n'arrive toujours pas à croire qu'il occupe le poste de maire.

Coup de chance, la directrice de cabinet du ministre de l'Intérieur l'avait appelé pour s'assurer qu'il accompagnerait la famille Aslass au tribunal de Bobigny, la bergerie enchantée du département. Deuxième coup de chance : elle lui avait parlé sur un ton odieux ! Même ce débile a compris qu'à Beauvau, ils le prenaient pour une buse : « Vous faites ça, vous dites ça, non vous ne dites pas ça et non, vous ne prenez aucune initiative. » Quand il a répondu que c'était lui, le maire, et qu'il savait comment traiter les habitants de Versières, elle a aboyé :

— Il ne s'agit pas de Versières. Tout le monde se moque de votre paroisse. C'est l'été et il n'est pas question que l'affaire du jeune Driss occupe la première page. Alors vous faites ce qu'on vous dit : accompagner la famille Aslass, la caresser dans le sens du poil, lui garantir que l'État veille, promettre qu'on va découvrir ce qui est arrivé à leur gamin et vous assurer que personne ne trouble le panorama par des déclarations intempestives. Qu'ils la bouclent, c'est tout ce qu'on leur demande.

Pauvre Robert, s'il se prenait pour un notable, la

Florence de Savay l'a ramené sur terre. Il n'a même pas protesté. Rien que de hausser les épaules, cette chiffe molle se casse la figure. Face à la furie, il s'est aplati comme une feuille de papier. Cela dit, deux heures après l'avoir traité comme du gravier, consciente de sa brutalité, elle a rappelé Robert pour l'inviter le soir même au Parc des Princes. La finale du Trophée des Champions opposait le PSG à l'Olympique lyonnais. En plein été, toutes les huiles parisiennes naviguant en Bretagne ou bronzant en Corse, un de ses copains de l'ENA, devenu plus ou moins patron à EDF, lui avait donné trois places dans sa loge, juste au-dessus de la tribune présidentielle. D'après elle, on verrait Nasser (qu'elle appelait par son prénom) et Sarko (auquel elle ne donnait pas son nom complet). Évidemment, début août, ils ne sont pas apparus. À la place, il y avait des zombies. Moi, par exemple. Elle avait conseillé au maire de m'emmener. Je cite la dingue :

— Votre grand frère, Hassan Saïdi, il doit être fan de foot, amenez-le.

Il allait de soi, pour cette simple d'esprit, qu'en bon Beur de banlieue, j'adorais le foot. J'aurais aimé lui dire en face : « Espèce de pétasse, je suis pédé, je déteste le foot et je hais les poufs outrecuidantes qui prennent tous les Beurs pour des musulmans et des groupies de Benzema. » Au lieu de ça, mes griffes réduites à des pattes d'ours en peluche, je lui ai serré la main avec un sourire. Elle portait une robe en cuir marron un peu courte et ses bras nus dénonçaient la quadragénaire sur le point d'atteindre la cinquantaine. Une clope au bec, le tour des yeux ridé, les cheveux trop blonds, elle jouait la maîtresse de maison jeune et accueillante et m'a pris par le bras pour m'entraîner vers le bar. Elle en faisait trop, comme pour rétablir une ancienne complicité, alors qu'on s'était simplement parlé deux fois au téléphone :

— Je prends les paris, Hassan. Vous êtes pour le PSG.

Trêve d'hypocrisie :

— C'est la première fois que je viens au Parc. Je déteste le foot et j'ai horreur de ces joueurs puants qui exhibent leurs Ferrari, leurs Rolex ou leurs putes pour téléfilms. Ils se tortillent comme des lavettes sitôt qu'ils glissent au sol. Ensuite ils se transforment en caricatures de nouveaux riches bollywoodiens. Leur morgue infantile donne des banlieues une image désastreuse. Le PSG ou l'OL, je m'en bats les flancs. Si j'étais riche je m'offrirais un bateau.

Elle m'a regardé, les yeux ronds, stupéfaite comme si elle découvrait une perle dans ses huîtres. J'en ai rajouté une louche pour qu'elle ne me classe plus parmi les larbins qu'on méprise avec politesse :

— Cela dit, merci de m'avoir invité. J'aime bien voir les gens qui tirent les ficelles. Sortis de leurs bureaux et de leur housse d'huissiers, on s'aperçoit que ce n'est pas grand-chose non plus.

Il faut croire que le message est passé car elle m'a pris le bras en riant :

— Très aimable pour moi, merci beaucoup. Je sens qu'on va très bien s'entendre. On aura tout le temps de discuter pendant le match. De toute façon, je ne comprends rien à ce jeu et je m'en moque.

— Vous m'inquiétez. Il n'y a pas de sport aux règles plus simples. Même un QI de 25 comprend comment ça marche.

Habituée à se faire lécher les bottes, elle a dit apprécier mes compliments mais il était huit heures et demie, les hostilités commenceraient dans une demi-heure et elle tenait à faire le tour des autres loges pour saluer les membres de sa tribu. Avant de me planter là, elle m'a repris le bras, toujours aussi engageante :

— J'ai bien fait de venir. Vous me plaisez beaucoup. Surtout, gardez libre le siège à côté de vous, il est pour moi. D'ici là, profitez-en. Le champagne est frais.

Bien entendu ! Reçu dans le saint des saints, chez les puissants de ce monde, j'allais siffler du champagne et m'empiffrer de canapés au saumon ! Ces socialistes nous prennent pour des fourmis avides de lécher leurs restes. Je l'aurais giflée. Au lieu de ça, j'ai attrapé une pochette d'allumettes sur le buffet pour allumer sa cigarette. Elle faisait tout en même temps : tenir une coupe de la main droite, une Winston de la gauche, parler la bouche pleine, tourner la tête en périscope pour repérer qui était là, sourire à je ne sais qui… Cette locomotive a paru toute surprise que je ne fume pas. Quand j'ai ajouté que je ne buvais pas non plus, elle a sifflé entre ses dents :

— Chapeau ! Décidément, vous êtes le musulman modèle.

— Ça n'a rien à voir, je veux seulement rester beau mec.

— Ouille, ouille, ouille, là, c'est trop. Je vous laisse un moment. J'ai besoin de prendre l'air. Vous me donnez faim. À tout à l'heure.

Elle a rejoint un groupe de bonshommes en jeans trop larges, chemises rentrées dans le pantalon, le type même de hauts fonctionnaires hétéros qui se croient habillés à la cool alors qu'ils ont seulement l'air d'une bande de péquenots. On les observait, apéritif à la main, cheveux gris avant l'heure, lunettes sur le nez, léger bide en avant et on sentait que les overdoses, les crises de nerfs, les dépressions, la prison, la folie, que sais-je encore de poétique, le sida par exemple, n'en emporteraient jamais aucun. Pas un seul n'avait de rapport avec le vent, le soleil ou la baston. C'étaient des quadras installés aux commandes, fanés avant l'heure, imbaisables et satisfaits. Ils sifflaient une flûte de Veuve Clicquot au Parc dans une loge privée, donc ils avaient réussi dans la vie dont papa et maman avaient rêvé pour eux. Trois pères de famille moches incarnaient le succès à la française et ne faisaient fantasmer que leur secrétaire. Eux, pourtant, avaient le droit de regarder la société de haut. Moi le premier. À leurs yeux, j'étais forcément une caricature. Du reste, la Savay a dû parler de moi dans ces termes car deux d'entre eux, mine de rien, ont jeté un coup d'œil dans ma direction. Puis ils ont éclaté de rire. J'imagine comment elle m'avait présenté :

— Regardez là-bas, la gravure de mode tatouée, c'est le M. J'arrange-tout de Versières. Je sens que je vais devoir me le taper pour ramener l'ordre dans le ghetto. Bon, y a pire, comme corvée.

Je me suis demandé si elle soupçonnait déjà que c'était « Mission impossible ». Les bonnes femmes sentent très vite ceux qui ne finiront jamais dans leur lit. Et elles leur en veulent. Elles ne sont pas contentes des bonshommes qui ne les rendent pas contentes d'elles-mêmes. Surtout qu'elle n'aille pas me balancer à Versières. Le pédé de service est aussi maudit dans les HLM de banlieue que dans les berceaux de la Manif pour tous. Si la Cité noire découvrait mes fantaisies, je perdrais toute autorité en vingt secondes. Heureusement que les années avaient détérioré la Savay ; j'avais un prétexte pour ne pas passer à la casserole.

Avec un de ses copains, elle est partie tendre ses filets un peu plus loin. Faisant la tournée des loges, elle claquait une bise à l'un, saluait l'autre. Tout le monde semblait se connaître de vue. Les jolies femmes avaient déjà pris leurs quartiers d'été sur les plages. À part les serveurs, personne n'était sexy. Je me suis rapproché de Robert Mollien, aussi isolé que moi. Il était vexé. Maire de Versières ou rien, dans ce salon parisien, c'était pareil :

— Quelle peste ! Elle nous invite, elle est sèche comme une facture et elle parle à tout le monde sauf à nous. Tu crois qu'elle m'aurait présenté ? Plus loin dans le couloir, il y a une loge Vinci. J'te promets qu'ils feraient volontiers un brin de cour au maire d'une commune de 30 000 habitants. Elle s'en fout. Comme elle se fout qu'on m'empêche d'ouvrir des boutiques au rez-de-chaussée des HLM de la Cité noire alors que je lui en parle à chaque fois. Elle va juste nous gâcher le match en dictant ses consignes pendant les phases de jeu. Mais je l'emmerde, cette cinglée. Pas question que je m'asseye à côté d'elle après le coup d'envoi.

Tout ce que je redoutais, c'était qu'il change d'avis. Ni la Savay ni moi n'avions besoin de lui pour discuter avec franchise de la situation à Versières, au contraire. Je suis allé lui chercher une autre coupe de champagne et une assiette de triangles en pain de mie et saumon. Qu'il se gave et aille digérer face à la première mi-temps.

Florence de Savay nous a rejoints à la dernière seconde, quand les lumières se sont mises à clignoter pour annoncer l'entrée des joueurs sur le terrain. Elle pétait le feu. Un de ses potes avait dû lui tenir un discours d'intello français à la con sur le foot. Soudain elle avait des lueurs sur le sujet :

— C'est beau, ces couleurs, cette musique, ce bruit, cet enthousiasme. Aux États-Unis, ils appellent ça le *soccer* et ils en sont complètement entichés. Comme de la mode, comme de nos philosophes, comme de nos châteaux... On n'est pas si mauvais en France. Washington a peut-être repris l'uniforme de Rome mais on donne toujours le ton comme Athènes. C'est rassurant !

Quand j'ai éclaté de rire, elle m'a fixé des yeux, ahurie, comme si j'avais craché par terre. Je ne lui ai pas envoyé dire ce que je pensais. Pour qu'ils vous voient, il faut gifler de temps en temps les patrons :

— À Athènes, ils ne donnaient pas les pièces de

théâtre romaines, ils n'envoyaient pas leurs mômes étudier en Italie, ils n'imitaient pas les sculptures du Forum. Tandis que nous, on porte des jeans américains, on voit les films d'Hollywood, on écoute la musique de là-bas et on parle leur langue alors que, dans l'Antiquité, c'était le grec qu'on employait dans toute la Méditerranée. La grandeur de la France aujourd'hui, ce n'est pas celle d'Athènes, c'est celle d'Ispahan, vieux débris poussiéreux de la puissante Perse antique. Allez parler de Paris à Denver, ils ne savent même pas où c'est. Quant au foot, ce n'est pas à nous qu'ils l'empruntent, c'est aux Chicanos.

Robert a tapé sur l'épaule de la Savay :

— Je vous avais prévenue. Il a ses idées, ce cher Hassan. Sur quoi, je vous laisse. Je veux voir le match. À tout à l'heure.

Au mot « Forum », elle avait relevé la tête, comme frappée par une décharge. Dans ma bouche, elle n'arrivait pas à y croire. Le temps que Robert aille s'asseoir, elle m'a prié de l'appeler Florence. Ensuite, elle a piqué trois chouquettes sur le buffet puis, la bouche pleine, m'a pris par le bras pour nous installer en bout de rangée. Et là, plus un regard sur le spectacle patrimonial qui l'emballait vingt secondes plus tôt. Elle est entrée d'un bond dans le vif du sujet :

— Dites-moi tout ce que je dois savoir sur le jeune Driss. Et sur son admirable famille.

Pas question de marcher de biais. À chaque phrase évasive, elle demandait des précisions. De toute manière, elle en savait bien plus long que je ne pensais. Impossible de lui raconter des craques sur l'agence de Fabienne, sur la société de taxis de son fils Richard ou sur les résultats scolaires affligeants de Driss. Sur l'imam de Landry, en revanche, elle ne savait rien. Elle comptait sur moi pour ne pas l'embobiner :

— Tolère-t-il les prêches salafistes ou est-ce une rumeur que vous lancez dans *Le Parisien* par calcul ? Dites-moi la vérité brute. Et ne trichez pas. J'ai besoin de vous et je vous renverrai l'ascenseur.

Il n'y avait pas grand-chose à raconter. Cette pauvre petite grenouille de minaret n'affûtait pas ses cimeterres. Il voulait simplement s'installer à Versières où il allait me faire chier. Sa boîte à prières à peine ouverte, il maudirait les filles mal habillées, sermonnerait les branleurs qui tiennent les murs et, trois ans plus tard, quatre ou cinq débiles disparaîtraient en Syrie. Florence n'était pas convaincue :

— Pourquoi partiraient-ils si c'est un bon petit imam qui ne prêche pas la guerre sainte ?

La naïve ! Elle n'avait rien compris. Elle prenait encore les mosquées et les églises pour des institutions à but non lucratif. Je l'ai mise au fait des affaires :

— Parce qu'une mosquée, c'est une entreprise. Si les prêches n'attirent personne, le denier du culte ne rentre pas. Donc, tôt ou tard, on fait appel à un prêcheur qui interpelle son monde. En banlieue, où tout le monde tire le diable par la queue, pour déplacer les croyants, on convie celui qui décrit sans concession la vie des croyants. Or cette vie incite à la révolte. C'est comme ça. Ce n'est pas du djihad, c'est du commerce.

Et quand l'argent du culte tombera dans sa poche, il y en aura moins dans la mienne et tout ne passera pas à acheter des tapis de prière.

Florence a attrapé le mot « argent » au vol :

— Donc, entre lui et vous, c'est une question de business, rien d'autre. Il va gêner vos petites affaires. C'est ça ?

Pourquoi mentir ? J'ai dit oui. C'est ce qu'elle voulait entendre :

— Parfait. J'aime bien qu'on ne me prenne pas pour une brêle. On va passer un marché. Je bloque toute autorisation pour votre ratichon qui restera psalmodier à Landry et vous, vous veillez à ce que Versières dorme du sommeil du juste tant que mon flic n'est pas blanchi. La convocation de mardi nous inquiète. La presse et la télé vont se déplacer. Il ne faudrait pas que de jeunes cons viennent dénoncer des violences policières imaginaires.

C'est dingue : personne ne voulait de ce procès. Mais arrêter la machine judiciaire une fois lancée soulèverait plus de questions que d'enterrer le processus. Florence a évidemment fait tomber sur un autre la responsabilité de « cette connerie » – je cite le mot, son préféré, car il revenait à peu près à chaque phrase. Son ministre était le coupable :

— Il n'écoute personne. Gildas Méheut, votre copain, le commissaire qui ferme les yeux sur vos activités, lui avait conseillé de ne pas bouger mais il n'en fait qu'à sa tête. Il a cru calmer la presse en réclamant l'ouverture d'une enquête et n'est parvenu qu'à éveiller son attention. Maintenant il faut à nouveau la calmer en enterrant l'information. C'est le bordel mais il s'en moque, Sa Majesté est en Provence, dans son mas. Bien au chaud. Car, pas de blague, dans ses interviews, il ne parle que de son Pas-de-Calais et de Dunkerque, sa ville chérie, mais il file aussitôt qu'il peut à l'autre bout de la France.

À cet instant, le PSG a marqué un but. Tout le stade s'est dressé. Les gens hurlaient. Florence a relevé la tête :

— Que se passe-t-il ?

Elle était à l'ouest. Elle n'avait même pas réalisé que les Parisiens étaient en bleu et les Lyonnais en blanc. Elle a profité du vacarme pour me demander d'aller lui chercher une « coupette ». Quand j'ai dit que ça ne se faisait pas et qu'on attendait la mi-temps pour picoler, elle m'a jeté un regard navré :

— À l'entracte, ils vont tous se jeter sur le buffet. J'y vais.

Elle est revenue au moment où Paris a mis un deuxième but. Quand je me suis levé comme tout le monde, elle m'a saisi la main pour me rasseoir de force et m'a tendu un verre de Coca. Elle avait d'autres questions à me poser :

— Comment va votre maman ?

Je m'attendais à tout sauf à ça. J'ai répondu que je la voyais peu. Elle a fait semblant d'être choquée :

— Ce n'est pas bien. Surtout qu'elle n'habite pas très loin. La rue des Petites-Écuries, ce n'est pas le bout du monde. De Versières, vous en avez pour une demi-heure. Une maman, on n'en a qu'une. Et on peut tout lui dire. Rassurez-moi, vous êtes un bon fils.

Ça commençait à sentir le soufre. Pourquoi me révéler qu'elle s'était renseignée sur l'adresse de ma mère ? Elle en a rajouté :

— À moins qu'elle ne soit partie pour le Maroc, dans sa villa près de Tanger. À Immanzer, c'est ça ? Une jolie région, le Rif. Et très prospère. Tout pousse. Les orangers, les palmiers dattiers, les oliviers, que sais-je encore ? Le haschich. J'ai l'impression que vous n'y allez pas très souvent. Elle, en revanche, y fait des séjours répétés. Elles sont comme ça, nos mamans, elles cultivent les racines. Les racines familiales, je veux dire. C'est important.

Tout ça pour insinuer qu'elle savait que les dealers de Versières travaillaient pour moi. Et alors ? Le maire, le commissaire, Fabienne Aslass, tous ceux qu'elle connaissait à Versières étaient au courant. Même les brutes de la BAC m'avaient dans le collimateur. Qu'est-ce qu'elle croyait ? Que ma mère rapportait le shit dans ses valises ? Je commençais à bouillir. J'ai fini par interrompre ses perfidies :

— Ok, vous avez enquêté. Les gens parlent, ils ne savent rien, ils ne prouvent rien. Ils oublient que si le trafic s'arrête, la cité va exploser. Les gens ne se laisseront pas mourir de faim. Ils oublient aussi que j'ai avancé l'argent des chauffeurs d'Uber pour qu'ils ne se trouvent pas pris à la gorge une fois endettés à mort par l'achat d'une limousine. Savez-vous que la seule pizzéria de la Cité m'appartient et fait travailler quatre personnes ? Et le maire, vous a-t-il dit que c'est moi qui lui ai fait engager six agents municipaux parmi les lascars de la Cité noire ? À moi seul, je maintiens le couvercle fermé sur Versières. Laissez-moi tranquille. Si je vous plante là, c'est aux yakuzas qu'il faudra confier la ville. Sinon, elle pétera.

Coup de chance pour elle, l'arbitre a sifflé la mi-temps. On a dû se lever pour laisser passer les invités qui se précipitaient vers la loge. Avec un sourire à faire fondre la glace, elle m'a rassuré :

— Je fais mon boulot. Mais pas de panique. Je ne me lasse pas de vous. Vous êtes le seul type rassurant de Versières. Et le plus craquant… Je vais faire un petit tour et on se retrouve pour le second acte.

Puis elle a filé rejoindre ses copains. Avant, elle s'est juste penchée une seconde vers mon oreille :

— Au fait, Apollon, qui gagne ? Lyon ou Paris ?

Quel numéro ! En plus, elle espérait me sauter. Ses fins limiers ne lui avaient pas tout dit. Le maire m'a rejoint. Au bout du compte, la soirée lui plaisait. Il était assis à côté de l'entraîneur de l'équipe de foot de Levallois qui commentait chaque action en savant. Curieux comme une pierre, Robert n'a même pas demandé de quoi Florence m'avait parlé. À part présenter ses condoléances et, éventuellement, organiser une marche blanche, ce mec n'était bon à rien. Je l'ai accompagné au buffet où il a rempli son assiette de macarons. J'ai gardé les mains dans les poches, il me dégoûtait. Florence n'est revenue qu'un quart d'heure après la reprise du match. Toujours aussi directe :

— Je ne sais pas pourquoi, j'ai l'impression que vous ne nous dites pas tout. Comme si vous aviez avalé la clé de l'affaire Aslass. Qui a réglé son compte à Driss ? Qui a récupéré la fameuse montre en or que réclame sa mère ? Méheut pensait qu'avec le temps, les langues se délieraient et on ne sait toujours rien. Il a même laissé brûler les voitures incendiées par vos copains pour que des pères de famille indignés retrouvent la parole. Mais en vain. Il se demande si vous ne protégez pas quelqu'un, un de vos jeunes camarades tatoués, si musclés et décoratifs.

Cette montre, j'aurais payé pour savoir qui l'avait récupérée. J'avais interrogé tous mes gars. En vain. Mais pas question d'avouer que je l'ignorais à cette garce légère comme l'alouette et plus coupante qu'un bistouri. De toute façon, là n'était pas la question. De quoi me menaçait-elle en parlant de mes camarades tatoués ? De rien. Elle ne m'a pas laissé le temps de me tourner les sangs. Soudain, elle en a eu marre. Madame était pressée de rentrer chez elle :

— Bon, ça va. On arrête la corvée. Paris va gagner. Je ne vais pas attendre la fin du match et me retrouver bloquée par la sortie de toutes les voitures. Si vous voulez, je vous ramène dans le centre.

J'ai accepté. Sa voiture sentait le cendrier vide. Elle habitait au Trocadéro. Arrivée en bas de chez elle, elle m'a embrassé sur la joue et lâché un dernier jet de venin :

— Je ne vous propose pas de monter boire un dernier verre. Mais mon chauffeur peut vous déposer quelque part…

Avant que j'aie le temps de répondre, elle a précisé dans un murmure de fée maléfique : « Dans le Marais, j'imagine. » Puis, tout sourire, elle a claqué la porte.

J'ai eu l'impression que ma vie tenait sur pilotis.

Guillaume Vincourt,
rédacteur en chef de Scoop

Je ne veux pas passer pour le bourgeois malveillant du XVIe arrondissement qui souscrit un contrat Europ-Assistance lorsqu'il franchit le périphérique – ce que je ne fais jamais, sinon pour aller au bois de Boulogne (avec mes fils, de jour). Je plains les pauvres gens qui vivent en bout de ligne du RER, dans des brouillons de villes où la police s'aventure sur la pointe des pneus. Même si, une fois sur deux, le ton me déçoit, je publie des papiers sur les cités de banlieue. Nos reporters ont tellement peur de passer pour réactionnaires qu'ils en font des tonnes sur l'humanité de ces quartiers où « les mères rigolent le soir à la fraîche en surveillant les marmots qui jouent entre les carcasses du parking ». Si on employait la même eau de rose pour parler de leurs parents, ils hurleraient de rire. Tant qu'à enjoliver la situation, mieux vaut d'ailleurs envoyer des journalistes filles. Le nombre de voiles et le ton irrespectueux des caïds qui n'ont que le respect à la bouche les ramènent plus vite sur terre. Les garçons, eux, sont obsédés par les mosquées et par les prêcheurs sortis du Moyen Âge pour appeler au djihad. Une histoire à mon avis grossièrement exagérée. À part les guerres de jeux vidéo, les seules batailles qui passionnent les cités sont celles qui les opposent entre elles. En guise de kalachnikovs, ils ont des tournevis, des barres de fer, des clés anglaises et des battes de base-ball. Tous les combattants partis pour la Syrie tiendraient dans un gymnase. Du reste, dans le domaine religieux, la plupart des racailles sont des Français comme les autres. Une fois pour toutes, Dieu ne les intéresse pas. Un magicien qui n'est jamais sorti des livres qu'on lui consacre ! S'il existait, il n'aurait pas créé un monde où rien ne marche. Au lieu de nous enquiquiner nuit et jour avec l'islam, on devrait plutôt songer aux innombrables musulmans popotes qu'on croise chaque jour, celui qui nous soigne à l'hôpital, celui qui hurle son soutien à l'OM avec l'accent, celui qui nous reçoit au centre des impôts... Tout ça pour dire que les cités, leurs petits barbares, leurs saintes voilées, leurs dealers et leurs imams me soûlent. Y compris Versières et son martyr abattu par un fana-mili. J'en ai par-dessus la tête du feuilleton débile avec méchant flic et ado prometteur et je n'avais pas l'intention de lui consacrer une ligne dans *Scoop.* Tout a changé après la mise en examen officielle du policier.

A priori, la convocation de la juge Dernette ne justifiait pas que *Scoop* se déplace. Comme prévu, la magistrate avait officiellement inculpé le jeune policier pour homicide involontaire après avoir rappelé les faits.

L'avocate de la famille Aslass avait exigé des précisions, fait une demande d'actes et posé cent questions, puis la juge avait délégué l'enquête à l'IGPN. L'éternel ronron judiciaire qui fait durer la moindre affaire pendant des mois, calme les colères, endort les curiosités et mène, en fin de course, à l'inévitable non-lieu couronnant toute action en banlieue. Dans les journaux, la veille de la convocation, l'avocate avait essayé de faire croire à un crime en demandant où était passée la montre du jeune Driss. Du pur bluff. L'opinion générale avait tranché : le gamin s'était cassé la figure tout seul et avait perdu connaissance pendant qu'au commissariat, les troupes sifflaient des Kronenbourg. À l'arrivée, le flic ne serait pas condamné, perdrait ses primes et se verrait relégué aux archives ou au standard de Police-Secours le temps que, dégoûté, il donne sa démission. La routine. Rien qui puisse intéresser nos lecteurs sur la plage. Sauf qu'à Bobigny, devant le tribunal, les choses avaient mal tourné.

Dans un siècle ou deux, les anthropologues parleront peut-être du palais de justice de Seine-Saint-Denis comme d'un ensemble majestueux de salles à palabre bâti en béton sali, verre rayé et acier rouillé pour rappeler aux populations africaines du territoire les bâtiments administratifs détériorés de leurs ethnies d'origine. L'édifice est démesuré. À ses pieds, un no man's land asphalté : l'agora ! Pendant la mise en examen du jeune gardien de la paix, toute une smala s'est déchaînée. Qui a organisé le chaos ? On se le demande encore. Sûrement pas la famille Aslass que le vacarme ambiant mettait visiblement sur le grill. Sans doute pas non plus le redoutable Hassan Saïdi. Il a juré ses grands dieux qu'il n'était pas là (ce qui était vrai) et que les voyous ne sortaient pas de Versières. Peut-être une des associations qui font leur miel des dissensions entre communautés, les montent en soufflé et envoient sur les plateaux télé leurs porte-parole trop heureux d'expliquer devant une caméra que la France est un pays raciste. Plus probablement un ou deux chefs de bande de Bobigny ravis de profiter d'une matinée de soleil pour rompre la routine des vacances. Quelques voitures ont brûlé, plusieurs panneaux vitrés de la façade du tribunal ont été fracassés, des gendarmes (très fragiles, nos gendarmes !) ont été blessés. Rien de fatal mais beaucoup de cris et de bris pour un mois d'août. BFM et iTélé étant sur place, des images d'apocalypse urbaine ont résulté d'un incident pittoresque relevant du folklore local ordinaire. Un gros plan s'attardait sur une banderole blanche où s'inscrivait en lettres rouges : « Urgence, notre police assassine ». Quand les infos de 13 heures soulagées d'échapper un instant aux images de Français sur la plage en ont fait leur miel, le service photo de *Scoop* a regardé sur écran les photos de la bagarre. À tout hasard, juste pour mettre une éventuelle image sur le site du journal. Or, miracle, Pascal Bourdon était là. Il a poussé un cri :

— Putain, j'y crois pas. Là, le mec au visage en lame de couteau, celui qui appelle au calme, c'est l'homme à tout faire de Jean-René Pacé. J'te jure, je le reconnais. J'ai vingt plaques de lui à La Forêt-Fouesnant sur la terrasse du palais Landau en train d'apporter le champagne et de faire le loufiat.

Excusez son langage. Pascal a poursuivi d'excellentes études dans un très ancien collège catholique de Quimper mais il faut absolument qu'il joue les racailles. Cela dit, il a l'œil – et le bon. Un vrai regard de drone. On ne devient pas par hasard le paparazzo le plus craint de Paris. Rien ne lui échappe. Le jeune homme pris en photo à la sortie du Palais de justice en train d'appeler au calme dans un mégaphone, c'était le fils aîné de Mme Aslass, Rachid, dit Richard, le frère du jeune Driss. J'ai cru avoir un orgasme. En une seconde, j'ai fait le lien : Jean-René Pacé revenait dans le circuit. Cette fois, ce pharisien ne m'échapperait pas.

Un mois plus tôt, le drame de la Promenade des Anglais et l'assassinat du vieux prêtre de Rouen avaient détourné notre attention de ses vacances avec Mlle Landau. La semaine suivante, prévenu je ne sais comment que nous avions des photos de lui en Bretagne, il nous avait envoyé du papier bleu. M. Migrants, l'âme insoumise du cinéma français, ne tenait pas à étaler ses opulentes liaisons dans un palais de la riviera bigoudène. Vous pouviez compter sur lui pour jouer Gauguin sans le sou peignant le portrait de la belle Angèle dans un vide-bouteilles de Pont-Aven, mais certainement pas pour se prélasser enduit d'huile solaire au bord de la piscine d'un rêve d'architecte californien. Là, il allait devoir la jouer serrée. Je me suis fait une joie de l'appeler moi-même.

Le joindre ne fut pas si simple. Son oscar ne l'avait pas détendu. Au contraire. On ne le croisait plus nulle part. Il fuyait les raouts du milieu. Au mieux, telle la Vierge Marie, il faisait une apparition. Déjà gros, son melon avait atteint le volume de Pluton. Quant aux entretiens, il ne s'adressait plus qu'au *Monde*, à *Libé* ou au *Nouvel Obs*. Toujours pour donner des leçons de morale. Sans crainte de dépasser les doses prescrites. Quinze jours plus tôt, oubliant sa jubilation au lendemain de la soirée des oscars, il avait ironisé sur une société qui attribuait des tableaux d'honneur aux écoliers. Ce genre de remarque dans un pays qui ne cesse de couronner le meilleur roman, le meilleur cuisinier et la photo de l'année ! Ce guignol avait un don pour sauter dans tous les cerceaux enflammés du prêt-à-penser insoumis. Avec ça, hautain comme un ministre. Il n'a pas répondu quand j'ai appelé son portable. Une assistante a décroché pour lui, m'a demandé qui j'étais et ce que je voulais. Je me suis présenté et j'ai juste demandé à parler avec Jean-René Pacé. Elle voulait en savoir plus avant de déranger Sa Béatitude. Les mots « rendez-vous » et « interview » n'avaient plus cours :

— M. Pacé n'accorde pas d'entretien. Vous pouvez toutefois passer par son agent, Jean-Jérôme. Je vous enverrai ses coordonnées par SMS.

Trop aimable. Avant qu'elle ne raccroche, j'ai ajouté que je ne souhaitais pas parler de cinéma, ni de vie privée. Je voulais l'interroger sur autre chose, sur un ami à lui.

— Qu'il aille se faire foutre. Je ne reçois pas ce canard.

Assis à côté, il avait parlé suffisamment fort pour que j'entende. Dans son esprit, un tel mépris devait me tétaniser. Je n'ai pas été plus ému qu'un clou dans une porte. Comme disent les Turcs, même avec une aiguille, on peut creuser un puits, or le mien s'enfonçait déjà loin en terre. Depuis l'observation de Pascal, quatre ou cinq jours plus tôt, plusieurs personnes bossaient sur l'affaire de Versières. François Lafontaine, l'homme de nos scoops, patron de la « cellule d'investigation » – nous ne sommes pas *Le Figaro*, il occupe la fonction à lui seul ou presque –, planchait sur Richard Aslass et sa société de voitures de maître. S'il était inconnu des services de police, ses six Mercedes, en revanche, intriguaient. Grâce aux magies d'Internet, qu'il fréquentait jour et nuit, François avait réussi à relever le nom de ses clients. Surprise, il y en avait de deux types différents. D'une part, une bonne centaine d'artisans ou d'hommes d'affaires beurs inconnus, mais prospères, qui choisissaient sa flotte plutôt que celle d'Uber pour aider un jeune musulman dynamique ; d'autre part, en plus petit nombre, des vedettes de la chanson ou de la télévision normalement inaccessibles. Appâté, j'avais mis en garantie, pour 200 euros par jour, un jeune photographe free-lance chargé de suivre avec sa moto la voiture que Richard conduisait lui-même. Et là, trêve de courses en famille ou de rendez-vous professionnels ; Richard travaillait le soir, se rendait dans des boîtes de nuit, passait dans des restaurants, faisait des sauts dans de grands hôtels et n'embarquait presque jamais personne. Rien à voir avec la vie normale d'un jeune entrepreneur qui se lance. À moins que cette fiesta ne fasse partie du business. C'est ce mystère que je voulais éclairer avec Jean-René. Je n'allais pas baisser les bras à sa première rebuffade. Je tenais à savoir comment il était devenu assez intime avec Richard Aslass pour l'emmener en vacances.

Faisant comme si je n'avais pas entendu, j'ai précisé à son assistante que je voulais parler de M. Rachid Aslass. Ça n'a pas manqué : Sa Grandeur a pris le portable et daigné m'adresser la parole. À sa manière. Il m'a envoyé promener d'une voix sèche comme une facture :

— Primo, il ne s'appelle pas Rachid, mais Richard. Secundo, je ne compte pas m'expliquer avec un tabloïd sur mes amitiés. Et maintenant, fichez-moi la paix.

A-t-il raccroché ? Non. Je l'avais ferré comme un hameçon. Je n'ai pas repris la parole. Quelques secondes se sont écoulées. Assez longues pour qu'il sente une odeur de fumée, s'inquiète de l'origine du feu et me demande ce que je voulais à Richard Aslass. Pas question pour moi de dévoiler mes batteries. J'ai gagné du temps :

— Nous avons des photos de lui en vacances à La Forêt-Fouesnant avec vous et nous nous sommes rendu compte qu'il était le frère du jeune adolescent tué par un policier. Avant de nous aventurer dans des hypothèses hasardeuses, nous voulions comprendre comment vous l'avez connu.

J'ai eu raison de prononcer les mots « photos » et « vacances ». Au lieu de couper court, il s'en est emparé. Avec lui, on triomphe sans gloire, il se jette tête la première sur toutes les capes rouges qu'on lui tend et va droit où on rêve de l'amener. Je les connais, ces vaniteux. Une fois qu'ils ont ouvert le bec, ils ne savent plus le fermer. J'ai donc eu droit au numéro rituel des divas gavées et surpayées :

— Putain, mon vieux, vous dirigez un journal d'information. Vous savez qu'il y a une bataille à Mossoul ? Vous êtes au courant qu'on entre dans une année électorale ? Vous n'avez rien de plus intéressant à offrir à vos lecteurs que la vie privée d'un acteur de cinéma ?

— Mon Dieu, Mossoul, Sarkozy et Hollande, j'avais complètement oublié. Dire qu'on leur a consacré des dizaines de pages depuis trois mois et que ça m'était sorti de l'esprit. Comment est-ce possible ?

Au lieu de me raccrocher au nez, il l'a ramenée. Je déshonorais mon métier :

— Je vais vous dire ce que vous êtes. Un fouilleur de poubelles. Avec vous, la presse est devenue une profession futile et aigrie qui passe son temps à jeter de la ferraille sur la table pour faire croire qu'elle brille. Il y a tant de choses passionnantes à observer et vous, vous dirigez votre regard sur une jeune femme en bikini. Votre carte de presse, j'en fais du papier mâché ! Il y a vingt comédiens de théâtre qui jouent des pièces merveilleuses depuis des années et vous n'en mettez jamais un en couverture. Vous n'avez aucune idée de ce que sont le talent et le travail.

Il se prenait pour Molière, ou quoi ? Je connais par cœur ces numéros d'acteurs qui posent en lions agacés par les moustiques. Huit jours plus tôt, on avait déjeuné avec un chanteur qui avait amené son chien et commandé pour lui un sauté de veau et du riz thaï : 40 euros ! Pacé allait payer pour lui :

— Ok, j'ai compris. Alors, vous, vous allez tendre l'oreille et faire l'effort de m'écouter. Il y a sans doute des choses plus passionnantes que vos fredaines mais, pas de chance, à mes yeux, il n'y en a pas de plus choquantes. Vous êtes vaniteux et couvert de millions pour interpréter des rôles que mille acteurs joueraient aussi bien que vous. Vos salaires, comme ceux des footballeurs et de quelques autres catégories de branleurs, sont un scandale, un outrage, une insulte. Quand je vous vois, vous et vos marquises, monter les marches à Cannes, j'ai l'impression d'observer la France féodale ressuscitée. Je n'ai aucune envie de vous faire de cadeau. Alors, c'est très simple, je veux savoir exactement le rôle que joue Rachid Aslass auprès de vous. Ensuite, en fonction de ce que vous aurez daigné me dire, je verrai ce qu'il me chante d'écrire. C'est clair ?

Bien sûr que non ! Ces pachas veulent l'aventure dans la jungle sans les moustiques, la piste noire de Courchevel sans les engelures, le succès sans le risque. En prime, il fallait à Pacé une maîtresse milliardaire et l'aura de saint Vincent de Paul. À nouveau, il a laissé passer quelques secondes en silence. Ce qu'il venait d'entendre l'avait forcément exaspéré mais, entre les oreilles, il y a la mémoire. Ayant des choses à cacher, il s'est dit que mieux valait savoir lesquelles. Hostile et fermé par nature, il a compris que je ne l'implorerais pas ventre à terre de m'accorder une audience et a jugé plus prudent de s'entrouvrir. Résultat : je pouvais passer chez lui. Quand je le souhaiterais.

Le soir même, à dix-neuf heures, il me servait un whisky.

Il n'habitait pas avenue Foch comme les nouveaux riches. Ce n'était pas le genre de la famille. Ni dans le Marais comme les branchés à peine sortis du désert. Monsieur vivait rue de Martignac, au-dessus du square Jean-Jacques Rousseau. Deux trottoirs en gants blancs, fignolés au pinceau et nettoyés à l'eau bénite où de vieilles dames glissent toute l'année dans un silence de cimetière. Des façades de pierre blanche sculptée se dressent comme les Alpes entre les habitants de ce Nirvana et le reste de la France. Ils sont ainsi, les Pacé, installés à la meilleure place en toute bienséance et résolus à y camper jusqu'à la fin de leurs jours en toute discrétion. Les fenêtres donnent sur Sainte-Clotilde, l'église la plus snob de France, naguère celle de l'abbé Mugnier, le confesseur-confiseur des duchesses. Là communie la haute bourgeoisie et la nomenklatura républicaine y enterre ses huiles. Quelques semaines plus tôt, Bernadette et Jacques Chirac y avaient dit adieu à leur fille Laurence. Deux ou trois vieilles tantes de Jean-René doivent verser le denier du culte et faire bénir leur gui le jour des Rameaux. Au bout de la rue, austère et chic comme une reliure, en tendant l'oreille, on entend pépier les oiseaux du parc de Matignon.

Aucune boutique à proximité. Reste aux bonnes à marcher et à ne rien oublier sur la liste des courses. Dans ces parages, personne ne s'oppose au « système », on lui échappe par le haut. Quand on perd son emploi, c'est qu'un conseil d'administration vous a remercié. Sur l'interphone, au rez-de-chaussée, il n'y avait aucun nom. Uniquement des initiales. Tous humbles jusqu'à la mégalomanie.

Jean-René m'a ouvert la porte lui-même. Priée de s'effacer du décor, la femme de ménage avait laissé partout des traces invisibles de son passage : les carreaux étaient irréprochables, les cendriers vides et le plancher en bois blond scintillait. Ce n'était certainement pas le clochard assis en face de moi qui passait le plumeau. Je n'exagère pas, il avait l'air d'un mendiant. Pieds nus, une barbe non rasée de plusieurs jours, un jean troué au genou, on aurait dit un squatteur. 1,90 mètre de misère étudiée : Clint Eastwood sorti d'un rade. Disposés sur la table basse, le plateau en argent, le seau à glaçons, les deux verres et la bouteille de whisky démentaient ce laisser-aller. Le personnel avait préparé mon arrivée. Une fois prononcé le mot « bonsoir », Pacé n'a plus ouvert la bouche, a gagné le salon, s'est posé sur un immense canapé de cuir, m'a indiqué du doigt un fauteuil et a rempli nos deux verres. Il a fini par demander : « Glaçons ? » C'était sa façon d'être civil. À partir du 14 juillet, en prévision de mes interminables allers et retours sur la plage, je m'interdis toute goutte d'alcool mais je n'allais pas jouer l'actrice. Son whisky m'a paru fort comme du cognac. Il ne parlait pas, devait se croire dans un de ses films et pensait peut-être m'embarrasser. Je l'ai mis à l'aise :

— On pourra parler plus tard, j'observe le cadre de votre vie quotidienne. Cette télé gigantesque, cette grande pièce, ces coussins de chez Fortuny, cette bibliothèque pleine de Pléiades, ce joli Foujita, j'ai déjà le début de mon papier. Je ne cherche plus que votre oscar. On m'avait dit que vous le gardiez sur la cheminée et je ne le vois pas.

Je ne mentais pas, je le tenais de la bouche d'Agnès, son ancien agent, quand elle m'avait donné son numéro de portable. Il avait évacué le trophée du décor pour ma venue. Sa fameuse modestie, sans doute ! Il a haussé les épaules. Sans sourire, il y veillait. Dire que, jeune acteur, il avait donné la réplique à Louis de Funès sans se faire écraser par son génie comique ! Toute ironie l'avait fui. Il m'a envoyé promener :

— En général, dans votre feuille de chou, on décrit ce qu'on voit. Et ce n'est pas ici qu'on fera les photos.

— Ah bon ?

— Non, on ira dans le studio de Lulu Lucette.

Il ne manquait plus qu'elle ! À *Scoop*, on les connaît par cœur, elle et ses « images » en noir et blanc prises à la lumière du nord. Oubliez le terme simplicité quand vous évoquez son travail épuré, janséniste, décapé… On parle de concentration, de maîtrise, de perception, d'art. Nous, pas elle. Lulu est comme Pacé, elle n'en décoince pas une. Même dans son studio pendant les prises de vue, personne n'a le droit de prononcer un mot. Si elle émet un son, c'est tout bas pour donner ses ordres : « Inspirez », « Expirez », « Cessez de sourire », « Ne me regardez pas »… Parfait pour les rencontres d'Arles, catastrophique pour nous. Je voyais déjà le résultat : lugubre. Cela dit, qu'il accepte une séance de photos était miraculeux. J'ai dit que cela nous convenait, que nous admirions le travail de Lulu, ce qui est vrai même si on l'apprécie plus dans *Elle* ou dans *Vogue*. J'ai juste demandé une précision :

— Mademoiselle Landau a-t-elle donné son accord ?

Je voulais les deux en couverture. En plein mois d'août, lui solitaire et froissé sur fond gris, nos ventes allaient piquer du nez. Je ne parle pas de ses déclarations s'il était interviewé seul : un robinet à propos convenus, conventionnels et bien-pensants sans rien de vécu ou de personnel. Un amas de branches mortes qui ne reboiserait aucun cerveau. Il faudrait une assistance respiratoire pour en venir à bout mais je n'ai pas eu le temps de trouver les mots pour exprimer cette crainte en termes diplomatiques. J'ai cru qu'il allait me lancer son verre de whisky à la figure :

— Ma vie privée, les gens s'en foutent. Et elle ne vous regarde pas. Quant à Florence, elle n'a jamais demandé à être dans les journaux et sa famille a de très bons avocats. Vous devrez vous contenter de ce que je vous donne. C'est ainsi : l'argent au service de la déontologie.

Pourquoi pas la Déclaration des droits de l'homme, tant qu'on y était ? Sa déontologie, j'en avais fait le tour : un coffre-fort dont seuls ses copains pleins aux as ont la clé. Leurs avocats, de vraies blagues en robe noire, prennent le droit pour la caverne d'Ali Baba et ne supportent de lire que la pensée officielle de la star. Si un article ne reproduit pas mot à mot la voix de leur maître, ils attaquent. Je n'ai pas répondu. J'attendais la suite. Ces similidivas ne défendent pas leur vie privée, ils la négocient. Ça allait venir. Je l'ai aidé :

— Si Mademoiselle Landau ne pose pas, nous pouvons toujours passer une photo prise dans la rue à La Forêt-Fouesnant. Nous en avons de très jolies. À votre côté, avec quelques-uns de vos amis.

— Avec Richard, c'est ça ?

On y était. J'ai dit « en effet ». Cela a suffi. L'ouragan s'est levé :

— Vous devriez avoir honte. Vous m'écœurez. Ce type a monté une boîte de taxis privés, il fait bosser quinze gamins de sa cité, il creuse son trou tout seul dans la société et vous, vous lui cherchez des poux. C'est un Arabe, c'est ça ? Donc, c'est une racaille. Si vous croyez que je vais vous faire des révélations à son propos, vous vous foutez le doigt dans l'œil. C'est un ami, rien d'autre et vous n'êtes pas un flic. Alors on passe à autre chose, compris ?

J'ai horreur des gens qui emploient en rafale des termes comme « boîte », « bosser » ou « faire son trou » pour jouer les durs. Il croyait quoi ? Que j'allais gober chacune de ses affirmations ? Le temps que ce pochetron se serve un deuxième whisky, je l'ai ramené sur terre :

— Je n'ai rien contre les musulmans et je suis certain de connaître leur civilisation mille fois mieux que vous. J'adore la Turquie, je suis allé en Arabie, aux Émirats, au Pakistan et j'ai fait des reportages dans tous les pays du Maghreb dont vous ne fréquentez que les plages et les yachts. Seulement, pour moi, ce jeune Richard est sans doute un dealer. C'est lui qui nuit à sa communauté, pas moi. Contrairement à vous, je sais que 99 % des musulmans français ne rêvent que d'un pavillon au soleil et d'un gros livret de Caisse d'Épargne, comme tout le monde. Ce sont les petits malins de son espèce qui donnent du grain à moudre au Front national, tous ces jeunes cons qui bafouent les règles, mettent les pieds sur la banquette, n'en fichent pas une et jouent les machos de séries télé américaines. Alors, vous me dispensez de vos leçons de morale et vous me dites comment cet entrepreneur plein de promesses s'est faufilé dans votre entourage. Sinon, je serai ravi de balancer son histoire et la vôtre en prime.

Ça commençait à sentir le roussi mais Sa Majesté la star savait se rattraper aux branches. Il s'est jeté sur le mot « Front national ». Pas de surprise avec ces caricatures de bobos, dès qu'on a l'air de condamner l'extrême droite, ils se retrouvent sur la même longueur d'onde que vous. Ce type était pathétique. Je ne le dégoûtais plus. Il a prétendu « m'expliquer les choses ». Moyennant quoi, en deux minutes, il a balancé son pote. Deux ans plus tôt au Parc des Princes, un soir de match, il avait rencontré le fils Aslass qui accompagnait un groupe de Beurs branchés invités par un joueur né à Bobigny. Ils étaient déjà copains avec plusieurs acteurs. À en croire Pacé, Richard distribuait peut-être quelques grammes par-ci, par-là à une poignée de copains du milieu, des réalisateurs, des comédiens, des journalistes aussi. Pas à lui, bien entendu. Rien de méchant, de toute façon. Du petit commerce de proximité. L'épicier arabe du coin ou presque.

Quand je lui ai demandé s'il avait des noms à me donner, j'ai vraiment cru qu'il allait rompre l'armistice et me sauter dessus. J'ai fait marche arrière. De toute façon, j'avais ce que je cherchais : la confirmation des services que rendait Richard Aslass. Je pouvais lancer le journal sur la piste. Ou ne rien faire. Je ne voulais aucun mal à ce jeune type. Si des stars toujours à pleurer sur leur sort voulaient jouer *Scarface*, se prendre pour des gros durs et sniffer des lignes en jouant au poker, Richard aurait été bien bête de ne pas en profiter. En plus, un dingo de la police venait de lui tuer son frère. Je ne tenais pas à ce que *Scoop* ait l'air de s'acharner contre les Aslass. Il y aurait bien assez de sites moisis pour ça. Du reste, si l'info sortait ailleurs, on avait suffisamment de photos pour rattraper l'affaire et en faire un scoop à nous. J'ai battu en retraite sans attendre les sommations :

— Entendu. Je ne suis pas juge d'instruction, ni policier. Les affaires commerciales de M. Aslass ne m'intéressent pas. On ne les évoque pas et on ne publie pas les images de La Forêt-Fouesnant où il apparaît. En contrepartie, vous faites des photos avec Florence Landau, vous répondez à des questions personnelles et vous gardez vos vues mélenchonesques sur la France pour votre prochain entretien avec *Les Inrocks*. Un insoumis qui vit rue de Martignac, couche avec une milliardaire et pleure sur l'injustice de la société, franchement, c'est un peu trop pittoresque pour *Scoop*.

Je ne sais pas si mon ton lui a déplu mais, pour regagner du terrain, il a exigé qu'un « écrivain » mène l'entretien. Nos photographes ne lui convenaient pas, nos journalistes non plus. Dieu qu'il m'énervait ! Pour ses films, ce faux-jeton ne tourne pas avec Garrel ou Jim Jarmusch. Il choisit de bons metteurs en scène commerciaux. Mais là, il allait lui falloir du concentré d'art et d'essai. Je voyais déjà le genre des inconnus qu'il allait sortir de la manche des Éditions de Minuit, de P.O.L ou d'Actes Sud. Il faudrait leur arracher chaque mot sur Florence Landau et endurer des feuillets de considérations oiseuses sur l'artiste et sa conscience. Comme je ne disais mot, il a achevé de m'énerver :

— Putain, on va pas faire du roman-photo pour concierge. On n'est pas chez Hanouna, non plus. De vraies photos et un vrai texte. C'est à prendre ou à laisser.

Il s'est levé pour aller fouiller dans un placard sous la bibliothèque, la réserve à alcool. Il ne trouvait pas ce qu'il cherchait :

— Putain, cette Malika, elle range tout comme une malade. On ne peut même plus trouver des chips dans cette maison.

Quand il est revenu de la cuisine où il était allé aux provisions, j'ai demandé qui était Malika. C'est sorti avec un parfait naturel :

— La bonne. Une vraie cruche.

Il avait ouvert le paquet de chips, en avait rempli un

grand bol et avait apporté un saucisson, un couteau et une planchette où le couper. Le tout sur un plateau. Il savait vivre. En garçon du VIIe, il s'est d'ailleurs rendu compte que sa réponse n'était pas idéale pour un insoumis qui fantasme sur Nuit Debout. Il a précisé :

— Mais je l'adore. C'est comme une petite sœur.

Bien sûr ! Cette dévouée Malika. Je la voyais très bien nourrir de tendres pensées pour son grand frère dans sa chambre de bonne étouffante. Je l'ai laissé boire une longue gorgée de son troisième whisky puis je lui ai mis le marché dans les mains :

— D'accord pour les photos de Lulu mais pas d'accord pour l'interview. On la fait nous-mêmes. Réfléchissez-y. Je vous rappelle demain pour fixer les dates.

Puis je me suis levé et j'ai quitté l'appartement. Il m'a raccompagné à la porte. On s'est dit bonsoir sans se serrer la main. C'était dans la poche. J'avais ma couverture pour le 15 août. Cela dit, petite surprise en sortant de l'immeuble. Juste face à la porte, une grosse Audi 800 noire était garée sur le trottoir d'en face, contre les grilles du square Jean-Jacques Rousseau. Un instant, j'ai cru que c'était la limousine d'un des ministres, hauts fonctionnaires ou diplomates qui pullulent dans la zone. Sauf que deux jeunes gens bavardaient à côté de la voiture et se sont mis à me prendre en photo. Une petite blague de Pacé, me suis-je dit. Façon de me faire goûter au plaisir d'être harcelé par les paparazzi. Pour être franc, j'ai trouvé ça drôle. Trente secondes plus tard, assis au volant, quand j'ai déboîté pour m'engager dans la rue, l'Audi a quitté le trottoir et s'est approchée lentement comme si elle entreprenait de me suivre. Agacé, j'ai fait marche arrière pour reprendre ma place et l'Audi a reculé pour retrouver elle aussi son emplacement face à l'immeuble de Pacé. Inquiet, j'ai attrapé *Le Monde* sur la banquette arrière et suis allé le lire, cent mètres plus loin, au Basilic, un restaurant avec terrasse, très agréable l'été, juste à l'arrière de Sainte-Clotilde. J'ai commandé une salade Caesar, un pichet de rosé et j'ai réfléchi. Pacé se prenait pour Delon et voulait m'intimider en montrant qu'il avait des copains menaçants. Mais je connais ces fils de famille comme le fond de ma poche : au dernier moment, ils font comme papa et maman. Or, on était chez les Pacé, pas chez les Hornec. Je ne risquais rien, sinon de me ridiculiser en avouant ma peur. J'ai donc pris le temps de lire le journal de A à Z, histoire de gâcher la soirée de mes observateurs et, à onze heures, j'ai appelé un taxi pour qu'il vienne me chercher juste devant chez Pacé. Quand il est arrivé, je suis monté à côté de lui et je lui ai donné 50 euros pour qu'il reste là et bloque le passage de l'Audi le temps que je prenne ma voiture vingt mètres plus loin et que je gagne l'esplanade des Invalides, au bout de la rue suivante. Trop content d'emmerder un de ces « enfoirés d'Uber », il n'a pas cherché à comprendre. Et j'ai filé.

Tout ça est idiot. Sans cette petite mise en scène de Pacé se croyant dans un nanar de Belmondo, l'affaire serait partie en poussière toute seule. Mais là, il m'a poussé à bout. Il n'allait pas passer entre les gouttes.

Louis Desdieux, avocat de Cosme Giquel

À Saint-Mervor, par temps clair, on aperçoit presque New York de ma terrasse. J'y passe ma vie. Sous mes yeux la mer ondule comme un désert élastique vert à reflets argentés. S'il crachine, la pluie sent le muguet. Au retour du soleil, les feuilles d'arbre mouillées ont l'air vernies. L'hiver, dans la brume et le silence de l'aube, les îles dessinent de vagues contours. La lumière finit toujours par apparaître et dissiper le flou jusqu'à ce que s'épanouissent cinquante nuances de blanc et de gris. De toute façon, été comme hiver, la brise fait le ménage. Si vous allez dans le bourg avant dix heures, la phrase qui revient le plus souvent est : « Ça va se dégager. » Et en effet. Que personne ne sourie lorsqu'on évoque le microclimat du golfe du Morbihan. Ça fait soixante-quatre ans que j'y viens en vacances, été comme hiver, et soixante-quatre ans que je l'observe. C'est le paradis sur terre. J'ai rencontré Cosme Giquel quand je venais d'en faire ma salle d'attente définitive.

Deux mois plus tôt, j'étais rentré prendre ma retraite, lire, faire du bateau et biberonner gentiment. Non que je sois paresseux, ni que j'aie loupé ma carrière. Même si je ne suis pas un des dix avocats dont le grand public peut citer le nom, dans le milieu j'ai une petite notoriété. Pendant mes vingt ans de pénal, certaines de mes plaidoiries taillées dans le filet m'ont valu trois ou quatre acquittements miraculeux. Un petit éclat en est parvenu jusqu'à Saint-Mervor. Aux municipales précédentes, le maire m'avait proposé une place sur sa liste. Je m'étais défilé. Autant me laisser agrafer la Légion d'honneur, ce truc qui ne sert à rien mais attire sur vous les commentaires hostiles ou débiles.

Ma chère femme, la seconde, une jeunesse, presque pas quinquagénaire, et encore pleine d'illusions professionnelles, était rentrée à Paris. À part moi qu'elle range parmi les débris attachants, elle ne prend rien à la légère. Dès le 15 août elle était pendue à son portable du matin au soir, et le 20 elle avait filé. Selon elle, les présidents-directeurs généraux reviennent toujours de vacances avec de grandes idées de réorganisation. Être absente du siège à cette période cruciale de l'année serait une folie. Trois jours de plage en trop et votre bureau est attribué à un autre. Pire encore : à une autre. Un risque qu'elle ne courait pas. Mes fils, eux, ne prenaient plus celui de venir à Saint-Mervor en même temps qu'elle. Bref, j'étais seul. Tout ce que j'aime.

Je me faisais des Nespresso le matin, des Bellini le soir, je lisais *Ouest-France*, je mangeais des huîtres sur le port et, quand le soleil brillait, je prenais mon kayak.

J'ai eu un voilier pendant vingt ans mais la course aux corps morts, l'accastillage, les voiles et les notes du chantier ont fini par me soûler. Maintenant, je fais comme les petits vieux : je pagaye. Ça ne coûte rien et c'est bon pour les pectoraux. Direction habituelle : Ilur, un rêve de petite île préservée dans son écrin du XVIIIe siècle par le Conservatoire du Littoral. J'y allais presque chaque jour. Une heure de canotage et trois heures de plage, souvent seul. Comme il faut son propre bateau pour l'atteindre, l'île n'attire que des poignées de visiteurs. À part moi, le seul autre habitué était un blond aux bras gros comme mes cuisses, les cheveux rasés, le prototype du jeune guerrier wagnérien modelé en salle. Il arrivait en planche à voile, me saluait d'un hochement de tête, partait se promener dans les chemins creux vers le village abandonné et me laissait lire tranquille. Quand il revenait, il s'asseyait à l'ombre contre un arbre. Si je me retournais, il avait toujours les yeux fixés sur moi. La troisième fois, intrigué, je me suis arraché à mon campement (serviette, lectures, glacière et pliant tiennent au large dans le kayak) pour marcher vers lui. Vingt pas, pas plus :

— J'ai l'impression que vous m'observez.

Ma phrase à peine finie, j'ai ouvert les yeux. Les cheveux blancs en méli-mélo, un papy en bermuda rentrait le ventre pour se plaindre de harcèlement auprès d'un Apollon nourri aux hormones. Qu'il parvienne à soulever un de ses bras et il m'aurait envoyé valser dans le sable mouillé. Au lieu de ça, très calme, il a souri :

— Pas possible ?

Douce comme l'haleine des nymphes, une petite brise atténuait la chaleur. On n'entendait que le clapot et le chant des grillons. Il se régalait de mon spectacle. J'ai fait marche arrière avant de m'embourber complètement :

— Excusez-moi. Le soleil tape un peu fort aujourd'hui. Je perds la tête. Je ne sais pas ce qui m'a pris. Bonne journée.

Je ne publierai pas cette plaidoirie dans mes œuvres complètes mais elle a fait son effet. Quand il s'est levé, j'ai eu peur mais le guerrier viking m'a tendu la main :

— Ne vous excusez pas, je cherchais justement un avocat.

Un instant plus tôt, ramené à l'état de nature, je m'apprêtais à trembler. Le temps de cligner les paupières, je suis redevenu le bourgeois qui traverse les grandes plaines en wagon climatisé. Quel démon m'avait pris d'aller à la rencontre de cet autochtone ? Pour aggraver son cas, il a ajouté juste les mots qu'il ne fallait pas prononcer :

— Je suis de Larmor-Baden.

La commune voisine ! L'endroit précis où il est hors de question que j'aille harponner le client. Vous gagnez, il ne vous en voue aucune reconnaissance. Vous perdez, il démolit vingt ans de suite votre réputation chez le boulanger et le boucher. Depuis un mois que je lézardais, j'avais établi la sainte Trinité de ma nouvelle vie : gourmandise-fainéantise-insouciance. Le premier déménageur venu n'allait pas me ramener dans le circuit. Sans entrer dans une confession à la Montaigne, j'ai affiché le sourire de l'homme navré de ne pouvoir rendre service :

— Je suis confus, monsieur, mais j'ai pris ma retraite.

La fuite, en revanche, je ne l'avais pas encore prise. Quand je suis revenu vers ma serviette, le jeune homme m'a accompagné. J'ignore s'il avait préparé ses phrases mais il a été clair et bref :

— Je suis accusé à tort d'avoir provoqué la mort d'un jeune voyou, la police ne me défend pas alors que je suis gardien de la paix. En face de moi, ils ont pris pour défenseur le meilleur ami du président de la République. J'aurais aimé avoir vos conseils.

— Vous voulez parler de maître Jean-Charles Lebrun ?

— Oui, c'est ce nom-là.

À observer son châssis, je m'attendais à ce qu'il ait été mêlé à une bagarre de bistrot. Le nom de Lebrun m'a délicieusement caressé l'oreille. Je le connais, ce patapouf bon à rien sinon à brasser de l'air. Le type même du zéro qui a bâti toute sa carrière sur ses réseaux francs-maçons. Avec ça, une vraie gloire dans le métier. S'il posait ses paluches sur une affaire, on pouvait parier à coup sûr que la presse s'y intéresserait. C'est tout ce qu'il sait faire : appeler ses complices journalistes. Ne comptez pas sur ce plaideur bidon pour se plonger dans les dossiers, monsieur pratique la « stratégie de rupture » : il parle de l'époque, de la société, de la justice sociale, de tout sauf des faits. La presse se pourlèche. Plus que ses clients qui finissent toujours par perdre. Mais il s'en moque ; de jugements en appels divers, il a fait durer le suspens des années et les quotidiens ont publié trente fois sa photo. Une décharge électrique ne m'aurait pas mieux réveillé que son nom. Ilur s'est transformée en île au trésor. Un vrai butin étincelait au soleil : le scalp de Lebrun. Par quel mystère M. Muscle venait-il me l'offrir ? Je lui ai posé la question. Sa réponse m'a ramené sur terre :

— Vous êtes le seul avocat de Saint-Mervor.

Parfait. Si je m'étais fait des illusions sur mon crédit dans le pays…

— C'est ma mère qui m'a dit de vous contacter, Yvonne Giquel.

Yvonne Giquel ? Allons bon ! Ce nom ne me disait absolument rien. Je l'ai avoué sur-le-champ :

— Ah oui, Yvonne, bien sûr. Comment va-t-elle ?

— Très bien, elle embrasse Louis et Aurélien.

Mes deux fils ! Elle devait travailler au club Mickey, ou au Cap Horn, le bistrot des ados de Saint-Mervor. Je me demandais comment éclaircir ce mystère quand il a repris :

— Si vous tapez « Versières » et « bavure policière » sur Internet, vous aurez toute l'affaire résumée. Vous en avez pour dix minutes. Moi, mon nom, c'est Cosme Giquel. Tout ce que je peux vous dire, c'est que je n'ai rien fait. Je vous téléphonerai demain.

Et il m'a planté là, a rejoint sa planche et enfilé sa combinaison stretch. Trente secondes plus tard, il filait vers Pen Hap, à la pointe de l'Île-aux-Moines.

J'ai essayé de reprendre ma lecture. Impossible. Ce gamin m'avait ferré.

Sur la terrasse, deux heures plus tard, le crépuscule colorait l'horizon de laitages rouges, roses et orange. Sur l'écran de mon ordinateur, Google peignait l'affaire du jeune Driss Aslass de teintes encore plus appétissantes. Autant les premières coupures de journaux donnaient de sa mort une version accablante pour Cosme Giquel, autant les commentaires des internautes offraient mille pistes savoureuses pour sa défense. Connaissant les bobos comme Lebrun, j'imaginais la jubilation qu'il avait éprouvée à la perspective de clouer sans aucun risque un flic au pilori. La mienne valait la sienne. Trafiquant de drogue polygame, le père du merveilleux adolescent avait été expulsé. Le frère aîné se présentait comme un mystère « entrepreunarial » tout aussi prometteur. Toute la cité laissait rêveur. Vu de Larmor-Baden, c'était un autre monde. Un jour, une prof de Vannes a été giflée parce qu'elle déjeunait à la cantine pendant le ramadan. *Ouest-France* et *Le Télégramme* en avaient fait leur gros titre. Là-bas, ils n'en auraient même pas parlé. Pour Driss, je rêvais déjà d'une mère installée depuis trente ans en Seine-Saint-Denis et marmonnant quatre mots de français. La suite a renvoyé cet espoir aux oubliettes mais, entre-temps, j'avais accepté de prendre le dossier en main. Impossible de dire non à la mystérieuse Yvonne.

Par miracle, à peine rentré, j'avais appelé mon fils aîné pour demander qui elle pouvait bien être. Réponse : quinze ans plus tôt, elle les avait gardés deux étés de suite, son frère et lui. Depuis, elle travaillait dans une épicerie de Larmor-Baden où ils allaient la saluer chaque été. Elle a sonné à la porte le soir même. J'étais encore en bermuda, tee-shirt et pieds nus. Une femme grande, mince, maigre plutôt, creuse même, droite comme un crayon, le regard froid. L'image de la femme incorruptible, digne, solitaire. Oubliez le mot « charme ». Dans un jury américain, je l'aurais récusée au premier coup d'œil et, dans son épicerie, je ne me serais pas avisé de discuter la qualité d'un produit. Je me suis demandé comment on avait pu confier Louis et Aurélien à cette garde-chiourme. Quant à la reconnaître, impossible. Je n'avais aucun souvenir d'elle. Un blue-jean, un chemisier blanc sous un pull bleu marine, des tennis vert pâle, elle était habillée comme un garçon. Et coiffée comme un ado, les cheveux très courts avec une raie. Elle n'a pas daigné sourire. La justice éplorée en personne entrait dans la maison. Pas du tout mon genre. Dire que le colosse d'Ilur avait séjourné neuf mois dans cette souris morose. C'était difficile à croire.

On s'est assis sur la terrasse, elle a ouvert la chemise cartonnée qu'elle tenait du bout des doigts et elle en a sorti deux photos : les garçons, elle et moi, il y a vingt ans. Personne ne nous aurait reconnus. Mes fils, je n'en parle pas ; moi, j'avais pris vingt kilos, dont dix dans le menton ; à l'époque, elle était magnifique, blonde, les cheveux longs, un sourire à chasser les nuages, un corps doré par le soleil. Elle avait vingt-deux ans et ressemblait à Bardot. À quarante, elle s'était transformée : neutre, mélancolique, vidée. À peine assise, elle a pris la parole sans me regarder. Au fur et à mesure de son propos, elle me tendait les documents officiels qui l'illustraient. Elle avait archivé avec soin les papiers du commissariat de Versières, des avocats attribués par le syndicat Alliance, de la juge de Bobigny… Cela a duré un bon quart d'heure. Je ne l'ai pas interrompue une fois, demandé la moindre précision, ni fait répéter un nom. J'étais impressionné. Tant de clients se lamentent, s'indignent, se contredisent, se répètent, s'embrouillent. Elle suivait sans dévier le fil du récit qu'elle avait préparé. Quand elle est arrivée à son terme, l'obscurité tombait. Elle a posé la chemise cartonnée sur la table basse en teck :

— Voilà, vous savez tout.

Ne comptez plus sur moi pour m'assortir aux états d'âme de mes clients. Trente ans plus tôt, j'aurais pris un air désolé pour compatir à son malheur, présenter ma tâche sous un jour sombre et annoncer un combat rude. Je n'en étais plus là. Et d'abord j'avais froid. Je me suis levé d'un bond :

— C'était passionnant mais on va passer aux choses sérieuses. Pour moi, un pull-over et un bon whisky ! Qu'est-ce que je vous sers ?

Elle ne s'y attendait pas. Elle se croyait au confessionnal. Au lieu de répondre, elle m'a demandé si la carrière de son fils était fichue. J'ai mis les pieds dans le plat :

— J'espère bien. Il a tout faux, votre petit Cosme. Gardien de la paix à vingt-deux ans ! Ce n'est pas une carrière, c'est une voie sans issue. On va le sortir de là. Quand on aura fini de s'éclater au tribunal, on lui trouvera un bon job à Hollywood. Ne commencez surtout pas à vous inquiéter pour son avenir dans la police. À mon avis, il n'en a aucun. Et tant mieux.

Je lui aurais annoncé que la guillotine attendait Cosme, elle n'aurait pas fait plus triste figure. Elle a juste murmuré :

— Vous me faites peur.

— Au lieu d'avoir peur, ouvrez les yeux. S'il reste bien sage sur son banc, Cosme va servir de marchepied à un ministre, un commissaire, un avocat et dix journalistes. Point final. Ne vous fiez pas aux promesses de la police. Si vous croyez aux beaux discours, allez parler à un loup et faites-en un chien. Ça ne marche pas. Ceux qui annoncent qu'ils vont le défendre ne protégeront qu'eux-mêmes. Comme nous tous, d'ailleurs. Cosme est déjà sacrifié. Comme on le sait, on va attaquer. Et je vous jure qu'on va gagner.

Cette franchise m'avait ragaillardi. Toute idée de retraite s'était évanouie. Tout à coup, j'ai eu faim. Plus question de me contenter du petit whisky quotidien, mélancolique face à la mer. J'ai dit à Yvonne que je l'emmenais dîner chez Clovis, le restaurant chic de Saint-Mervor, pieds dans l'eau. Le temps que j'enfile un pantalon et une veste, elle a trouvé que c'était une mauvaise idée :

— Ça me gêne. Il va y avoir des clients de l'épicerie. Et peut-être des gens dont j'entretiens la maison l'hiver ; ils n'aimeront pas voir leur gardienne dans le même restaurant qu'eux.

En une heure, mon regard sur elle avait changé. Sa façon efficace de présenter son affaire, son langage clair, sa silhouette mince… Je ne parle pas de sa voix, calme et classe. À présent, même ses vêtements me plaisaient. Ils n'étaient pas tristes, ils étaient jeunes. Habillée comme un garçon, elle faisait moderne. À son arrivée, elle m'avait paru rurale et décolorée. Tout à coup, je la trouvais intelligente, pleine de promesses, fraîche comme l'air du large. J'ai envoyé promener son embarras :

— Il va falloir vous habituer à fréquenter des bourgeois parce que le sort de Cosme est entre leurs mains. Driss et lui ne sont déjà plus que de vagues arrière-pensées. Ce qui se passe à Versières reste à Versières et, pour être franc, tout le monde s'en moque. La France réelle n'est qu'un vivier à bonnes affaires. Une fois pêché les dossiers croustillants qu'elle offre, on la laisse à son triste sort. Ce qu'on va mener, c'est un combat de coqs parisiens. Des avocats, des journalistes et le ministère de l'Intérieur vont s'affronter. Un peu au tribunal, beaucoup dans les journaux, pas mal sur les réseaux sociaux. Tous des bourgeois. Allons manger dans une de leurs cantines balnéaires pour attraper leur accent. Et puis voyez les choses comme elles sont, Yvonne : on va s'éclater.

Elle a souri puis elle a haussé les épaules, l'air de dire « ce type est dingue mais ce n'est pas l'heure de l'emmener à l'asile. Suivons-le un moment ». Une fois dehors, comme elle déverrouillait le cadenas de son vélo, elle m'a demandé si j'aimerais dîner au restaurant à la table voisine de ma femme de ménage. Réponse : peut-être pas. Mais ce n'est pas ce que je lui ai dit :

— Vous auriez dû être avocate, Yvonne. Ce genre de question qui résume la situation et met dans les cordes celui à qui vous la posez, c'est exactement ce qu'on cherche pendant les procès et qu'on ne trouve qu'une fois la séance renvoyée au lendemain.

Clovis en personne nous a accueillis. Il parle fort, tape sur l'épaule, sert des tranches de steaks pour Wisigoth affamé, appelle tout le monde par son prénom, passe toutes les trois minutes remplir votre verre, apporte d'office une seconde bouteille, ne vous laisse pas partir sans une bonne dose d'armagnac et vous tend en rigolant le genre de notes qu'on règle à tempérament. Avec ça, excellent cuisinier, il ne prend pas de risques : sa carte n'a que dix lignes. Des plats tout simples, rien à voir avec les recettes pour technicien moléculaire. Depuis le temps, il les fait à merveille. Évidemment, il s'appelle Clovis comme moi je m'appelle Chilpéric mais il affecte une jovialité de Mérovingien tant que vous ne parlez pas d'interdits alimentaires et ne prononcez pas le mot gluten. Alors qu'Yvonne venait de me dire qu'il ne serait pas ravi pour son standing de la voir arriver, il lui a sauté au cou, l'a embrassée et lui a tapé sur les fesses en proclamant qu'il allait remplumer tout ça. Puis, au lieu de la cacher dans un recoin comme elle s'y attendait, il nous a installés en pleine salle à côté d'une table de jeunes voileux éméchés, bruyants et escortés de trois blondes auxquelles ils faisaient la roue. Aucun risque qu'ils écoutent notre conversation.

Yvonne s'est assise comme une plume se pose. Elle a commandé des pétoncles farcies. Quatre ou cinq bouchées dont elle a fait une espèce de jeu d'échecs, déplaçant l'une sur l'assiette, tenant longuement l'autre au bout de sa fourchette avant de la reposer sous une feuille de salade. Pas de problème, en revanche, avec le muscadet doux comme un vin d'Alsace. Sa timidité et sa raideur d'institutrice n'y ont pas résisté. De toute façon, je l'interrogeais sur Cosme. Telle une vieille à sac et chignon parlant de son petit-fils, elle aurait pu radoter sur lui jusqu'à la fin de la nuit. Elle s'inquiétait. À son retour à Larmor-Baden, pendant des jours, il n'avait pas desserré les lèvres. Comme il n'avait jamais été bavard, elle ne s'était pas trop émue au début. Impossible pourtant de le confesser. Un mot inconsidéré et le silence s'abattait. Ça s'était un peu arrangé quand il avait retrouvé son poste de moniteur de voile. Il adorait les enfants. Et ainsi de suite. Si elle espérait m'arracher des larmes, elle était mal tombée. En quarante ans de carrière, mon cœur s'était blindé. Mais telle n'était pas son intention. Son but n'était pas de m'annoncer que la belle brute était verrouillée comme une serrure. Elle avait un message beaucoup plus lourd de conséquences à délivrer. C'était pour lui qu'elle m'avait accompagné chez Clovis. Deux heures après avoir sonné à ma porte, elle a fini par le sortir. À voix basse :

— Je crois qu'il reste amoureux de la petite Danièle.

La stagiaire ! Tout à coup, un personnage secondaire se glissait au premier plan. Dix secondes plus tard,

Yvonne a enfin lâché l'information qui lui brûlait les lèvres :

— C'est elle qui a provoqué le drame.

Et là, métamorphose, sans longs silences pour reprendre le fil de son raisonnement, elle a raconté l'après-midi du drame dans sa version originale. En gros, son gentil garçon, missionnaire de la paix civile, avait promené une dingue de la loi et de l'ordre dans les rues de Versières. En trois semaines, arrachant une à une les phrases à Cosme, elle avait reconstitué le déroulement de leur promenade amoureuse et son épilogue sinon meurtrier, du moins mortel. L'affaire prenait un autre tour car, tout cela, la juge d'instruction l'ignorait. Ni Cosme ni le commissariat n'avaient mis en cause la jeune fille. C'était le personnage muet de l'aventure. On ne l'avait même pas convoquée au Palais de justice de Bobigny ! Et, cerise sur le gâteau, sans s'en douter, Yvonne avait gardé le meilleur pour la fin. La demoiselle s'appelait Bouyx et avait pour père un avocat. Maître Adrien Bouyx. Un type de mon âge. Je l'avais même connu, à vingt-deux ou vingt-trois ans, car on avait fait nos premiers stages ensemble auprès de Lombard quand il avait ouvert une antenne de son cabinet marseillais à Paris. Depuis, on avait mené des carrières parallèles. Vingt ans de pénal avant de passer au droit des affaires. Une reconversion très rentable pour lui aussi car, un jour, dans *Elle Décoration*, j'avais vu un reportage sur sa maison de l'île de Ré, le genre de cahute toute simple où le moindre torchon vient de chez Hermès.

Quand Clovis a apporté les cafés, j'étais rêveur. Trois avocats préparaient leurs attaques l'un contre l'autre sur leur terrasse face à la mer, l'un sur le bassin d'Arcachon, l'autre dans le golfe du Morbihan, le dernier à l'île de Ré. C'en était presque obscène. Je voyais déjà la suite : pour Driss, une marche blanche ; pour Cosme, une lettre de licenciement ; et, pour nous, des portraits pleine page dans *Libé* et *Le Figaro*. L'hypocrisie française dans toute sa splendeur. Cosme est entré dans le restaurant à ce moment-là.

Rien à voir avec le Hamlet désenchanté peint par sa mère. Il a commencé par saluer les joyeux lurons de la table voisine qui ne connaissaient que lui. Le petit gars timide embrassait tout le monde. Son sourire plein de dents étincelantes donnait soif. Visiblement, les filles lui trouvaient l'air très savoureux. Moins toutefois qu'Yvonne qui le dévorait des yeux. Elle me l'avait décrit comme le prochain trésor à inscrire au patrimoine mondial. Tel un petit lapin pris dans la lumière des phares, elle restait pétrifiée de tendresse et d'admiration. Quand il nous a rejoints, elle lui a demandé d'où il venait. Réponse : « De nulle part. » Clovis a apporté deux verres mais il a demandé seulement un café. On aurait juré qu'il n'avait jamais bu autre chose que de l'eau d'Evian. Détail amusant, révélateur ou inquiétant (c'est le mot que je retiendrai aujourd'hui), il était habillé exactement comme sa mère. Jean délavé, tennis claires, chemise blanche et pull marine. Même leurs coiffures se ressemblaient : blonde et courte pour elle, presque rasée pour lui.

C'était le portrait de sa mère traitée à l'EPO et gonflée au lait entier. Avec, en prime, le sourire qui, elle, semblait l'avoir désertée. Sauf que derrière la mine ouverte, il cachait une froide efficacité qui aurait dû m'inquiéter aux premiers mots prononcés d'une voix douce :

— Donc, c'est d'accord. Vous acceptez de prendre les économies de maman.

En trente ans de métier, s'il y a un terme qui, d'habitude, déclenche toutes mes alertes, c'est d'entendre le mot « maman » dans une bouche d'adulte. Rien de tel. J'ai juste ri et mis ma main sur le bras d'Yvonne quand elle a protesté. Puis il a haussé les épaules, affirmé qu'il me faisait toute confiance et, sans bouger de sa chaise ni prononcer une parole, il a écouté sa mère résumer ce qu'elle m'avait dit. Il n'a rien rectifié, n'a apporté aucune précision. Même mutisme quand je m'en suis mêlé. Il approuvait tout, d'un air si tranquille et sûr de nous que, chez un autre, j'aurais trouvé ça exaspérant. Tout en lui aurait dû m'énerver. Et d'abord, le fait que, les semaines suivantes, il n'est jamais venu chez moi. À présent que sa mère m'avait harponné, il me fuyait.

Je ne l'ai plus croisé à Ilur. Impossible de lui faire raconter sa vie quotidienne au commissariat de Versières. Quand je me plaignais au téléphone auprès d'Yvonne, elle passait elle-même à la maison répondre à mes questions. Un jour, un seul, il s'est présenté à Saint-Mervor. Tôt le matin, après une nuit de tempête, il est venu emprunter le kayak. Il voulait passer sur la plage du Vran de l'Île-aux-Moines, longer la côte de Larmor-Baden et se faufiler à Irus pour ramasser les huîtres que la mer déchaînée avait arrachées à leurs parcs. Il soulevait chaque syllabe comme une pierre. Quand il a fini les trois phrases nécessaires pour expliquer son programme, il a ajouté qu'Yvonne et lui m'attendaient le soir chez eux pour un festin de fruits de mer.

J'ai frappé à leur porte à vingt heures. Une maison de pêcheur, petite et jolie, en plein bourg, avec juste un massif d'hortensias de chaque côté de l'entrée. J'apportais des roses. Yvonne les a installées dans un vase et m'a servi un whisky. La bouteille était pleine, elle l'avait achetée pour moi et cela m'a embarrassé. Elle buvait un kir quand Cosme est apparu, sortant de la salle de bains, avec juste une serviette autour de la taille. Il a paru stupéfait que je sois déjà là et a filé dans sa chambre. À son retour, il m'a proposé d'ouvrir les huîtres avec lui pendant que sa mère mettait la table. Une épreuve à fuir de toute urgence. Mon père m'a montré dix fois comme il est facile de trancher le ligament mais je n'y suis jamais arrivé. Si je me lance, on avale autant d'écaille que de coquillage :

— Je ne ramasse pas les palourdes, je n'ouvre pas les huîtres, je ne vais pas à la messe, je ne fais pas de vélo et je ne picole pas au bistrot. Je suis breton de père et de mère mais ma Bretagne à moi, c'est plutôt Chateaubriand et Gauguin. Dans un pays, il faut aussi des mollusques bons à rien et paresseux comme l'herbe.

Il s'est appuyé le boulot tout seul et, franchement, ses bras dont je n'aurais pas fait le tour à deux mains n'ont pas servi à grand-chose. Ni gants, ni grimaces. On aurait dit qu'il pelait des bananes. En dix minutes, il a ouvert une soixantaine de creuses et de belons qu'il a disposées sur un plateau en métal et apportées à table. Yvonne avait choisi un muscadet délicieux, le pain noir était croustillant, le beurre salé doux, aucun de nous n'a pris de citron. Ensuite, on est venu à bout d'un kouign-amann et, à deux, de la seconde bouteille de muscadet. Cosme buvait de l'eau, servait à table et nous regardait bavarder avec une patience de pêcheur à la ligne. À vingt-deux heures, quand je suis parti, il n'avait pas prononcé plus de dix phrases. Il m'a raccompagné jusqu'à ma voiture. Quand j'ai été assis au volant, il m'a tapé sur l'épaule et m'a dit bonsoir :

— Si vous me sortez du trou, je vous ferai un beau cadeau.

Je n'ai pas demandé de précisions. Même si je le trouvais bizarre, je n'ai pas soupçonné un instant qu'il me manipulait.

Florence de Savay, directrice de cabinet à Beauvau

Après la tuerie de la Promenade des Anglais, les Alpes-Maritimes sont devenues le premier souci du ministre. Les élus locaux traquaient les boucs émissaires. Comment nos services avaient-ils laissé ce camion grimper sur les trottoirs pour semer la mort ? Moi la première, j'aurais aimé comprendre. À défaut, le cabinet passait des heures à chercher des justifications et à rédiger des communiqués. Pour ne rien arranger, la tension montait à Vintimille, vingt kilomètres plus loin. Nos hommes n'en pouvaient plus de contrôler des migrants, de les interpeller et de les relâcher. Désormais, pour eux, entrer en contact avec quelqu'un, c'était lui demander ses papiers sous l'œil d'associations et de bons samaritains qui affectaient de les prendre pour des troupes d'occupation. Un syndicat parlait de faire une ou deux journées « Portes ouvertes ». Tout le monde entrerait, on indiquerait le chemin de la gare et, une fois à Nice, Érythréens et Soudanais n'auraient plus qu'à se promener sur le front de mer. Je suis à l'Intérieur depuis ma sortie de l'ENA, il y a vingt ans, et je connais la maison : ils n'auraient jamais mis cette menace à exécution. Rouaix tremblait. Il voulait descendre sur place mais craignait de se faire huer devant les caméras. Il m'a donné l'ordre d'y aller. Mon programme tenait en un mot, désamorcer :

— Faites toutes les promesses qui vous passent par la tête. Calmez le jeu et repérez les deux ou trois responsables qui connaissent le terrain et ont la confiance de leurs bonshommes. Dégotez l'interlocuteur qui passera pour nous la bonne pommade cicatrisante. Ne leur annoncez pas un nouveau Pasqua. Je n'y vais pas pour lever le coude et faire les promesses de Tartarin. Dites-leur que je suis ennuyeux comme la pluie mais résolu à les aider.

Au passage, comme Daech m'avait privée de vacances, il m'accordait deux jours de plage à glisser entre mes rendez-vous à la préfecture et à la frontière. Je suis descendue aux Belles-Rives, à Juan-les-Pins. Scott Fitzgerald y avait fait les quatre cents coups. En septembre, il leur restait quelques chambres. Mon arrivée avec escorte policière n'est pas passée inapercue. Tout l'appareil d'un incognito de reine m'accompagnait. Ils m'ont donné la suite où avait dormi Churchill. À croire que lui aussi avait laissé des traces partout entre Nice et Monaco. J'ai accompli ma mission avec sérieux. Rien de compliqué, il suffisait que j'écoute les doléances des uns et des autres. Nos gros durs n'en pouvaient plus de n'avoir que le sale boulot à accomplir. Ils réclamaient du compassionnel. Tous disaient la même chose : « On est les éboueurs de la Riviera. Au mieux, on joue les ambulances. Avant on faisait les sorties d'école, les secours aux blessés, la circulation, toutes choses qui valent l'amitié des passants. Plus personne ne nous aime… »

Depuis *Charlie Hebdo*, ils avaient pris goût à la popularité. Au lieu de les mettre au garde-à-vous pour leur hurler de se tenir droit, j'ai joué les Mère Teresa. Ça marche aussi. Le deuxième soir, trois commissaires de police m'ont invitée à dîner à La Petite Maison. C'est le passage obligé à Nice, près du marché. Toutes les huiles finissent là. On a éclusé des barriques de sainte-roseline en comparant les mérites respectifs de Sarkozy, Pasqua et Valls. Et on est tombés d'accord : le dernier grand ministre de l'Intérieur était Fouché – Joseph, bien sûr. Heureusement qu'aucun journaliste ne tendait son micro. On a complètement déraillé. Les vieilles lunes de la gauche maternelle sont passées par-dessus bord. Mon résumé de la politique actuelle était impubliable :

— Il y a les rêves socialistes : accueillir tout le monde. Puis il y a ceux de droite : foutre tous ces intrus dehors. Et, au milieu, il y a nous : en éliminer autant que possible en proclamant notre passion pour le droit d'asile.

Résultat : éclat de rire général et une tournée de plus.

Je ne sais pas comment j'ai retrouvé la porte de ma chambre. Ils m'ont promis qu'on remettrait ça le lendemain. Ok, c'était bon signe mais il ne faut pas abuser. J'ai mis les choses au clair : après dix-huit heures, relâche. J'en avais par-dessus la tête d'entendre sans cesse les mêmes griefs. Le samedi, à midi, je les ai plantés là pour aller à Beaulieu visiter la fameuse villa Kérylos, une espèce de blockhaus athénien posé sur une pointe au-dessus de la Méditerranée. Une promenade platonique. Le sémillant commissaire de police de Beaulieu qui m'accompagnait portait une alliance.

Vu de loin, on tombe sur une forteresse séduisante comme un bouton sur le nez. À peine entré dans le jardin, en revanche, on se promène chez Périclès. Du péristyle au vestibule et des galeries basses aux terrasses, la lumière garde la fraîcheur des petits matins de l'Histoire. Les pièces ont l'air de jeûner. On savoure le silence. Pas de tableaux aux murs, de coussins, de bibelots. Une pauvreté ruineuse. Et d'époque. Le premier propriétaire, un richissime universitaire helléniste de la Belle Époque, avait fait venir de fouilles en Grèce les céramiques, les statues et jusqu'aux gonds des portes. Benjamin, le commissaire, s'est promis à voix basse de revenir avec ses enfants. Il découvrait l'endroit. Je l'ai rassuré : en vraie Parisienne, je ne suis jamais montée sur la tour Eiffel et je ne suis allée que trois ou quatre fois au Louvre, toujours avec une délégation. Accoudée à un parapet face à la mer, les pieds posés sur un tapis d'aiguilles de pins, sous la douce chaleur de septembre qui laissait s'exhaler les aromates, j'ai trouvé à la France un parfum de béatitude gréco-latine. Benjamin parlait bas, d'une voix douce, avec un léger accent du Midi, juste assez pour être ensoleillé, rien à voir avec la fanfare des ténors marseillais dont la voix transporte leur bouillabaisse avec eux. Il a demandé si je savais que cette maison avait été bâtie par des juifs. Il avait lu avec attention les panneaux consacrés à la famille Reinach :

— C'est ce qui manque à la communauté musulmane de France. Des hommes assez établis et assez riches pour imprimer leur marque sur le paysage, prouver leur culture, arracher leur certificat de nationalité par leurs talents.

— Vous avez le foot. Le monde entier sait que Zidane est français. Ses buts ont plus marqué l'opinion que s'il avait offert une aile supplémentaire à un musée de Marseille.

Il a mal pris la remarque :

— Je vois. Les juifs s'intègrent par le haut et nous par le bas. Eux apportent des prix Nobel, nous des trophées sportifs et eux et nous, c'est la France.

Un instant, j'ai craint qu'il se replie sur lui comme un lapin dans son gîte. Erreur : les humiliations sont aussi la faille par où la lumière pénètre en nous. Il a posé sa main sur le mienne et m'a regardée en face :

— Les juifs ne seront jamais aussi français que nous. Un Marocain peut bien tout oublier du Maroc, le Maroc ne disparaîtra pas. Le monde musulman est immense. Il peut offrir des millions d'hommes à l'Occident et les effacer aussitôt de ses tablettes. Israël, au contraire, est une petite île que tôt ou tard une marée submergera. Les enfants de sa diaspora ne peuvent l'abandonner car, demain, ils auront la mission de rebâtir une fois encore leur fameux temple.

Nous sommes de bien meilleurs citoyens qu'eux. Nous, nous n'avons plus qu'une patrie, la France. Dans dix ans, quand plus personne ne parlera de Daech, Jérusalem demeurera une torche folle et les juifs voudront qu'on s'en mêle.

— Les Reinach ont donné plusieurs fils et neveux à la France en 14-18. Je ne crois pas qu'on doive juger les gens par catégories. Les juifs, ça ne veut rien dire. Dans les années 1930, les nôtres ont très mal accueilli les malheureux qui fuyaient les nazis en Allemagne ou la misère en Europe orientale. Ils étaient aussi xénophobes que le reste de la population.

— En somme, le vrai signe d'intégration d'une communauté, c'est de reprendre à son compte les bassesses du pays qui l'accueille. Dans ce cas-là, je vous rassure : les Beurs, comme vous dites, sont les premiers à vouloir fermer les frontières.

J'aurais aimé qu'il développe cette idée mais un couple s'est installé près de nous face à la mer et Benjamin m'a entraînée à travers le jardin. J'étais toute disposée à m'immoler dans un bosquet mais il n'avait aucune intention d'attenter à ma vertu :

— Je n'aime pas trop parler de Beurs ou de juifs avec des voisins contre mon épaule. Ils écoutent et vous jugent. On est vite suspect en France. De détester les premiers si on est flic ou de droite, les seconds si on est musulman ou d'extrême gauche. C'est exaspérant, on n'écoute pas ce que vous dites, on analyse d'où vous le dites. Moi, en tant qu'officier, aucune vérité inconvenante ne m'est autorisée. La liberté de pensée est une blague. Je m'y suis habitué. Dès que j'enfile mon uniforme, prudence et silences fonctionnent comme des roulements à billes.

Il avait parfaitement le droit de me dire qu'il passait un moment délicieux avec moi mais n'y a pas songé un instant. Au lieu de jouer à Tristan et Yseult, il nous lançait dans un dialogue entre Onfray et Finkielkraut. Sans rosé, c'était carrément rasoir. Je l'ai invité à déjeuner. On a refait le tour de la maison, je lui ai offert le catalogue à la boutique et il m'a accompagnée aux Belles-Rives. À l'aller, sa BMW décapotable m'avait étonnée. Je lui ai demandé s'il avait tant de primes que ça. Il ne l'a pas mal pris :

— Si vous croyez que les migrants ont les moyens de nous verser des dessous-de-table, c'est que je vous ai mal expliqué la situation. Enquêtez plutôt sur le secrétaire général de la préfecture, je la lui ai achetée d'occasion.

En effet, on verrait peut-être plus tard. Sacrifier un haut fonctionnaire sur la Riviera peut toujours servir de contre-feu si mon ministre se retrouve un jour dans les cordes. À tout hasard, j'ai demandé son nom puis on est passés à autre chose. Il m'a laissé le volant. Un de mes vieux fantasmes : conduire cheveux au vent une décapotable sur la Côte et balancer des répliques à la Grace Kelly. Sur ses indications, on s'est promenés à travers les petites rues de la presqu'île du cap Ferrat. Derrière les feuillages et les murs, la moindre propriété aurait pu héberger cent réfugiés. D'après Benjamin, la plupart des propriétaires ne s'en seraient même pas rendu compte car ils ne viennent presque jamais dans leurs palais. Ça m'a tout de même paru prématuré. Il en a convenu. Il y aurait plutôt logé ses hommes. Jouer les méchants du matin au soir, c'est usant. Qu'au moins ils sachent ce qu'ils protègent. Je lui ai demandé de préciser sa pensée. Elle était très claire :

— Une qualité de silence. Ici, on est dans la vraie France, à l'écart, celle qui compte, qui décide de tout, qui ne se montre jamais, pour qui les migrants n'existent pas sous une autre forme que les souris qu'ils emploient au noir. Pour eux, nous sommes juste des employés. C'est vraiment gentil qu'ils nous laissent le droit de vote. À se demander si ça sert à quelque chose.

J'ai préféré en rigoler :

— Si, c'est très utile. Sans les élections, j'aurais toujours le même patron. Pensez à moi quand vous choisissez votre bulletin. L'alternance, c'est le charme de la vie.

— Alors, vous allez être servie. Hollande ne sera jamais réélu. Il quittera bientôt la cathédrale pour retrouver sa quincaillerie.

Décidément sa franchise me plaisait, mais j'ai souri sans commenter et on a rejoint l'hôtel. Je lui aurais volontiers suggéré de monter dans ma chambre enfiler un maillot de bain mais je suis une lady. Nous sommes allés déjeuner sur la terrasse, à l'ombre d'un parasol, juste au-dessus des vaguelettes. C'était le plus bel homme de l'endroit. En marchant vers notre table, j'ai eu l'impression de l'exhiber comme une montre Cartier au poignet. Quand il a retiré sa veste et remonté ses manches de chemise, les veines avaient l'air de ramper sur ses bras lisses comme un lac. Pas un poil. Je lui ai demandé s'il faisait beaucoup de sport. Affirmatif :

— Dans mon dos, les gars du commissariat m'appellent « Poulet aux hormones ». Ils croient que je fais de la chimie en salle. C'est faux. Il n'y a pas encore de compléments alimentaires halal.

Blague ou pas, je n'ai pas demandé. Il a ensuite commandé un tartare de crevettes au citron et aux artichauts puis des langoustines rôties au gingembre. Du 100 % orthodoxe. Je l'ai félicité. Ça ne l'a pas amusé :

— Là encore, vous êtes en pleine paranoïa française. Vous croyez que les épiceries halal sont des lieux de communion pour islamisme rampant. Ouvrez les yeux : c'est du commerce. Il y a des musulmans français entreprenants. On a découvert une niche rentable, on l'occupe. N'allez pas dénicher une sourate du Coran à chaque fois qu'on crée une affaire. On fait comme les autres, on gagne de l'argent, point final. Du reste, les grandes surfaces y viennent. Carrefour ne finance pas Daech et ouvre quand même des rayons halal. La religion musulmane rend la France complètement folle.

S'est-il inquiété que je ne l'interrompe pas ? Il m'a servi un verre de rosé, en a versé dans le sien et l'a levé dans ma direction pour me souhaiter un bon repas. Puis il a trempé ses lèvres avant d'indiquer d'un mouvement discret du menton une femme jeune et élégante qui déjeunait deux tables plus loin, voilée :

— Qui dérange-t-elle ? En Angleterre ou aux États-Unis, personne. Chez nous, beaucoup de gens. Ils ouvrent les yeux pour la voir puis les ferment, exaspérés, sans remarquer qu'on ne porte pas le voile de la même manière à Kaboul, à Riyad, à Istanbul ou à Nice. On grelotte d'anxiété à la perspective d'un islam à la française alors qu'en fait, il n'y a qu'un culte autorisé en France, celui de la déesse Laïcité. Elle, ses intégristes ne dérangent personne.

Je n'ai pas eu envie de lui expliquer qu'en France le voile ramène les femmes à un statut inférieur. Qu'on s'y oppose par galanterie. Autant enfiler les dentelles de Marie-Antoinette pour vanter l'Ancien Régime à Toussaint Louverture. Je suis revenue sur ses propos à la villa Kérylos. Les Beurs étaient-ils opposés à de nouvelles immigrations ? Il n'en démordait pas :

— On est en train de faire notre trou, les choses s'arrangent et vous laissez le robinet grand ouvert pour que nos quartiers demeurent un enfer. Dommage qu'on ne fasse pas de statistiques ethniques, les grandes âmes seraient surprises. Les bagarres de cités, c'est entre Beurs et Africains. Pareil à Vintimille parmi les migrants.

Et là, soudain, il en a eu assez :

— Ça fait trois jours qu'on parle de ça. J'en ai marre de disserter sur le racisme dans le pays qui en souffre le moins au monde. Si vous me racontiez autre chose. Décrivez-moi plutôt Beauvau.

Je l'ai fait rire. Puis ce fut son tour. Il a réglé leur compte à toutes les huiles du département. La guerre entre Estrosi et Ciotti, c'était Agnan et le Petit Nicolas en bagarre dans la cour de récréation. Il me le fallait au ministère. Mais les flics allaient pester. Un gendarme à Beauvau, ils pourraient se froisser. Avant de lui en parler, je tâterais le terrain auprès de Rouaix.

On prenait le café sur la plage quand mon portable a sonné. Un numéro inconnu s'est affiché sur l'écran. Je ne prends jamais ces appels. Sauf cette fois-là. Pourquoi ? Aucune idée. C'était un certain Guillaume Vincourt, rédacteur en chef de *Scoop*. Je me suis maudite d'avoir répondu. Je n'aime pas avoir affaire à la presse. Quand elle vous lèche les bottes, on ne sait jamais si elle vous tend une pastille Vichy ou une capsule de ciguë. En général, ceux qui m'appellent sont aimables mais je ne suis pas née de la dernière pluie. Même une bête apprivoisée peut mordre. Celui-là, du moins, était poli. Il s'est excusé de me déranger un samedi. Il avait besoin d'une information. À propos de Jean-René Pacé, un acteur :

— Vous devez savoir qu'il a renversé une vieille dame en garant sa voiture devant le lycée Henri-IV. Plusieurs quotidiens ont publié l'information. D'après *Le Parisien*, la police appelée sur place a contrôlé s'il avait de l'alcool ou de la drogue dans le sang. On me dit que le résultat des tests a été négatif. Pouvez-vous me le confirmer ?

Je suis tombée des nues. Que croyait-il ? Que l'administration était au service de la presse people et de ses ragots ? Je l'ai envoyé promener :

— Cette information relève de la vie privée de cet acteur. Je ne comprends même pas comment vous avez le culot de me poser une telle question. Vous n'avez qu'à envoyer votre armée de concierges faire leur travail.

— Mon armée est toute petite. Vous seriez étonnée de découvrir que nous sommes moins nombreux pour faire le premier journal d'information de France que vous pour publier quatre fois par an votre insignifiante revue ministérielle. Je ne vous demandais rien d'infamant pour M. Pacé, au contraire. Décidément, chez vous, tout est Secret Défense. C'est pénible. À moins que ce ne soit providentiel. Pour vous, bien entendu.

Une voix en dit plus que les mots qu'elle prononce. Sur la fin, son ton avait baissé. Le rythme de ses phrases aussi. Il n'interrogeait plus, il laissait planer une menace. Il ne faut pas me chercher mille ans pour me trouver :

— Qu'insinuez-vous ? Que je sache, je n'ai rien à cacher !

— Parfait. Dites-moi juste qui paye votre suite aux Belles-Rives. À défaut d'un papier sur Pacé, je vais demander au service politique de consacrer une brève à votre passage sur le front de Vintimille. J'ai déjà eu l'écho de votre soirée à La Petite Maison et de vos invocations à cette bonne sainte-roseline. Nos lecteurs n'iront pas prendre la Bastille pour autant mais le montant de la note les amusera.

Il mentait. J'en aurais mis ma main à couper. Jamais La Petite Maison n'aurait donné notre note. Ni mes hommes. Quelqu'un nous avait vu lever le coude, voilà tout. Mais le b-a-ba de mon métier est de ne jamais nier la vérité. On ne recule que pour mieux sauter. Je l'ai prié de m'accorder quelques instants :

— Je ne suis pas seule. Je vous rappelle dans cinq minutes.

— C'est trop aimable. Je vous remercie infiniment. À tout de suite.

Sale con. En plus, il la jouait « bonne société ». Je me suis excusée auprès de Benjamin. Qu'on nous dérange l'arrangeait, il allait chercher ses mômes au foot. Quant à Pacé, je n'avais aucun souvenir de son accident mais l'officier de permanence au ministère m'a confirmé le contrôle et donné la réponse : l'acteur avait un coup dans le nez mais pas un gramme d'herbe ou de cocaïne dans les veines. J'ai rappelé Vincourt pour le lui dire. Il m'a remerciée et a même proposé de m'inviter à déjeuner. Pour préparer un entretien avec mon ministre. Sur la question des migrants. J'ai botté en touche sèchement. Et dit que j'en parlerais avec le chef du service politique de son journal, encore un beau mec marié et sympa qui me regardait comme un élément de décor. Il s'est pris cette fin de non-recevoir de face mais ne m'a pas lâchée :

— Dommage. J'aurais aimé vous rencontrer. J'ai une autre question à vous poser. Toujours à propos de l'affaire à laquelle Jean-René Pacé est mêlé.

— Que de mystères ! Je ne comprends rien. De quelle affaire parlez-vous ?

— De l'affaire d'un jeune Beur tué à Versières. Vous voyez de quoi je parle ?

— Très vaguement.

— On me dit que c'est François Hollande lui-même qui a donné à sa famille le nom d'un avocat. Sur recommandation de votre ministre. Je me demandais si vous pourriez me le confirmer.

Mon Dieu ! Les quatre feuillets transmis à l'Élysée le soir de la mort de Driss revenaient sur la table. En effet, j'y avais inscrit le nom d'Hassan donné une heure plus tôt par le maire de Versières. Mon compte était bon. Si la presse associait le président de la République à l'incident par ma faute, Rouaix allait me tomber dessus comme une tonne de béton. Dans ce genre de situation, une seule attitude : se refermer comme une huître et attendre que l'autre ait abattu toutes ses cartes. Puis nier. Tout nier :

— Je n'ai aucune lueur sur le sujet. Pour être sincère, je ne sais rien de particulier sur cette affaire. J'ai dû m'en occuper deux fois deux minutes. Puis est survenu le drame de la Promenade des Anglais et nous sommes passés à autre chose. Mais vous connaissez comme moi maître Lebrun. Dès qu'il a fini de lire la presse, il se jette sur son téléphone pour proposer ses services. Le président n'est pas son rabatteur. Appelez plutôt son cabinet.

— C'est un peu brumeux mais je vais suivre vos conseils et passer ce coup de fil. Et merci. Quel dommage de ne pas vous voir. Tout le monde me parle de votre charme…

Il n'aurait pas dû prononcer ces mots. Je n'ai retenu qu'eux. Se moquait-il ou quelqu'un lui avait-il dit que j'étais canon ? Je n'allais pas rappeler pour demander des éclaircissements. Allongée sur une chaise longue, j'ai plutôt regardé mes mails. Il y en avait vingt-cinq.

À croire que toute la France attendait mon avis. J'étais quelqu'un. Mais j'étais seule. J'ai eu le cafard. Je menais la vie dont j'avais toujours rêvé et je m'ennuyais à périr.

Le temps que j'attrape quelques couleurs, Benjamin est revenu pour m'accompagner à l'aéroport. Quand il m'a demandé ce que me voulait ce journaliste, prise de court, j'ai répondu qu'il voulait me parler de l'affaire de Versières. Il m'a ouvert les yeux :

— Versières. Excusez-moi mais c'est quoi, l'affaire de Versières ?

Il avait complètement zappé la mort du petit Driss et la mise en cause du jeune Breton. Même mis sur la piste, il lui a fallu plusieurs secondes pour qu'un vague souvenir de l'incident lui revienne. Ce beau capitaine me réchauffait le cœur. On pouvait tourner la page. Quelques entrefilets indignés nous rappelleraient à l'ordre. Il suffirait de hausser les épaules. Je ne serais pas venue pour rien à Vintimille. Les histoires de migrants étaient insolubles mais l'affaire de Versières, elle, allait passer à la corbeille. Tout simplement.

Hassan Saïdi, chargé de mission à la mairie de Versières

J'ai commencé à sentir le roussi au changement de ton du maire. Il m'en voulait des malheurs de l'épicerie Battista. D'habitude, Mollien me demandait de mieux tenir les gamins de la cité puis il me tapait sur l'épaule en murmurant « Bon courage, je te fais confiance ». Là, devant le conseiller municipal chargé des relations avec les commerçants, il m'a pris de haut :

— La réalité est en train de t'échapper. Je ne veux plus me cogner dans les reporters d'*Aujourd'hui en France.* Tu es là pour que ça glisse, pas pour faire ton business.

Tant qu'elle permettait à la ville de rester calme, ma tambouille l'arrangeait. Il ne posait pas de question non plus quand je lui offrais des bouteilles de chasse-spleen payées avec les mirobolants 1 500 euros de salaire qu'il m'accordait. Cette chiffe molle avait dû se faire remonter les bretelles par la nymphomane du ministère de l'Intérieur. Je lui ai répondu qu'on avait les noms des deux gamins responsables du « saccage » et que la police pouvait les convoquer :

— Mais ce sera à nos risques et périls.

Surtout pas ! À peine un pas posé en avant, il en a effectué deux en arrière. Un François Hollande au carré ! Pour autant, je n'étais pas rassuré. Les mois passaient et on ne savait toujours pas comment Driss était mort. La thèse de la chute accidentelle aurait convenu à tout le monde mais quelqu'un avait bel et bien piqué sa montre. Rentré du bled où il avait passé l'été en exil, le copain qui avait transféré les photos à Mediapart jurait n'avoir pas revu Driss après le match de foot. Deux mois chez ses tantes à Tizi-Ouzou l'avaient dégoûté de l'Algérie. Il voulait que je l'aide à entrer au lycée de Landry, moins consternant que celui de Versières, véritable toboggan vers l'ANPE. Pour qu'il aille y mettre la pagaille ! Je lui ai conseillé de commencer par se tenir un trimestre à carreau. On verrait à la rentrée de janvier. J'avais d'autres urgences.

J'ai mis en vente l'appartement de ma mère, rue des Petites-Écuries. On se serait cru dans la médina. Un véritable souk de théières argentées, de plateaux en cuivre, de canapés en faux Louis XV, de poufs en cuir, de tapis superposés… À la perspective de s'éloigner de ce dépôt, elle a pleuré toutes les larmes de son corps. Je préfère ne plus penser aux heures que j'ai perdues à lui expliquer qu'une fois l'argent rapatrié au Maroc, on créerait une société civile immobilière pour en racheter un autre, plus grand, plus tard, dans le Marais. Si tout s'arrangeait. Si, si, si… J'ai aussi transféré à Tanger l'argent de mes comptes. Rien de faramineux. Les dealers qui gardent leur magot en liquide peuvent tapisser leurs murs de liasses d'argent sale mais pas moi. Pour blanchir le mien, je redistribuais presque tout. S'il existait un syndicat pour défendre nos intérêts, j'aurais fait pitié. La salle de sport et la pizzéria, les deux seuls commerces de la Cité noire, m'avaient coûté un bras et me rapportaient des clopinettes, propres mais atrophiées. Personne n'irait me les acheter. Que je les lâche et elles se feraient saccager ou rançonner le lendemain. Je ne parle pas des six chauffeurs Uber que j'avais aidés à payer leurs limousines. Eux aussi gagnaient des ronds de carottes. S'ils me rendaient 200 euros par mois, je brûlais un cierge. Toute la Cité croyait que je roulais sur l'or quand j'en mettais 2 ou 3 000 de côté par mois. Mais pas question de l'avouer. En un mois, en raclant les fonds de tiroirs, j'ai expédié 100 000 euros au Maroc. Plus l'appartement. Huit ans de deal pour ça ! Hollywood n'allait pas me consacrer un film. Dommage car, côté plastique, j'étais au summum de ma forme.

Quand tout le monde m'emmerde, je cours, je fais des pompes, je soulève de la fonte à la salle et je la boucle. En octobre, j'étais à mon poids idéal : 82 kilos pour 1,86 mètre. Tout juste si mes biceps passaient dans les tee-shirts. Heureusement que je les avais, ces deux-là. Le matin chez moi, l'après-midi à la salle face aux miroirs, je ne les quittais pas des yeux. Pas question, cela dit, d'aller les montrer à Paris. Mes pecs et mes abdos, non plus. Tant de soins pour rien, c'était frustrant mais j'étais bien placé pour savoir que *Scoop* rôdait autour de nous. Le rédacteur en chef m'avait demandé un coup de main. Par quel chemin était-il arrivé à moi ? Toujours par la nympho de Beauvau, bien sûr. Le photographe du magazine avait même déposé une partie de son matériel dans mon appartement. Je préférais l'avoir à portée de vue pour orienter ses va-et-vient. Inutile de dire que j'avais balancé les revues de cul qui traînaient. À cause de lui, je ne mettais plus les pieds dans mes boîtes habituelles. On ne sait jamais. S'il me pistait ! À l'automne, je suis sorti deux ou trois fois, avec Sarah, une petite sœur sexy qui travaillait à la salle, n'aimait pas les hommes et se serait fait lapider plutôt que de l'avouer. Sans jamais avoir abordé la question, on se comprenait et on posait au couple discret. D'ailleurs, on s'est pris au jeu. Comme elle voulait devenir kinési, elle me faisait des massages. Et réciproquement. J'ai presque cru qu'on allait virer nos cutis. Quand on essayait, ça ne marchait pas trop mal. Pour une corvée, c'était plutôt agréable. Mais plus vite on reprendrait nos habitudes, mieux ce serait.

Cela dit, bon Dieu que j'ai été inspiré de me tenir sur mes gardes. Ces punaises de *Scoop* m'ont crucifié. D'abord, j'ai cru passer entre les gouttes. J'avais compris que Versières les intéressait car ils comptaient relier la ville à Jean-René Pacé. Mauvaise pioche : un numéro est sorti début novembre avec l'acteur et sa compagne en couverture. Il parlait de son prochain film, du metteur en scène, des SDF, de Greenpeace et d'Amnesty International, de Marine Le Pen… Comme a dit je ne sais qui, « une vraie caravane de lieux communs dans un désert d'idées ». Il ne faisait pas reculer les frontières de l'analyse. Pas un mot, en revanche, sur Richard Aslass. On l'apercevait derrière le couple sur une photo prise dans un trou breton mais la légende ne le citait pas. C'était juste un quidam. Et, j'imagine, une menace voilée du magazine au cas où Pacé invoquerait son droit sacré à profiter de tous les privilèges dus aux stars – et d'abord celui de profiter de leur argent à l'abri des regards. Pour moi, 4 euros jetés par la fenêtre. Trois semaines plus tard, en revanche, début décembre, le ciel nous est tombé sur la tête. Huit pages sur Versières sous le titre : « Jours tranquilles dans la cité du deal. » Et là, pas de quartier : on y passait tous.

À tout seigneur, tout honneur : le maire ne voyait rien, ne posait aucune question, subventionnait des associations de mémères maliennes piquées de tricot, installait aux frais de la commune un imam dans la Cité noire et pensait tout régler en créant des espaces pour le skate-board… Après avoir suggéré quinze pistes prometteuses à l'enquêteur du journal, la maléfique Karen Delbard se voyait récompensée par un déluge d'insinuations malveillantes. L'article en faisait une ancienne communiste, syndicaliste de choc, jamais présente à son bureau, passant ses journées à colporter des idées d'insoumission dans les escaliers de HLM. Décrite comme une vieille poule rondouillarde médisant dans son bazar, la Battista vouait aux gémonies le café arabe du coin de la rue où des « hommes mal rasés » ne servaient pas les femmes. Puis elle réglait son compte au commissaire « prétentieux comme un ministre » qu'elle décrivait comme « un cul qui n'a jamais pété ». À la lire, il dirigeait une sorte d'observatoire ornithologique où, chaque matin, des bras cassés en uniforme venaient observer de loin les mœurs des rapaces migrateurs.

Suivait une description de la Cité noire. Rien de tragique. Le journaliste qui lâchait ses coups quand il parlait d'un indigène de souche enfilait des moufles pour évoquer les habitants des Mimosas et des Rubans bleus. Soudain le propos devenait nuancé. Il voyait beaucoup de voitures propres et en bon état sur les parkings. Des gamins rieurs jouaient au pied des immeubles. On se serait cru à Ville-d'Avray. Les poubelles renversées, les tags sur chaque morceau de mur, les bancs saccagés de la gare RER, les comités de jeunes gens à l'entrée des tours, les remblais de chantiers abandonnés, les Abribus détruits, les femmes voilées, les lampadaires vandalisés, rien ne semblait le dépayser. Aurait-il vu des chameaux qu'il les aurait pris pour les montures de la garde républicaine. Une condescendance sans réserve.

Le ton changeait quand on en venait à la famille Aslass. Driss n'avait jamais été inscrit au stage de foot dont sa mère avait parlé à la police, on avait retrouvé sur lui un portable volé, sa chambre était pleine de bracelets donnant accès aux zones VIP de concerts récents, ses notes à l'école étaient consternantes… Le jour et la nuit avec le fils idéal dépeint en juillet. La mère intriguait. Son agence avait l'air d'un embarcadère privilégié pour pèlerinages à La Mecque. Ne parlons pas du frère aîné. Sa compagnie de taxis ne desservait que les boîtes branchées de Paris. Aucune phrase n'accusait mais toutes sentaient le soufre. Les Aslass ressortaient de leur paragraphe dans l'état du clan de Théo, le jeune black violé à Aulnay-sous-Bois par des policiers, dont la famille ne payait aucune cotisation sociale mais avait reçu des centaines de milliers d'euros de subventions publiques accordées au titre des emplois aidés. En gros : les mains de toutes ces victimes immigrées étaient trop pleines pour être vraiment innocentes. Glissant sur une vague de points de suspension, le journaliste n'allait pas plus loin. D'ailleurs, pourquoi se serait-il lancé dans des hypothèses puisqu'un homme avait les réponses à toutes les questions ? Qui donc ? Mais moi, Hassan Saïdi !

Le journal ne tournait pas autour des mots : j'avais mis Versières à mon nom. J'étais à la fois la fée Clochette de la Cité noire et la fée Carabosse de la commune. Un caïd stéroïdé en djellaba Adidas qui tirait les ficelles. La pizzéria, la mosquée, la salle de gym, les voitures brûlées, les associations culturelles, Uber, l'émeute de Bobigny, les attributions de logements, j'étais partout. Combines et intimidations, services rendus et dettes inavouables, tout fonctionnait comme des roulements à billes. J'appelais « petit frère » toutes les racailles environnantes. Si vous ne compreniez pas qu'un dealer s'était emparé de la ville, cessez de lire les journaux. Puis venait mon portrait. Parfois assassin quand il racontait que je faisais chanter aux gamins *La Mayonnaise* au lieu de *La Marseillaise* ou quand il citait une interview à *Aujourd'hui* où je dégommais les gesticulations « républicaines ». Parfois favorable quand il rappelait que je m'étais moqué de la mosquée de Paris dirigée par les colonels algériens, de la Ligue islamique financée par les pachas saoudiens ou de l'UOIF inspirée par les Frères musulmans. Avec une précision : « Naturellement pas un mot sur le Maroc, sa base de repli. » Même mon tatouage sur le bras gauche l'inquiétait : au lieu de la flamme de la statue de la Liberté, le journaliste y voyait le logo d'Al-Jezira ! En gros, j'avais tous les torts mais, miracle, je courais dans la neige sans laisser de traces, j'étais chez moi à la mairie et j'appelais tout le commissariat par son prénom. Franchement, trouver tout ça, c'était pêcher dans une flaque d'eau. Je redoutais bien pire. Primo : que ma mère soit citée. Secundo, et surtout, qu'on évoque mon intrigant célibat.

À neuf heures du matin, le jour de la sortie du journal, quinze messages s'affichaient sur mon portable. Les chaînes d'info, Europe 1 et RTL, *Libé* et *Le Figaro*, le Bondy-Blog et Mediapart... Je ne parle pas des SMS envoyés de la Cité. *Scoop*, qui vend d'habitude cinq exemplaires à Versières, en avait déposé trente et, apparemment, à dix heures, le kiosque de la gare RER en avait déjà écoulé la moitié. On ne parlait que de moi dans la rue. Sans doute aussi à Paris car j'oublie les trois messages laissés à l'aube par Florence de Savay. Cette peste savait où pincer :

— J'ai lu *Scoop*. Je suis soulagée. Je redoutais tellement d'y découvrir le visage de votre fiancée. Devrais-je dire l'élu(e) de votre cœur ? J'aurais perdu tout espoir. Cela dit, il faut qu'on parle. Et pas seulement de sentiments. Rappelez-moi de toute urgence.

Impossible de se défaire d'un tel pou. Le deuxième appel, vingt minutes plus tard, était plus insinuant :

— Cher Hassan. Je m'inquiète pour vous. J'aimerais vous donner un ou deux conseils. Et d'abord de ne pas réagir trop vite. Surtout n'annoncez pas que vous allez attaquer *Scoop*. Pensez plutôt à tout ce qu'ils n'ont pas écrit. Parce qu'ils ne le savent peut-être pas. Vous êtes si secret. Ils se régaleraient s'ils allaient plus loin. Appelez-moi avant eux.

Le dernier était lapidaire :

— J'aurais volontiers déjeuné avec vous mais, aujourd'hui, c'est impossible. Je vous attends à quinze heures pour prendre un café dans mon bureau. Quinze heures. C'est clair ? J'ai donné votre nom au poste de garde.

Je n'aime pas les gens qui prennent leur parole pour un médicament mais j'y suis allé. Soyons franc : j'avais une peur de proie. Elle m'a laissé mariner une bonne demi-heure dans son antichambre. Des jeunes gens en costume-cravate entraient et sortaient sans m'accorder l'aumône d'un regard. Mon blouson matelassé n'inspirait pas confiance. Je serais venu en tennis et en jogging, ça n'aurait pas été pire. Impossible de réfléchir à ce que j'allais dire, j'étais trop mal à l'aise. Quand elle est sortie de son bureau, elle m'a serré la main et tendu un exemplaire du *Monde* :

— Merci d'être venu et désolée, on a une petite

urgence. Parcourez la *Pravda*. Je vous reçois dans un instant.

Puis elle a regagné son repaire et c'est reparti pour une demi-heure. Impossible de savoir si, en effet, elle était débordée ou si c'était la comédie habituelle pour attendrir la couenne des quémandeurs.

Enfin, madame m'a reçu. Elle a demandé dans l'interphone qu'on nous apporte du café. Il y avait trois tasses vides sur son bureau. Un serveur en veste blanche les a remportées sur son plateau argenté. Personne ne lui avait parlé de Nespresso. Elle se croyait à Versailles, n'utilisait ses dix doigts que pour signer des parapheurs et allumer ses cigarettes. J'imagine dans quel sous-sol de son carnet d'adresses elle parquait les gens comme moi mais, clope au bec, elle s'est levée pour venir s'asseoir plus près, dans un fauteuil. Dans sa robe fuseau noire à col roulé, elle était élégante et virile. Elle me faisait peur mais une peur rassurante. Avec elle, on jouait franc-jeu. Elle n'a pas perdu de temps en préliminaires :

— Cinq mois déjà et on n'a toujours pas retrouvé la montre du jeune Driss. Pourtant, au Parc des Princes, je ne vous avais demandé que cette information-là. C'est à croire que vous protégez un jeune homme de la Cité. Un journal va bien finir par poser la question.

Quelle peste ! Elle appuyait où ça fait mal. J'ai soulevé deux bras impuissants et souri de toutes mes dents. Quand on n'a rien à dire… Elle s'est mise à penser à voix haute. Au fond, cette disparition l'arrangeait. Elle prouvait que quelqu'un était passé auprès de Driss après le départ du jeune flic. La police en sortait blanchie. Quant à savoir qui avait volé la montre, ce n'était pas forcément un môme de la Cité noire. Des câbles de cuivre avaient été sectionnés quelques kilomètres plus loin. Les voies ferrées attirent les voleurs. L'explication lui convenait. J'ai placé un bémol :

— Personne n'accuse votre gardien de la paix de meurtre. On parle de non-assistance à personne en danger.

— Giquel a vu Driss se casser la figure et s'est dit que la punition était suffisante. C'est un garçon placide. Personne ne met en doute sa bonne foi. Pas même la famille Aslass. On va pouvoir passer à autre chose. Et vous le premier, non ?

C'est là qu'elle voulait en venir. Elle avait un grand projet pour moi : me voir filer vers la terre de mes ancêtres. Pas tout de suite, bien sûr. Mais très vite. La semaine suivante, par exemple :

— L'article de *Scoop* en entraînera d'autres. Mollien ne peut pas vous garder. J'ai mené une petite enquête : la justice ne pourra pas prouver grand-chose et ne va pas rigoler avec vous. Mais vous ne rigolerez pas avec elle non plus. Vous connaissez l'adage : se faire acquitter du vol d'un œuf coûte un bœuf. Vous allez y laisser des plumes. Tout le monde vous tournera le dos. Tandis qu'au Maroc, vous serez tranquille pour mener vos affaires. Pablo Escobar n'était pas dealer à Brooklyn. Il était au début de la chaîne. Chez lui, bien au chaud, loin de la police new-yorkaise.

Elle délirait, ou quoi ? Je lui ai demandé si elle plaisantait. Oui, bien sûr. Elle a éclaté de rire :

— J'ai pris un mauvais exemple. Escobar a mal fini. Mais il était fou. Pas vous, n'est-ce pas ?

Tout ce qu'elle voulait, c'était m'éliminer du paysage. Mais en douceur. J'ai fini par comprendre pourquoi. Elle tremblait à l'idée que je raconte à un journal comment le président en personne avait soufflé mon nom à son meilleur ami. C'était sa hantise. Qu'un fait divers tourne à l'affaire d'État par la faute d'une recommandation venue d'elle. Pour détourner le souffle de cet ouragan, elle était prête à ouvrir grand le parapluie au-dessus de moi.

Et je dois dire qu'elle l'a fait. Abolir le délit, c'est abolir la loi.

Épilogue

Pendant des mois, j'ai eu peur. Je connaissais les questions que les uns et les autres auraient dû se poser, puis me poser. Je savais les gens qui auraient pu parler de moi et de mon enfance. Que déduirait l'avocat des Aslass de mes départs du collège d'Arradon, puis de Saint-François-Xavier ? Que la juge apprenne que j'avais été renvoyé de deux écoles pour « agressivité, susceptibilité et violence envers ses camarades » n'aurait pas arrangé mes affaires. Ma mère en était malade. Elle a failli rendre visite à l'ancien préfet des études. Surtout qu'il garde ses souvenirs pour lui ! Par prudence, elle a préféré demander d'abord son avis à maître Desdieux. Elle évoquait notre « avocat » comme elle aurait parlé de notre Bentley. Elle prononçait le nom de son métier avec des révérences dans la voix. À croire qu'avoir un défenseur nous hissait dans la hiérarchie sociale. Elle ne sentait pas le mépris dans lequel il nous tenait. Un sourire, une coupe de Bellini dans lequel ce pochetron marinait et elle imaginait qu'il la traitait d'égal à égal.

Loin de cette ingénuité, je voyais dans la caverne de ses préjugés bourgeois aussi clair qu'en plein jour. Nous n'étions que deux pauvres cloches qu'il allait secouer pour que son nom carillonne à nouveau chez lui, à Paris, au Palais de justice. Quant à nos opinions ou nos craintes, il les négligeait. Il a dit à ma mère de rayer le nom du proviseur de sa mémoire et de ne parler de rien à personne. Au pire, si ces incidents surgissaient dans la procédure, il en ferait l'indice que rebelle j'avais été et que rebelle je demeurais, avec une sympathie spontanée pour les jeunes racailles de Versières. Il allait au plus simple. Pas question pour lui de se compliquer la tâche. Une fois pour toutes, il avait choisi sa stratégie : l'injustice de l'accusation me tenait lieu de vertu. Au tout début, quand il m'avait interrogé sur l'après-midi de la mort de Driss, il avait en toute sérénité révélé à ma mère son point de vue sur mon innocence :

— Cosme n'est ni noir, ni homosexuel, ni trotskiste. Son ADN est neutre. Vous êtes pauvre, c'est encore mieux.

Nous n'étions que les clous où raccrocher sa robe noire. Il m'avait interdit d'aller chez le coiffeur. Il ne voulait pas un garde du corps du Front national quand il se présenterait chez la juge. Ensuite, il avait suggéré que je me laisse pousser la barbe. Dans les rues de Larmor-Baden, je filais comme un courant d'air dès que je l'apercevais. De toute façon, je ne l'impressionnais que par mon silence. C'était ce qu'il attendait de moi, rien d'autre. Le mutisme et l'allure d'un bon gros bûcheron canadien. En décembre et en février, chez la juge, les deux fois où il m'a accompagné au tribunal de Bobigny, il m'avait ordonné de porter un costume et une cravate pour avoir l'air docile. Et, surtout, de me faire minuscule. Je devais paraître dépassé par les événements. Interdiction absolue de protester. Même apporter une précision aurait été de trop :

— Dans tes yeux, Cosme, on ne doit lire qu'un sentiment d'incompréhension soumise. Ce consentement à l'injustice donnera envie de te protéger. Sois en veille, ailleurs. Résigné.

Bien sûr, il me tutoyait quand moi, je le vouvoyais. Il me voulait sur « Pause », débranché, perdu dans la brume poétique du pauvre petit marin breton égaré parmi les vautours de la grande ville. Ma mère approuvait cette stratégie humiliante. Donc j'obéissais. De toute façon, je n'en avais pas de rechange. À part Desdieux, tous m'avaient rayé de leur vie.

En septembre, quand j'avais donné ma démission, le brigadier Duval m'avait pris dans les bras, m'avait fait applaudir par les copains et m'avait invité à déjeuner au Narval, sa cantine de Landry. Il avait promis de me tenir au courant aussitôt qu'il apprendrait quelque chose sur la procédure. À l'entendre, le commandant Méheut maintenait la pression sur le ministère. Ils étaient tous derrière moi et feraient une fiesta pour mon retour. Je les croyais et l'avais répété à Desdieux, qui avait haussé les épaules et m'avait traité de naïf. J'avais attribué son scepticisme à la vanité de l'avocat qui voulait que tout le mérite de mon éventuelle victoire lui revienne. De fait, il y voyait plus clair que moi. Chez les flics, du jour de mon départ, je n'ai plus existé qu'aux yeux de la police des polices. Ils m'ont convoqué trois fois à Paris pour me poser éternellement les mêmes questions. Pas les bonnes, cela dit.

Je pense que comme tout le monde, ils me croyaient innocent. Plus que sur le jour de la poursuite, ils m'ont interrogé sans fin sur mes neuf mois au commissariat. Ils voulaient connaître toutes les missions que j'avais accomplies, les rondes, les permanences, la paperasse. Ce que je faisais de mon argent aussi. Les bistrots où je buvais des verres, les propos que je tenais, les films que j'avais vus. Ils revenaient sans cesse sur mes patrouilles, les contrôles que j'avais effectués. Jamais, pourtant, à ma propre stupeur et à mon grand soulagement, ils ne se sont demandé devant moi ce qu'avait pu devenir le portable de Driss. Ces gamins ne se séparent jamais du leur mais cette absence ne les interpellait pas. Ils étaient plus tourmentés par les filles avec qui j'étais sorti. Ils m'ont posé la question quatre ou cinq fois. C'était vite vu : à l'époque, il n'y en avait qu'une et elle était mariée. Cela leur semblait insuffisant pour un gars de mon âge. Sauf que l'époux servait à la préfecture de police de Paris. Ils n'ont pas osé trop creuser. Quant à Danièle, ils n'ont pas eu l'air de soupçonner qu'on avait eu une aventure. Comme les autres, ils me tenaient pour quantité négligeable. Elle était beaucoup trop raffinée pour moi. Du reste, je ne leur donne pas tort. Je m'étais résigné à ne pas la revoir.

J'ai été stupéfait qu'elle m'appelle pour Noël. Et

désarmé. Rien qu'au son de sa voix, j'ai eu la chair de poule. Un timbre doux, un ton bas, un débit posé, le son enchanteur d'une fée. Elle ne parlait plus à toute vitesse, elle murmurait. Elle m'a demandé ce que je devenais. Dans les hautes sphères qu'elle fréquente, on ne rencontre jamais personne qui travaille sur le port de Larmor-Baden et assure l'entretien d'hiver d'un chantier de Port-Crouesty. Elle n'a même pas caché sa surprise. Elle pensait que je faisais du « charter maritime » ! Comme si c'était possible quand on vous a confisqué votre passeport. Pire encore, je n'avais pas de petite amie. Égale à elle-même, elle a traité les filles du Morbihan de pauvres idiotes :

— Dommage que je ne puisse pas parler de toi sur Facebook. Je te jure que tu serais assailli de coups de téléphone dès le lendemain.

Elle m'appelait de Courchevel où elle skiait et m'a demandé si je voulais monter faire de la luge. Elle avait repris ses études et s'apprêtait à passer un examen pour devenir avocate. Finalement, la police n'était pas pour elle :

— Ils sont trop bêtes. Et trop pervers. Ton fameux Méheut, pour ne citer que lui, voilà un monument d'hypocrisie. Déjà, je n'aimais pas sa façon de mettre tous les problèmes sous le tapis mais, dans notre affaire, j'ai appris des choses que je voudrais te répéter. Il faut qu'on se voie.

Desdieux me l'avait formellement interdit. Si nécessaire, il comptait la crucifier en place publique – c'est-à-dire dans les journaux. Et je ne tenais pas non plus à l'affronter. La voir, c'était creuser à mains nues le fossé où les gens comme moi s'enfoncent pour laisser passer les gens comme elle. Rien qu'en lui parlant cinq minutes au téléphone, j'avais envie de pleurer. Je ne rêvais que de la prendre dans mes bras mais l'instinct de conservation me conseillait plutôt de fuir. Je n'ai pas relevé sa proposition. Elle a insisté :

— Je parle sérieusement. J'ai une question à te poser. Sur notre affaire. Quelque chose m'intrigue. J'ai besoin de te parler. Quand viens-tu à Paris ?

J'y suis allé à son retour de la montagne. Pendant huit jours, au lieu de m'interroger sur ce qu'elle souhaitait me demander, je ne me suis posé qu'une question : comment m'habiller ? Le soir où je l'avais raccompagnée chez elle, au moment d'aller préparer son « frichti », elle avait dit en riant que son standing lui interdisait d'aller au restaurant avec un plouc en tee-shirt et en tennis. Elle blaguait mais la remarque était sortie avec trop de naturel pour que je l'oublie. Depuis six mois, je n'avais pas effacé un de ses mots de ma mémoire. Pas question de débarquer à Paris avec un bonnet marin et des bottes. Heureusement, à Port-Crouesty, mon patron est un dandy de première. Je suis allé à Nantes acheter chez Zara une tenue complète copiée sur les siennes : manteau court, pantalon legging et pull en cachemire, tous bleu marine, chemise bleu pâle et une paire de chaussures en cuir marron foncé. Quand elle m'a vu, avec ma barbe blonde (rien d'affolant, il me pousse trois poils par jour), mes cheveux jusqu'aux épaules et sur le front, elle a sifflé entre les dents :

— Ma parole, il faudrait savoir. Tu t'es inscrit à Sciences-Po ou tu joues dans *Le Seigneur des anneaux* ?

Puis elle m'a embrassé. Sur les joues, doucement, tendrement même :

— Tu ne peux pas imaginer comme tu m'as manqué. Je n'ai plus le droit de te voir et je crois que cela vaut mieux pour nous deux mais tu me manques. C'est dingue ce que tu me manques.

Elle avait quitté le château paternel au quatrième étage de la rue de Babylone pour un petit « truc » sur la place Dauphine, une placette vieux Paris façon village Disney. Deux pièces très jolies, en haut d'un escalier vermoulu datant de Jeanne d'Arc au moins : une toute petite chambre de princesse avec un lit plein de coussins blancs et un salon dont on aurait atteint les fenêtres en grimpant aux arbres. Fidèle à elle-même, elle ne se rendait compte de rien :

— C'est minuscule. C'était l'appartement de garçon de mon père. Mais on va le vendre puisque le Palais de justice se déplace au bout du monde, au bord du périphérique.

Cette fille avait un vrai don pour m'enfoncer la tête dans la vase. On s'est assis dans le canapé du salon, face à l'écran de télévision. Elle avait préparé un repas : œufs en gelée, jambon serrano, fromage des Canaries et une bouteille de vin espagnol. Tout était déjà disposé sur la table basse mais, à peine assis, on s'est jetés l'un sur l'autre. Elle m'a dévoré les lèvres avant de dire qu'elle avait cru s'évanouir quand je l'avais embrassée en entrant. Mais plus question de perdre connaissance.

Elle m'a enlevé mon pull et presque arraché ma chemise avant de m'entraîner dans sa chambre. On s'est savouré l'un l'autre jusqu'au milieu de l'après-midi. Elle s'est alors levée pour nous faire un thé : deux mugs sur un plateau argenté. Peu à peu, une phrase amenant l'autre, au bout d'un moment, on est revenus à notre affaire. Et, en effet, elle avait une nouvelle. À propos de Méheut. La joue posée contre mon épaule, une main caressant mes cheveux, elle m'a révélé qu'il avait confié à l'avocate des Aslass la première version de mon texte racontant notre tournée dans Versières le jour du drame. Danièle l'avait appris par une copine journaliste qui connaissait l'avocate. J'ai cru recevoir un coup de couteau en plein cœur. Elle s'en est aperçue :

— Ne t'affole pas. Il n'y a que deux pages. Tu ne parles pas de la poursuite contre Driss mais cela ne prouve rien sinon qu'à la nouvelle de sa mort, tu t'es douté qu'on pourrait te demander des explications que tu ne saurais fournir. Je te révèle le truc uniquement pour que tu n'ailles pas chercher de l'aide auprès d'un flic qui ne lèvera pas le petit doigt pour toi. Il est à la colle avec Mme Aslass. Pas besoin de te dire qu'il garde cette liaison secrète. Moins il en saura, mieux on se portera.

J'étais sous le choc. Une seule chose à faire : glisser sous la couette et fermer les écoutilles. Mais impossible, Danièle avait encore une question à poser :

— Depuis qu'on s'est quittés, je me suis refait cent fois le film de cette journée.

— Moi aussi, tu t'en doutes.

— Aujourd'hui, plus j'y repense, plus je me demande pourquoi ta poursuite a été si longue.

Je ne m'y attendais pas. Je pensais qu'elle allait parler du portable de Driss. Il avait glissé de ma poche quand je m'étais rassis au volant et je craignais qu'elle ne l'ait remarqué. Fausse alerte. Soulagé, je n'ai rien répondu. Autant la laisser dérouler le fil de son soupçon. Elle y est venue :

— Tu as dit que tu l'avais poursuivi deux minutes et qu'il t'avait échappé dans la pente abrupte qui menait au RER. Mais ça a duré beaucoup plus que deux minutes.

Que répondre ? Rien. Desdieux répétait : « Quand on n'a rien de bon à dire, on se tait. Tout le monde a le droit d'oublier des détails. » J'ai suivi son conseil. Danièle, elle, a poursuivi son raisonnement :

— Je me rappelle chaque moment. D'abord, j'ai attendu à la place du mort. Assez longtemps pour qu'à bout d'énervement, j'aie pris le volant et amené la voiture du côté du bois. Et là encore, le temps m'a paru si long que je suis sortie pour marcher vers vous. Par crainte de laisser une voiture sans protection, je suis revenue vers elle et ne me suis plus éloignée. Mais ça m'a paru très long. Plus long que deux minutes, c'est sûr. Beaucoup plus.

Driss était caché au fond du bois. J'avais mis plusieurs minutes à le repérer. Même si la course n'avait duré que quelques instants, la chasse avait pris un certain temps. C'était ça, ma vérité, celle que j'aurais donnée à la juge si elle s'était lancée dans une reconstitution. Mais Desdieux m'avait seriné vingt fois de ne jamais rien dire à personne en son absence. Sur mes gardes, j'ai répondu à côté de la question :

— C'est étrange que tu te rappelles ça. Moi, quand j'y repense, la question qui me tourmente, c'est « pourquoi tu m'as forcé à poursuivre ce môme ? ».

Elle ne s'y attendait pas. Cette esquive l'a contrariée :

— Pourquoi tu ne me réponds pas ? Tu crois quoi ? Que j'ai placé un micro dans les oreillers ?

Je n'y avais pas pensé mais oui, je l'en croyais capable. Quand je l'ai dit, elle s'est levée pour aller prendre une douche. Sans prononcer un mot. Jusqu'à ce qu'elle sorte de la salle de bains. Tout sourire, debout au-dessus de moi, elle m'a dévisagé en glissant sa langue entre les lèvres comme une pin-up de manga :

— C'est drôle, un garçon qui a l'air si simple et qui est si compliqué. Ça me plaît beaucoup.

Peut-être mais, apparemment, mieux valait que ce charme s'exerce de loin. Elle m'a demandé où je comptais passer la nuit. Je n'en avais aucune idée. J'ai répondu « à Larmor-Baden » avec l'espoir qu'elle me retienne. Mais non. Elle a juste proposé de me raccompagner à Montparnasse. Du coup, le temps de me rhabiller, on est sortis et on a marché jusqu'à la place Saint-Michel. Et là, elle m'a déposé à un taxi comme un sac dont on se débarrasse à la consigne :

— Tu as de l'argent pour la course ?

— Oui, de toute façon, ils prennent la carte bleue.

Elle a paru stupéfaite :

— Ne me dis pas que c'est une Gold.

Si j'avais répondu oui, j'imagine qu'elle aurait rendu la sienne. Elle devait croire qu'au Crédit Agricole, on ne connaît que les pièces de monnaie. Elle m'a posé une bise sur les lèvres et c'était fini. Je n'ai pas osé demander si on se reverrait. Elle n'y a pas songé.

Mes courses à Nantes avaient intrigué ma mère. Je lui avais parlé de Danièle plusieurs fois. Elle a deviné où j'étais allé et s'est précipitée chez Desdieux pour le prévenir. Il était furieux. Je ne lui convenais que transparent et abattu. Toute initiative m'était interdite. Quand j'ai dû « tout lui raconter », j'ai juste parlé du texte manuscrit que le commandant Méheut avait confié à la défense des Aslass. Il était déjà au courant et s'est fait une joie de me le dire :

— Je fais mon travail, tu sais. J'ai rencontré le père de ta dulcinée. Ne nous mets pas de bâtons dans les roues. C'est une affaire beaucoup trop sérieuse pour que tu t'en mêles.

J'imagine ce que le père de Danièle pensait de moi. Et je vois les mines affligées que devait prendre Desdieux. Une pimbêche de leur sang avec un péquenot irrigué à l'eau de mer, ils s'entendaient à demi-mot. Ces patriciens s'affrontent à fleurets mouchetés dans la journée et dînent ensemble le soir. Parce qu'ils sont bien habillés, ils se croient intelligents ; et parce qu'on porte des tennis, on est simple d'esprit. Je n'avais pas à traîner entre leurs pattes. La justice, c'est comme la guerre : l'affrontement de gens qui ne se connaissent pas et se font du mal au profit d'avocats et de marchands d'armes qui se connaissent et se font du bien. Heureusement, ils se croient plus malins qu'ils ne sont ; et nous sommes moins naïfs qu'ils ne le pensent. Dans l'esprit de Desdieux, ma mère rêvait d'une amitié particulière avec lui comme la chaisière imagine qu'elle épousera l'évêque. Qu'elle aille l'informer dans mon dos confortait ce fat dans cette lubie. Une fois par mois, il l'invitait à dîner chez Clovis. Pas moi. Pourquoi ? Mystère. Peut-être se posait-il des questions. Je ne crois pas. Mais c'est possible. Au fond, il était bon avocat. En octobre 2017, j'ai obtenu un non-lieu. Au bout d'à peine quinze mois. C'était inespéré.

Le lendemain, Desdieux nous a invités à boire le champagne sur sa terrasse face au golfe. Il avait pris de l'avance avec un journaliste et un photographe du *Télégramme*. La veille, *Ouest-France* lui avait consacré un grand papier. Il lévitait. Sur la table, à côté des coupes et de la bouteille de Veuve Clicquot qu'il m'a prié d'ouvrir, il avait apporté le classeur où les papiers consacrés à notre cas étaient rangés dans des pochettes en plastique. Je l'ai feuilleté. C'était considérable. J'apparaissais parfois en photo, presque toujours la même, cheveux rasés mais souriant. Celles de Desdieux étaient nombreuses. Il n'avait cessé de prendre la pose. Sur sa terrasse, derrière son bureau, au palais de justice de Bobigny, dans la rue…

Il a levé son verre pour porter un toast à la justice française. Puis il a prononcé son propre éloge. Disculper un innocent était encore plus difficile que faire acquitter un coupable. On peut établir une culpabilité, pas prouver une candeur. Il a parlé de Méheut qu'il avait rencontré à l'Île-aux-Moines. Pour l'assurer de sa menaçante amitié :

— Il a très bien compris que son amitié pour Mme Aslass pourrait lui coûter cher. Ensuite, il nous a soutenus. Tout comme le ministère, d'ailleurs. Ce pauvre Lebrun et sa bécasse n'ont pas pesé lourd. Dans ces affaires, tout se joue en coulisses. C'est pour ça qu'il valait mieux ne pas vous mettre en avant. J'étais là pour parer les coups et menacer d'en donner.

J'abrège. Ça n'en finissait pas. Carié jusqu'à l'os par la vanité, il affirmait avoir l'oreille aussi fine qu'une chauve-souris pour entendre les pensées de ses adversaires. Son ego était grand ouvert. Au moment de se resservir une troisième coupe, il a remarqué que je ne buvais pas :

— Tu n'es pas heureux. On a gagné, oui ou non ?

En effet mais il savait bien que je ne buvais presque jamais. J'étais juste venu pour le remercier et lui apporter un cadeau. Il s'est récrié. C'était inutile. Le cadeau, c'était de lui avoir confié notre dossier. On était amis pour la vie. Tout rouge, la cravate dénouée, il a embrassé maman. Quand elle lui a tendu une boîte longue et mince, il a soigneusement déplié le papier doré de l'emballage. Puis il l'a ouverte. Et là, un long silence.

Il a longtemps regardé la bombe qu'il avait lui-même désamorcée. Quand il a enfin relevé la tête, sans nous voir, il est allé s'asseoir. Avec tout le champagne qu'il avait dans les veines, il lui a fallu un moment pour remettre ses idées en place. Enfin, il m'a interrogé sur un ton léthargique, comme s'il soulevait chaque mot avec peine :

— Tu n'as pas un portable aussi à me remettre ?

Non. J'avais jeté la puce au fond du canal de l'Ourcq, à la Villette. Et l'iPhone dans une poubelle. Il m'a regardé comme s'il ne m'avait jamais vu :

— Peut-on savoir ce qui s'est passé ?

— Je l'ai rattrapé et je lui ai demandé son portable pour effacer les photos qu'il avait prises de Danièle et moi. Il m'a donné le sien alors qu'elles étaient dans celui de Mme Delbard. C'était un petit malin, ce Driss. Pour que je le laisse partir, il m'a tendu sa montre. Il savait bien que, grâce aux photos, il la récupérerait. Puis il a essayé de filer et je lui ai fait un croche-pattes. Plus une petite claque. Rien de bien méchant. Ensuite, il a glissé. Moi je suis parti.

— Rien de bien méchant, c'est ça ? Juste un tout petit meurtre.

Je n'ai pas répondu. Il s'est tourné vers ma mère. Elle lui a souri.

Composition et mise en pages
Nord Compo à Villeneuve-d'Ascq

Cet ouvrage a été imprimé en France
par CPI BRODARD & TAUPIN
à La Flèche (Sarthe)
en juin 2018

PAPIER À BASE DE
FIBRES CERTIFIÉES

Grasset s'engage pour
l'environnement en réduisant
l'empreinte carbone de ses livres.
Celle de cet exemplaire est de :
750 g Éq. CO_2
Rendez-vous sur
www.grasset-durable.fr

Dépôt légal : août 2018
N° d'édition : 20509 – N° d'impression : 3029302
Imprimé en France